多雷插图本世界名著

拉封丹寓言诗

［法］拉封丹　著
［法］古斯塔夫·多雷　绘
李玉民　译

吉林出版集团股份有限公司 ｜ 全国百佳图书出版单位

版权所有　侵权必究

图书在版编目（CIP）数据

拉封丹寓言诗 /（法）拉封丹著；（法）古斯塔夫·多雷绘；李玉民译. -- 长春：吉林出版集团股份有限公司，2025.3. --（多雷插图本世界名著）. -- ISBN 978-7-5731-6375-2

Ⅰ. I565.24

中国国家版本馆CIP数据核字第2025AC0285号

DUOLEI CHATU BEN SHIJIE MINGZHU LAFENGDAN YUYAN SHI

多雷插图本世界名著·拉封丹寓言诗

著　　者：［法］拉封丹
绘　　者：［法］古斯塔夫·多雷
译　　者：李玉民
出版策划：崔文辉
项目策划：赵晓星　武　学
项目执行：于媛媛
责任编辑：于媛媛
封面设计：观止堂_未　氓
排　　版：昌信图文

出　　版：吉林出版集团股份有限公司
　　　　　（长春市福祉大路5788号，邮政编码：130118）
发　　行：吉林出版集团译文图书经营有限公司
　　　　　（http://shop34896900.taobao.com）
电　　话：总编办 0431-81629909　营销部 0431-81629880/81629881
印　　刷：大厂回族自治县益利印刷有限公司

开　　本：787mm×1092mm　1/16
印　　张：29.25
字　　数：480千字
版　　次：2025年3月第1版
印　　次：2025年3月第1次印刷
书　　号：ISBN 978-7-5731-6375-2
定　　价：98.00元

印装错误请与承印厂联系　联系电话：13521219071

译本序
文明的正能量
李玉民

"没有寓言诗，伟大的世纪就会忽略快乐的生活。如果没有拉封丹的微笑，没有莫里哀的微笑，这种鼎盛的时期，在我们看来就不过是一具涂金的木乃伊。多亏了拉封丹和莫里哀，这个时期才有笑容，也就是说透过金饰，这个时期有了活气。

"这就是《寓言诗》这本小书里，所包藏的文明的奇异珍宝……"

拉封丹生活的十七世纪，史称"伟大的世纪"，是"太阳王"路易十四统治的世纪，法国封建专制制度达到鼎盛的时期。路易十四对外扩张，雄霸欧洲；对内削减诸王的地方势力，巩固中央集权；又兴建凡尔赛宫，渐成奢华之风；创立法兰西学院、自然科学学院、绘画和雕塑学院等，科学和文学艺术，无不蓬勃发展。尤其文学领域，与伟大世纪相匹配的法国古典主义文学，从理论的完善到大批杰作的诞生，以其崇高、典雅的风格，史无前例地成为世纪的标志。

世纪坐标的四位伟大作家，悲剧大师高乃依和拉辛、喜剧大师莫里哀，以及寓言大师拉封丹，他们在各自领域的创作，都达到了历史的最高水平。

同样，标志盛世的气象：宏伟的排场、盛大的庆典、隆重的宫廷舞会、频繁的戏剧歌舞演出、舞台上的英雄人物，尽显高尚的品德；诗坛歌剧院，也竞相大唱赞歌……浩大的工程：凡尔赛宫、路易大帝广场……

然而，这种盛世的文明，如果缺少了拉封丹的寓言诗、莫里哀的喜剧，再怎么气象万千，金光灿烂，在当世人看来也仅仅是一枚大金币的正面，而后世人看上去，"就不过是一具涂金的木乃伊"，了无生气了。

文明就是这么奇妙，宏伟与小巧，庄严与微笑，悲壮与幽默，都同等重要，一样也不能少。缺少后者的这些小乐趣，那么伟大世纪就徒有一具僵尸。难道不是这样吗？当年那些宏伟的排场、胜利的庆典、隆重的仪式，都已成为历史的陈迹；舞台上的那些英雄人物，都早已谢幕退场了；歌功颂德的那些诗歌唱词，也全成为尘封的古董，无人问津了。反之，拉封丹的寓言诗，至今仍然保持生活的气息和教益，给世界越来越多的读者带来乐趣。同样，莫里哀塑造的伪君子、吝啬鬼、想当贵族的暴发户、痛恨欺世盗名的恨世者，都伴随莫里哀成为不朽者，还不时登上各国的舞台，给观众带来古典戏剧人物针砭时弊的乐趣。

这就是上面这段引文大致要表达的意思。这段话引自法国作家让·奥里厄所著的《拉封丹传》，一本大部头的书，洋洋洒洒写了六百余页。典型的法国式传记，以材料翔实见长，所引用的材料多为传主的诗句，让我了解到除了寓言诗，拉封丹写了那么多诗，连讲故事都采用诗体，实在是一位作诗高手。

一种意味深长的现象：伟大的世纪不识永世发光的瑰宝，不能善待富有生命力的天才作家。1634年创建的法兰西学院，应是当世顶尖俊彦荟萃的殿堂。四十名院士称为"不朽者"，去世一位补选一位，与莫里哀同时代的院士前仆后继，算起来少说也有上百位，独独没有莫里哀的位置。为了弥补这种历史缺憾，人们将不是院士的莫里哀的一尊雕像，安放在法兰西学院的大厅，基座上刻着这样一句铭文："他的光荣什么也不少，我们的光荣却少不了他。"当世的统治者就认识不到这一点，朝廷的保守势力和教会势力沆瀣一气，联手攻击、非难、阻挠莫里哀剧作的演出。他的剧作屡遭禁演，尤其他的力作《伪君子》，他为之抗争了六年，上书国王三份陈情表。一代喜剧大师，在斗争中耗尽心力，五十一岁便英年早逝，一生却是一场悲剧。

这就是"伟大世纪"的反面，还可以加上拉封丹的境况，就更能说明问题。

"拉封丹出版《寓言诗》的时候，他全靠人邀请，过寄人篱下的生活，等德·拉萨布利埃尔夫人派人送来新衣服和床单，他才能换上。这部无比美妙的作品，是在贫困中诞生的，除了德·拉萨布利埃尔夫人，再也没有什么人关切了。"（《拉封丹传》）

德·拉萨布利埃尔夫人比拉封丹晚生十五年，是众多喜爱拉封丹的人品和作品的朋友中的一位。赞赏他的天才的朋友中，不乏莫里哀和拉辛，以及当时的重要作家，《书简集》的作者塞维涅夫人、《箴言集》的作者拉罗什富科、《克莱芙王妃》的作者拉法耶特夫人、《品性论》的作者拉布吕埃尔……他们都认识寓言诗的价值，冲拉封丹微微一笑，就算给他的报偿了，此外并不关心他的生活。

拉封丹极不善理财：他的财产和债务纠结在一起，经过几番折腾，老宅和田产全变卖了，连他那水泽森林的官职也让出去了，到了五十岁时，他已一无所有，连工作也没有了。出版作品收入微薄，难以谋生。如无人相助，他就会流离失所，穷困潦倒，最终死在收容所。

1668年，拉封丹的《寓言诗》出版，有献给王太子的卷头诗，深得太子的喜爱，也得到太子老师博须埃的赞赏。当时太子年仅七岁，而拉封丹已经四十七岁了，可谓大器晚成，他摸索了十五年，终于找到了成功的路径。1677年新集《寓言诗》出版，最终确立了拉封丹的名望，但是这既不意味他得到官方的认可，也不意味从此时来运转。《寓言诗》第二集优先印刷权甚至遭拒。好在有国王和蒙特斯庞夫人的赞誉，当局还是准许这个"小小的动物园"正式进入文学领域。据说，幸好国王还算满意，批准印行，"以便表明他对作者本人及其才华的器重，因为先前出版的寓言诗选，对青少年很有教益"。

可见，朝廷的称誉，主要针对寓言诗的教育作用，给书店和警察局开具的这部作品的"优良证书"，也仅仅是一纸行政空文，至于年金，或者补助金，却只字未提。对拉封丹唯一可能表示的善意，就是睁一只眼闭一只眼，不再追查他的《故事诗》的非法销售，不像公事公办那样严厉了。总之，朝廷仅限于称赞，以及这种不花分文的让步，根本解决不了拉封丹的生计问题。

更沉重的是精神上的打击。布瓦洛是官方认可的文艺理论家，他在《诗的艺术》中，全面回顾了所有体裁的诗歌作品，却无视拉封丹和他的寓言诗的存在。我们的诗人并没有表现出受了多大伤害，只是仿佛信手拈来，填补了《诗的艺术》留下的空白：

> 寓言并不像表面上看那种样子，
> 寓言中最普通的动物，
> 也能充当我们的老师。
> 单纯的说教总使人厌烦，
> 训诫结合故事就容易流传。
> 这种虚构的故事应亦教亦乐。

这是给寓言下的最明确、最精致的定义。诗人对寓言深度理解和把握；将这种受歧视的小体裁牢牢嵌在古典主义这座宏伟建筑上。然而，布瓦洛掌握着话语权，代表主流价值观，说拉封丹只是模仿者，而非创作者，不能同那些"大作家"在《诗的艺术》中并肩而立。等几十年之后，布瓦洛认识到自己的偏见，终于赞赏拉封丹和莫里哀时，他们早已作古了。

他们在世虽无"大作家"的名分，但给伟大世纪带来的欢悦和教益，不亚于任何一位大作家，甚至可以说无人能及。可是他们的生活境况，却是相当可悲的。拉封丹大器晚成，一成便到晚年，已经无依无靠了。德·拉萨布利埃尔夫人是个天使，是拉封丹生命中的贵人，属于那个时代博学多才、极有见识的贵妇。她同拉封丹的挚友莫克鲁瓦一样，独具慧眼，从欣赏他的寓言诗的乐趣中，看出其长久的价值。不过，她首先钦佩的是拉封丹的人品：总么温文尔雅，谦抑而善气迎人，言谈举止跟山泉一般清澈。收留这样一位璞玉高人，也是一种见识，一种缘分。德·拉萨布利埃尔夫人从不以施主身份自居，她把拉封丹当作家中一员，而不是待为客人。同样，拉封丹以其一贯漫不经心的态度，把这一切都视为自然而然的事，从未流露出感恩戴德的神色。收留拉封丹之后五六年，丈夫去世，德·拉萨布利埃尔夫人破产了，她仍然给拉封丹安排了住处，在圣奥诺雷街附近租了一套中二楼房子。一住又是十余年，直到1693年，德·拉萨布利埃尔夫人去世。她持续照料拉封丹生活，前后长达二十年，这在文坛上是绝无仅有的。

本来，拉封丹的寓言诗并不分集，1668年出版了《寓言诗》之后，拉封丹已经开始转向创作大体裁的戏剧。他终生热爱戏剧，但是先后被喜剧和悲剧所背弃：他的悲剧《阿喀琉斯》开篇的手稿，交给莫克鲁瓦提意见，这位好友甚至没有把手稿还给他。于是，他又投身歌剧。那个时期，有国王资助，歌剧是吕里和吉诺的地盘。吉诺写脚本四平八稳，更能突显吕里作曲的光彩，因而二人配合默契。不料新近一出歌剧《阿尔刻提斯》演出失败，蒙特斯庞夫人姐妹就想让她们喜爱的拉封丹出马，写一出美妙的牧歌。以感人的歌词表现希腊神话的田园爱情，再由吕里作曲，这出歌剧演出肯定十分精彩。

拉封丹怀着无比的激情，创作歌剧脚本《达佛涅》，讲的是太阳神阿波罗爱上女神达佛涅，但是女神另有所爱，为逃避阿波罗的追求，就请父亲把她化为月桂树；阿波罗无可奈何，便用枝叶编成桂冠戴上。美丽的爱情故事，优美动人的诗章，由天才的佛罗伦萨人吕里作曲，每天晚上重复演出的盛况，在拉封丹的头脑里构成一幅天堂图景。他沉于创作的梦境，却不了解吕里和吉诺是何许人。吕里仗恃国王的宠爱，当上音乐总监，独霸乐坛，他需要吉诺那种平庸而轻浮的才华，以便托举他的音乐达到上佳效果。

然而，拉封丹太想在戏剧体裁中大放光彩了，对他来说，诗歌本身就是音乐。法国诗人很少能以如此精湛的造诣，如此敏锐的乐感，无论是作诗还是写散文，同样把玩着语言的节奏和音韵，达到升华法语的和谐高度。诗文要同音乐争奇斗艳，这就犯了忌，触动了吕里和吉诺的乐曲为主诗文为辅的潜规则。吕里佯装奉命与拉封丹合作，暗中却与吉诺合谋，另外准备一套，即歌剧《忒修斯》。吕里虚与委蛇，采用拖延战术，对脚本表示不满意，让拉封丹修改，并存有幻想。结果可想而知，用《忒修斯》取代了《达佛涅》的演出。

这是1674年的事，从6月到9月，拉封丹花了四个月时间写出脚本，这个从不说谎的人，终于明白吕里一直在欺骗他，耍弄他。事情闹得沸沸扬扬，《达佛涅》却泡了汤，拉封丹成为笑柄，吕里不屑于为《达佛涅》作曲，这部剧永远也不能演出了。拉封丹为人太厚道，太谦和，明白受骗也没有马上奋起维权。最终木已成舟，事情不可挽回，《忒修斯》在圣日耳曼行宫演出，得到国王的赞赏。这种文案同许多历史事件一样，是是非非复杂纷乱，当世就不想让人弄明白，后世渐行渐远，就更难判断了。我们知道这类事件，无论给拉封丹的名声带来多大损害，璞玉终究是玉，能永世放光：真正持久的价值存乎于心，发于笔端而成诗。总之，寓言诗是天才之作，那些狮王、蠢驴、贪婪的狼、狡猾的狐狸，以及笨熊，都得到了应有的对待，无不记录在案，能让后人了解那个伟大世纪的社会百态。至于那对得意的搭档，到1687年吕里一死，吉诺的剧本就再也登不上舞台了。

这场骗局,且不说给拉封丹精神的打击有多大,同时也击碎了他改变经济状况的希望。他没有按照对方的承诺,坚持讨要脚本一完成就应付的酬金,相信了吕里的鬼话,答应歌剧首演之后,立即全额付给他报酬,殊不知吕里决意将他的剧本扼杀在摇篮里,永远也不会有首演。文人鲜有能以文为生者,投靠热爱文学艺术的权贵,也是当时的一种风气。拉封丹曾先后投靠过富凯、布伊雍公爵、蒙特斯庞侯爵夫人:一位是宫廷大总管、一位是王爷、一位是国王的情妇。拉封丹始终不忘雅人深致的富凯,怀念沃堡的田园。他作为水泽森林官,陪伴布伊雍公爵和夫人近十年,相处也十分融洽,可惜他们相继失势。蒙特斯庞夫人的地位,不久也要被曼特侬夫人所取代。

歌剧之梦破灭,拉封丹又回到他拿手的故事诗和寓言诗。1674年年底就推出《新故事诗》,比十年前出版的《故事诗》,在色情描述方面更加大胆了。可是这十年来,虚伪开始统治法国。然而,"正人君子"看了拉封丹所写的色情故事,非但不气愤,反而欣赏起来,这在达尔图夫们看来是不可容忍的。于是书报检查机构决定禁售《新故事诗》。不过,警察局长也是位"正人君子",他明禁暗放,任由《新故事诗》在地下销售量十倍增长,第二版很快在阿姆斯特丹开印。拉封丹回归寓言诗的创作,也是自然而然的事,尽管他在1668年出版的《寓言诗》中,写了此后罢手的《尾声》:

> 这里仅限于谈创作。
> 长篇大论令我咋舌。
> 远非穷尽一种题材,
> 满园芳菲只取花朵。
> 至此不可蹉跎时间,
> 须当重整少许精力,
> 最终实现别的胸臆。

"别的胸臆",是指他早已动手写的韵文体小说,1669年出版的《普绪克和丘比特的爱情》。可是,他耐不住技痒,同年写了寓言诗《牡蛎和争讼者》,是他创作新寓言诗的先声。到了1677年,他一改初衷,准备新出一版《寓言诗》,1679年出齐;从而有了第二集《寓言诗》。1668年的版本便序列第一集,共有六卷;第二集从七卷到十一卷,共五卷。1694年,又出版了第三集,排序为第十二卷。第二集献给蒙特斯庞夫人,可谓攀喜爱寓言诗的权贵的高枝。第三集献给勃艮第公爵;1693年1月,德·拉萨布利埃尔夫人去世后,拉封丹本想流浪到英国,正是勃艮第公爵的恩惠,他才得以在法国善终。善终要有个好归宿。当时拉封丹的全部收入,只有法兰西学院每年照发的六百利弗尔车马费。在德·拉萨布利埃尔夫人去世后,他被迫离开圣奥诺雷街附近租用的房屋，不知该去哪里，正走在街上，遇见德·埃尔瓦尔先生。埃尔瓦尔就对他说："我正找您呢，请您去我家住吧。"拉封丹轻声答道："我也正往您那儿走呢。"

埃尔瓦尔是银行家的儿子；夫妇二人喜爱文学艺术，与拉封丹交往多年，便接过了德·拉萨布利埃尔夫人的接力棒，照顾这位仍带稚气的老诗人。拉封丹住进豪华公寓，受到女主人像对待孩子那样的细心照料，他还一如既往，什么都浑然不觉。有一天，客人夸诗人的新衣裳很合体，他才惊奇地发现，自己的衣物全由埃尔瓦尔夫人换成新的了。在一年的时间，非亲非故的埃尔瓦尔夫妇，为拉封丹养老，在冰冷的伟大世纪，给这位天才诗人临终时留下人间温暖的记忆。围绕着在世的天才人物，任何时代总有两类人，一类人爱护帮助，另一类人摧残迫害。两类人代表着一个时代和社会的两副面孔，他们也跟随天才人物进入历史，留下美名或落个骂名。德·拉萨布利埃尔夫人、德·埃尔瓦尔夫妇等，正是伴随拉封丹进入历史，留下美名佳话的人。

拉封丹于 1673 年住进德·拉萨布利埃尔夫人府上不久，莫里哀便去世了，他为心心相印的亡友写了墓志铭：

在这座坟墓里安息着，
普劳图斯和泰伦提乌斯，
但长眠于此仅莫里哀一人，
三人才华形成一种精神……

拉封丹赞赏莫里哀体现的这种精神，就是一种具有传承性的通才，能融会贯通当代与古代的杰作，延续发展着永恒的典范。公元前 2 世纪的两位拉丁诗剧作家，同莫里哀三位一体，这种思想一旦表述出来，便说明已在他的心中扎根了。正是这两年，拉封丹思想发生了蜕变。他本人破产伴随着整个国家陷入贫困：战争、歉收，许多省发生饥荒，布列塔尼、诺曼底等地区民众暴乱，怨声载道。拉封丹的生活非常贴近乡民和农民，他又那么敏感，还极富洞察力，对他们的痛苦感同身受，自然也了解那个时代的不幸，深深感受到社会的不公和残酷。他那世纪的胜利、灿烂辉煌的涂金、富丽堂皇的建筑，无论多么令人眼花缭乱，都掩饰不住令他痛心的战乱、饥馑、镇压，民生的这种荒谬的状况，违背了他追求享乐的幸福理想。

拉封丹的这种思想变化，开始在他的创作中显露端倪。他渐趋混淆不同的体裁，不在乎一出喜剧倒像一篇故事，故事不过是寓言诗的草稿，而寓言诗却适合搬上舞台。他从规则和典范中解放出来。他在穷困中，也感到无牵无挂了，可以主宰自己的才能。从此，他要顺从内心思想的需要，不再遵从体裁高下的等级、既定的文学准则，在创作中深挖自己丰富的资源，运用精妙的手法，写出心目中的寓言和故事。拉封丹不是凭着规则，而是完全依靠个人、个人的天才和勤奋,以及层出不穷的奇思异想,将这些被人小看的体裁,写成世代赏阅的头等伟大的作品。

此后,他创作的故事诗和寓言诗,仍不乏博爱与善意,但是掺杂进来指责,针对法规制度和当权人物,有时批评很尖锐,颇令人不安。如《狮王宫》:

国王如此排场,
要向臣属展示富强。
在卢浮宫大宴群臣,
好一座卢浮宫,
地地道道的堆尸场,
臭气冲天呛鼻子,
老熊赶紧捂鼻孔……
那怪相拂圣意。
君王大发雷霆,
打发老熊下地狱,
死了做鬼去掩鼻。

老熊直白表现遭严惩,猴子拍马屁过分也自食恶果。狮王问狐狸闻到什么时,狡猾的狐狸"推说患了重伤风,嗅觉一点也不灵",才躲过一劫。短短一则寓言诗,便刻画出朝廷的内幕:国王专横,臣子的三种命运:直言遭殃,吹捧过当也惹杀身之祸,只有说话模棱两可,方能明哲保身。

这并不代表拉封丹会变成一个刻薄的人,一个恨世者,或者持不同政见者。拉封丹要想走仕途,通过关系在朝廷谋个一官半职,倒也不是不可能。但是他性情懒散,与朝廷那种生活格格不入:在朝廷做官日夜惕厉,比做什么都累人。而且,同时代就有人写道:"朝廷的人,无不一副矫揉造作的表情……"拉封丹讨厌卑劣的小人,尤其得势的小人,他在寓言诗《狮王后的葬礼》中写道:

一群变色龙,
一群猴子精,
唯主子是从……
人成机械偶,
全凭绳操纵。

朝廷里钩心斗角，拉封丹自然不愿跻身一群得势的小人之列。但是批评的矛头直指政权，这是第二集寓言诗增添的新内容。一生不大敬重金钱和权力的人，挚友莫克鲁瓦说他是"最坦诚、最厚道的人：从不弄虚作假，不知道他这一生是否说过谎"。同样地，他在创作中也不弄虚作假，能道出世间的真相，包括权力顶端的朝廷的真相。巴尔扎克的作品，统称为《人间喜剧》。反映社会的所有大家，如雨果、伏尔泰、狄德罗，乃至莫里哀、拉封丹等，他们各自从不同的体裁：小说、诗歌、戏剧、故事和寓言诗，创作出一部部"人间喜剧"的百幕大戏。

　　近二百五十首的寓言诗全集，就是二百五十台戏。每场戏幕布拉开，都会给观众带来惊喜。请看《女人和秘密》的开场白：

　　　　没什么比秘密还紧要，
　　　　要女人保密也难做到；
　　　　我甚至知道在这方面，
　　　　许多男人也强不多少。

　　再看《狗脖子挂主人的晚餐》如何开场：

　　　　我们的双眼，
　　　　禁不住美人的考验；
　　　　我们的双手，
　　　　也禁不住黄金的诱惑。
　　　　看守财富的人，
　　　　很少不贪心，
　　　　见财不起意，
　　　　恐怕天下也难寻。

　　这样的开场，如同戏引子，必定引出一段故事，有人物，有情节，还有结局。最后，诗人通过故事，得出一种教训。前者是家庭生活场景：丈夫考验妻子能否守秘，谎称肚子疼，生了一枚蛋，嘱咐她千万别讲出去，否则别人会笑话他是母鸡。妻子发誓嘴把牢，可天一亮就去找邻家嫂……接下来可想而知，口口相传，没到天黑，就成了公开的秘密，越传越玄，传为一下子生了一百枚蛋。后者则是一出社会喜剧：狗挎饭篮给主人送晚餐，路遇一群野狗来抢，"都是吃社会的好汉"，看看面临危险，送餐狗就只想保住自己一份，率先抢吃，作者不免感叹：

> 这故事引我遐想
> 一座城市的形象：
> 有人公款消费，
> 公款成自家钱箱。
> 市政长官、税务官，
> 无不伸手沾光……
> 看他们鲸吞金钱，
> 还真是一种消遣。

有人若以"无聊的理由，企图保护公款"，就会被人说成傻瓜蛋：这样的社会，便成为一个贪腐的大染缸。人生百态，无不拿来戏说演义。粉墨登场的时而是人，多为动物，这样可以放开手笔，譬如《狮王宫》：真要写卢浮宫，那还了得，只能影射。大多用动物来表演，由人自己对号入座，自觉自愿，没谁强迫，这样会有更好的教育效果。请看作者在《不诚实的受托人》中如此道来：

> 寓言狼与狗交谈，
> 用的正是神语言。
> 动物野生与家养，
> 粉墨纷纷争上场，
> 扮演角色各不同：
> 有的理智很聪明，
> 有的愚痴显得疯。
> 聪明有时反误事，
> 愚痴时而占上风。

接着说不限上场人物，罗列长长一串，有骗子、大坏蛋、负义小人、暴君、愣头青、莽撞汉、笨伯、糊涂虫、吹捧者、贱货，还有说谎者组成的鬼话大兵团……罗列不完，二百多首寓言诗，恐怕有上千人物上场，包罗人世间的万象。只因拉封丹本人，就是一个难以解释的混合体，容纳了各种文明、哲学、宗教的思想：单就宗教而言，天主教自然有其位置，但是也掺杂了其他宗教、无神论的思想。不过，他首先是个特立独行的人，作为一位大诗人，总有其神秘莫解之处。譬如，马蒂厄·马莱讲了这样一个故事："拉封丹随几位朋友去安东尼村，在乡间小住数日。

译本序　009

一天，该吃晚饭了，却不见他的人影，大家呼唤，拉铃叫他，怎么也叫不来。等晚饭过后，他才露面。人家问他去哪儿了，他回答说去参加了一只蚂蚁的葬礼，跟随送葬队列一直走到花园，再陪蚂蚁家族回到住宅（蚁穴）；他还天真地描述了这些小动物内部治理的情况，后来写进了他的寓言诗中，他的故事诗《普绪克》和《圣·马勒》里。"

故事真伪并不重要，但是这种非常人之举，放到拉封丹的头上，则是自然而然的事。这个老顽童，即便走向老年，也从来没有离开童年，始终热爱水泽山林、动物世界、无边的寂静和睡梦，无限的幻想和想象，因喜爱一切而总是周而复始，终生处于一种轻快而温存的陶醉状态。这就是为什么，他总那么心不在焉，即使在德·拉萨布利埃尔夫人府上，在德·埃尔瓦尔的公馆里，受到宠儿般的呵护，他也显得漫不经心。人的一种特殊常态，往往也是一种韧性，是不容易摧毁的。

《自说自话的拉封丹》的作者克拉拉克也讲述了一件趣事，他记得儒勒·罗曼（法国作家，1885—1972）在《凡尔登战役的前夕》中，想象德国皇帝威廉二世同一名中立记者的谈话。记者说到法军统帅霞飞顽强的性格。

"见鬼！"皇帝高声说道，"难道法国人性格里，还有这种东西吗？"

"陛下，法国人的性格里什么都有。"

于是克拉拉克得出结论："拉封丹的性格里什么都有。"就像称呼伏尔泰那样，也可以称拉封丹为"万形先生"。其实，拉封丹自己早就一语道破：

我本轻浮物，飞向万题目。

所谓"万形先生"，就是童真之心怀抱万物万象，从而演绎出来一幕幕"人间喜剧"。正如纪德说的："拉封丹的艺术，就如同游戏一般，轻松地讲述尼采以感人的说服力论说的这种不堪承受的真相。"

人生的现实，不堪忍受的真相，怎样解释才能让世人理解并接受呢？可以像尼采那样，以严谨的逻辑、感人的说服力进行论说，但是难免流于高度概括的笼统，同民众的接受力有一定的距离。拉封丹则采用以逸待劳法，来了个鸟兽总动员，"游戏"人生，就能轻松地与人交流，轻巧地道出故事的寓意。看似游戏，却极认真，每场游戏都表明一两个道理。拉封丹在《寓言的威力》中，讲了一个用寓言唤醒希腊民众的故事，最后得出这样的结论：

这个道理同古今，
我们全是希腊人。
此刻我谈这寓意，

有人若讲《驴皮的故事》,
我会听得津津有味。
据说世界已衰老,
这话我也不反对。
老了也得寻开心,
返老还要保童真。

说教并非拉封丹的长项。与其说他是伦理学家,不如说是个应用心理学家。他没有一套完整的伦理学说,仅仅因时因地因事因人得出寓意,而且并不是一成不变的,随着时间地点和人物事件变化,便又另作道理。拉封丹给读者的忠告五花八门,种类繁杂,前后歧出,不能领悟其深意者,往往不知所措。《寓言诗》第二集,副标题为《多样化寓言诗》。多样化有丰富内涵:不仅题材更广泛,知识更丰富、"更奇特",诗句也更优美,表现力更强,思想更尖锐了。各篇寓言之间显露的矛盾,正是一位智者自然产生的,因为一切事物都在不断地变化,情境不会完全相同,人的行为也就应该适应这种变动,要跟随人物、时间、地点和自己的心情变化而变化。人跟狼打交道,就不能像对待小羊那样;在狮王宫里的狐狸,也不能与在树下哄骗乌鸦的狐狸同日而语。总之,拉封丹不像空谈的伦理学家,创建什么封闭的体系,而是漫步在真实的世界中,反映了什么都不固定,总在重复变化的真相。

人的行为很难保持适度,拉封丹早有预见,在《切勿过当》这篇寓言诗中,集中讨论这个问题,颇有点辩证意味。天地万物,没有哪种遵循造物主的要求,能保持适度。麦苗太密实,挤在一起疯长,麦秸特别粗壮,不但耗地力,又很难灌浆;果木也同样,枝叶过分繁茂,结的果实就很少,只能供观赏。上帝允许羊吃麦苗,是要遏制麦苗疯长,可是羊群一冲进田里,就把麦苗啃得精光。局面失控,老天便允许狼吃掉一些羊;然而狼太贪婪,要把羊吃光,即使还未做到,这也是狼的意向。这样,上天又叫人惩罚那些恶狼,人做得更过分,而在所有动物中间,滥用天意是人的最大倾向,无论做什么,总要走极端而失当,不是过火,就是不到火候。正因为如此,每篇寓言诗都是以不同的故事,从不同的角度来探讨人若是亲历其境所应有的行为。寓言诗篇尾的话非常凝练,往往分不清寓意还是忠告:

有道是:
好运不长眼,
专找傻大胆。
智者不斗智,

时而当机断。
　　审势抓实际，
　　得失一瞬间。

——《两个冒险家的护符》

　　可见，拉封丹不是讲大道理，只是劝人审时度势，按照实际情况行事。世间万事纷繁，不过是"得失"二字；而得与失，也往往存乎一念之间。作者讲述这么多寓言故事，反反复复讲的，也无非一个道理，就是人如何快乐地生活，至少尽量规避各种不幸事件。拉封丹的道德观，简言之，就是摆脱困境的技巧。这种生活的技巧，算不上一种理想，但是不抱先入为主的念头生活，有时还真难做到。影响幸福生活的因素太多，要防范各种危险、各种骗局、各种愚蠢的行为，防范各种诱惑、社会不公正、贪心和欲望……动物出于本能，面对危险，比人更敏感，更警觉。因此，动物能很好体现这种久远的谨慎、这种生命的本能。有了这种谨慎和本能，就能保障普通人的幸福。

　　正是这一告诫，
　　将标志拙著的终结；
　　但愿能有教益，
　　造福于未来的世纪！

　　"造福于未来的世纪"，预言得多么准确。法国世代的儿童，无不能背诵拉封丹寓言诗，从中懂得许多道理，至老不忘；他们背诵《狐狸与乌鸦》《狼和小羊》等篇，脱口而出，就像中国人背诵"床前明月光……"一样。

　　全稿杀青时，又来了一位证人。法国友人白乐桑先生从远方来，与我相聚甚欢。他听我说翻译完了全部的拉封丹寓言诗，不禁啧啧称赞，认为这是一个大工程，很有意义。他对拉封丹的评价出乎我的意料：拉封丹在法国的影响力，也只有雨果能与之媲美。看起来，这并非一家之言。这样的评价，出自一位法国学者之口，值得我进一步认识。

　　2005年，我翻译出版了《拉封丹寓言诗》，仅仅选译了三分之一的篇幅。写了一篇译序，题为《亦教亦乐的典范》，总括地谈了谈拉封丹寓言诗，但是流于空泛，只有一副骨架。这次译完全诗，写前言时参考了《拉封丹传》原著，补血增肉，为读者提供些了解拉封丹所处的时代、独特一生的具体材料。

目 录

第一集

（1668年）
第一卷至第六卷
增色寓言诗

献给王储殿下

第一卷

1　知了和蚂蚁 / 003
2　狐狸与乌鸦 / 005
3　青蛙想要大如牛 / 005
4　两头骡子 / 006
5　狼与狗 / 008
6　牛羊与狮子合伙 / 009
7　褡裢 / 009
8　燕子和小鸟 / 011
9　城鼠与田鼠 / 014
10　狼和小羊 / 016
11　人和自己的形象
　　——赠给德·拉罗什富科公爵 / 018
12　多头龙和多尾龙 / 019
13　窃贼和驴 / 019
14　诸神护佑的西摩尼得斯 / 020
15　死神与不幸者 / 021
16　死神与樵夫 / 022
17　中年人处在两妇中间 / 024

18　狐狸与鹤 / 024
19　孩子和教师 / 025
20　公鸡和珍珠 / 026
21　马蜂和蜜蜂 / 026
22　橡树和芦苇 / 027

第二卷

1　回敬挑剔者 / 030
2　老鼠开会 / 032
3　狼告狐狸 / 034
4　两头公牛和一只青蛙 / 034
5　蝙蝠和两只黄鼠狼 / 035
6　中箭的鸟 / 036
7　猎犬及其伙伴 / 036
8　鹰和金龟子 / 037
9　狮子和小蚊虫 / 039
10　驮海绵的驴和驮盐的驴 / 041
11　狮子和老鼠 / 042
12　鸽子和蚂蚁 / 044
13　落井的占星家 / 044
14　野兔和青蛙 / 046
15　公鸡与狐狸 / 048

16 要效仿鹰的乌鸦 / 048	3 苍蝇和蚂蚁 / 090
17 孔雀向朱诺抱怨 / 050	4 园子主人和领主 / 091
18 变成妻子的母猫 / 052	5 毛驴和小狗 / 093
19 狮子和驴打猎 / 053	6 老鼠和黄鼠狼大战 / 093
20 伊索解释的遗嘱 / 053	7 猴子与海豚 / 095

第三卷

1 磨坊主父子和毛驴
　　——献给德·莫克鲁瓦先生 / 057
2 胃与肢体 / 060
3 装扮成牧人的狼 / 062
4 青蛙请立国王 / 064
5 狐狸和山羊 / 066
6 雌鹰、母猪和雌猫 / 067
7 酒鬼和他老婆 / 068
8 痛风与蜘蛛 / 068
9 狼与鹳 / 070
10 被人打倒的狮子 / 070
11 狐狸和葡萄 / 071
12 天鹅与厨师 / 073
13 狼国和羊国 / 074
14 年迈的狮子 / 076
15 菲罗墨拉和普洛克涅 / 077
16 淹死的女人 / 079
17 进入谷仓的黄鼬 / 079
18 猫和老耗子 / 081

第四卷

1 坠入情网的狮子
　　——献给德·塞维涅小姐 / 085
2 牧羊人和大海 / 088

8 人和木雕神像 / 097
9 用孔雀羽毛装扮的松鸦 / 098
10 骆驼和漂浮的木头 / 098
11 青蛙和老鼠 / 099
12 动物向亚历山大进贡 / 100
13 意欲向鹿报仇的马 / 102
14 狐狸和半身像 / 103
15 狼、羊妈妈和小羊 / 103
16 狼和母子俩 / 105
17 苏格拉底的话 / 107
18 老人和孩子们 / 107
19 神谕和渎神 / 108
20 守财奴破财 / 109
21 主人的眼睛 / 112
22 云雀和麦田主人 / 115

第五卷

1 伐木工和墨丘利
　　——献给德·布里安伯爵 / 119
2 砂锅和铁锅 / 122
3 小鱼和渔夫 / 123
4 野兔的耳朵 / 125
5 断尾狐 / 125
6 老婆婆与俩女仆 / 127
7 林神和行客 / 129
8 马和狼 / 130

9　庄稼汉和他的孩子们 / 132
10　山婆临产 / 133
11　命运女神和少年 / 134
12　医生 / 136
13　下金蛋的鸡 / 138
14　驮圣骨盒的毛驴 / 140
15　鹿和葡萄 / 141
16　蛇与钢锉 / 143
17　野兔和山鹑 / 143
18　老鹰和猫头鹰 / 145
19　狮子出征 / 147
20　熊和两个伙伴 / 148
21　披着狮皮的驴 / 150

第六卷

1　牧人和狮子 / 152
2　狮子和猎人 / 153
3　太阳神与北风神 / 153
4　朱庇特和佃农 / 155

5　小公鸡、猫和小耗子 / 156
6　狐狸、猴子和动物 / 157
7　炫耀家世的骡子 / 158
8　老人和驴 / 158
9　照水泉的鹿 / 159
10　龟兔赛跑 / 161
11　毛驴和主人 / 162
12　太阳和青蛙 / 163
13　农夫和蛇 / 164
14　病狮与狐狸 / 166
15　捕鸟人、苍鹰与云雀 / 168
16　马和驴 / 168
17　舍物逐影的狗 / 169
18　车陷泥坑 / 170
19　江湖骗子 / 172
20　不和女神 / 173
21　年轻寡妇 / 174

尾　声

第二集

（1678年—1679年）
第七卷至第十一卷
多样化寓言诗

敬告语

献给德·蒙特斯庞侯爵夫人

第七卷

1　鼠疫 / 183

2　恶婚丈夫 / 186
3　老鼠隐居 / 187
4　白鹭 / 188
5　姑娘 / 189
6　心愿 / 191
7　狮王宫 / 193

目录　003

8	秃鹫与鸽子 / 194		16	占星术 / 242
9	公共马车和苍蝇 / 196		17	毛驴和狗 / 244
10	卖牛奶女和奶罐 / 197		18	帕夏和商人 / 246
11	神父和死者 / 199		19	学识的优势 / 249
12	追求好运的人和在床上等待好运的人 / 200		20	朱庇特和霹雳 / 250
13	两只公鸡 / 202		21	隼和阉鸡 / 251
14	人忘恩负义并对命运女神的不公 / 204		22	猫与老鼠 / 252
15	女占卜师 / 205		23	湍流与深河 / 255
16	猫、黄鼠狼与小兔 / 206		24	教养 / 257
17	蛇头与蛇尾 / 208		25	两条狗和死毛驴 / 259
18	月球上的动物 / 209		26	德谟克里特和阿布德人 / 260
			27	狼与猎人 / 263

第八卷

第九卷

1	死神与垂死者 / 215		1	不诚实的受托人 / 269
2	修鞋匠和银行家 / 217		2	两只鸽子 / 272
3	狮子、狼和狐狸 / 220		3	猴子和豹子 / 275
4	寓言的威力 ——赠德·巴里荣先生 / 221		4	橡栗和南瓜 / 277
			5	学童、教师与园主 / 278
5	人与跳蚤 / 223		6	雕刻家与朱庇特雕像 / 279
6	女人和秘密 / 224		7	老鼠变为少女 / 280
7	狗脖子挂主人的晚餐 / 225		8	兜售智慧的狂人 / 283
8	笑星和鱼 / 227		9	牡蛎和争讼者 / 286
9	田鼠和牡蛎 / 228		10	狼与瘦狗 / 289
10	老熊和园林老人 / 230		11	切勿过当 / 290
11	两个朋友 / 233		12	大蜡烛 / 291
12	肥猪、山羊与绵羊 / 233		13	朱庇特和过路人 / 292
13	蒂尔希与阿玛朗特 ——赠予西勒里小姐 / 235		14	猫与狐狸 / 295
			15	夫妻和小偷 / 297
14	狮王后的葬礼 / 238		16	财宝和两个男人 / 298
15	老鼠和大象 / 240		17	猴子和猫 / 300

18 鹞鹰与夜莺 / 303
19 牧人与羊群 / 303

第十卷

1 人与游蛇 / 307
2 乌龟和两只野鸭 / 309
3 鱼和鸬鹚 / 311
4 埋金者与伙伴 / 314
5 狼和牧羊人 / 315
6 蜘蛛和燕子 / 316
7 山鹑和公鸡 / 317
8 割了耳朵的狗 / 318
9 牧羊人与国王 / 320
10 鱼群与吹笛牧羊人 / 324
11 鹦鹉父子和国王父子 / 326
12 母狮和母熊 / 328
13 两个冒险家的护符 / 329
14 笔谈
　　——献给德·拉罗什富科公爵 / 332
15 商人、贵绅、牧人与王子 / 335

第十一卷

1 狮子 / 339
2 为曼恩公爵殿下而作 / 342
3 农夫、狗和狐狸 / 343
4 一个莫卧儿人的梦 / 345
5 狮子、猴子和两头驴 / 346
6 狼与狐狸 / 348
7 多瑙河农夫 / 350
8 老翁与三个后生 / 354
9 老鼠和猫头鹰 / 357

尾　声

谈　话
　　——献给德·拉萨布利埃尔夫人
序诗：伊里斯颂 / 364
1 笛卡儿和动物机械论 / 365
2 以例证表示异议 / 366
3 笛卡儿解释这些事例 / 368
4 以寓言形式的新异议 / 370
5 拉封丹个人论说 / 372

第三集
（1694 年）

第十二卷

1 尤利西斯的战友
　　——献给勃艮第公爵殿下 / 376
2 猫与两只麻雀 / 380
3 财迷与猴子 / 381
4 两只母山羊 / 383

5 猫与小鼠
　　——奉勃艮第公爵殿下之命，拉封丹先生创作一则寓言 / 385
6 老猫和小鼠 / 386
7 病鹿 / 388
8 蝙蝠、灌木和鸭子 / 390
9 猫狗之争与猫鼠之争 / 391

10　狼和狐狸 / 392	19　狐狸和火鸡 / 413
11　鳌虾母女 / 394	20　猴子 / 415
12　老鹰与喜鹊 / 396	21　西徐亚哲学家 / 415
13　鹞鹰、国王与猎人 / 398	22　大象和朱庇特的猴子 / 417
14　狐狸、苍蝇和刺猬 / 402	23　疯子和智者 / 418
15　爱情与疯狂 / 404	24　英国狐狸
16　乌鸦、羚羊、乌龟与老鼠	——致哈维夫人 / 419
——献给德·拉萨布利埃尔夫人 / 406	25　达夫尼和阿西玛杜珥
17　森林与樵夫 / 410	——献给德·拉梅桑热尔夫人 / 423
18　狐狸、狼和马 / 412	26　法官、护理和隐士 / 427

补篇两则

1　太阳与青蛙 / 436	2　鼠盟 / 437

附　录

拉封丹生平与创作年表 / 442

(1668年)
第一卷至第六卷
增色寓言诗

第一集

献给王储殿下[1]

我歌颂的人物伊索是父亲,
这些人物的故事虽为虚构,
蕴含的真理却可引为教训。
作品人物,甚至鱼都能开口,
面对我们讲话,世界的中心,
我正是利用动物来教育人。
上天宠儿,一位君主的后裔,
现在吸引全天下人的目光,
再高贵的头颅也深深垂低,
他的时日将以战利品计算,
另一人[2]会以高音对你颂扬,
你先祖业绩与君王的操尚。
我要对你讲述寻常的行为,
在这诗中用淡彩给你描绘。
这样做如能赢得你的欣赏,
那我至少会感到无比荣光。

---

[1] 大王储,路易十四的独生子,生于1661年4月1日,在发表这首卷首题词诗时,他还不满七岁。在短短的诗中,拉封丹揭示了寓言的教育目的、寓教于乐的性质;他还表示以致力于王位继承人的教育方式,为国王效劳的意愿,并且继承伊索开创的文学传统,但是另辟蹊径,走向史诗之路,成为"勇武而滑稽的"文学。

[2] 指德·佩里尼,从1665年起,聘为王储首席教师,1670年博絮埃继任。博絮埃(1627—1704),法国著名散文作家、演说家,诔词多种流传于世。

第一卷

1　知了和蚂蚁

知了高唱了一夏天，
北风一送来秋凉，
她就闹了饥荒。
没有储存一点点
苍蝇或者虫肉干。
肚子饿得咕咕叫，
只好去找找
邻里蚂蚁嫂。
求她帮帮忙，
借点活命粮，
熬到明年下新粮。

"我会还的，"知了说道，
"八月之前，连本带利少不了，
我用动物的诚信来担保。"
蚂蚁有个小缺点：
助人借物不情愿。
"天热的时候你在干什么？"
蚂蚁问这个求借者。
"谁来我都给唱歌，
别见怪，不管白天与黑夜。"
"你总唱歌？那很好啊，
喏，现在你就跳舞吧。"

2　狐狸与乌鸦

乌鸦老板栖在高树梢儿，
嘴叼一大块奶酪。
狐狸老板循香味来到树下
对他大致说了这番话：
"乌鸦先生，您好哇；
您真漂亮！我看您帅呆了！
实不相瞒，如有副好嗓儿
能同您那身羽毛相当，
您就称得上这林中的凤凰。"
闻听此言，乌鸦颇为不悦，
为了亮一亮他的好嗓儿，
大嘴一张，到嘴的美味便失落。
狐狸得了奶酪，又说道：
"老兄啊，千万记牢
奉承者就靠爱听好话的人活着。
这一课完全值一块奶酪。"
乌鸦不禁满面羞惭，
他发誓再不受骗，可惜有点晚。

3　青蛙想要大如牛

青蛙见一头公牛走到近前，
觉得他的个头儿好大。
而她小得可怜，大不过一只蛋，
她十分艳羡，要跟牛比个高下，
就伸展四肢，鼓气，
使尽全身解数，
还问另一只青蛙："怎么样？
够了吗，妹妹？我还比不上？"
"还不行。"另一只青蛙回答。
"这样呢？"她又问道。
"根本比不上。"
"这会儿又如何？"
"相差得没法儿说。"
可怜的小动物膨胀过度，
结果砰的一声肚子胀破。
世上许多人不见得比这青蛙明智：
普通市民攀比大贵族，
要建豪华府邸，
小小公国君主也往列国派大使，
区区侯爵却想有青年侍从[1]。

第一集　005

4　两头骡子

两头骡子赶路：一头驮着杂粮，
另一头驮着盐税的银两。
驮税银的骡子得意忘形，
身负重任无论如何也不愿减轻。
他走路蹄子抬得高高，
颈上的铃铛也一晃三摇：
忽然撞上剪径的强人，
当即就要抢这税银。
一伙强盗扑来如狼似虎，
抓缰绳将驮银两的骡子拉住。

这头骡子还拼命抵抗，
感到身中数刀，疼得直呻吟。
于是他连声哀叹道：
"跟在后面的骡子见危险就逃跑，
而我落入魔掌却性命难保。"
"朋友啊，"他的伙伴回答，
"受重用不见得总有好结果，
如像我这样，
只给一个磨坊主干活，
你也不会受了重伤。"

5　狼与狗

一条狼饿成了皮包骨，
只因家犬严严守住门户。
这条狼遇见一只大狗，
大狗不小心迷了路：
他又英俊又强壮，
又肥胖，皮毛又光亮。
狼真想袭击这只丧家犬，
恨不能将他撕成碎片。
但是这难免一场厮杀，
而大狗个头儿又那么大，
肯定要奋力抵抗。
狼大人只好上前耍花腔，
低首下心地恭维几句，
说狗长得富态令他艳羡不已。
大狗一听心下喜欢：
"尊敬的先生，要像我这样胖，
这完全取决于您的意愿；
离开树林吧，您会大不一样。
您的同胞在林中多悲惨，
又笨又懒，过着穷日子，
一个个全是穷光蛋，
那种生活只能等饿死。
只因毫无保障，没人供吃喝，
一切全得靠武力抢夺。
跟我走吧，您能过上美好生活。"
狼就问道："让我干什么？"

大狗回答："几乎什么也不必干，
就是赶一赶拿棍子行乞的人，
迎合家里人，讨主人的欢心；
您也就能相应地拿到工钱，
也就是说吃到各种残羹剩饭：
小鸡骨头，还有鸽子骨头，
还不算能得到多少爱抚。"
狼已开始憧憬这种幸福生活，
激动得流下了眼泪。
行走间狼发现狗颈的毛全脱落，
就问他："这是怎么回事？"
"没什么。"
"怎么就没什么？"
"这种事也不值一提。"
"那究竟是什么事？"
"您瞧见的这个部位，
也许是我戴的项圈磨的。"
"戴项圈？"狼又问道：
"您就不能随便跑？"
"不能总乱跑，可是这有什么关系？"
"关系大了，您所说的那些饭食，
说什么我也不想要，
即使换取一件珍宝，
以这种代价我也不干。"
狼先生说罢撒腿就跑掉，
至今他还是一个流浪汉。

6　牛羊与狮子合伙

从前有一个传说，
牛羊与狮子合伙。
一方有母牛和母山羊，
以及她们的妹妹母绵羊，
一头骄傲的狮子为另一方：
他可是邻近的领主。
商量好赢利分享，
亏空则共同担负。
有一天山羊用网逮住一头鹿，
她随即将猎物交给伙伴。
大家到齐后，狮子屈爪一算：
"咱们四个分这猎物。"

于是鹿就分成了四份。
身为贵族，狮子拿了头一份，
他说道："这应当归我，
理由嘛，只因我叫狮子。"
对此谁也无话可说。
"这第二份，凭权利还应归我：
这权利就是强权，
想必大家都懂得。
既然我最勇敢，第三份非我莫属。
这第四份你们谁敢动一动，
我当即就要她的命。"

7　褡裢

朱庇特[2]曾讲："世上的生灵，
凡是不满意自己的外形，
都可以到本神脚下申诉，
但讲无妨不要发怵：
我会设法予以矫正。
猴子，您过来，头一个发言，
您有优先权，您看看这些动物，
以他们的相貌
同你们的相貌做个比较，
您感到满意吗？"
"我，为何不满意？"猴子回答，

"同其他动物一样，我不也有四条腿？
我的画像至今对我毫无责备。
按说，我的熊老哥，
别人刚刚给他画个轮廓；
但凡他能听我一劝，
他就绝不会让人画完。"
熊就这话题发了言，
大家都以为他准要抱怨。
其实不然，对自己的相貌
他倒是欣赏得不得了。
他转而评论起大象，

说他耳朵要减半，
说他尾巴要加长；
还说他极不雅观，
大块头儿没个形状。
大象听熊把话讲完，
他虽然堪称明智的榜样，
说出话来也是老调重弹：
他认为鲸鱼夫人太胖，
不符合他的审美观。
而蚂蚁夫人自认为是巨无霸，
觉得蛆虫小得可怜。
朱庇特见他们都自夸自大，
对本身又都那么满意，
就只好打发他们回家。
其实最狂妄无知的生灵里，

我们人类要数第一：
只因我们对别人
有副野猫的眼睛，
对自己目光就像鼹鼠。
我们对自己什么都能包容，
对别人却毫不宽恕。
我们对自己总另眼相看，
对别人则只有白眼。
创造万物的主宰
把我们每人创造成褡裢，
每个褡裢都有两个口袋：
我们人无论古时还是今天，
自己有错就丢进后袋里，
前袋专装别人的过失。

8 燕子和小鸟

一只燕子经常旅行,
也就积累了许多见闻。
谁见识多谁就老练,
他连极小的风暴都能预见:
还未等风暴形成,
他就向水手报警。
一年正是播种大麻的季节,
燕子看见一个农民种田,
已经播种了好大一片。
他就对一群小鸟说道:
"我觉得这情况可不妙。
要有大难,你们太可怜;
我无所谓,能远走高飞,
随便就能找个生活的空间。
在空中赶路的那只手,
难道你们没有看见?
那一天不会很远:
那只手播种的是你们的灾难。
长出来的大麻要将你们包围,
布满网罗你们无处飞;
还有各种机关陷阱,

在这个季节防不胜防,
不是把你们诱入牢笼,
就是夺走你们的小命。
你们要当心笼子和油锅!"
因此,燕子还继续往下说:
"快去把那些种子吃掉,
你们一定要相信我。"
小鸟听罢都纷纷嘲笑:
"田野里好吃的多得不得了。"
等大麻田长出一片青苗,
燕子又对那些小鸟说道:
"快去把那些青苗拔掉,
该死的种子要长成,
肯定要把你们断送。"
"灾难的预言家,真爱唠叨,
你给我们派的活可真好!
要清除这么一大片,
得需要我们上千只鸟儿。"
大麻尚未长熟还不太晚,
燕子又飞来再次规劝:
"这种长势看来很不妙,

坏种子总是成熟得早。
既然时至今日。
我的劝告你们一句也听不进去,
我还是希望你们能牢记:
你们一旦看到夏麦收割完,
田里又长出了新苗,
人们农闲无事可干,
就要开始捕捉小鸟儿;
你们一旦看见他们到处张网,
到处安放捕鸟器,
你们小鸟可就要遭殃,
千万不要再乱飞,
躲进窝里别出去;
再不然迁走换一换环境,
学那野鸭仙鹤与山鹬,
不过你们远飞还不行,

我们要飞越海洋和沙漠
前往寻找另外的世界。
因此,只有一种办法最保险,
你们全躲进墙洞里不露面。"
小鸟早已听得都不耐烦,
叽叽喳喳的闹声喧;
如同当年的特洛伊人,
可怜的卡姗德拉[3]一开口,
他们就起哄议论纷纷。
但是谁也没有笑到最后,
特洛伊陷落而鸟入牢笼。
我们出于本能,
只倾听知近者的声音,
等待灾难降临,
我们才肯真正地相信。

9 城鼠与田鼠

从前城里的老鼠
请来田鼠用餐，
招待很合礼数，
品尝残羹剩饭。

土耳其地毯上，
已经摆好餐具。
我让读者去想象
两位朋友的宴席。

佳肴特别丰盛，
美味一样不少，
正在吃得高兴，
突然有人来打扰。

就在客厅门口，
他们听见声响，

城鼠拔腿就走，
田鼠也紧紧跟上。

声响停止人走掉，
逃遁者又立刻露面，
城鼠对客人说道：
"快把烤肉吃完。"

"算了吧，"田鼠回答，
"不是夸口比高低，
明天还请到舍下，
您的国宴不稀奇；

我家绝无人出入，
从容用餐不用怕，
提心吊胆享口福，
这种乐趣见鬼去吧！"

10　狼和小羊

最强者的道理总是最大道理,
下面我们就来证实。
一只小羊在清澈的
溪水边上喝水。
一条大灰狼寻食,
被饥饿引到这里。
这只野兽暴跳如雷:
"你真胆大包天,
竟敢搅浑我喝的水!
你这样有恃无恐,
就应该受到严惩!"
"陛下,"小羊回答,"大王,
且请您息怒,
您何不想一想,
我喝水的地方,
是在下游,
离开您有二十多步,
因此怎么也不会
搅浑您喝的水。"
"搅浑了,"残暴的狼又吼叫,
"我还知道,去年你说过我坏话。"
"那怎么可能,
去年我还没有出生。"
小羊这样回答,
"现在我还吃妈妈的奶呢。"
"不是你,那就是你哥哥。"
"我是独生子。"
"反正是你们家的哪一个。
没错,你们的牧人和牧犬,
谁都不肯放过我。
大家都对我这样说,
这个仇我一定得报。"
狼说罢就叼起小羊,
到密林深处吃掉,
根本不走诉讼的过场。

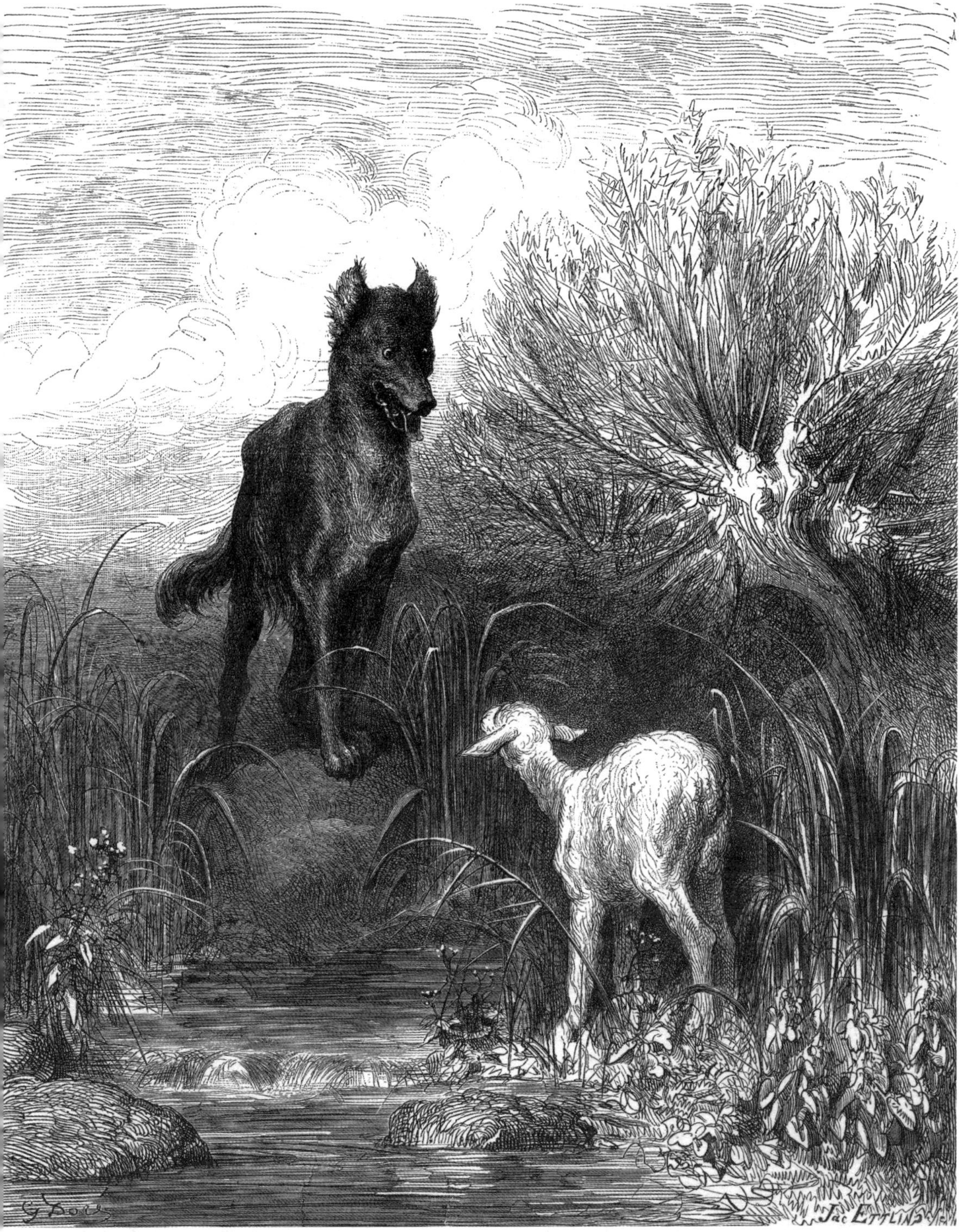

11 人和自己的形象
——赠给德·拉罗什富科公爵[4]

一个人爱自己无与伦比,
自认为是天下第一美男子。
他总指责镜子造假象,
他深陷谬误还得意扬扬。
命运之神特别热心,
为了给他除掉这病根,
就让他的目光移向哪里,
都能看见妇女用的哑顾问。
到处都有明亮的镜子,
在各家庭,在各商店,
在风流男子的兜里,
也系在女人的腰间。
我们的那喀索斯[5]怎么办?
他要去什么地方躲藏,
想象中最隐蔽的地方,
只要别再看见明镜,
别在镜中看见形影。
不料就在这偏僻之地,
却有一眼清泉流成的沟渠,
他又在水中看到了自己,
顿时不由得心头火起,
他那双激怒的眼睛
以为看到怪诞的幻影。
他要离开可真费了力,
这水渠景色实在美。
大家都明白这故事的含义。
我要对所有人说:
这种极端的过错,
人人都喜欢维持。
我们的灵魂,正是这个自恋者;
那一面面镜子正是
别人的愚蠢行为,
镜子,也忠实画出我们的过错。
至于那水渠,人人都晓得,
就是那本《箴言集》。

12　多头龙和多尾龙

史书记载土耳其苏丹的使者，
一天觐见德国皇帝，
炫耀大苏丹国力非德皇可比。
一位德国大臣当即反驳：
"我们君主有众多藩国，
诸侯国都极强盛，
都能豢养一支大军。"
使臣将军何等智辩，
回答说："百闻不如一见，
听说诸侯国能供应兵员；
这倒让我忆起一次历险，
说来离奇，但的确真实。
我在一个安全地点，猛然瞧见
一条百头恶龙，势欲穿过树篱。

我周身血液一阵冰凉，
恐怕谁见了都难免惊慌。
不过一场虚惊，毫发无损，
怪兽想袭我，都找不见篱门。
我还在想着这场险情，
不料又出现一条猛龙，
只长一颗头，却有几条尾巴。
再次遇险，我好生害怕，
心中不免万分惊诧。
龙头先行，龙身跟进，
几条尾巴也一路畅通。
我敢断定这两种形象，
恰似您的皇上和我的君王。"

13　窃贼和驴

两名窃贼偷来一头驴，
你想留他想卖话不投机，
话不投机动起手脚，
两名窃贼打得正热闹，
又一贼趁火打劫，
将驴子先生牵跑。

驴子，有时就是个小公国，
窃贼，就是某某君主，

不管是在土耳其、匈牙利，
还是特兰西瓦尼亚地区[6]。
我碰到的贼不止两个而是三个：
经常发生这类争夺，
要争夺的地方谁也没得手，
就闯来第四者，
当即把他们摆平，
独吞了战利品。

14　诸神护佑的西摩尼得斯[7]

有三种人物，可以尽情颂扬：
诸神、情妇和国王。
马莱伯[8]也这么讲：这话算我一份，
这些格言永世流芳。
溢美之词就是爱抚，能赢得人心；
美人的青睐往往是甜言蜜语的报偿。
我们瞧瞧人神有时为此如何解囊。

西摩尼得斯想要赞美
一名竞技手，刚一试笔，
就觉得这题目说起来毫无意思。
竞技手家里都是默默无闻的人，
父亲虽是好市民，却无别的功德：
内容既贫乏而又细琐。
诗人先谈他的主人公，
能讲的话已搜罗一空，
便笔锋一转，借题发挥，
大谈卡死托耳和波吕丢刻斯两英雄，
称赞两兄弟是光荣角斗士的榜样，
歌颂他们的战功，
描述他们扬名的战场。
结果全诗的三分之二，
都是对两位天神的赞美。
竞技手原答应的酬劳付一塔兰[9]金币，
一看这颂歌，就只付给诗人三分之一，
当面十分坦率地告知，
其余向孪生的天神讨去。
"您想满意就去找天神，

不过我也不会亏待您：
我在家中要大摆宴席，
邀请的宾客都精心挑选，
还请您光临，多多赏脸。"

西摩尼得斯接受邀请，也许他担心，
不算酬劳，别再错过了颂扬的谢忱。
诗人赴宴。宾主开怀畅饮，
人人都那么欢颜喜喜。
一名仆人忽然跑来通禀：
门外两条汉子要见诗人。
诗人急忙离席看个究竟，
大伙照吃一口也不省。
来人正是诗人歌颂的孪生兄弟，
他们表示感激，送来诗篇的谢仪，
还警告诗人速速离开，
这户人家要遭倾覆之灾。
天神的预言果然灵验，
房屋一根立柱忽然折断，
屋顶失去了支撑，整个儿压下来，
砸烂了一桌宴席，砸烂酒杯餐盘，
连服侍的仆人也未幸免。
这还不是最糟的情况，
为给诗人报复得圆满，
横梁砸断竞技手的腿，
宾客们也都倒了大霉，
大部分人伤痕累累。
信息女神[10]便到处宣扬这个事件，

人人惊呼奇迹，诗人收益翻了番。
天神喜爱的诗人酬劳高理所当然。
良家子弟争相请诗人，
出高价撰写颂诗赞文，
颂扬祖先保佑子孙。

回到故事的开篇，首先要说明，

世人一定要大张旗鼓地歌颂，
天地间的各路神灵、各种神人；
况且悲剧女神有时也卖文为生。
总之应当保持我们艺术的价值。
大人物风光，对我们也心存感激。
从前在奥林匹斯和帕耳那索斯
神山上，大家都是朋友和兄弟。

15　死神与不幸者

一个不幸的人天天呼唤
死神前来救援。
"死神啊，"他哀告，"玉貌花容，
快来呀，结束我的残酷命运。"
死神前来，真以为能帮上忙，
敲门进了屋，亮出他的真容。
不幸的人便惊呼："见鬼啦！
快走开！丑八怪！
吓得我魂飞天外！

死神啊；别过来，
死神啊，快离开！"

梅塞纳斯[11]风流倜傥
他曾说："让我身体残废也无妨，
哪怕缺胳膊断腿，哪怕痛风，
只要活着就满意，活着就成。"
死神啊，永远别来访，
对你谁都会这么讲。

16　死神与樵夫

穷苦的樵夫身背一大捆柴草,
被这样重负和岁月压弯了腰,
他脚步沉重,一路上不断哀怨,
强撑着赶回那熏黑的茅草房。
又痛苦又费力,终于力不能支,
他撂下柴捆,回想自己的不幸:
"自从来到人世,何尝有过乐事?
普天下可还有人比我还穷苦?
有时饿肚子,永远得不到休息。"
老婆孩子都得养活,
官兵来了还要吃住,
债主来了催债逼得急,

纳了赋税还服劳役,
完美的描述,人苦命不能再苦。
他便呼唤死神,死神随即来临,
问他有什么事要帮助。
樵夫说:"助一臂之力,
将这捆柴重新背起,
这绝不会误你的事。"

死亡虽说一了百了,
但还是别妄动为好,
宁愿受罪也不轻生,
这就是人类的信条。

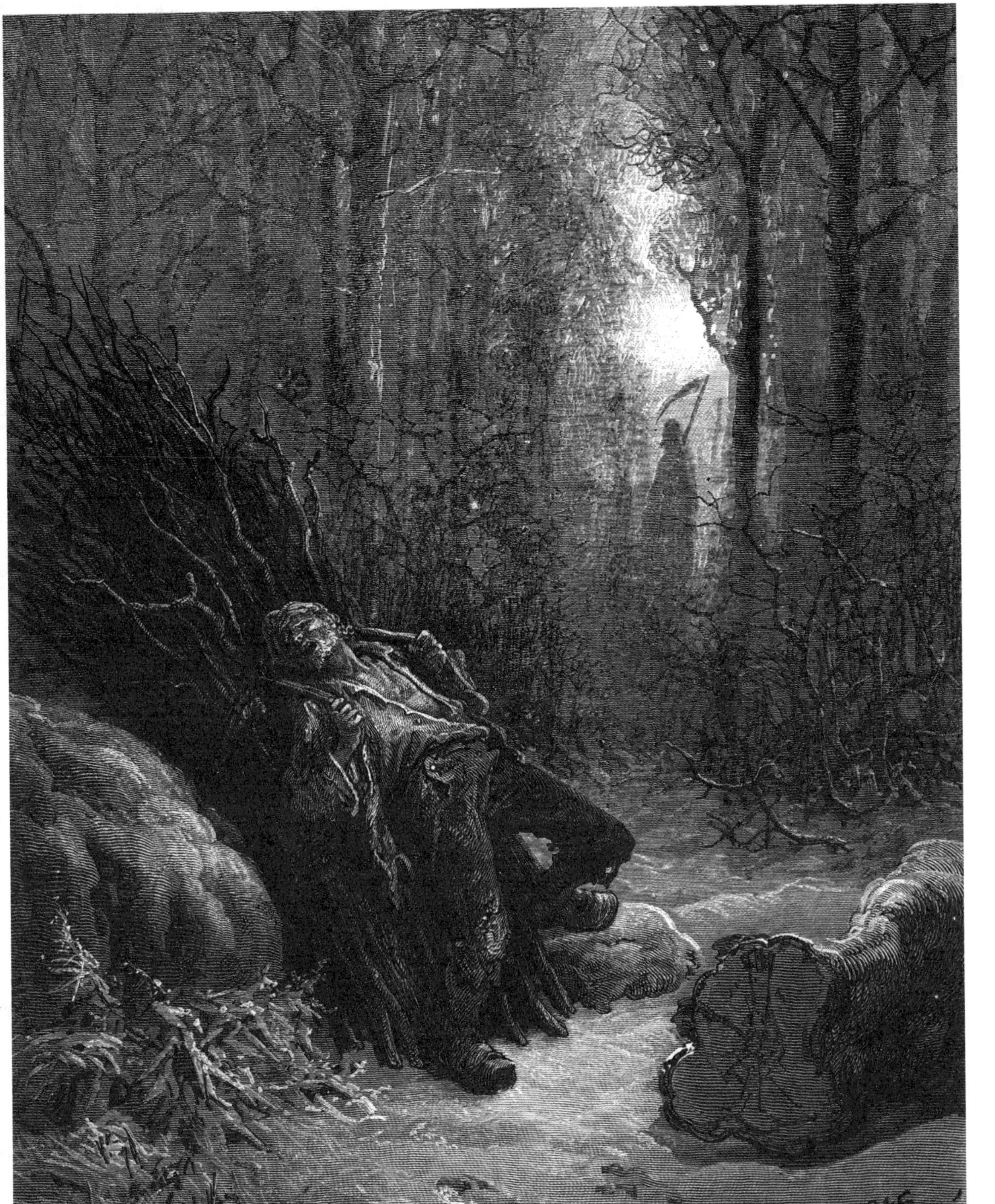

17　中年人处在两妇中间

一个中年汉子，
头发开始花白，
觉得该考虑结婚，
岁月毕竟不饶人。
他很富有，
也就有条件认真挑选。
那些女人无不想讨他喜欢；
因而我们这位也并不太急，
求婚可不能当成儿戏。
有两位寡妇占据他大半颗心，
一位半老一位还年轻。
半老的多亏修饰得妙，
修补了自然的损耗。
两位寡妇脚步轻盈，
说笑着待他为上宾，
有时还给他梳理头发，
也就是要修理美化。
半老的见到残留的青丝，
总要一根根拔下，
好让老情人感到更踏实。
那年轻的一上手，
见白头发便往下揪。
两个女人各不相让，
这老兄的头发很快被拔光。
于是他感到自己受了捉弄，
便对她们说："我的美人儿，
这头发一根不剩，
我得感谢你们。
我有所失，但是得了更多：
看起来这好事还要多磨。
我有意娶的女子，
要我像她那样生活，
不能保留我自己的方式。
任何秃头都不会接受，
我的美人儿，我还应感谢，
你们给我上的这一课。"

18　狐狸与鹤

有一天狐狸大哥
留下鹤大姐，
不惜破费请吃饭。
一餐非常清淡，
他生活一向节俭；
这次只做一点稀汤，
盛在一只盘子上。
长嘴鹤大姐什么也啄不着，
狐狸却三口两口把汤舔光了。
鹤大姐受此愚弄，心存报复，

过几天也回请狐狸大哥。
"好哇，"狐狸回答说，
"我和朋友们交际，
从来就不讲虚礼。"
狐狸准时赶来赴约，
登门拜访鹤大姐，
盛赞女主人招待周到，
菜肴烧得正够火候。
狐狸一向胃口好，
闻到肉香就享受了口福，
吃到口中更该美不胜收。
不料鹤大姐给他出了难题，

将小肉丁装进长颈细口瓶里，
鹤的长喙很容易就探到里面，
狐狸的大嘴只能在外边打转。
他只好饿肚子回家，
一路上两耳耷拉，
还紧紧夹住大尾巴；
彻头彻尾的狼狈相，
就像上了小鸡的大当。

骗子，我这寓言写给你们欣赏，
你们等着瞧会有同样下场。

19　孩子和教师

我讲这个故事是要表明，
一个蠢货的斥责多么无用。

一个孩子在岸边蹦蹦跳跳，
一不小心掉进塞纳河里。
除了上帝还有救命稻草，
幸好他抓住了一根柳枝。
且说柳枝救了他一命，
但是他还只能悬在水中。
恰好这时经过一位老师，
孩子就冲他连声叫嚷：
"救命啊！我快要淹死！"
那老学究闻声回头张望，
也不管时机是否适合，

就开始高声严厉地斥责：
"哼！你这个小淘气精！
瞧你胡闹掉进了河中！
照管这种小鬼头真挨累，
有这样孩子父母也倒霉！
父母的苦命多叫我可怜，
为孩子操心能把心操碎。"
说完这番话他才把孩子拉上岸。

在这里我要斥责的那些家伙，
比人想象的要多得多；
所有喋喋不休的人、
所有学究、所有批评家，
都能从我这故事中认出本身。

这三种人在当今世界
每种人所占比例都很大。
造物主保佑他们繁衍不绝。
无论碰到什么事情，

他们只想要一耍三寸不烂之舌。
喂，朋友，先救我脱险，
然后再高谈阔论随你便。

20　公鸡和珍珠

一只公鸡觅食扒土，
一天扒出一颗珍珠。
他一碰见个宝石匠，
就立刻把珍珠献上。
"我相信它很精巧，"
公鸡说道，
"但是一个小米粒，
也比这颗珍珠好，
更能解决我的问题。"

一个无知的人继承了
一份手稿，觉得没用，
就去找邻居书店老板，
拿出这份手稿给他看。
"我相信写得很好，"
无知的人说道，
"但是一枚最小的银币，
更符合我的需要，
对我也更有价值。"

21　马蜂和蜜蜂

通过活计识别工匠的手艺。

偶然发现一些无主的蜜脾[12]，
马蜂纷纷来认领，
而蜜蜂却不答应。
官司打到大胡蜂面前，
他也难以做出决断。
许多证人出来做证，
说蜜脾四周早已生出小虫：

乱哄哄的，身子细长，
还长出了翅膀，
深褐色挺像蜜蜂。
这能证明什么！
我们这些马蜂
同样有这些特征。
双方都各执一词，
胡蜂也说不出谁有道理。
案件要问个水落石出，

还必须重新调查清楚。
先听听蚂蚁怎么说，
疑点还照样无法解。
"对不起，何必这么费劲？"
讲话的蜜蜂非常细心。
"这案子拖了快半年，
还停留在头几天。
这么久了蜜已经变质，
想必法官有所考虑，
今后还应加快速度！
无须反复预审和答辩，
用不着兜圈子废话连篇。
还是让马蜂和我们
动手来干一干，
看谁能用如此甜的蜂浆，

造起如此漂亮的蜂房。"
马蜂一拒绝便可得知：
他们没有这么高手艺，
于是胡蜂就宣判，
将蜂蜜判给应得的一方。

但愿这样处理所有案件，
土耳其人在这方面正是典范！
法典还不如普通常识，
千万别花大钱打官司，
别让他们骗吃又骗钱，
他们拖着案件不办，
就是要把我们的钱财榨干；
到头来法官吃完牡蛎肉，
两片空壳留给诉讼者。

22　橡树和芦苇

一天橡树对芦苇说：
"你有充分理由控告大自然：
一只戴菊莺飞落，
就会把你压弯。
哪怕吹来一阵微风，
刚能把水面吹皱，
就会让你低下头。
而我的额头像高加索的山峰，
不仅能遮挡灿烂的阳光，
还能顶住暴风雨的扫荡。
对你什么都是风暴，

对我无不是和风。
你若生在我的茂叶下也好，
有我的荫护照应，
就不会受这么多惊扰；
有我遮风挡雨，
也就不必忧虑。
你们这些芦苇大多
生长在风王国的水泽，
我就觉得对你们，
大自然很不公平。"
芦苇回答说："您的同情

是出于好心，也不必担忧：
风对我不如对您那么可怕，
我不会折断，风大就俯下；
而您呢，不管风多么凶猛，
腰弯也不弯就硬顶。
咱们还是等着瞧吧。"
说这番话的工夫，
北风婆一直怀抱的风孩儿，
突然从天边冲过来，

那风孩儿最调皮，
发狂一般撒欢儿。
橡树还挺立在那里，
芦苇赶紧弯下腰去。
风力越来越大，
结果连根拔起
那棵伸脑袋够上青天、
脚跟却踏着黄泉的橡树。

注释：

[1] 法国国王有一批青年侍从，由贵族子弟充任。

[2] 朱庇特：罗马神话中最高的神，即希腊神话中的宙斯。

[3] 卡姗德拉：特洛伊公主。太阳神阿波罗爱上她，赋予她预卜吉凶的能力；但因拒绝阿波罗的求爱，受其诅咒，就再也没人相信她的预言了。她预言希腊联军会攻陷特洛伊城。城里人谁也不相信。最后特洛伊城破国亡。

[4] 德·拉罗什富科公爵（1613—1680）：《箴言集》的作者，拉封丹的好友。

[5] 那喀索斯：希腊神话中的美少年，拒绝仙女的求爱。受阿芙洛狄忒惩罚，让他恋上自己在水中的影子。最后他憔悴而死，变成水仙花。

[6] 特兰西瓦尼亚地区：在罗马尼亚境内。

[7] 西摩尼得斯（前1556—前467）：古希腊诗人，警句作者；似乎首创颂歌，祝贺奥林匹亚竞技会的优胜者。

[8] 马莱伯（1555—1628）：法国诗人，文学批评家，法国古典主义诗歌创始人之一。

[9] 塔兰：古希腊重量及货币单位。

[10] 信息女神：史诗中常出现的人物，长有一百张口，奔走飞快，能迅速传播真实或虚假的信息。

[11] 梅塞纳斯（前70—前8）：罗马帝国皇帝奥古斯都的重臣和朋友，文学艺术的保护者。后来，梅塞纳斯成为文学艺术保护者的代名词。

[12] 蜜脾：蜂巢中蜜蜂储藏蜂蜜的地方。

第二卷

1　回敬挑剔者

我也许天生就接受了史诗缪斯[1],
许诺赏赐给她情人们的天赋,
要将这天分用于伊索式虚构:
历代的故事和诗歌都是朋友。
但我并不认为备受诗神的宠爱,
善于为所有这些故事增添光彩。
自己的创作总可以尽量修饰,
别人能做,我也用新的语言尝试,
迄今为止,还没有更高明者试笔:
我让狼开口说话,让小草回答;
我还进一步,让各种花草和树木
在我笔下变成会说话的人物。
谁看见了不会感到一种惊喜?
批评者会说:"的确,
您讲得相当出色,
五六篇童话故事。"
"挑剔者先生,你们需要更真实、
更高雅的吗?请看特洛伊史诗:
希腊人围城苦战十年未攻陷,
各路将士都已厌战;
他们也曾千方百计,
发动过上千次攻击,
进行了上百次战役,
始终未能拿下这座高傲的城池;

还是女神密涅瓦[2]想出木马计,
巧夺天工,从未见过的新制作,
大腹中藏进智慧的尤利西斯、
英勇的狄俄墨得斯,
以及凶悍的埃阿斯[3];

这庞然大物及突击队,
要运进特洛伊城内,
这些神人便大开杀戒,
闻所未闻的好计策。
制造者表现出坚韧,
也付出巨大的艰辛……"
"够了,"有的作者就会打断我,
"故事太长,总得让人喘口气儿;
况且您这个木马计、
这些英雄和先遣队,
都编造得更为离奇,
还不如狡猾的狐狸,
夸奖乌鸦声音多美,
写得高雅也很适宜。"
那好,就降低一度调门,讲一讲
心生疑忌的阿玛丽珥的情肠,
她想念阿耳西普,认为这心声,
只有她的羊群和狗可以证明。

蒂尔西斯[4]发现她,便溜进柳林间,
听见牧羊女恳求清风把情话传,
传到她情郎的耳畔……
"我得就此把您打断,"
挑剔者会立即对我说,
"我认为这不合规矩,
也不合乎高尚品德。

这两句诗还得回炉……"
可恶,挑剔者还不住嘴?
总不让我讲完故事?
我若有意讨你喜欢,
这种意愿可太危险。
吹毛求疵者一生不幸,
总没有满意的事情。

2　老鼠开会

一只猫名叫罗狄拉杜斯[5]，
吓得老鼠都四散逃匿，
现在难得见到老鼠，
大多被猫送进坟墓。
幸存的寥寥无几，
谁也不敢离开洞穴。
洞里没有什么食物，
眼睁睁只好挨饿。
在这些可怜的鼠辈眼里，
罗狄拉[6]哪里是猫咪，
简直就是一个恶魔。
且说有一天这位风流猫，
到远邻的房顶去找相好；
趁他和他的情妇
狂叫欢舞的时候，
幸存的老鼠就聚到一起，
在一个角落里召开会议，
讨论面临的困境。
辈分最高的老鼠，
也一向慎言慎行，
他首先就提出，
给猫脖子挂个响铃，

罗狄拉每次进攻，
响铃就会报警，
他们马上钻进地洞。
此鼠只会这一招，
事不宜迟，越快越好。
大家都同意元老先生的主张，
认为这样防范才更牢靠，
难办的是怎样把铃给猫系上。
一个说："我绝不去，
我可不是大傻帽儿。"
另一个说："我也办不到。"
开了会就这样一散，
结果什么事也没有办。

这样的会议我见过许多，
不仅仅鼠辈，还有僧侣，
甚至包括议事司铎的会议。
如果只是空议论，
朝廷的顾问多得很，
一旦需要有人执行，
那就抓不到一个人影。

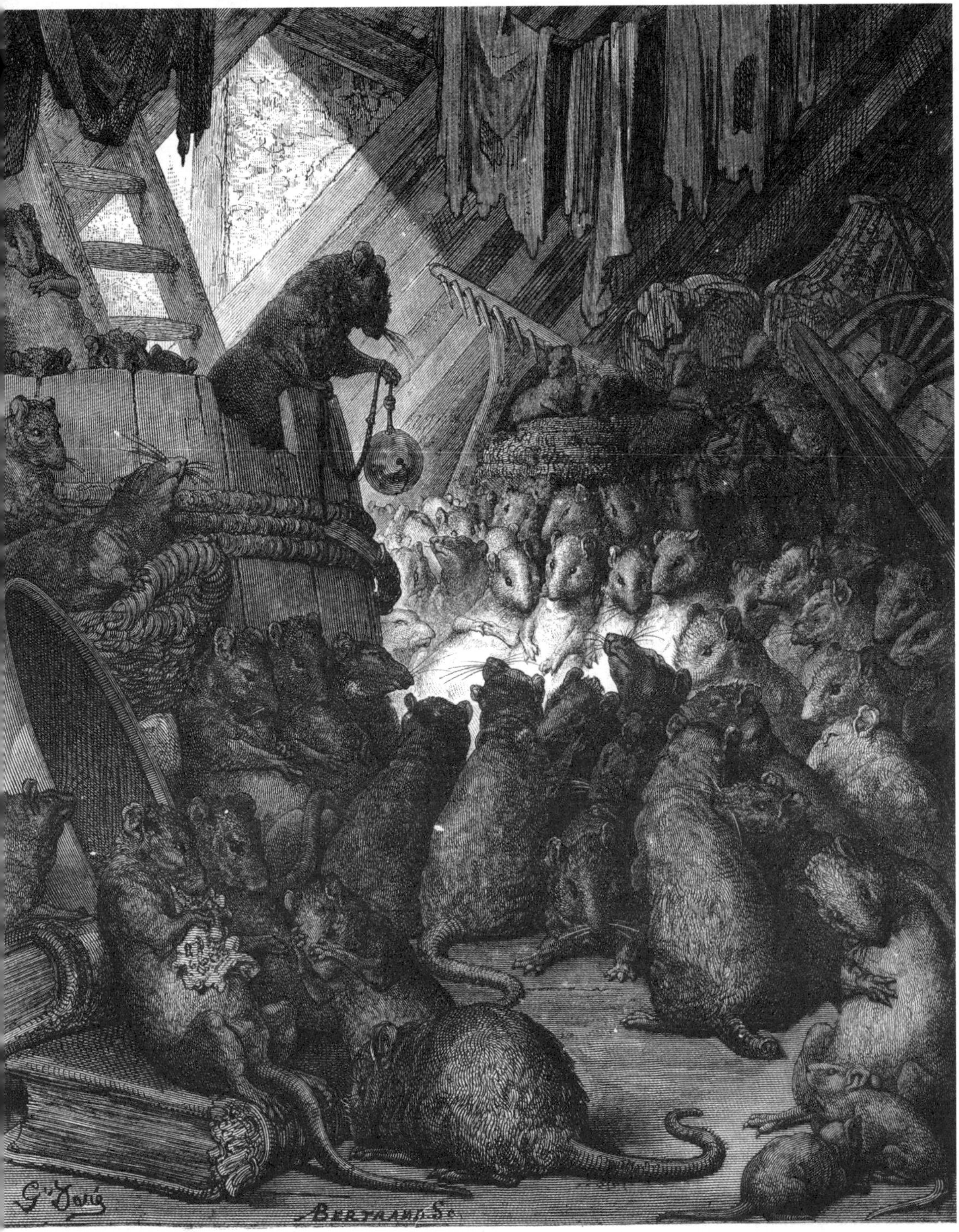

3　狼告狐狸

一只狼说他失了窃，
怀疑他的邻居狐狸，
那邻居生活不规矩。
狐狸因偷盗嫌疑要上法庭，
在法官猴子面前开始辩论。
双方都不请律师，
控辩完全靠自己。
猴子还记得就是忒弥斯[7]，
也从未判过如此复杂的案子。
法官如坐针毡，
在审判席上直冒汗。
双方好一阵舌剑唇枪，
怒吼争辩各不相让。

法官终于听明白，
两个家伙都怀鬼胎。
于是法官猴子对他们说道：
"我认识你们可有年头，朋友，
你们俩都该罚款：
只因你，狼，前来告状，
本来就没人偷你东西；
还有你，狐狸，正是你
拿了别人索要的东西。"

法官认为胡乱审判，
也不会冤枉一个坏蛋。

4　两头公牛和一只青蛙

两头公牛发生激烈战斗，
争夺地盘和一头母牛。
说起来一只青蛙连声叹气。
"这和你有什么关系？"
她的一个同胞问道。
"你怎么还不明白，"
这一个回答说，
"这场争斗的结果，
就是一个赶走另一个。
逃亡的那个只好离开丰茂的田野，

再也不能统治肥沃的牧场，
就会跑到我们这片沼泽，
一来准要统治这片芦苇荡，
忽而踏死这个，
忽而踩伤那个，
把我们赶进水底把身藏。
牛夫人引起的这场大战，
最终还是我们小动物遭殃。"
这种担忧也不无道理，
一头公牛果然闯了去，

他避难却害惨了青蛙,
一个小时的践踏
就有二十只被踩成了烂泥巴。

真可怜! 由此可见,
大人物的愚蠢行为,
历来总是给小人物造成灾难。

5 蝙蝠和两只黄鼠狼

一只蝙蝠一时昏了头,
闯进一只黄鼠狼的窝里。
这黄鼠狼同老鼠是宿敌,
一见来了不速之客,
就冲上去要一口吞噬。
"怎么!" 黄鼠狼说道,
"你的胆子可真不小!
你的族类千方百计要害我,
还敢跑到我面前,真是不想活!
你不就是老鼠吗?
老实说,别讲假话。
你是老鼠没商量,
否则我就不是黄鼠狼。"
"请原谅,"可怜的家伙辩解,
"我可不属于老鼠的类别。
说我是老鼠!真是浊口臭舌。
多亏宇宙的缔造者。
我是鸟,瞧我翅膀:
万岁,一飞冲天的种类!"
蝙蝠的理由很充分,
不能不令人相信,
黄鼠狼便放了一马,

让蝙蝠离开他的家。
我们这个冒失鬼两天之后,
又昏头昏脑地闯进
另一只黄鼠狼家中。
这只黄鼠狼与鸟为敌,
蝙蝠这次又危在旦夕。
这位家庭主妇伸出长嘴,
就要把蝙蝠当成野味。
蝙蝠立刻抗议对他的侮辱:
"把我当成鸟? 您不瞧一瞧。
怎么才是鸟? 鸟必须长羽毛!
我是耗子,老鼠万岁!
但愿猫怕老鼠发威!"
蝙蝠就这样灵舌巧辩,
两次都能转危为安。
不少人也像蝙蝠这样善变,
一碰到危险就乔装打扮,
不断地变换肩带[8]
就能从险境逃出来。
智者说看人下菜碟:
"国土万岁,联盟万岁[9]。"

6　中箭的鸟

一只鸟儿中了致命的羽毛箭,
抱怨自己的命运多悲惨,
忍受着飞来创伤,发出哀叫:
"本来不幸还得增添不幸?
残酷的人,你们从我们翅膀上
拔掉羽毛制成飞箭把我们的命伤!
不过,无情的种类,别得意忘形,
你们也会遭到我们的命运。
伊阿珀托斯[10]的子孙,总有半数
制造武器,半数要惨遭屠戮。"

7　猎犬及其伙伴

一只猎犬就要分娩,
不知往哪儿安放
如此紧迫的负担。
她就百般恳求伙伴
让出草屋给她生产。
于是猎犬便关门闭户,
好长时间也没有出屋。
过些时候伙伴要搬回住,
猎犬说孩子刚学走路,
她又请求延长十五天,
长话短说,又获准了宽限。
第二个期限又结束了,
伙伴要讨还自己的房屋,
讨还自己的卧室与床铺。
这回猎犬却龇着牙回答:
"我准备撤出全部人马,
只要你能把我们赶出去。"
原来她的孩子都已经壮大。

谁跟那些恶人打交道,
总要吃后悔药:
要讨还借给他们的东西,
就必须大动干戈,
必须争讼,也必须抗击。
只要你让给他们一寸,
他们很快就进占一尺。

8　鹰和金龟子

鹰追猎兔子若望先生，
兔子飞奔往窝里逃命，
途中经过金龟子的洞：
大家不妨想一想，
这洞是否保险，
可有更好的地方？
兔子钻进去就缩成一团。
鹰立刻扑下去，
不管兔子藏在哪里。
于是金龟子急忙上前求情：
"鸟中王啊，您要抓这可怜虫，
我当然无法阻拦；
但是求您行个方便，
别给我这个难堪；
既然兔子求您饶命，
饶他一命就算了，
若望是我的伙伴，
又是我的近邻，
要不我们俩命都给您。"
朱庇特的鸟不屑于回答，
一翅膀就把金龟子拍趴下，
把他打昏过去省得再叫嚷，
然后就抓走了兔子若望。
金龟子怒不可遏，
就飞到鹰的巢穴，
趁鹰不在全部捣毁
鹰的卵，他的宝贝，
没留下一个完卵，

他的最美好希望全破灭。
鹰回来一见这家破卵亡，
号叫之声就响彻四面八方：
他怒气冲天，要报仇
也不知该找谁算账。
哀怨也白白哀怨，
哀号全随风飘散。
痛苦的母亲熬过了这一年，
第二年她就把巢筑高一点。
金龟子还是从容应对，
将鹰卵推下去摔碎：
这回总可以告慰
兔子若望的亡灵。
这第二次号丧更加惨痛，
整整半年树林也不得安宁。

曾经驮过该尼墨得斯的鹰[11]，
最终恳求众神之主帮忙，
她将鹰卵放到天神的膝上，
认为寄放在那里，
就可保万无一失。
朱庇特也为自身利益着想，
不得不保护这些鹰卵：
看谁还敢冒犯，
到天神膝上捣蛋。
果然没有谁来抢夺，
仇家也换了谋略：
一粒虫屎落到天神的长袍，

天神一抖袍将鹰卵抖掉。
鹰得知这无妄之灾，
就立刻威胁朱庇特，
说她离开朝廷，去荒漠生活，
还讲不少亵渎的话口无遮拦，
可怜的朱庇特哑口无言。
这时金龟子上庭控告，
将事件的原委讲了一遍。

大家这才向鹰指出她做得不好，
但是两个仇家不愿和解私了。
众神之主便设法妥善处理，
干脆就让鹰改改发情期。
到那季节，金龟子
也像土拨鼠一样冬眠，
白天根本不再露面。

9　狮子和小蚊虫

"滚开，小小虫子，世间废物！"
一天狮子说话难听，
这样骂了小蚊虫。
小蚊虫立刻向他宣战，扬言：
"别看你有狮王头衔，
休想把我吓倒，
终日心惊胆战！
牛比你劲儿大个儿高，
也还让我弄得团团转。"
这话刚讲完就吹起冲锋号，
他自己既是号手又英勇善战。
先是拉开了阵势；
瞅准机会就扑过去，
狠狠叮住狮子脖颈，
搅得狮子要发疯：
这四蹄野兽口中吐白沫，
眼睛也乱冒金星，
狮子一声怒吼，
吓坏了周围的野兽，
纷纷找地方藏身。

一只小小的蚊虫，
竟然闹得百兽不宁。
蚊虫围着狮子乱叮，
忽而叮脊背，
忽而叮嘴唇，
忽而又钻进鼻孔。
狮子这回可发了疯。
那看不见的敌人大获全胜，
笑看狂怒的猛兽拼命招架，
又是用牙咬又是用爪抓，
弄得自身遍体鳞伤，
鲜血涔涔往外淌。
倒霉的狮子纯粹是在自残，
他挥舞着尾巴犹如长鞭，
啪啪山响只抽打着空气，
气急败坏最后力尽筋疲，
瘫软在地上再也爬不起。
小蚊虫凯旋，
还像刚才冲锋那样，
一路上号声不断，

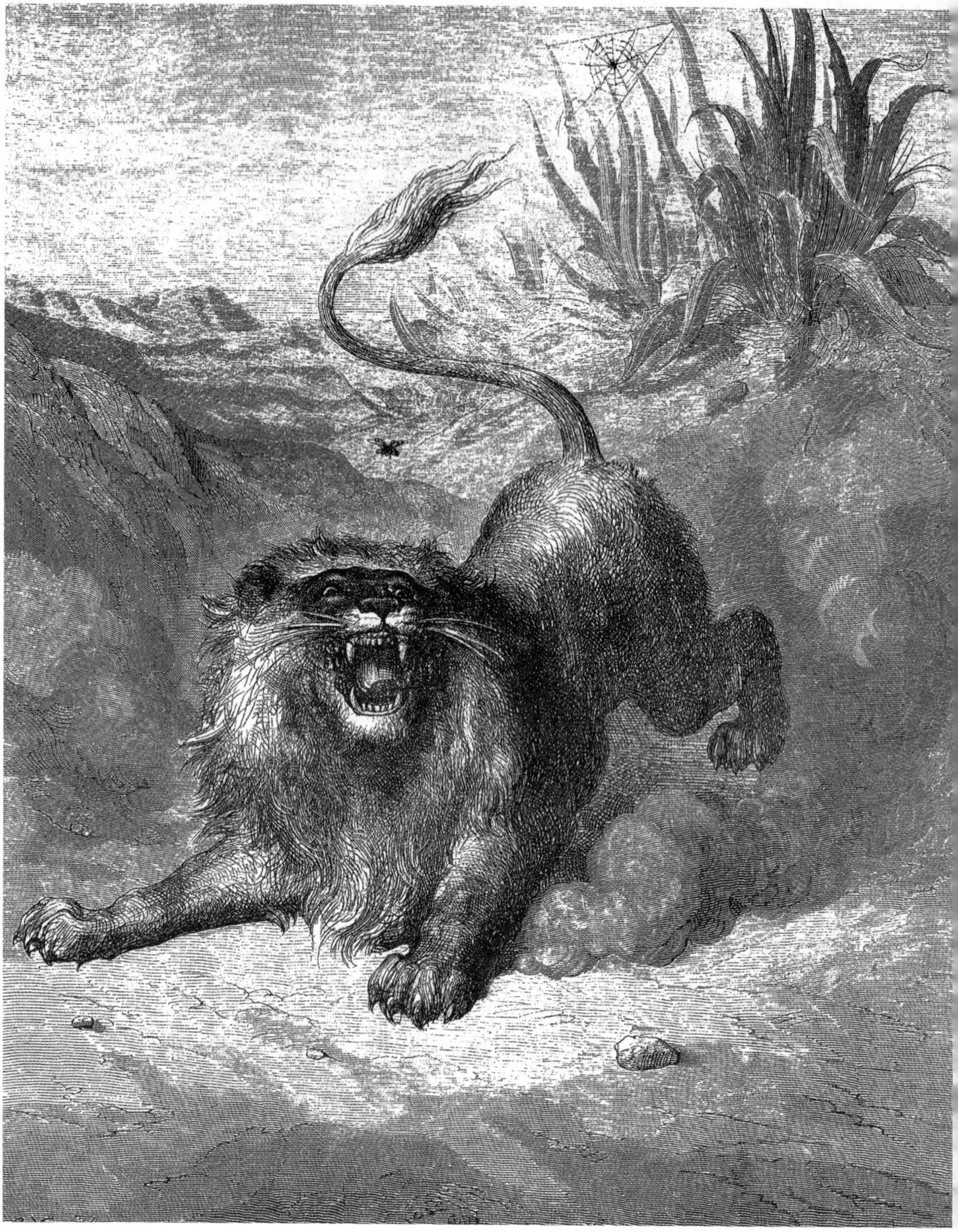

到处宣扬他的胜利，
不料半路中了埋伏，
在蛛网上一命呜呼。
我们能从这里得出什么教训？

我看有两条：一是我们的敌人，
最弱小的往往最可怕；
二是逃过了大灾大难，
小河沟里却翻了船。

10　驮海绵的驴和驮盐的驴

一名驴夫手执权杖，
就跟罗马皇帝一样，
赶着两匹长耳朵骁骑：
一头是驮海绵的驴，
只见他快步如飞；
另一头驮着食盐，
总是让驴夫催赶，
走路仍然慢慢腾腾，
如常说的驮运酒瓶。
这几位行客都十分矫健，
跋山涉水不怕路途遥远。
终于赶到了水浅的河段，
可是怎样过河又犯了难。
驴夫天天都走一趟，
便骑到驮海绵的驴背上，
让驮盐的驴走在前。
这头驴还忒任性，
偏偏冲进深水坑，
沉下去又浮出水面，
总算脱离了危险；
他在水中游了一会儿，
盐也就化成了水。

这蠢货一下子轻松了许多，
肩背上已经没有了什么感觉。
驮海绵的伙伴要学他的样，
就好像一只羊跟随前面的羊。
他一头扎进水中，
水一直没到了脖颈，
结果他和驴夫和海绵，
三个让河水一通灌。
驴夫和蠢驴注意到，
还是海绵喝得最饱。
海绵一下子就吸足了水分，
突然间变得死沉死沉。
驴被压垮根本走不到对岸，
驴夫搂着驴只好哀叹，
以为驴就要玩完。
幸好有人来搭救，
究竟是谁无关紧要。

我们从这里能明白一个道理：
各人有各人的方式，
绝不能强求一致。
这就是我讲的要旨。

11　狮子和老鼠

我们一定要尽力助人为乐，
人也往往需要求助于弱小者。
两则寓言都能证明这一真理，
大量的事例也俯拾即是。

一只冒失的老鼠钻出了地洞，
不料落入狮子的爪中。
狮子这次表现出兽中王的胸襟，
饶了老鼠的性命。
知恩图报这一回也没有落空。

恐怕谁也想不到，

一头狮子还能得到老鼠的回报。
且说狮子偶尔走出树林，
一不小心被猎网缠身，
怎么吼叫也难逃性命。
老鼠闻声急忙赶来，
狠命咬破一个网眼，
整张网也就全开了线。

时间上的耐心和久长，
比强力和狂怒更有力量。

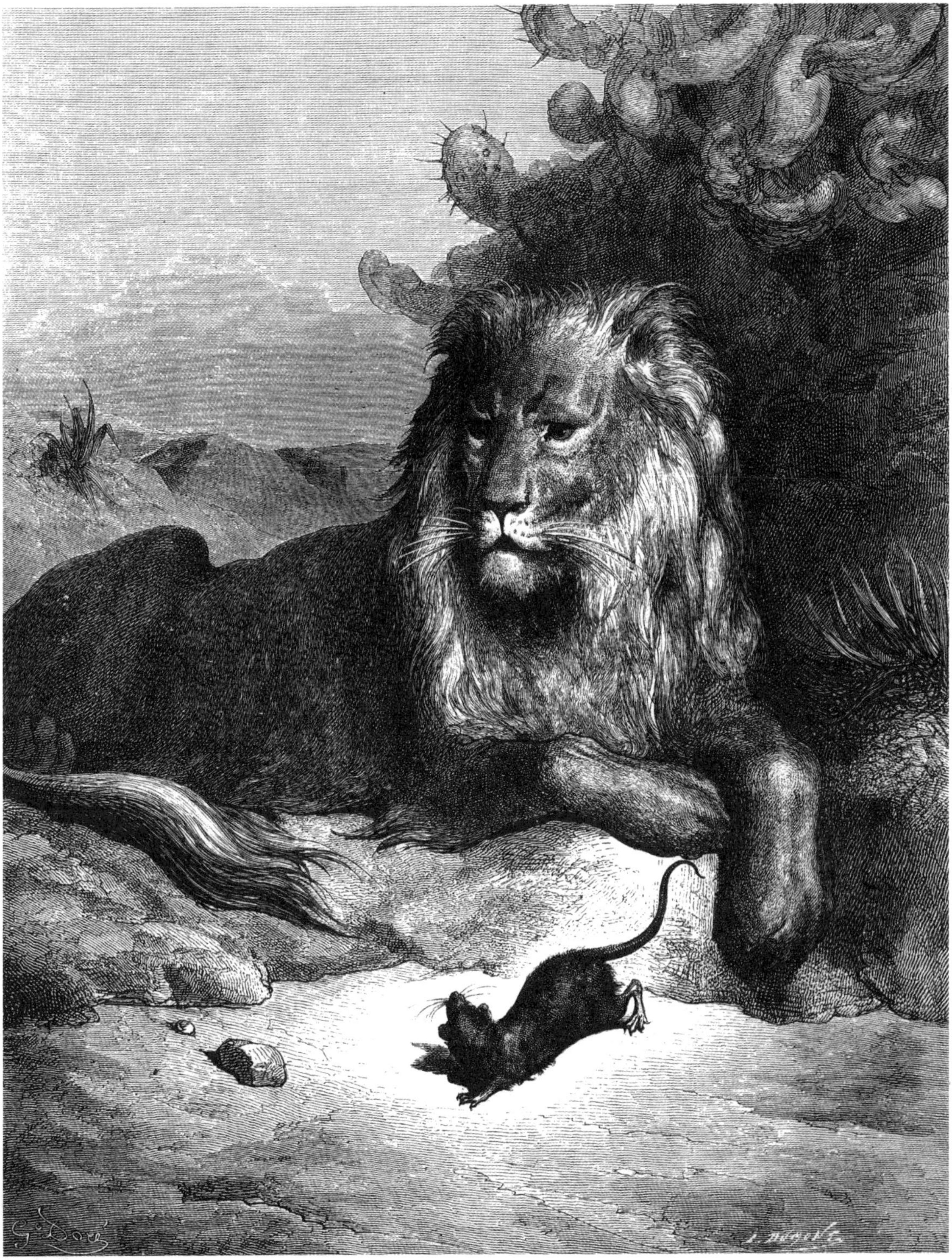

12　鸽子和蚂蚁

在更小的动物中也有如上篇所说的事例。
一只鸽子在清澈的小溪饮水,
一只蚂蚁也弯腰却掉进水里。
蚂蚁就像漂在大海洋,
再挣扎也游不到岸上。
鸽子立刻发了善心,
往溪中扔了一根草茎。
蚂蚁抱着救命草游到岬角,
总算逃脱灭顶之灾。
这时他忽见走来
一个赤脚的乡下佬。

那人手中正巧拿着一张弩,
发现维纳斯的神鸟就在近处,
顿时高兴得不得了,
认定那是他的菜肴。
那村民举起弩要射杀神鸟,
蚂蚁就对准他脚跟狠命一咬。
那老兄不禁一回头,
鸽子听见就飞走,
一气儿飞远不停留。
他的晚餐也一起飞得无踪影,
锅里不会有一点儿鸽子肉。

13　落井的占星家

一天有个占星家掉进井中,
路人嘲笑他:"你这个可怜虫,
怎么还想仰头看什么星相?
就连你脚下的东西都看不清!"

这个事件本身不必过多议论,
大多数人都能够吸取教训。
我们芸芸众生在这尘世上,
倒很少有人不愿听人讲:
命运之书不是无字天书,
肉体凡胎人人可以阅读。
这本书,荷马等诗人歌唱过,

然而,命运究竟是何物?
难道是古人说的偶然性,
还是我们今天讲的天命?
偶然性绝非一门科学,
如果是科学,那就不应该称作
偶然,也不应该称作运气、命数,
世间万物非常模糊,难以捉摸。
造物主创造万物仅凭意愿,
至于他那至高无上的意图,
除了他自己,谁又能够辨读?
天幕所遮蔽的神秘远景,
莫非印在繁星璀璨的穹隆?

有何用途？要磨炼那些人的智力，
只因他们论述过地球和天宇？
要我们避免无可避免的灾难？
用预言毁掉我们当下的乐园？
未来可以先享受可望的幸福，
却早早把福说成祸而遭人厌恶？

如此轻信，重者有罪，轻者谬误。
天体不断地运行，斗转星移。
太阳照耀我们，天天落下又升起，
每天灿烂的阳光都取代黑影，
我们得不出别的什么结论，
只能认为这是自然规律：
太阳光芒万丈，普照大地，
还有四季变化，种子结出果实，

光照冷热交替，促使万物发育。
宇宙运行，总是这样协调均衡，
舍此如何回答纷繁的命运？
江湖骗子、星相学家听清，
快离开欧洲各君主的宫廷，
同时一起带走炼金术士之流，
你们欺世盗名，全都臭味相投。

话题有点扯得太远，言归正传，
再说落井喝水的观星小学员，
他那虚假的科学不过为虚荣，
这种人的形象就是渴望幻影。
却不知道自己如履薄冰，
无论本身还是他们的营生。

14　野兔和青蛙

一只野兔在洞窟里浮想联翩，
（在窝里除了玄想还有什么可干？）
兔子陷入深深的郁闷，
就这样黯然神伤，
只觉恐惧噬食他的心，
他不禁暗自思量：
"天生胆怯的人有多么不幸，
吃不到一点点有益的食品。
从未尝过真正的欢乐，
总是疲于四处逃命。
我就是过着这种生活：
时时刻刻都胆战心惊。
该死的恐惧睡不着觉，
除非睡觉还睁着眼睛。
'你就改掉害怕的毛病。'
有的明智者这样劝我。
害怕的毛病还能改正？
我甚至认为照理说，
人跟我一样草木皆兵。"
兔子这样推理思索，

还警惕着周围的动静。
他本性多疑又总不安，
只要有点风吹草动，
只要掠过一个阴影，
他就会惊慌失措。
这个动物正闷闷不乐，
忽听一点轻微的声响，
打断了他的胡思乱想。
这对他正是一个信号，
赶紧往自己窝里逃。
他从水塘边跑过，
青蛙都纷纷跳进清波，
回到他们水下的洞穴。
"唔！"兔子说，"我害怕别人，
别人也同样害怕我，我一出现，
大家都丧魂落魄，
全营发出了警报！
我哪儿来的这种神勇？
怎么！动物见了我都战战兢兢！
难道我成了勇士？

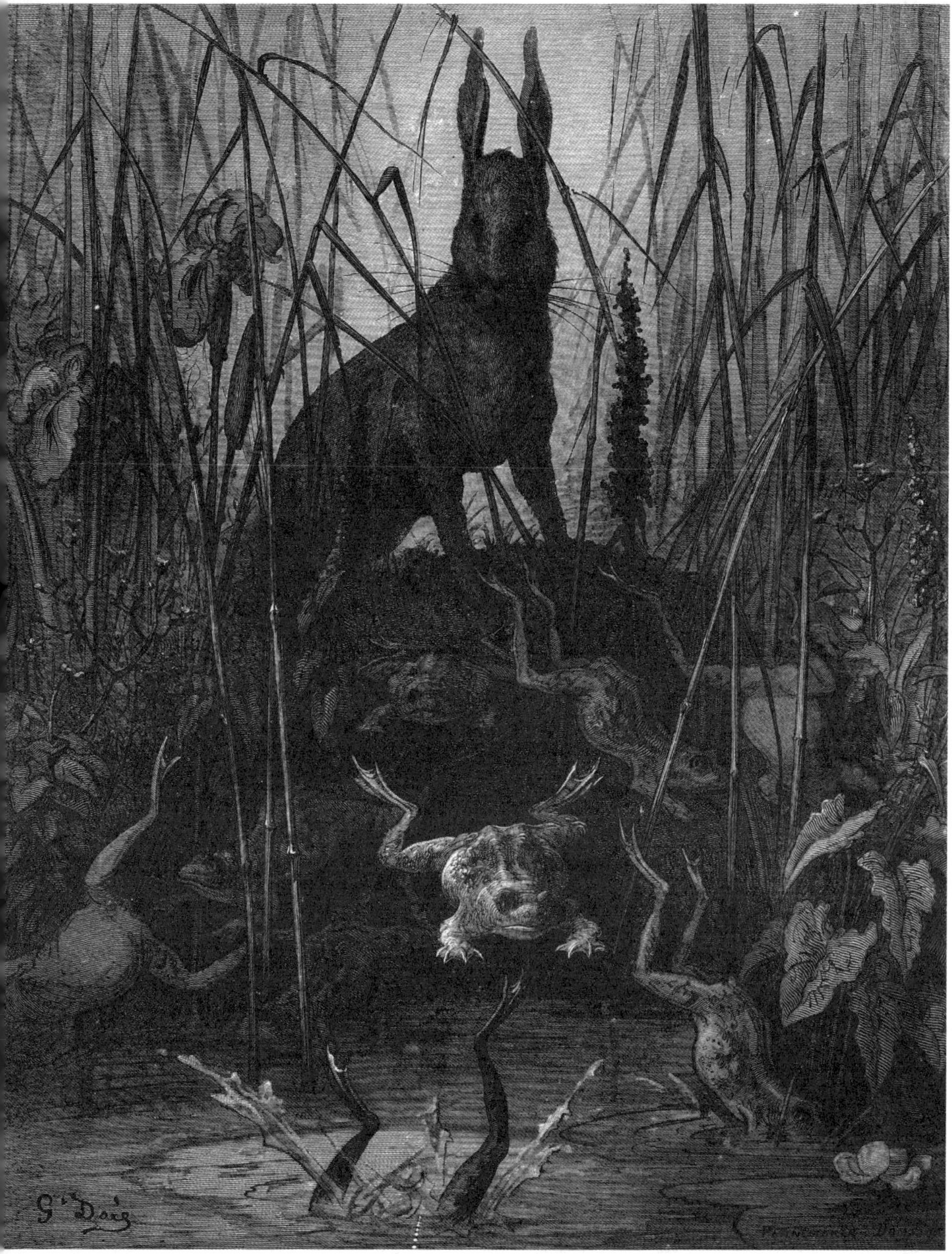

现在我明白在这大地，
个人无论怎么胆怯，

也能碰见更为胆怯者。"

15　公鸡与狐狸

一只老公鸡足智多谋而又机警，
正站在树枝上放哨。
"老兄，"一只狐狸上前柔声说道，
"我们再也没有纷争，
这次实现了全面和平。
我是来向你宣告，你下来让我拥抱，
千万不要耽误时间，
今天我传递消息要跑二十个驿站[12]。
你和你的弟兄们，
都可以放假休息了，
什么事也无须再担心，
我们都可以代劳，
反正大家都成了弟兄。
今晚就放烟火狂欢，
不过你还是先下来，
接受我的亲吻和友爱。"
"朋友，"公鸡便应声回答道，
"在我看来，

什么消息
也没有比和平这一消息
更好更美妙。
尤其是从你口中得知，
我就感到双倍的欢喜。
我望见跑来两条猎犬，
肯定是派来传递这喜信。
他们跑得快，一会儿就到我们面前，
我这就下去，让我们相互亲吻。"
"再见，"狐狸说道，"我要赶远路，
等下次咱们见了面，
再欢庆这胜利。"
这个甜嘴巴舌的家伙一见不妙，
拔腿就逃之夭夭，
不满自己这一损招。
我们的老公鸡则咯咯地嘲讽，
笑狐狸如此惊恐。
让骗子上当真可谓加倍的开心。

16　要效仿鹰的乌鸦

朱庇特的鸟叼走了一只绵羊，
乌鸦目睹这一情况，

他虽没有那么大膂力，
嘴倒是同样贪吃，

他当即就要效仿。
于是他在一群羊的四周盘旋，
百里要挑出一只羊，
最肥胖又最好看：
够做祭品供上神坛，
专门留给神灵品尝。
胆大包天的乌鸦盯着那只羊：
"你正好做我的美餐：
瞧你这样膘肥体胖，
不知谁是你的奶娘。"
说罢就扑向那只咩咩叫的动物，
一只绵羊到底不比一块奶酪[13]，
不仅是沉得多，
还长了一身毛。

那身毛又厚又密，
赛似波吕斐摩斯的胡子[14]，
而且还乱作一团，
缠住了乌鸦的爪子，
可怜的乌鸦再想抽身也很难。
牧人过来抓住他关进笼子里，
给自己孩子当玩意儿。

凡事量力而行，结论显而易见：
小毛贼充当大盗却万万不可。
榜样这种诱饵很危险：
搜刮人者不全都是贵族大老爷。
小蚊虫难过蛛网关，
大胡蜂则能通得过。

17　孔雀向朱诺抱怨

孔雀向朱诺[15]抱怨。
"女神啊,"孔雀说道,
"我不是无缘无故
就来抱怨,来发牢骚:
您赐给我的歌喉,
自然界都认为不好。
哪里比得上黄莺,
小得可怜的生命,
发出声来又响亮又美妙,
独占了春天的风头。"
朱诺愤怒地申斥:
"嫉妒的鸟,还不住口!
瞧你这脖颈的四周,
有一条各种锦缎的彩虹;
你还有尾羽的彩屏,
一展开就五彩缤纷,
我们看着眼花缭乱,
不像一家珠宝店?
难道天下还有什么鸟儿
长得比你还招人喜欢?
每种动物的身上,
不可能具备全部优点。
我们赋予你们每种动物,
各不相同的长处:
有些体大而有力量;
隼就敏捷,鹰就勇敢;
大嘴乌鸦传报征兆,
小嘴乌鸦则警告灾难;
谁都满意自己的鸣叫。
你还是停止发牢骚,
否则我就惩罚你,
把你的羽毛全拔掉。"

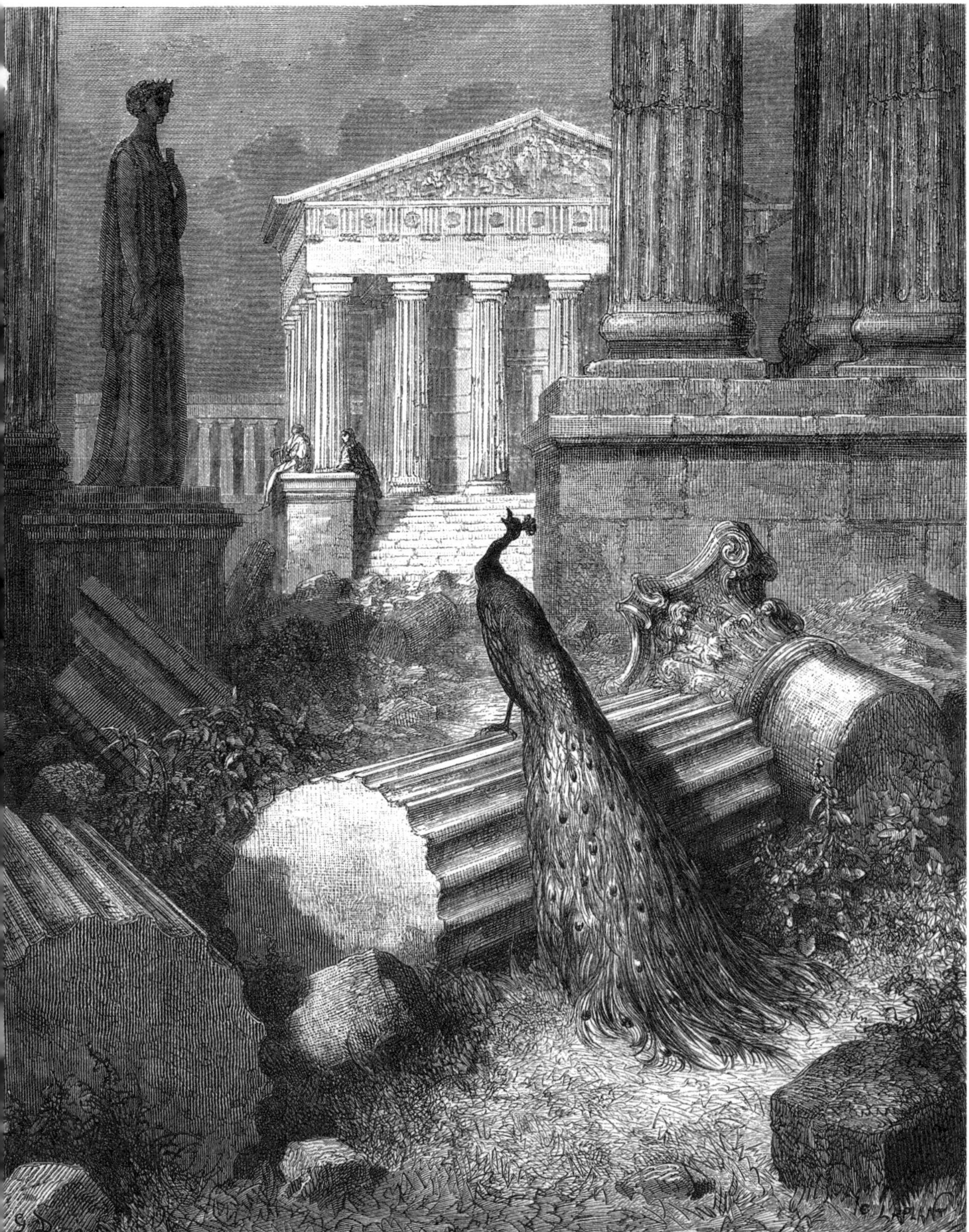

18　变成妻子的母猫

有个男子狂热地爱上他的母猫，
觉得她玉貌花容，身段又曼妙，
她那喵喵的叫声，
十分甜美而动听。
这个人爱得发疯，
比疯子还要疯癫。
他终日里祈祷，
同时还涕泗涟涟，
还求助于魔法和巫道，
终于有这么一天，
命运之神发了善心，
将这只猫变成女人。
我们这位痴情主人当即结了婚。
痴狂的友谊代为极端痴狂之爱。
这位新娘万方仪态，
把心上人迷得神魂颠倒，
就是绝色的夫人，
也根本做不到。
新郎依阿取容，
新娘风情万种；
这男人错就错到底。
在她身上不见了猫的踪影，
觉得她一举一动、一言一行，
无不十足的女人味儿。
忽然老鼠来嗑地毯的编绳，
打扰了这对新婚宴尔。
妻子立刻跳下床铺，
只可惜慢了一步。
不大工夫老鼠重又溜回来，
这位夫人也摆好捕鼠的姿态。
这一次她逮个正着，
只因她化为人形，
老鼠见了毫不惊恐。
捕鼠对她永远具有吸引力，
天性的力量根本无法抵制。
尤其过了一定年龄，
天性就更无所顾忌：
瓦罐已经浸透了水，
布料也压出皱褶。
天性贯穿了日常生活，
谁也无可奈何；
就是怎么千方百计，
也改变不了这种积习。
即使动用叉子，
即使挥舞鞭子，
也改变不了她的行为；
哪怕您手执棍棒，
要控驭她也休想。
就算您把她关在门外，
她也能从窗户钻进来。

19　狮子和驴打猎

兽中王要庆祝诞辰,
有一天想去打猎。
狮王的猎物当然不是小麻雀,
而是肥大味美的野猪、
味美肥大的黄鹿和马鹿。
这次打猎为了一举成功,
必须借助驴的声音:
驴音赛似斯坦托尔[16],
能充当王猎的号角。
把驴安置在隐蔽地点,
再用带叶树枝掩盖好,
让他扯着嗓子吼叫,
胆量最大的动物听见,
也会从家里仓皇出逃。
驴的叫声如雷鸣电闪,
当地的动物还不习惯;
骇人的吼叫响彻云霄,
吓得林中居民东窜西逃。
惊慌中都不免纷纷掉进陷阱,
而狮子正在那里等候他们。
"这一次是不是多亏了我的功劳?"
驴以功臣自居得意地说道。
"不错,"狮子回敬一句,
"你的叫声真高,
假如我不了解你和你的同类,
就连我也会被你吓到。"
驴没有胆量表示气愤,
况且人家有理由嘲笑:
一头自吹自擂的驴谁能容忍?
这也不合乎驴的性情。

20　伊索解释的遗嘱

有关伊索的传说果然属实,
那他就是希腊的先知:
他一个人的智慧
就超过整个雅典法庭[17]。
举个例子来说明,
这个故事特别有趣,
定能投合读者的意绪。
一个男子有三个千金,
三女各有各的性情:
大女儿爱喝酒,
二女儿爱打扮,
三女儿则极为悭吝。
这个人按照城里的法令
立下一份遗嘱,
家产让她们平分;

第一集　053

但是还有一条规定:
她们一旦不再拥有分得的财产,
必须将等值的现金付给母亲。
父亲一死,三个女儿就急不可待,
跑去看遗嘱对财产如何安排。
遗嘱一宣读完,
大家都想弄明白,
立遗嘱人的意愿。
可是解不开这疑团,
如何理解这种条款:
每个女儿不再拥有
分得的那份遗产,
又怎么能付给母亲
一笔等值的现金?
等到没有了财产,
再付钱给母亲,
这种办法实在不高明。
父亲究竟是何用意?
咨询了所有律师,
他们做出千百种解释,
最后不得不罢手,
只能向继承人建议:
三姐妹先分了家产,
附加的条款暂不考虑。
"至于寡母应得的钱,"
律师们进一步解释,
"我们商量这么办:
按照惯例每个姐妹,
从父亲辞世之日起,
必须付给自己母亲,
分得遗产的三分之一,

除非母亲要换成现金。"
于是确定全部财产分成三份:
一份包括乡居、
设在葡萄架下的餐桌、
面盆、水壶和银餐具、
装满莫奈姆瓦夏酒[18]的储藏室,
以及做饭并侍候用餐的奴隶。
总而言之一句话:
贪吃的全套设备。
另一份用来打扮的应有尽有:
城里的住宅和精美的家具,
有梳头姑娘和阉奴,
还有专门刺绣的姑娘、
珠宝首饰、贵重衣裳。
第三份财产包括农场和农具,
有大小牲畜和牧场,
有劳作的牲口和仆役。
三份财产这样划分完,
大家又认为如果抽签,
很可能哪个姐妹
也得不到喜爱的一份。
莫不如自己挑选,
按照各人的估价和心愿。
于是雅典全城不约而同大聚会,
出现了这种场面:
无论大人和小孩
都赞同这样挑选和分配。
唯独伊索不以为然,
认为这与遗嘱相悖,
耗了多少精力和时间,
结果恰恰相反。

"假如死者还在世，"伊索说道，
"雅典全城人都会遭到他的责备。
这个民族自诩明察秋毫，
胜过当今所有民族，
居然违背遗愿，
曲解了这份遗嘱！"
他这话一讲完，
就亲自主持分配遗产：
每个姐妹所得，
都不符合心愿，
无一份适得其所，
无一人觉得喜欢。
爱喝酒的喜爱的一份，
分给了爱美的姐妹；
而她得到了牲畜；
至于持家的能手，
分到了梳头的女奴。
这就是那个弗里吉亚人[19]
提出的分配方案。
他说没有更好的办法
迫使这三姐妹
抛售分得的遗产，
只能等她们有了钱，
嫁给了好人家，

她们才会按照规定，
把钱如数付给母亲；
正如遗嘱中所讲，
她们不再拥有父亲的遗产。
大家都万分称奇，
一个人的智力，
竟能超过众人的判断。

注释：

[1] 史诗缪斯：卡利俄珀，希腊神话中主管史诗的缪斯。

[2] 密涅瓦：罗马神话中的智慧女神，即希腊神话中的雅典娜。

[3] 尤利西斯、狄俄墨得斯、埃阿斯，均为特洛伊战争中的希腊英雄。

[4] 阿玛丽珥、阿耳西普、蒂尔西斯都是从古希腊诗人忒奥克里托斯和维吉尔的牧歌中借用的名字。

[5] 罗狄拉杜斯：拉丁文 Rodilardus，意为"烤肥肉"。

[6] 罗狄拉：法文 Rodilard，意为"烤肥肉"，从拉丁文转化而来。

[7] 忒弥斯：希腊神话中掌管法律和正义的女神。

[8] 不同的肩带表示不同的朝代和职位。

[9] 联盟指法国16世纪起的天主教联盟，代表教权。这里指在王权和教权之间搞平衡。

[10] 伊阿珀托斯：希腊神话中提坦诸神之一，他是普罗米修斯的父亲。在西方文学中，伊阿珀托斯的子弟意为人类的子孙。

[11] 该尼墨得斯：希腊神话中人物，特洛伊王特洛斯的儿子。宙斯因喜爱他，派鹰将其掳去做司酒童子。另一说，他是牧童，宙斯化作鹰将他掳去做司酒童子。

[12] 两个驿站之间的距离为6公里到8公里。

[13] 指参看第一卷第二则寓言《狐狸与乌鸦》。

[14] 波吕斐摩斯：希腊神话中的独眼巨神，海神波塞冬的儿子，食人。后被奥德修斯用酒灌醉，弄瞎其独眼。

[15] 朱诺：罗马神话中的天后，主神朱庇特的妻子。

[16] 斯坦托尔：特洛伊战争中的希腊士卒，以其超常的洪亮声音而著名。

[17] 古希腊雅典法庭以其机智判案而闻名。

[18] 莫奈姆瓦夏酒：产自希腊莫奈姆瓦夏地方的葡萄酒。

[19] 弗里吉亚：希腊地名，伊索就是那个地方的人。

第三卷

1　磨坊主父子和毛驴
——献给德·莫克鲁瓦先生[1]

艺术的发明犹如长子权,
古希腊则是我们寓言的源泉。
不过这块麦田收割得干干净净,
后来者拾穗都没有什么可能。
虚构还是一个满眼荒芜的地方,
我们的作者每天都会有所发现。
我要对你讲一个相当精彩的故事,
这故事从前马莱伯[2]也对拉冈[3]讲过。
贺拉斯[4]的这两位劲敌,
他的诗歌的继承者,
阿波罗[5]的弟子,
说得准确些是我们的老师,
有一天二人单独晤面,无人在场,
他们能推诚相见,有事相帮。
拉冈首先开口:"我是来请教,
您经历了生活的各个阶段,

必然了解世事的方方面面,
到此高龄什么也都能洞悉,
请您告诉我该如何立身处世?
现在是我应当考虑的时候了。
您了解我的家产、才能和门第,
我最好去外省立足,
还是进军队或者朝廷供职?
人世间无不充满苦涩和诱惑:
战争也有其种种柔情,
而婚姻有时也惊慌失措。
若照兴趣我知道目标是什么,
然而我必须让自己的亲人、朝廷,
以及民众对我都满意。"
马莱伯接口说:"让人人都满意!
回答您之前,先听听这个故事。"

我在什么书上看到一个传说，
讲一个磨坊主和儿子，一老一少，
孩子也不算太小，
如果我记得不错，
已经有十五岁了。
他们去赶集，要卖一头毛驴。
为了卖好价钱，让驴显得精神，
他们就捆住驴腿，抬着赶路，
这对父子抬着驴就像抬盏吊灯。
"可怜的家伙，傻帽儿，一对老粗，"
头一个见到的人就哈哈大笑，
"搞什么鬼把戏，这两个乡巴佬？
瞧这三个蠢货，最蠢的还不是
大家公认的那个！"
磨坊主听了这话便承认无知，
赶紧放下牲口，催它快点走。
然而，毛驴已经尝到了
另一种方式赶路的甜头，
就用驴方言开始抱怨。
不过磨坊主没有对此留意，
他让儿子骑上去，自己跟在后边。
路上又遇见三名正经的商人，
他们同样看不顺眼，
年纪最大的那位就冲着少年
尽量提高嗓门嚷道：
"哎嘿！喂！你还不快下来，
年轻人，千万不要惹人议论，
说你带一名花白胡子的老奴才。
你应该跟着走，让老人骑驴。"
"先生们，"磨坊主应声答道，
"这就包你们满意。"

于是儿子下来走，老子骑上驴。
这时又有三个姑娘从旁经过，
其中一个也有话说：
"看着一个男孩这样一瘸一拐，
叫人实在无地自容，
而那笨蛋样却摆出主教的姿态，
骑着驴还自以为聪明。"
"到我这年龄，"磨坊主回敬，
"就没有笨蛋了，请您相信，
走您的路吧，姑娘。"
这老兄接二连三受人嘲讽，
就以为自己错了，也让儿子骑上。
刚走出去三十步，又遇第四伙人，
他们更看不过去，一个人提高声音：
"这两个家伙简直发了疯，
可怜的毛驴已经驮不动，
要被两个块头给压死。
这样对待一头母驴，
哼！他们于心何忍！
难道他们也这样狠心，
对待自己的老仆人？
他们肯定是去赶集，
最后也只能卖一张驴皮。"
"真的！"磨坊主不由得感叹：
"想要所有人都满意，
简直就是神经错乱！
咱们不妨再试一试，
也许能用什么方式，
取得两全其美的结果。"
于是父子二人又从驴背上下来，
毛驴就神气活现走在前头。

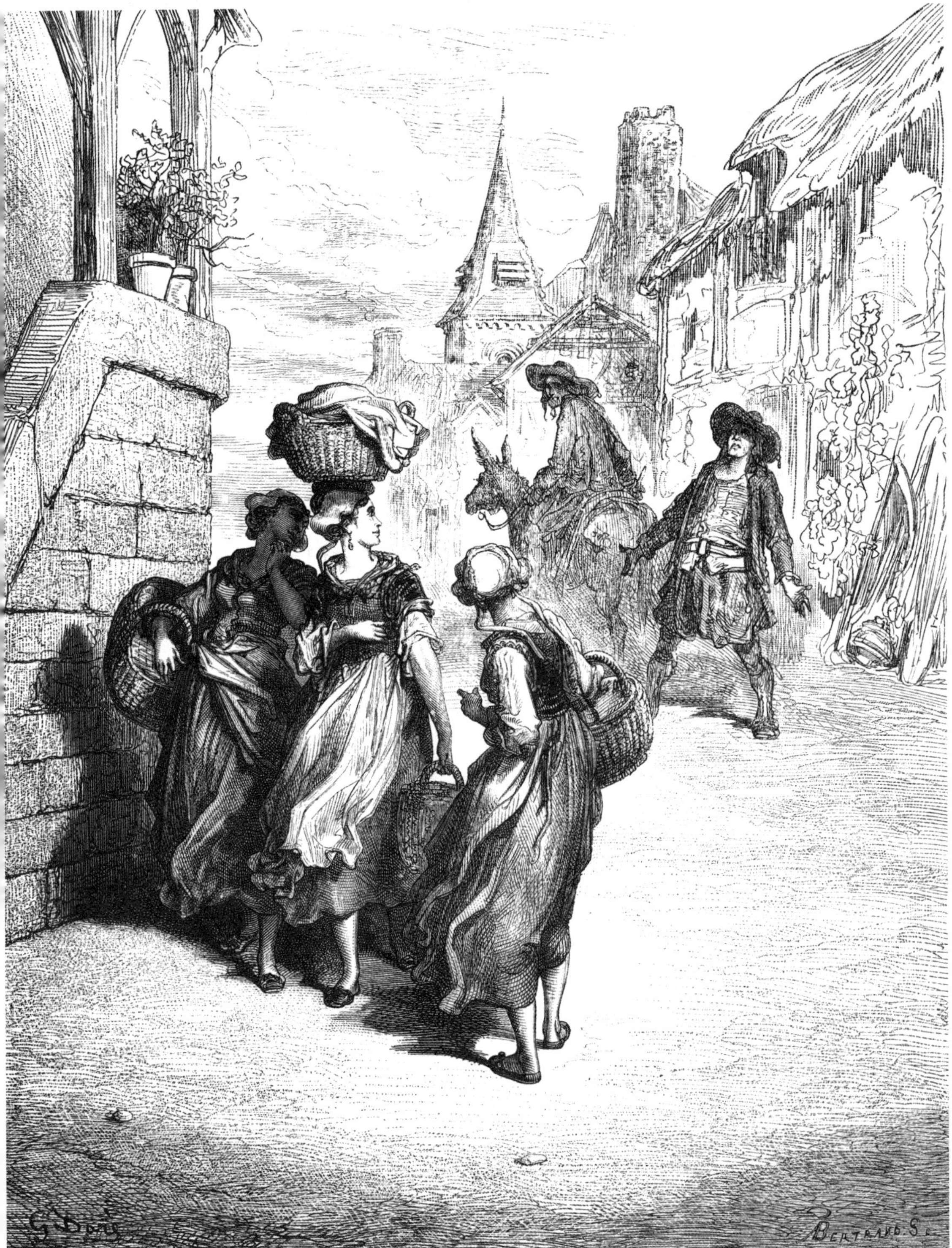
BERTRAND Sc.

又有一个行人见了，不禁说道：
"磨坊主受累让驴自在，
天下还有这种新鲜事？
究竟是驴还是主人，
生来就是受累的命？
我倒想劝劝这两个人，
把驴供起来奉为神明。
他们就不怕费鞋底，
也要保护他们的驴蹄。
换了尼古拉可不这么傻，
他是骑毛驴去看雅娜，
那首民歌唱得[6]很明白。"
磨坊主接口说道：
"驴的三重唱是很精彩！

千真万确，我就是驴，
我承认，我也认可；
今后不管别人怎么说，
不管是赞美还是指责，
或者根本不说什么，
我就照自己的主意办。"
他说到做到，而且做得很好。

至于你，追随战神、爱神还是君主，
你来也好去也罢，还是到处奔波，
要结婚就结婚，或者到外省立足。
要进寺院供职，或在朝廷谋个职务，
随便别人怎么讲，
只要你自己有主张。

2 胃与肢体

我这部作品破题，
本应该从王国讲起：
从某种角度看国家，
同胃先生何其相似：
胃如有需求，全身都有感觉。

肢体厌倦了给胃工作，
决意过上绅士的生活，
要效法胃的模样，
终日什么也不干。
肢体都说："没有我们，
胃就只能喝西北风。

我们流汗，我们受累，
就像干重活的畜生。
可是究竟为了谁？
仅仅为了他一个胃！
我们忙碌却享受不着，
天天只让他喝足吃饱。
我们罢工吧，这才是
他要教会我们的手艺。"
他们这么说就这么做：
双手停止了干活，
胳臂停止了动作，
两腿也不再迈步。

他们对胃先生说自己去找吃喝。
这是他们后悔不迭的一个过错。
没过多久这几个可怜的家伙，
就感到衰竭，心脏不再供血：
每个肢体都深受拖累，
周身的力气也在减退。
这些反抗者经过这事
才算明白这一道理：
他们认为懒惰的那个，
为了公共利益比谁的贡献都多。

这种情况可适用于王国的强盛。
国家接收并分配，掌握着均衡。
人人都为国家效力，
也相应从国家获取生计。
国家保障工匠通过劳作而生存，
让商家致富，给官员发俸禄，
让农民温饱，给士兵发军饷，
将君主的恩典广布四面八方，

王国独自维持百姓安居乐业，
墨涅乌斯[7]把这讲得很透彻。
当时平民非常不满，
要摆脱元老院[8]，
说元老拥有整个帝国，
拥有权力和金钱，
拥有荣誉和尊严；
而平民百姓拥有的，
则是全部的苦难：
不仅要纳苛捐杂税，
还要肩负战争的重担。
他们已经开始围城，
布置在各个战斗据点，
多数人要去另寻家园。
墨涅乌斯正是在这种关头，
通过这样一篇令人信服的寓言，
让平民明白他们恰恰类似人的肢体，
促使他们回心转意，
重新履行臣民的义务。

3　装扮成牧人的狼

一只在周围觅食的老狼，
近来再难逮着羊，
他认为应当学学狐狸，
装扮另一种模样。
他披上了肥袖的外衣，
一副牧人的打扮，
还不忘拿支风笛，
捡根棍子当牧杖。
为了将奸计贯彻到底，
他还在帽子上写了几个字：
"我叫吉约，这群羊的牧人。"
这样装扮妥当，
用前爪拄起牧杖，
这个冒牌的吉约，
便悄悄接近羊群。
那个真吉约躺在草地上，
这时睡得正香。
他的牧犬、他的风笛，
以及大部分山羊，
也都徜徉在梦乡。

冒牌的牧人也就由着他们，
他想把其余的羊带进密林；
为了确保一举成功，
伪装再锦上添花，
认为有必要讲讲话，
而这样反把事情搞砸。
他模仿不了牧羊人的声音，
讲话的狼嗥响彻了树林，
秘密从而完全败露。
羊和牧羊犬、年轻的牧人；
大家都闻声惊醒。
可怜的狼一见大事不妙，
怎奈被衣服绊住了腿脚，
想抵抗也不成，
要逃也逃不掉。

骗子再怎么高明，
总有地方露出破绽，
是狼就改不了习性，
这可以说铁证如山。

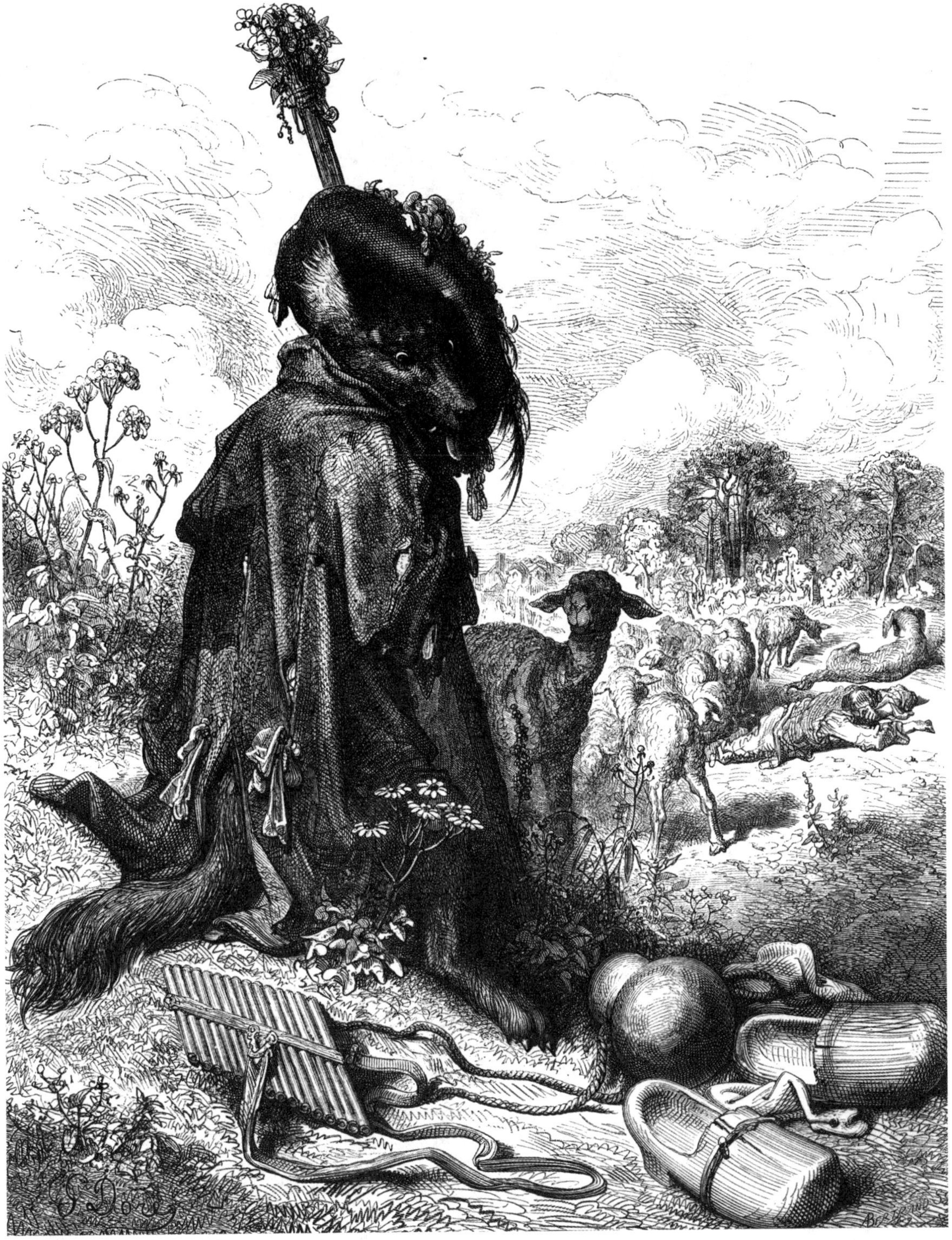

4　青蛙请立国王

青蛙们已经厌倦
他们的民主政体，
举国闹翻了天，
朱庇特只好干预，
给他们确立君主政权；
从天上派去一个
十分平和的国王。
这国王突然降落，
发出巨大的声响，
吓得沼泽的居民，
都纷纷躲藏。
这些百姓又胆怯又愚蠢，
有的钻进灯芯草和芦苇中，
有的扎进水底，
钻进沼泽的所有洞里，
他们以为新来了一个巨人，
很久不敢出来瞻仰
他们国王的尊容。
来者不过是一根小梁木。
第一只出洞的青蛙，
壮着胆子看他，
乍一看还真害怕。
青蛙战战兢兢，
一点一点靠近。
另一只跟上来，随后又一只，
结果来了一大群，
居民最终打成一片，
他们甚至跳到国王的肩上。
国王陛下很宽容，
始终也不吱一声。
可是青蛙闹得太凶，
吵得朱庇特头都疼。
这群百姓要求："给我们一位
喜欢活动的国王吧。"
众神之主便给他们派去一只鹤。
这只鹤捕杀青蛙，
甚至整个儿活活吞下。
青蛙们又开始叫苦连天，
朱庇特则回答："怎么又不满！
你们以为提出愿望，

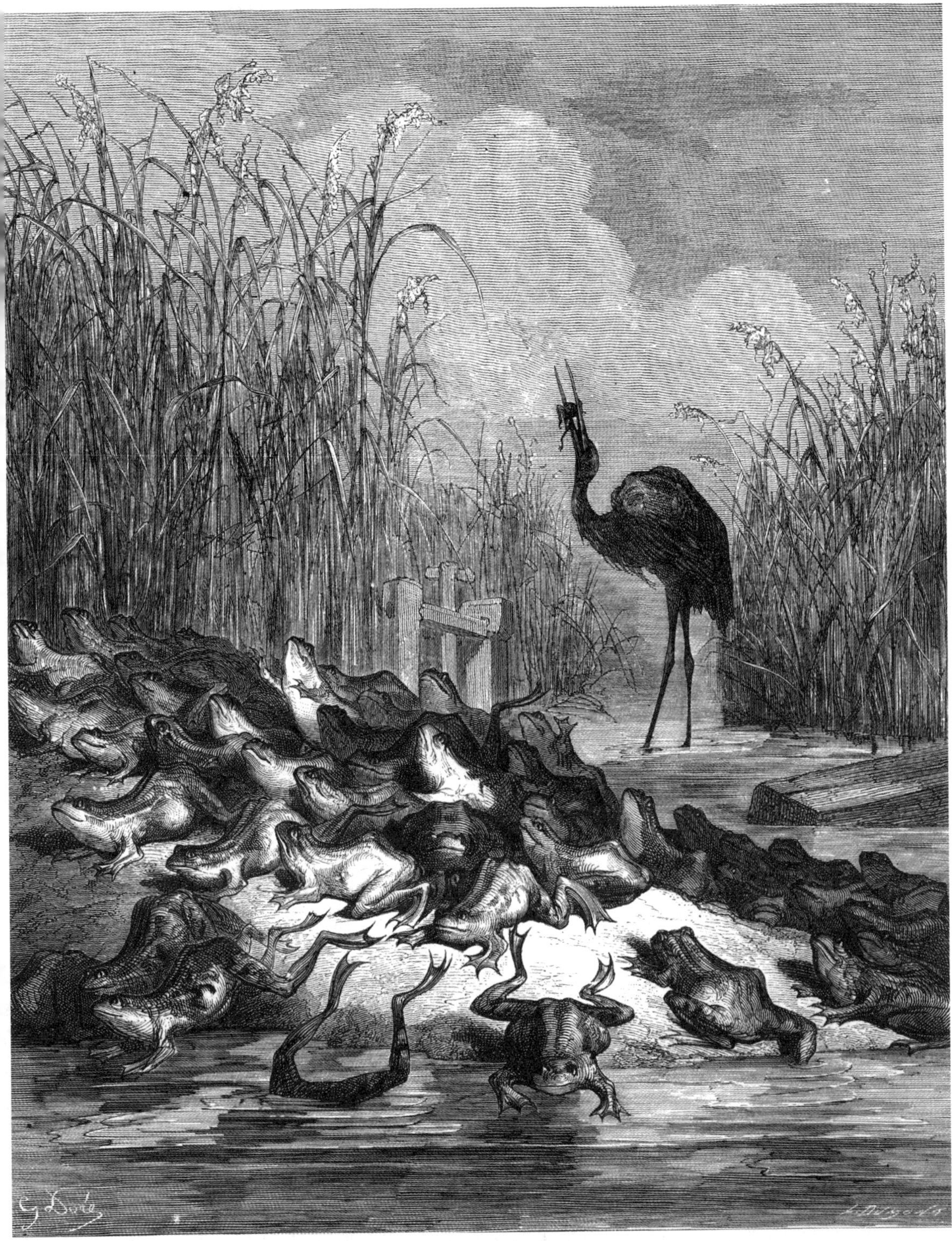

我们就得照办?
你们本来应当维护
你们先前的政府。
既然没有那么做,

头一个国王宽厚温和,
你们原本应该满足:
这一位你们还是将就为妙,
只恐怕再换一个更糟糕。"

5　狐狸和山羊

狐狸队长同他朋友山羊结伴而行。
这山羊两只角很长,目光却短浅:
只能看到自己的鼻尖。
而狐狸在骗术上早已老谋深算。
两个朋友走得口渴,跳进一口井中,
他们解饮饱喝了一通。
两个喝足了之后,
狐狸便对山羊说:
"伙计,咱们怎么办?
水喝足了不算完,
还得想法从井里出去。
你抬起两个前蹄,
两只角也高高竖起,
紧紧贴着井壁。
我就从你的后背爬上去,
再登上你的两只角,
就借助你这架梯子,
先从这口井爬出去,
然后再把你拉上去。"

"我以这胡子起誓,"山羊赞道,
"你这办法真妙,
我赞赏你这样聪明的头脑。
这种绝招我承认,
我怎么也想不到。"
狐狸爬出这口井,丢下了伙伴,
还对山羊夸夸其谈,
规劝他耐心等待。
狐狸还说:"等哪天老天长眼,
给你多如胡须的判断,
你就不会这么轻率,
随随便便下到井里。
再见了,我已经出来。
你就想法儿自救吧,
拿出你全身的本事。
我还有事情要办,
路上不能耽误时间。"

凡事有始有终,必须考虑周全。

6　雌鹰、母猪和雌猫

一棵蛀空的树顶筑有鹰巢，
树下住着野猪，树腰住着野猫，
母亲和幼崽组成三个家庭，
邻里邻居上下互不相扰。
野猫却无事生非，打破了安宁，
她爬上鹰巢说道："大事不妙，
我们死到临头，恐怕性命难保，
至少我们的孩子在劫难逃。
您还没看到，那头该死的野猪，
整天拱来拱去，挖我们的墙脚？
肯定是要把橡树连根掘起，
连同我们的孩子一起毁掉。
但愿孩子们都能安然无事，
可是树一倒，就会让野猪吃掉！
哪怕给我留一个，
也算是老天行好。"
心怀叵测的野猫，
散播了一片恐怖，
溜下树离开鹰巢，
来看望下家的邻居。
正赶上野猪生小猪，
野猫进门悄声说道：
"我的好友邻家大嫂，
我劝您千万别出屋，
老鹰会趁机来袭扰，

抓走您这些小宝宝。
这话您可别透露，
老鹰冲我发飙受不了。"
野猫又在另一家散播了恐怖，
这才回到自己的洞里睡大觉。

老鹰不敢离巢去捕食喂鹰雏，
野猪更小心，不敢离窝半步。
多么愚蠢，看不到最大的需要，
别的事小，先得把肚子填饱。
两家母亲就这样在家里守护，
守护孩子们，总觉得危机四伏。
鸟中王唯恐野猪拱倒鹰巢，
野猪也最怕鹰袭击一家老小。
无论鹰家族还是野猪家族，
全被饥饿吞没，死了个绝乎，
一个个活活饿死，两家全报销，
老猫家大吃大喝，过得多逍遥！

一条毒舌挑拨事端，
能制造多少灾难？
潘多拉盒子一打开，
就要跑出多少祸患，
依我看最大的祸害，
就是奸邪者的欺骗。

7　酒鬼和他老婆

人人都有缺点，还一犯再犯，
无论羞耻还是畏惧，
也都无法改变。
提起这个话题，我想起一个故事，
不管讲什么道理，
我总要借助于事例。
且说有一个酒鬼，嗜酒不要命，
不仅挥霍掉钱财，
身心还受到伤害。
这种人把家产荡完，
人生之路还未走一半。
有一天，这家伙喝得烂醉如泥，
把他的全部知觉留在酒瓶里，
他老婆就把他关进一座坟墓。
新酿的酒上了头，
他就在墓中慢慢醒酒。
等酒醒来他才发现，
身边全是丧葬的物件：
有一盏长明灯，
还有一块殓布。

"这是什么乱七八糟的？"他说道，
"难道我老婆成了寡妇？"
这当儿，他的妻子走进了坟墓，
一身阿勒克托[9]的装束，
戴着女神的面具，
模仿女神的声调，
走近所谓死者的棺木，
给他端来一碗滚烫的菜粥。
这位丈夫见了丝毫也不怀疑，
一定是从地狱里来的一个鬼。
"你究竟是谁？"
他问那个幽灵。
"我在撒旦王国里，
主要管理伙食。"
他的妻子回答：
"现在端来吃的，
送给黑墓中的饿鬼。"
她丈夫想也未想就接口说：
"你也不送来点酒喝？"

8　痛风与蜘蛛

地狱造了痛风和蜘蛛两姊妹，
便对她们说道："我的女儿，
你们可以炫耀，

让人类同样畏忌。
因而要给你们寻找
合适的安身之地。

仔细瞧瞧，要住这些低矮的小木房，
还是住那样漂亮、金碧辉煌的大宫殿？
这就是我的安排，
挑个地方住下来；
你们抽签来决定，
两根签决定命运。"
蜘蛛说：
"这些破房的东西，
一样也看不顺眼。"
痛风的想法恰恰相反，
她看见宫殿里挤满了人，
他们的名字叫医生，
住那儿肯定有麻烦，
于是挑选了另一签。
就到破屋安家落户，
正巧来了个穷汉，
躺到他脚趾上好舒服，
还一边叨念：
"我干这样的行当，
不信还有失业的危险，
还会把我扫地出门，
神医也绝不会过问。"
蜘蛛这时候，
已在棚角护板立足，
在这个地方安顿，
好像租下永久居住。
住下便吐丝结网，
黏住飞虫有了食粮。

不料来三个女仆，
挥扫把一扫而光。

再织网还遭扫荡。
可怜的蜘蛛只好每天搬迁，
搬来搬去也是枉然，
终于无奈去找痛风。
痛风正在路上折腾，
比起最不幸的蜘蛛，
还要千百倍不幸。
主人带她到处奔波：
时而去树林砍柴，
时而到田里干活
翻土整地无所不做。
有道是：
痛风怕的是折腾，
折腾就能好五分。
她说道：
"我可实在受不了！
蜘蛛妹，咱俩可对调？"
蜘蛛立刻就答应，还马上行动，
悄悄钻进破房中。
再也没人来打扫，
不必搬家到处逃。
痛风那边，丝毫也不怠慢，
径直奔向新目标，
撂倒一个大主教，
终生卧床动不了。
天晓得！不知用了多少药，
医生根本无廉耻，
病痛越治越糟糕。
就这样，各得其所两姊妹
交换住所真明智。

9　狼与鹤

狼贪吃而说狼吞虎咽。
一匹狼参加一次盛宴，
据说吃得特别急，
一根骨头卡在嗓眼里，
险些丢了性命。
幸好一只鹤经过那里，
狼呼救发不出声。
就向鹤连连打手势。
鹤大夫就飞了过来，
立刻开始做手术。

鹤大夫医术高明，
很快给狼取出了骨头，
要求付给一定报酬。
"给你报酬？"狼答道，
"开什么玩笑，我的好大嫂，
怎么，你脖子探进我喉咙，
我还让你缩回去，
难道这回报还算少？
滚吧，你这忘恩负义的家伙，
千万别落到我的爪下！"

10　被人打倒的狮子

艺术家展出一幅画，
画面一头狮子无比巨大，
一个人仅凭一己之力，
就把狮子打倒在地。
观赏者见此情景，
都感到无上光荣。
这时一头狮子经过，
迫使他们一阵沉默。

狮子说："我完全理解，
画家是用这种图像，
给你们胜利的感觉，
其实他在蒙骗你们，
他这是放手以假乱真。
假如我的同胞也能绘画，
那么我们更加理直气壮，
画出精彩得多的真相。"

11　狐狸和葡萄

一只加斯科涅的狐狸，
也有人说在诺曼底，
他已经饿得半死，
望见架上的葡萄，
看样子完全熟了，
葡萄皮红里透紫，
显得十分鲜艳。
这个滑头很想美美来一餐，
无奈葡萄架高不可攀。
于是他不屑地说道：
"这葡萄又青又酸，
只配给那些粗汉。"

吃不着就说葡萄酸，
还不如发几声怨言。

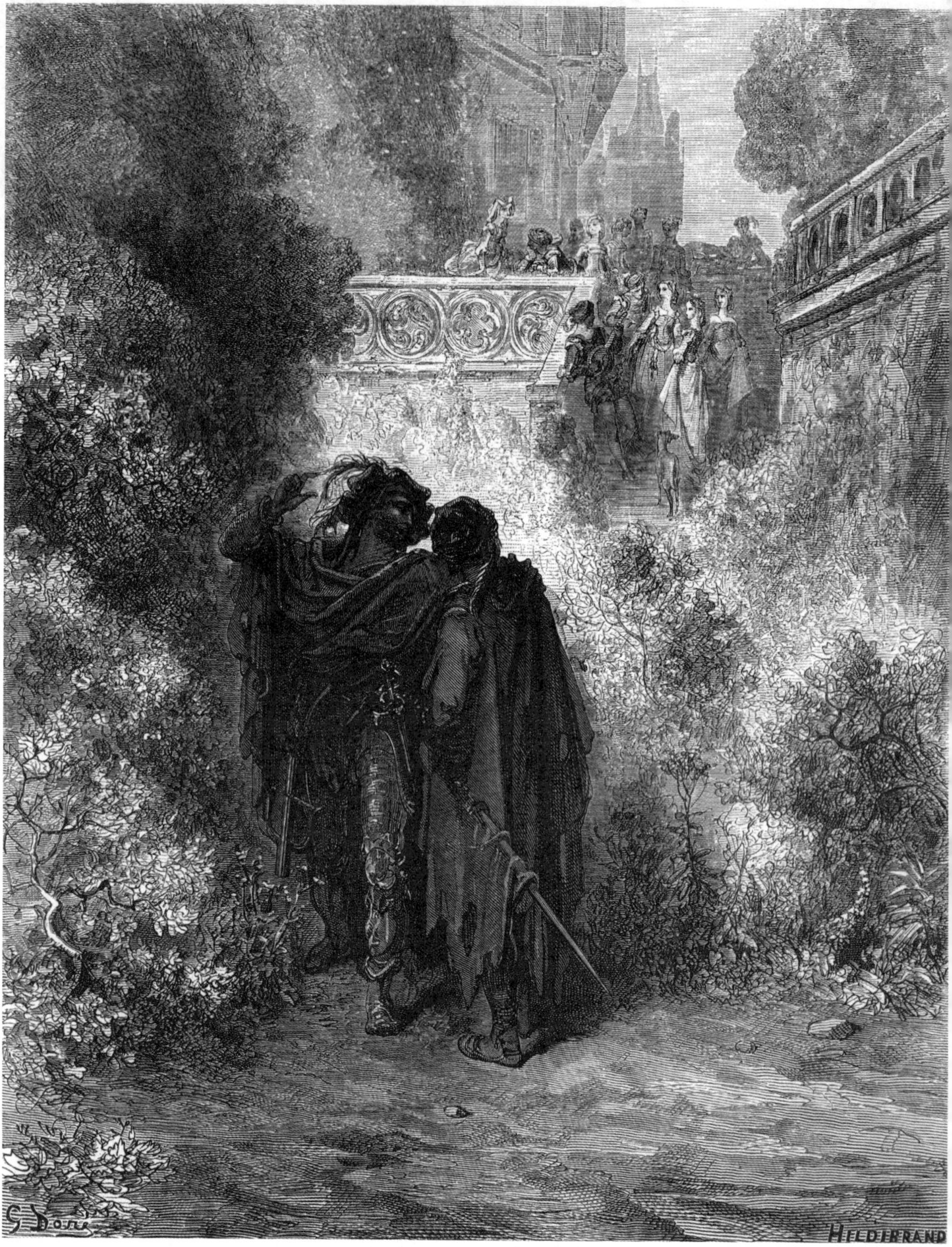

12　天鹅与厨师

天鹅与家鹅
一起生活
在一家饲养场：
天鹅专供主人玩赏，
家鹅只给主人品尝。
天鹅是园中贵客而自鸣得意，
家鹅是家中饲养而得意扬扬。
常见两只鹅并排游弋，
将城堡的沟渠当成游廊，
时而凌波飞驰，
时而潜水深藏，
嬉戏不知厌腻，
玩得那么疯狂。
一天厨师酒喝多，
硬把天鹅当家鹅，
抓住脖子要宰掉，
收拾下锅熬汤喝。
天鹅眼看命难保，
哀鸣不止向天歌。
厨师闻听吓一跳，
这才发现醉中错。
厨师说："歌声多美妙，
怎么！这样的歌手要下锅！
不，不，天神也不饶！
如此悦耳的歌喉，
绝不能毁在我的手！"

可见到了危急关头，
和声细语或可自救。

13 狼国和羊国

持续了一千年的战争，
狼国和羊国终于缔结和平。
这显然是双赢：
狼虽然吃了许多迷途的羔羊，
牧人也用狼皮做了不少衣裳。
无论羊群吃草，
还是狼寻肉食，
双方从来都没有自由，
吃东西也总是胆战心惊。
现在交换了人质，
缔结了和平：
狼国交出狼崽，
羊国交出牧犬。
这件事由双方代表调停，
交换仪式也按常规进行。
过了一段时间，
狼崽长成了大狼。
这些先生杀戮成性，
趁着羊圈没有牧人，
就咬死了一半
长得肥胖的羔羊，
他们叼着羊羔钻进了树林。
他们早已和同伙秘密串通，
两边同时行动。
牧犬在狼国相信狼的保证，
都放心地休息，
在睡梦中被掐死，
他们刚有点察觉，
就丢掉了性命。
他们全被撕烂，
一条也没有幸免。

从这故事能得出一个结论：
必须坚持不懈地同恶人斗争。
和平固然很好，
这我也承认；
然而敌人不守信义，
和平又有什么用？

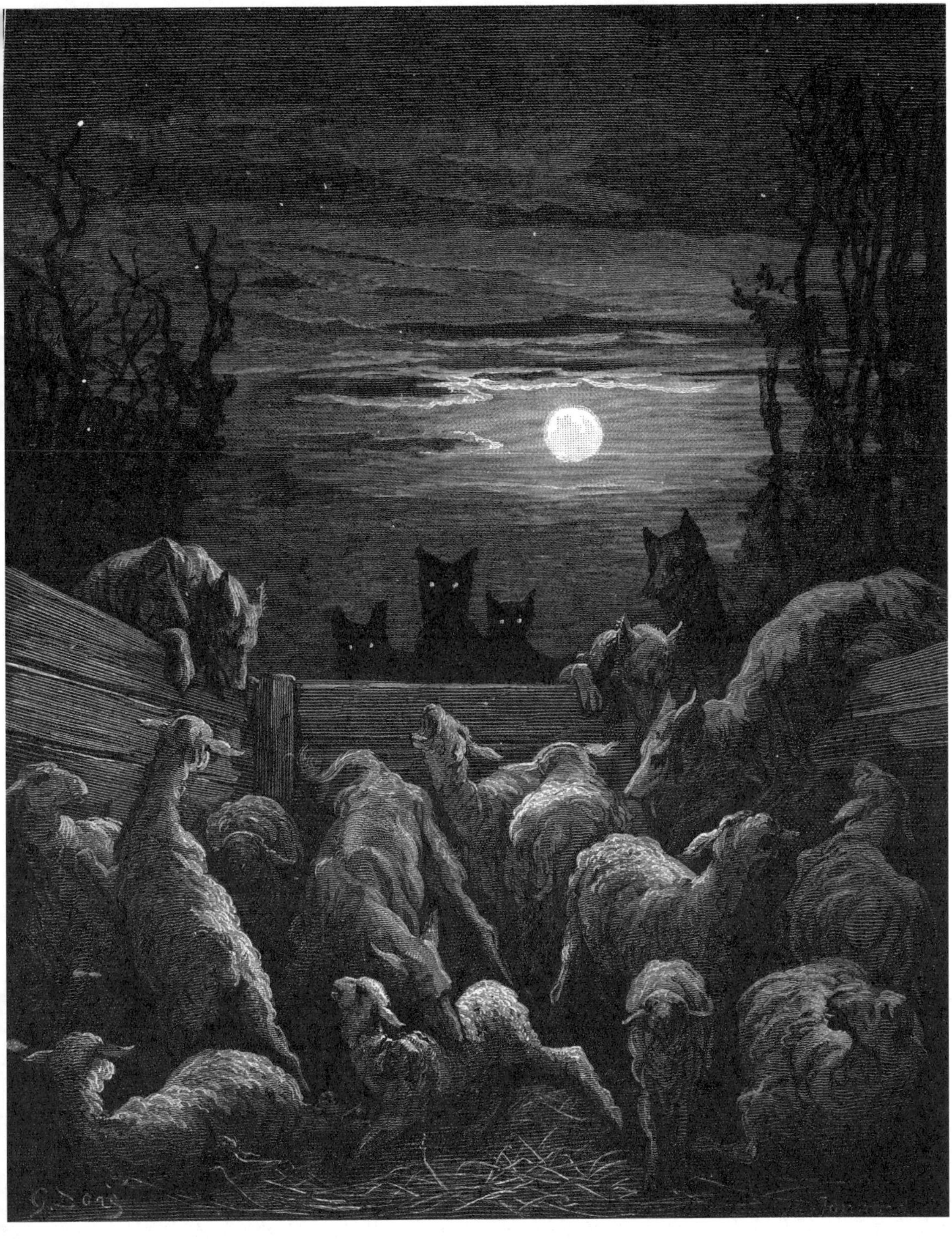
G. Doré

14　年迈的狮子

狮子，威震森林，
但岁月不饶人，
当年多么英勇，
回想起来潸然泪下，
现在连他的臣民，
对他也是又打又骂，
只因他年老体衰，
他们才变得强大。
马走近前踹他一脚，
狼凑热闹咬他一下，
牛则顶他一角。
可怜的狮子只好忍耐，

心中不禁无限伤感，
无奈体虚年迈，
吼一声都无威严，
只能等待命运的安排。
这时，他望见就连驴
也径直跑向他的洞穴，
于是他就对驴说：
"哼！真是欺人太甚！
我情愿一死，
如果要忍受你的欺凌，
那我就等于死了两次！"

15　菲罗墨拉和普洛克涅[10]

从前燕子普洛克涅，
离开了自己的居所，
远离城市飞到山林，
听见菲罗墨拉在唱歌。
普洛克涅说："可怜的姐姐，
你的身体可康健？
转瞬间离别了千年，
还记得色雷斯一别，
你再没回到我们中间。
跟我说说究竟如何？
还不想摆脱这离索的孤单？"
"哦！"菲罗墨拉接口说，
"哪里能比这儿更温暖？"
"怎么！这样好听的歌，"

普洛克涅不免惊叹，
"只跟林中的动物唱和？
顶多有个把农夫听见。
像这样的英才俊杰，
怎好弃置于荒漠深山？
不如去城市一展才能，
何必终日面对山林，
要不断地回想起从前，
受你天仙美色的吸引，
忒雷俄斯施暴的情景。"
"唉！"菲罗墨拉不免哀叹，
"那是极其残忍的暴行，
往事不堪，也不能伴你回还，
见世人忆旧梦更要断魂。"

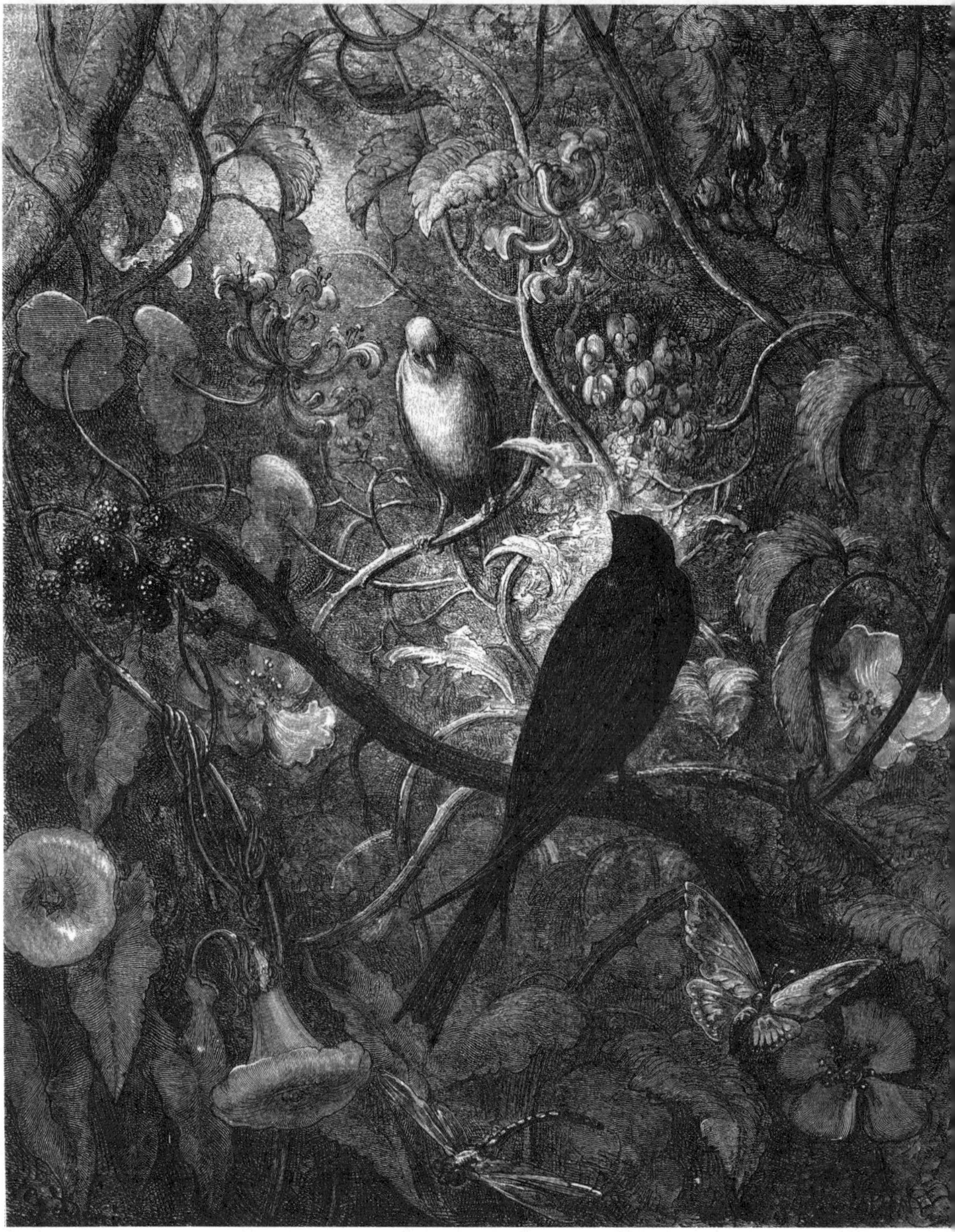

16　淹死的女人

我可不是讲这种话的人：
"这算不了什么，
不过是个女人跳河自尽。"
我要说人命关天，尤其女性，
很值得我们惋惜，
只因女性给我们增添快乐。
我讲这话绝非离题，
这则寓言说的就是
这样一位妇女，
她跳进波涛中，
结束她悲惨的一生。
丈夫去寻找她的尸体，
人已死于非命，
总得让她入土为安，
尽自己的夫妻之情。
他来到吞噬他妻子的河流岸边，
在那里散步的人还不知道
这个不幸事件。
这位丈夫便询问
他们是否看见他妻子的踪影。
其中一人回答："没有，

不过，您就沿着河流，
一直找到下游。"
另一个人却说道："别顺水流找；
您还是往上游走。
冲走她的水流，
不管坡度多么陡，
也不管什么流向，
她那逆反的性情
会使她逆水漂流，
漂向河的上游。"

此公嘲笑人也不分时候。
至于逆反的性情，
我不知道他讲得是否对头：
但是这种性情
不管有还是没有，
女性的缺点及其癖性，
则是与生俱来，
无疑死才带走，
如果有可能，
死也不肯罢休。

17　进入谷仓的黄鼬

黄鼬小姐瘦弱苗条，
她刚刚病愈，

一个小洞就能钻进去：
钻进一座仓库，

过起自由自在的生活。
整天大吃大喝，
爱吃的肥肉管够，
天晓得过的是什么日子，
每天都像逢年过节。
这样贪吃的结果，
就是脂肪积累，
黄鼬小姐发了福，
脸变圆腰变粗，
小姐吃成了肥婆。
她这样贪吃了一个星期，
忽然听见有声响，
就要从小洞钻出去。
可是怎么也通不过，

还以为地点记错。
她绕了几圈，就说：
"没错，正是这地点；
简直太怪了，
不过五六天前，
我才从这里进来。"
一只老鼠见她为难，便对她说：
"那时候您身子还不像这么圆，
您瘦溜着进来，
还得瘦溜着出去。
我对您讲的这话，
有人也对许多人讲过。
但是也别往深里探讨，
把您的事同别人的事混淆。"

18　猫和老耗子

我读过一位寓言家的书，
看了罗狄拉第二[11]的故事。
他是猫中的亚历山大[12]，
老鼠的灾星阿提拉[13]，
他把老鼠置于不幸的境地。
我是说读过
某位作者写的故事：
他讲述那只灭鼠的猫，
赛似刻耳柏洛斯[14]，
威震方圆一法里：
他想要灭绝
全世界的鼠类。
各种灭鼠的办法，什么翻板、
耗子药、捕鼠器，
同这只猫一比，
都不过是儿戏。
他看到所有老鼠都躲进洞中，
吓得不敢出来，
他寻不到踪影，
狡猾的家伙就装死，

倒挂在棚板上，
爪子抓着绳子脑袋冲下。
老鼠们都以为这只恶猫，
一定受到了惩罚：
这个十恶不赦的家伙，
不是偷吃了烤肉，
就是偷吃了奶酪，
或者抓伤了什么人，
碰坏了什么东西，
总之把这个坏蛋吊起来。
等到给猫举行葬礼的时候，
所有老鼠，我是说，
他们一定不约而同，
哈哈大笑着给猫送殡。
继而他们从洞口探出鼻子，
再伸出点儿脑袋，
然后又退回老鼠洞，
接着又出来走几步，
他们终于开始觅食随便走动，
结果却送货上门：

吊死的猫死而复生，
掉下来四脚着地，
逮住最迟缓的几只。
猫一边吞食一边对他们说道：
"我们有很多绝招，
这还是老战术；
你们的洞打得再深，
也绝救不了你们。
我先就发出警告：
你们全要进我的胃里报到。"
他预言的事很准，
这位和气的猫爷，
又第二次设下圈套，
再给老鼠上上课。
他撒粉染白了长袍，
这样乔装一打扮，
整个身子再缩成一团，
躲在打开的面包厢里。
他这一招妙不可言：
鼠辈们迈着碎步出来找死。

但是有一只，只有一只，
不肯出来打探。
这是一只老耗子，
知道对手诡计多端，
而且有一次激战，
他甚至痛失了尾巴。
"这个沾了粉的面团，
依我看不算什么，"
老耗子站得很远，
高声对猫将军说，
"我就怀疑这下面有什么机关。
你伪装成面团也没用，
你就是变成一袋面粉，
我也不会靠近前。"

他讲得很好，我同意他的慎重：
他有丰富的经验，
懂得怀疑是安全之母，
遇事多个心眼才保险。

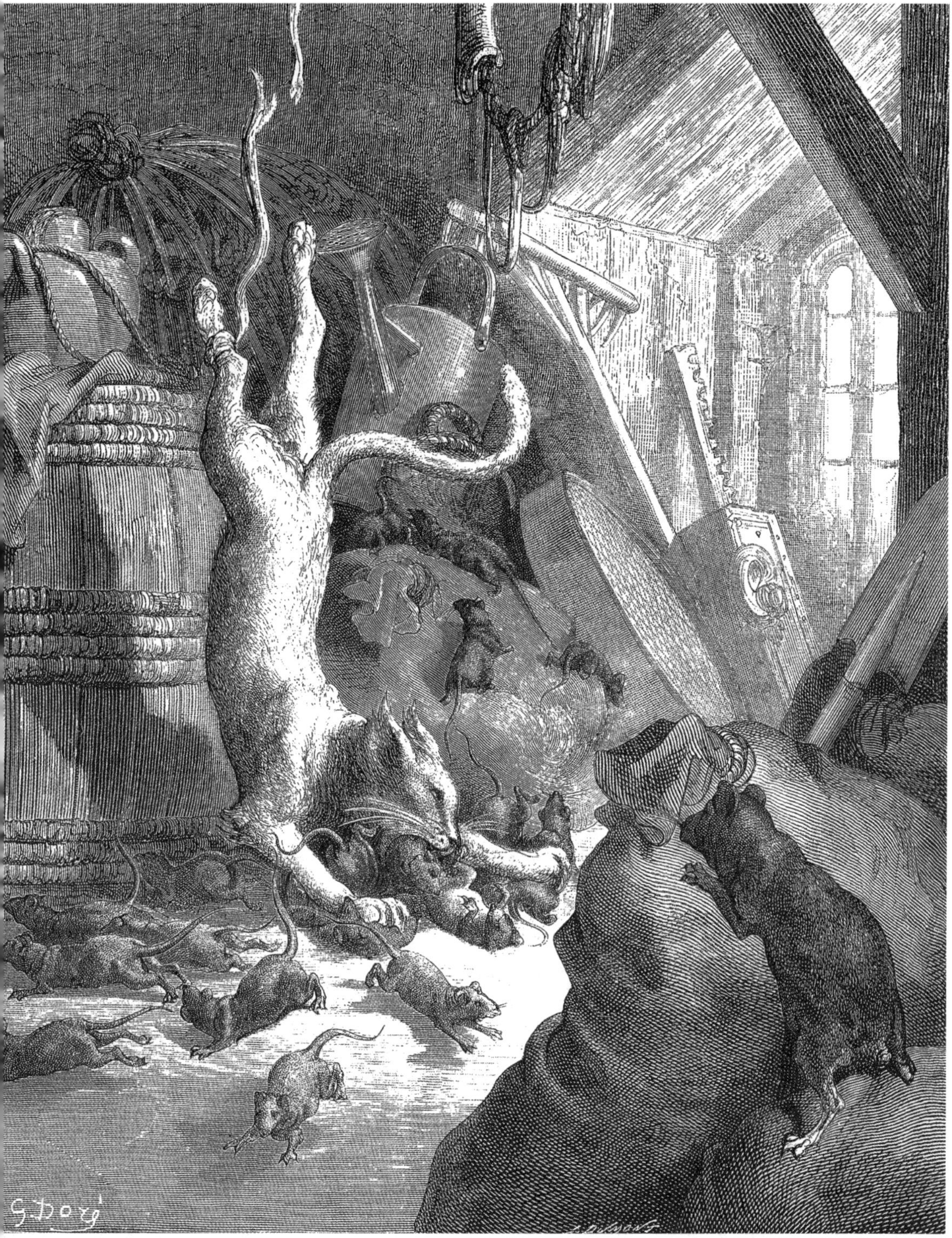
G.Doré

注释：

[1] 德·莫克鲁瓦：拉封丹的终生朋友，当时（1647年之前）他在犹豫是结婚还是去任教职，后来他成为斯大教区的议事司铎。

[2] 马莱伯（1555—1628）：法国著名诗人，法国诗歌改革的先驱。

[3] 拉冈（1589—1670）：马莱伯的主要弟子，抒情诗人。

[4] 贺拉斯（前65—前8）：古罗马诗人。

[5] 阿波罗：希腊神话中的太阳神，权力极大，主管光明、青春、音乐、诗歌等。

[6] 当时流传的一首民歌："别了，狠心的雅娜，如果你不爱我，我就骑上驴，跑开去寻死。""去吧，尼古拉，不要再废话；快快快，千万别回来！"

[7] 墨涅乌斯：公元前503年罗马执政官，他用肢体与胃的关系的寓言，平息了平民准备攻城的暴乱。

[8] 元老院：古罗马拥有立法权和管理权的国家权力机关，执政官由元老院推选。

[9] 阿勒克托：希腊神话中的复仇三女神之一，是战争与瘟疫的化身。

[10] 菲罗墨拉和普洛克涅是希腊神话中人物，两姊妹是雅典公主。普洛克涅的丈夫色雷斯国王忒雷俄斯强奸了妻妹菲罗墨拉，并割掉其舌头，将她关进塔楼里。菲罗墨拉将自己的遭遇编织在衣服上告知普洛克涅。普洛克涅设法将她救出，还杀死自己同忒雷俄斯所生的儿子，剁成肉块给丈夫吃。忒雷俄斯发现吃了自己儿子的肉，就追杀姊妹俩，途中宙斯把普洛克涅变成燕子，把菲罗墨拉变成夜莺。

[11] 罗狄拉第二：猫的名字。第二卷《老鼠开会》有一只同名的猫，这里故称第二。

[12] 亚历山大（前356—前323）：马其顿王国国王，史称亚历山大大帝。

[13] 阿提拉（约406—453）：匈奴帝国皇帝（434—453），他率铁骑攻到欧洲多瑙河一带，有"上帝之鞭"之称

[14] 刻耳柏洛斯：希腊神话中看守地狱大门的恶犬，生有三个脑袋。

第四卷

1　坠入情网的狮子
——献给德·塞维涅小姐[1]

塞维涅，您有倾城之貌，
美惠三女神[2]是您的写照，
您天生丽质佳妙无双，
但同样冷艳何等清高。
您可否分分神赏光，
看看一则寓言的玩笑？
一头雄狮坠入情网，
您见了不会自相惊扰，
爱情是个古怪的主子，
幸运者仅在故事中见识，
也未曾被这雷霆击倒！
如在您面前姑妄言之，
直言不讳惹害心气恼，
寓言至少不必介意。
这一则就更加可靠，
能到您的脚下献礼，

表达友谊的热忱和感激。

从前动物会说话的时代，
其中狮子就异想天开，
要跟人类结成连理。
向人求婚有何不可呢？
那年头狮子的地位，
并不亚于我们人类。
不但勇猛又有智慧，
蓬鬃阔面仪观雄伟。
事情的进展就是这样：
一头雄狮出身高贵，
正巧经过一片牧场，
遇见可意的牧羊姑娘。
狮子就想成其婚配。
父亲挑女婿另有主张，

至少别这样一脸凶相。
这个求婚者难以应对,
一口回绝恐不妥当。
即使拒绝也会有情况,
说不定哪天早晨发现,
两个偷情私结良缘。
自古美人爱粗鲁汉子,
女儿可能心甘情愿,
爱上披长发的青年。
父亲也不敢公然失礼,
将这位求婚者赶出去,
便对他说:"我女儿很娇气,
恐怕您亲热爱抚起来,
这样的利爪会把她伤害。
请允许全部截断利爪,

再用钢锉将牙齿磨平,
拥抱时就会更美妙,
亲吻时也不会太生硬;
尤其我女儿顾虑打消,
就能更加深情地回应。"
狮子早已神魂颠倒,
说什么都满口应承。
狮子没了坚齿没了利爪,
就好比堡垒已经夷平。
主人放出狗来一阵乱咬,
狮子无力抵抗逃之夭夭。

爱情哟!你一抓住我们,
那就可以说:别了,小心!

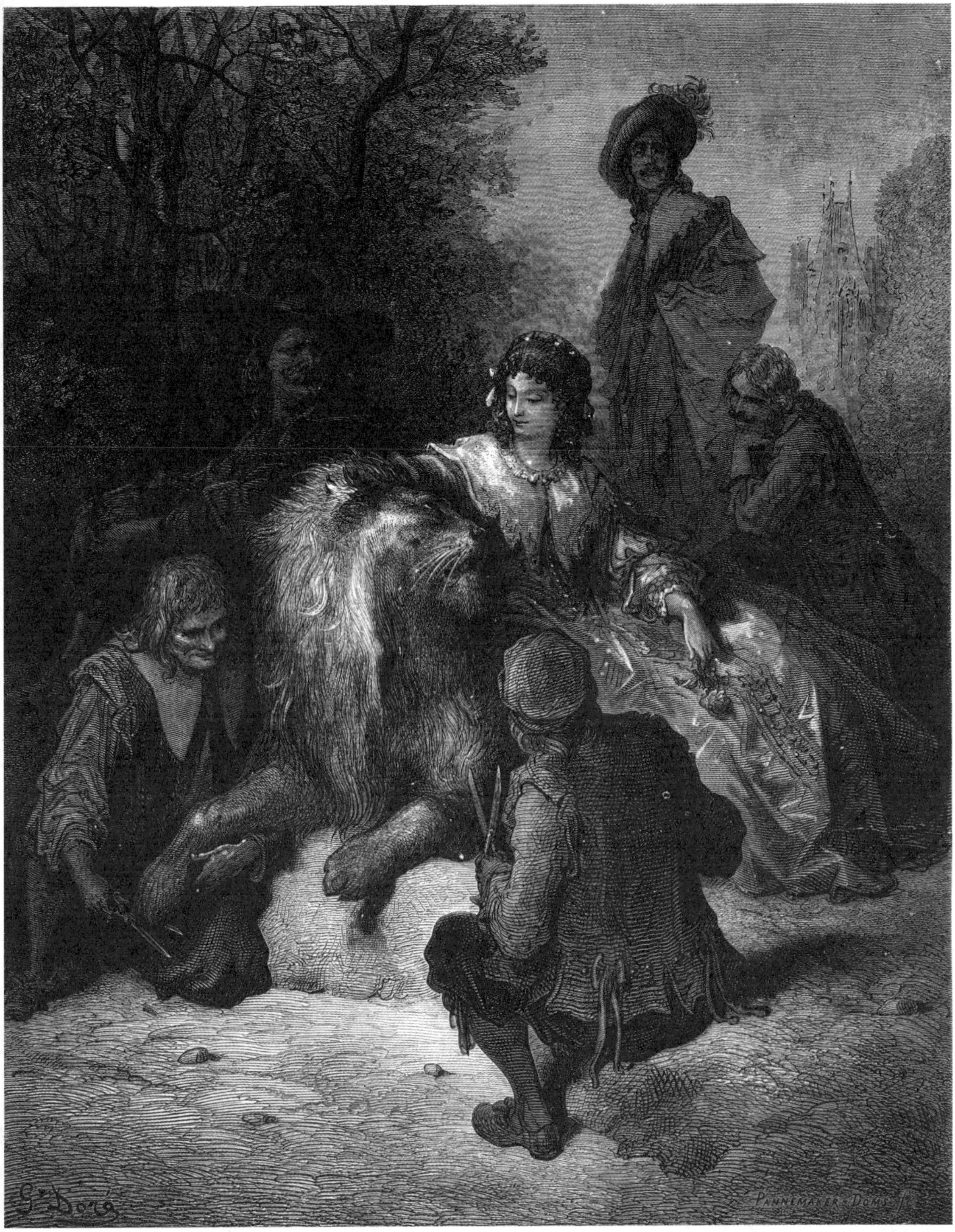
G. Doré
PANNEMAKER-DOMS

2　牧羊人和大海

一个牧人，同安菲特里特[3]为邻，
拥有自己的羊群，
收入虽然很微薄，
至少生活相当安稳，
长期满足于这种生活，
吃穿都不用担心。
他看着海岸卸了那么多珠宝财货，
终于经受不住诱惑，
卖掉了自己的羊群，
拿钱去经商，
全部投到海运。
不料货船遭遇海难，
他损失了全部资金。
这个牧人只好给别人去放羊，
他不再像从前那样，
放牧自己的羊群，
不能再把自己看成
蒂尔西或者科里东，
而现在却不折不扣，
仅仅是个皮埃罗[4]。
过了一段时间，他挣了一些钱，
又买几只产毛的畜生。
有一天风平浪静，
货船平安靠了岸。
"喂，海夫人，"牧羊人说道，
"您又想要钱吧，
请您向别人去要，
从我这儿一文也得不到。"
这可不是随意编造的故事。
我通过一定事实，
再结合人生经验，
来证明一个道理：
一分有把握的钱，
胜过可望得到的五分；
要安于自己的生活条件，
根本不要听大海和野心
那种诱人的呼唤。
一人财运亨通，
万人叫苦连天。
大海尽管许下金山和银山，
请相信，风暴和海盗就会出现。

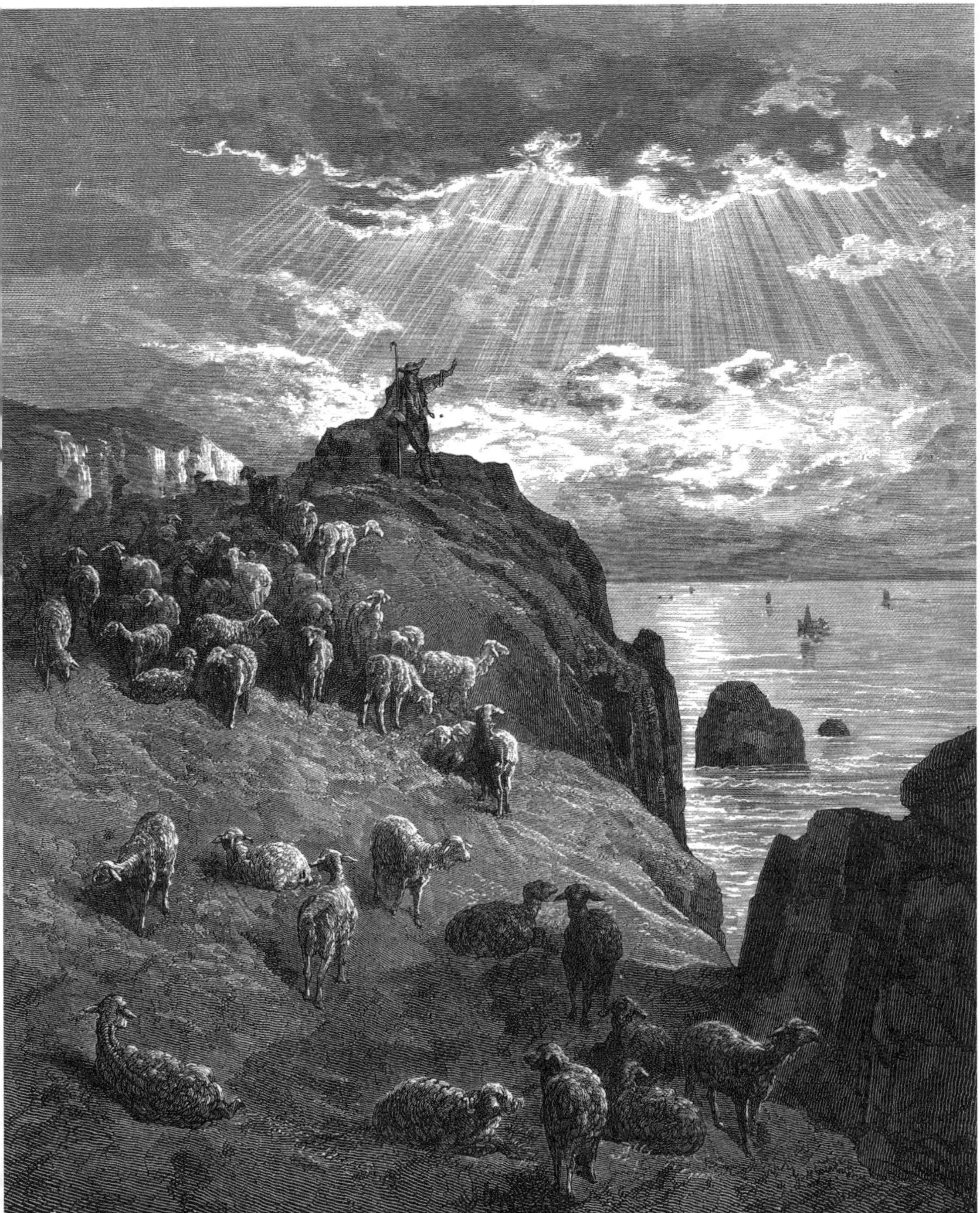
G. Doré

3　苍蝇和蚂蚁

苍蝇和蚂蚁相争谁更有价值。
"朱庇特啊！"苍蝇说，
"一有了虚荣心，
怎么就糊涂透顶，
头脑这么不清醒！
一只小小的爬虫
竟然同飞行小姐相提并论。
我经常出入神殿，
参加你的盛宴：
有人宰牛向你祭献，
我总在你之前尝鲜。
可是这位呢，可怜的小爬虫，
往蚁穴里拖回点什么，
就算是三天的食品。
我的小乖乖，请告诉我，
你可曾在一位国王、
皇帝或美人头上待过？
我就时常这么做：
我想吻就亲吻酥胸，
可以在秀发中嬉戏；
天生白皙的肌肤，
我也能使之增色：
一位要去征服男人的女子，
她美容的最后一招，
就是贴几个蝇痣[5]，
凸显自己的容貌。
你可别又对我讲，

你们囤积过冬的食粮，
吵得我的脑袋都发胀。"
"你还有完没完？"蚂蚁主妇气愤，
反驳这只苍蝇。
"不错，你常出入王宫，
可是你遭人诅咒。
献给神灵的供品，
你先尝第一口，
你认为那会变得鲜美？
什么地方你都能进去，
渎神者也如此行为。
你还能落到国王和毛驴的头顶，
这本领我并不否认；
但是我也知道，
你们这样去烦扰，
往往受到严惩，
一下子就丢了性命。
你还说某种装饰
能给美人增色，
那东西同你我一样黑，
叫作蝇痣我也同意：
难道这也值得夸耀，
算是你们的功劳？
所有寄生虫不是也称为'苍蝇'？
这种空洞乏味的话，
赶快收起来吧，
不要在这儿自吹自擂了。

宫廷要把苍蝇驱散，
也要吊死密探[6]；
你们就得挨饿受冻，
就得受罪受穷，
等到福珀斯[7]君临地球另半边，
你们就全要丧命。
而我等到冬天来临，
就安享劳动的成果，
无忧无虑地生活，
不用再顶风冒雨，

不用再到处奔波。
现在所付出的劳苦，
省却我将来的忧虑。
我讲这番话就是让你明白，
荣耀有真假实虚，
一定要区分开。
再见，我已经耽误不少时间，
我还得去实干，
我的柜橱和仓库，
用空话可装不满。"

4　园子主人和领主

一个喜爱园艺的人，
既是乡绅又是乡民，
他在村里有座园子，
侍弄得相当齐整，
还连着一块田地，
四周围着绿篱。
园里种有酸模和莴苣，
正好可以扎一束花，
给玛尔戈过生日，
西班牙茉莉没有几朵，
百里香倒是很多。
不料有一只野兔，
搅了这一场喜悦。
园主只好去镇上见领主，
向领主老爷诉苦：
"那个该死的畜生，

早晨晚上都大吃，
根本不怕什么陷阱，
连石块棍棒也失去威力。
我认为他会魔法。"
"魔法？"领主老爷应声回答，
"我倒要会他一会，
哪怕他是魔鬼，
任他怎么诡计多端，
我的猎犬，米罗，
很快就能让他就范。
老伙计，请您放心。
不除掉他我誓不为人。"
"什么时候呢？""就从明天起，
这事不能再耽搁。"
事情就这样商量妥，
领主果然带队前来。

"还是先吃饭吧，"老爷说道，
"您的小鸡肉嫩吧？
过来呀，府上的闺女，
让我好好瞧瞧你。
什么时候把她嫁出去？
什么时候给她找女婿？
老伙计，您要明白，
必须舍得花钱，
这件事才好办。"
他一边说，一边同人家姑娘亲热，
让姑娘坐到他身边，
拉起她一只手，
搂住人家一只胳膊，
还撩起一角她的胸巾
美人推拒粗俗的猥亵，
仍不失极大的尊敬。
父亲终于有所察觉。
这工夫，众人在厨房大肆张罗。
"您这些火腿何时做的
看成色相当不错。"
"先生，您喜欢就全拿走吧。"
"真的呀！"老爷回答，
"那我就不客气收下。"
菜肴很丰盛，他吃得非常来劲，
他的全班人马都有份，
包括狗、马匹和下人，
无不放开肚量享用。
这位老爷反客为主，
坐在那里百无禁忌，
畅饮人家的美酒，
爱抚人家的闺女。

领主老爷和他的人马吃完饭，
要打猎就更麻烦。
一个个跃跃欲试：
吹起喇叭和号角，
震耳欲聋一片喧嚣。
可怜的园子又遭蹂躏
情况反而更糟糕，
园主万万也没想到。
完了，那些菜畦田垄；
完了，生菜和大葱，
做汤的蔬菜全完了。
野兔就藏在白菜下面的巢穴，
他们搜索，要把猎物轰出来，
野兔就从洞穴逃走，
不是洞穴，而是豁口；
那是执行老爷的命令，
在可怜的篱笆上开了
一个宽得惊人的豁口，
否则骑马出园子，
就很难跃出绿篱。
厚道的园主说："那是爵爷的规矩。"
随便他怎么讲，那些人和猎犬，
一小时造成的祸害，
就等于全省野兔
危害了一百年。

诸侯小国，争端要自己解决：
除非愚昧糊涂，才向国王求助。
蕞尔小国间的战事，
千万别让他们介入，
也别放他们开进领地。

5 毛驴和小狗

秉性天生不可逞强,
怎么勉强都落笑柄。
一个人生来蠢笨,
就是使出浑身解数,
也不能显得风流倜傥。
得天独厚的人屈指可数,
他们天生就有
人见人爱的天赋。
这方面就应当顺其自然,
别像寓言的毛驴那样出丑。
那头毛驴要去亲近主人,
在主人面前好显得可爱可亲。
"怎么!"驴心想,
"就因为是小不点儿,
这只狗就跟先生,
跟太太地位相同,
而我就得挨棍棒?
他做什么呢?
不过是伸出爪子,
就立刻有人亲。
我是否也该这样,
就能让主人喜欢,
这事并不难办。"
毛驴越想越得意,瞧瞧主人
也正是好心情,
他就笨重地走过去;
抬起一个老硬蹄,
无比深情地送给主人的下颜儿,
为了干得更漂亮,
他这大胆的行动,
还伴随美好的歌声。
"哎呀呀!"主人立刻说,
"这算什么亲热!
唱的是什么歌!
喂!棍子马尔丹[8]!"
棍子马尔丹跑来,
驴就改了唱腔。
喜剧到此收场。

6 老鼠和黄鼠狼大战

黄鼠狼一族
总是侵害老鼠,
毫不亚于猫族。
假如鼠穴的洞口
不是那么狭窄,
这种细腰身的动物,
我想一定能够
大批地剿灭老鼠。

且说有一年，
鼠族人丁兴旺，
鼠王名叫鼠大抨，
率大军上战场。
黄鼠狼那一边，
也是旌旗招展。
如果相信信息女神，
胜负还很难分。
一群群战士的鲜血，
灌溉了休闲的田野。
从各处的战况来看，
还是鼠类大军
死伤最为惨重。
尽管几员大将，阿大扒、
普西卡扒、梅里搭扒[9]，
都滚得满身尘土，
鼓舞士气英勇奋战，
对抗了好长时间，
最终还是全军溃败。
他们再也顶不住，
只好向命运低头。
大家纷纷逃命，
不分军官和士兵。
王爷们全部殉难，
小百姓都躲进
事先准备好的洞中，

没大费劲就脱险。
而达官贵族的头顶
都戴着白鹭的冠毛，
羽饰或各种花翎，
既表明尊贵的身份
又借以显威风，
吓退黄鼠狼兵。
可是他们弄巧成拙，
反造成自己的不幸。
无论缺口还是裂缝，
无论什么地洞，
他们都钻不进；
而那些小老百姓，
却能钻进极小的窟窿。
因而战场狼藉的尸体，
全是鼠族的显贵。

头戴羽饰花翎，
可不是小累赘。
全身装饰太多太华美，
要经过狭道险关，
往往会拖累延缓。
小人物闪身而过，
只因简装轻便。
遇事小人物易躲祸，
大人物脱身难又难。

7　猴子与海豚

从前希腊有一种风气，
凡是乘海船的旅客，
无不随身携带几只
会耍把戏的狗和猴子。
有一艘载有这样旅客的船，
行驶到雅典不远处遇难。
如果没有海豚救护，
全得命丧黄泉。
海豚这种动物，
是人类的好友：
此说很有可信度，
普林尼[10]在书中有过论述。
且说海豚竭力救人，
甚至救起一只猴子。
猴子仗着有点人样，
认为救他是理所当然。
一只海豚把他当成人，
就驮着他游向岸边。
他那神态确实很庄重，
莫让人以为又看见，
那位著名的歌手[11]再生。

海豚正往岸边游去，
偶然问了他一句：
"您是雅典人吗？
那座城市真伟大。"
"是啊，"猴子回答，
"那里人都认识我。
您要办事就请开口，
因为我的亲属，
是当地的头面人物：
我的表兄就是一位大法官。"
海豚便说："万分感谢。
那么皮雷[12]怎么样，
您也经常光顾吗？
我想，您能经常见到吧？"
"我们天天见面，
他是我的朋友，
我们可是相识多年。"
港口名称当成了人名，
秃尾猕猴这下露了馅。

这种人随处可见，

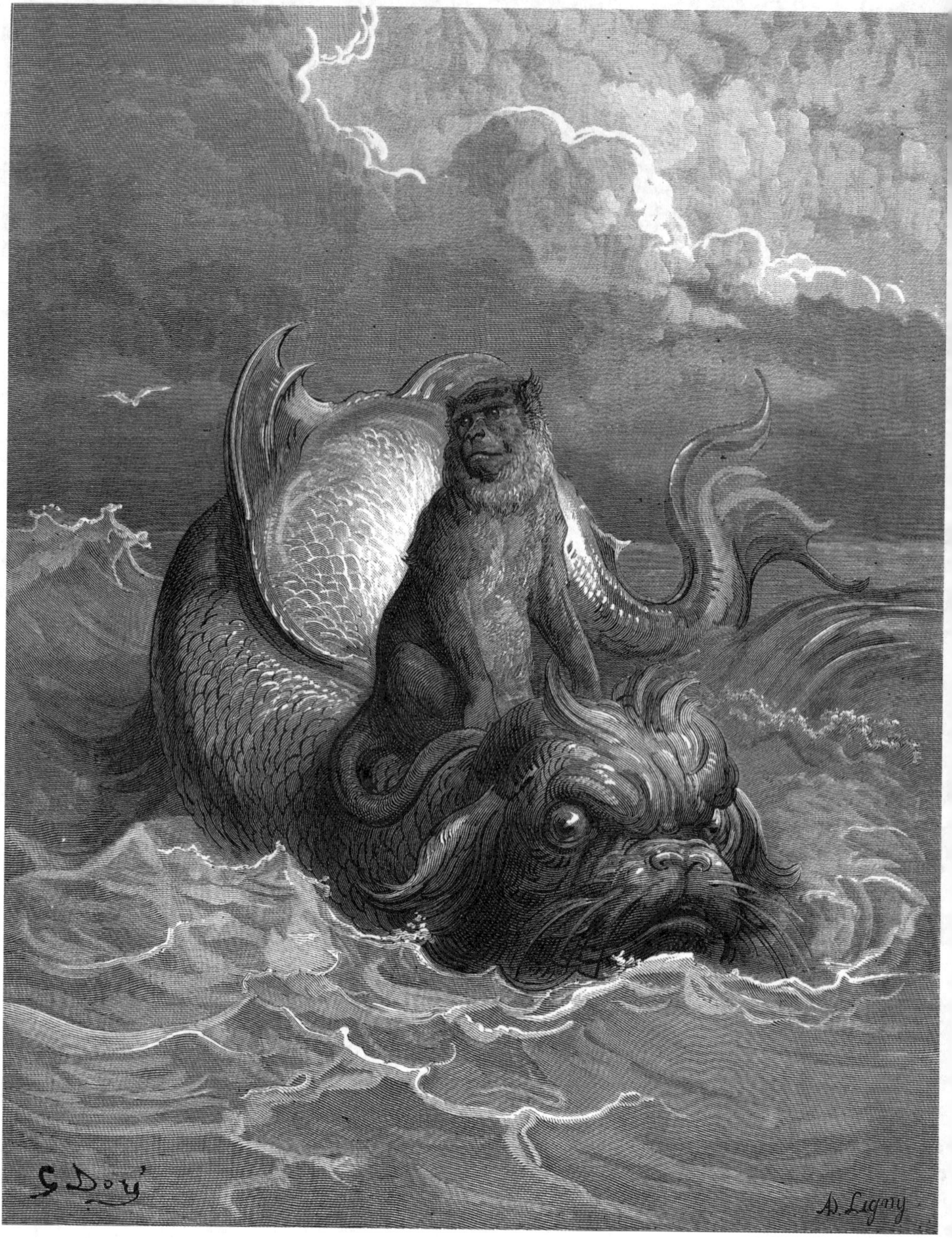
G. Doré
A. Ligny

他们把伏吉拉[13]当成罗马。
他们总是信口开河，
什么都没见过，
却什么都敢说。

海豚笑了笑，回过头，

仔细打量秃尾猕猴，
发觉他从海里救上来的，
不过是人模猴样的蠢物。
于是他又把猴子抛进海中，
赶紧再去寻找救别人。

8　人和木雕神像

在一个异教徒的家中，
供着一尊木雕的神像。
这类神祇有耳却失聪，
然而此公仍抱显灵的希望。
香火的费用，
等于供三尊神，
许愿又上供，
还给牛戴花环，
牺牲做祭品。
无论哪尊神
所得的祭献
也没有如此丰盛。
可是这尊神像根本不灵验，
白白受此供奉，
没有给主人带来任何好运，
没有意外之财，
没有继承财产，
赌博也不赢钱。
更有甚者，无论在任何地点，
出现任何小麻烦，
都有这人的份儿，

要他破费钱。
尽管如此，他对神祇的虔诚，
也未稍减半分。
他一无所获，
最终发了火，
他操起大棒，
打碎了神像，
却发现腹中装满了黄金。
"我对你那么诚心，"他说，
"你可曾回报我，哪怕是分文？"
"滚吧，离开我的家，
去找别人供奉。
你就像那种土人，
一副可悲的面孔，
又粗野又愚蠢，
又挥棒子驱赶，
就是不肯动一动。
我越给你上供，
你越让我两手空空。
我这一翻脸，
就交上了好运。"

9　用孔雀羽毛装扮的松鸦

一只孔雀蜕羽毛，
全让一只松鸦拾去，
他照孔雀装扮自己，
又去孔雀中间炫耀，
还模仿孔雀开屏，
自以为成了一位漂亮先生。
有只孔雀认出他来，
于是孔雀就群起而攻之：
又挖苦又讽刺，
又嘘赶又捉弄，
还把他的毛拔得一干二净。

他落荒而逃，
样子实在怪，
又被他的同类赶到门外。

这样两脚的松鸦世上不少，
常装扮自己披上别人的皮毛，
人称剽窃者。
我不想评说，
也绝不想给他们添乱：
他们的事本不该我来管。

10　骆驼和漂浮的木头

头一个见到骆驼的人，
赶紧逃离这一新物种。
第二人就试着接近；
第三人则了无畏惧，
给骆驼套上辔头。
事物就是这样，
什么都能习以为常。
乍一看显得可怕而怪异的东西，
只要连续出现几次，
也就见多不怪了。
既然我们提起这个话题，
这里就讲个事例：

有人派守在海边，
望见远海上漂着什么物体，
他们就不禁断言，
那是一艘巨舰。
又过了半晌，
那物体变成火攻小船，
继而变成小艇，
继而变成货包，
最后才看清，
原来是水上漂浮的一根木头。

我见过很多人，
切合这种情形：

远看是个人物，
近看是个凡夫。

11　青蛙和老鼠

墨林[14]如是说：
设套以为骗慰人，
结果往往套自身。
实在抱歉，"设套"这个词，
今天用来未免太陈旧：
但是我一直觉得，
它的表现力
达到极致的程度。
还是回到本题，讲的是
一只硕鼠，养尊处优，
他从来不过什么封斋节，
从来就不吃素，
吃成了便便大腹。
且说他来到一片沼泽岸边，
又散心又散步。
忽见一只青蛙上前搭讪，
用蛙语对他说：
"请到我家坐坐，
我给您做顿美餐。"
这用不着对方长篇大论，
鼠大人当即就接受了邀请。
可是青蛙还要大谈特谈，
洗澡有多舒坦，
旅行乐趣无穷，

能满足好奇心；
围着沼泽参观，
无数新奇的东西让人开眼。
有朝一日您会向子孙讲述，
这地方的风光、居民的风俗，
以及如何管理这水中的国度。
然而有一点，
仅仅这一点，
让鼠公子为难：
他不大会游泳，
要人帮助才行。
青蛙自有极好的办法排难：
一根灯芯草就能解决问题，
将鼠爪和青蛙爪捆在一起。
一进入沼泽，
这位热心的主人
就极力把客人往深水中拖，
公然违背人权，
公然违背承诺，
一心要做鼠排和鼠肉酱，
认为这硕鼠肉一定很新鲜。
这个阴险的家伙已经在想象
大嚼一顿美餐。
老鼠呼叫苍天，

青蛙嘲笑笨蛋。
一个拼命抵抗,
一个拉住不放。
老鼠和青蛙正扭作一团,
这时一只鸢在空中盘旋,
看见可怜的家伙在水里挣扎,
就直冲下去,
将老鼠抓起,
同时连带起青蛙:
一下子全抓到,

好得不能再好;
这猛禽乐不可支,
一爪抓了两个猎物,
一餐能有两道菜,
又吃鼠肉又吃蛙肉。

诡计再怎么周密,
也可能害着自己;
而背信弃义者
往往自食其果。

12　动物向亚历山大进贡

一则古老寓言至今流传,
是何道理我还不得其详,
其中教训读者受益匪浅,
请看寓言的原本原样。

信息女神已经到处传达:
朱庇特有个儿子,
名叫亚历山大,
他一登基就发旨,
半点自由不给天下。
命令全体臣民不可耽搁,
速速赶来,到他的脚下拜谒,
四足动物、两脚人类,
大到大象,小至蚯蚓,
还有鸟国生民,
总之可以这么说,

百嘴女神到处公示
新皇帝这道谕旨,
也到处散播了恐惧:
这回变化可真大,
必须遵守新律法,
动物和一切种类,
不能再听胃口的支配。
大家离开巢穴,聚集到旷野,
反复商议,终于做出了决策:
派猴子为全权代表,
呈献贡品和朝贺。
朝贺怎么讲最好,
干脆写出了奏折,
言辞经过了推敲。
唯独贡品把人难倒:
选什么物品进贡呢?

必须贡献金银财宝。
一位君主很仗义，
要多少就拿出多少，
金矿就在他的领地。
运送贡品又成问题，
骡子和驴自告奋勇，
马和骆驼也走一程。
猴子这个新使臣，
同四名脚力动身。
朝贺队伍一路行来，
途中哪知遭遇意外，
狮子大人也去进贡，
真可谓冤家路窄。
狮子说："我们喜相逢，
正好可以结伴而行。
我也送去一份贡品，
驮在身上很不方便，
尽管东西很轻很轻，
还请诸位帮忙分担，
分成四份加上一点，
负载也不算太重。
我腾出四爪和全身，
好能对付来袭的贼人，
将劫匪全部吓掉魂。"
谁敢跟狮子讲条件，
只好接纳，表示欢迎。
卸去了一身的负担，
大吃大喝全用公款，
管他什么新皇帝，
出身朱庇特的神种。
他们走到一片草地，

繁花似锦，万紫千红，
溪流环绕，羊儿吃草，
好一个清凉世界，
真正的和风家园，
狮子一到就不再动弹，
说他肯定生了病，
嘴里还不断乱哼哼。
"你们继续赶路，朝贺别误了，
我就感到这心里火烧火燎，
得在这儿吃草药方能好。
你们千万别去晚。
先退回来我的钱，
这钱我另有打算。"
于是他们打开驮包，
狮子先是一声惊叫，
随即又欢声说道：
"天神啊！我这钱币真好，
瞧哇，生出了这么多小宝宝！
宝宝大多已长大，
个个长得像妈妈！
钱生崽儿来该我拿。"
狮子上前一把抓，
即使没有全抓走，
也没多少能剩下。
猴子和脚力多尴尬，
又不敢跟狮子争辩，
收拾残局重又上路；
据说朝见也曾抱怨，
朱庇特之子装糊涂，
没有半句仗义执言。

他能如何？狮子斗狮子，
有道是：海盗打海盗，

千万别去凑热闹。

13　意欲向鹿报仇的马

人类还靠橡实果腹的时期，
马也并不属于人类，
那时马和驴骡，
都是森林的居民，
根本看不到本世纪的情景：
如此多搭背与鞍鞯，
如此多战骑的用具，
如此多轻便马车，
如此多豪华轿车，
同样看不见
如此多婚礼和盛宴。
且说那时一匹马和一头鹿有争端，
但是鹿跑得飞快而难以追赶，
马就去求助于人，
恳求人以智取胜。
于是人给马套上辔头，
跳上马催着他飞跑，
一刻也不停，
直到逮住鹿，
要了鹿的命。
事情一办成，
马便感谢恩人，说道：
"再见，我愿为您效劳。
现在，我也该回去，
再过我野生的日子。"

"那不好，"人却说道，"我们这里
生活的条件更优越，
我也看清您多有用。
您就留下来，
会受到很好的招待：
给您准备的草料
有您肚子这么高。"

唉！一旦失去自由，
吃得好又算什么？
马这才意识到干了傻事，
可是悔之已无及：
马厩已经盖起来，
一应用具都备齐。
马只好留在那里，
笼头一直戴到死。

对待小小的冒犯，
当初如能忍一忍，
那该是多么明智。
报仇不管带来多大乐趣，
代价却太昂贵，
用自由去换取，
那么一切都丧失了意义。

14　狐狸和半身像

大人物十有八九像演戏，
戴着假面具；
表象的仪容，
足令芸芸众生肃然起敬。
驴子只根据眼见，
就做出判断；
狐狸则相反，
总要里外看清：
从各个角度察看，
他终于发现
他们的身份只是漂亮的外表。

他受一尊英雄雕像的启发，
对他们讲了一句切中的话：
"这是空心雕像，
比真人要大。"
狐狸既赞美了雕刻的工艺，
同时也指出：
"头像非常漂亮，
但里面没东西。"

从这种意义上讲，
多少显贵都是半身像。

15　狼、羊妈妈和小羊

羊妈妈要去吃鲜嫩的青草，
让奔拉的乳房胀饱。
先嘱咐几句羊儿，
再把房门插好：
"当心你的小命，
不要随便开门，
除非说出这个暗号：
打死狼和一伙坏蛋！"
一条狼正巧从那里经过，
听见母羊这么说。
这些话他听个正着，
就牢牢记在心里；

而我们尽可相信，
母羊并没有瞧见，
这个贪吃的畜生。
狼见母羊走远，便学她的声音，
假声假气叫开门，
还说一句"打死狼"，
以为暗号说得准，
等门一开就闯进。
小羊有疑心，从门缝往外瞧，
立刻高声说道：
"让我看看白蹄子，
要不我绝不开门。"

白蹄是要害，这谁都知道，
白蹄的狼，世上非常稀少。
狼听了小羊的话，
大大出乎他的意料；
他是空着肚子来，
只好空着肚子回去。

假如小羊相信了
狼偶然窃听的暗号，
那他会去哪里报到？

双保险总归比单一保险好，
过分小心从来就不会徒劳。

16　狼和母子俩

是狼唤起我的记忆，
有一条更是来送死，
且听我说个仔细。

有个村民住得偏远，
狼老爷在门外窥探。
只见走出各种猎物，
有奶牛、母羊和羊羔，
火鸡成群，正好下肚，
强盗心中开始焦躁。
忽听有孩子哭闹，
母亲当即连声呵斥，
再不住声给狼吃掉。
谢天谢地，有这等好事，
老狼正跃跃欲试，
又听见母亲抚慰宝宝：
"别哭了，老狼莫敢来，
咱们就把它活宰了！"
吃羊的家伙万分惊诧：
"讲的这是什么话？
一会儿给吃，一会儿要杀？

我是何等样身份，
这样对待，把我当傻瓜？
等哪天小家伙去树林，
采摘榛果，看我怎么……"
狼正咕哝，屋里出来人，
护院狗拦住狼的去路，
长矛、钢叉也一齐上手，
将老狼好一顿痛揍。
审问道："来这儿搞什么鬼？"
老狼立刻竹筒倒豆子。
"老天有眼！"母亲怒斥，
"还想吃我这小宝贝？
难道我生下个儿子，
就为日后给你当美味？"
可怜的家伙送了老命。
农夫割下狼头和右腿，
挂到庄主门前为示众，
配以庇卡底[15]谚语好说明：

娘骂闹孩骂是疼，
漂亮狼爷切勿听。

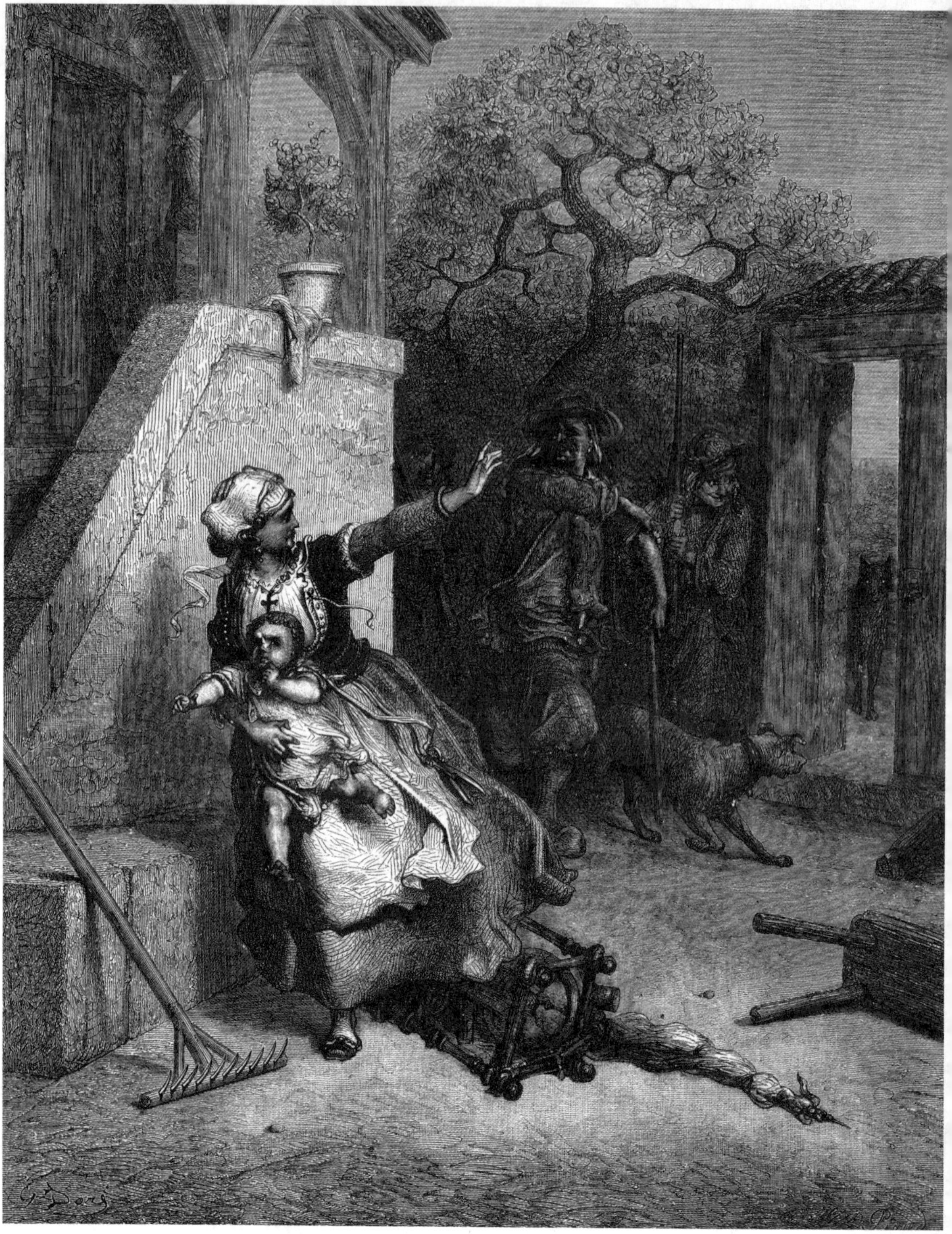

17　苏格拉底的话

苏格拉底[16]请人盖了一座房屋，
人人都来查验这座建筑。
有一人直言不讳，
认为屋内的设施，
与这样大人物不配。
另一个人又贬责，
说门面不够气派。
所有人一致认为，
房间都太狭窄。
"他盖的是什么房子！
屋里连身都转不开。"
然而，苏格拉底却回答说：

"这样小的房子，
能挤满真正的朋友，
那就谢天谢地了。"
善良的苏格拉底说得有道理，
接待真正的朋友，
用不了这么大的房子。

人人都称朋友，
傻子才会相信：
"朋友"一词用得最为广泛，
而真正的朋友又最为罕见。

18　老人和孩子们

多强大也弱，除非团结。
请听弗里吉亚[17]奴隶怎么说。
我即便增添自己的想象，
也是为描绘如今的风尚，
绝无欲念同古人争高下，
我的雄心远没有那么大。
费德鲁斯[18]往往好高骛远，
这种想法依我看很肤浅。
还是讲我们的寓言故事，
如何让孩子们团结一致。

一位老人要应死神的召唤，
便将几个孩子叫到病榻前：
"看看谁能折断这捆箭杆，
我再解释这件事的关键。"
长子拿起箭束，用尽全力，
只好放弃说："这要大力士。"
次子接过去，白白拉架式。
三儿子较了较劲也白试。
大家败阵，箭束丝毫未损，
一支没断，全赖团结力量。
父亲说："看我的，你们太嫩，

这种情况，我能派上用场。"
以为开玩笑，便一笑置之，
老人却拆开箭，一一折断。
又说道："明白吧，众志成城。
孩子们要抱团，由爱支撑！"
弥留期间，再无别的遗言。
老人终于感觉已到大限，
临终嘱咐："亲爱的孩子们，
别了，我要去见我们祖先。
要答应我保持手足情深，
行前要满足我这个心愿。"
三个儿子哭着请他放心，
他拉着儿子手命赴黄泉。
三兄弟继承了大笔遗产，
但是有纠纷，债主要扣押，

邻居打官司，三兄弟不怕，
一件一件处理得很完满。
手足情很难得又很短暂，
相连因血统，利害又拆分。
嫉妒和野心，背后人怂恿，
都同时搅进了财产继承。
终于闹分家，互斗又相争。
法官历数他们，百般责怪。
债主邻居乘机卷土重来，
有人挑个错，有人找毛病，
三兄弟散伙，一意又孤行：
一个和事佬，一个无作为，
结果他们的财产全告吹。
再想起老父遗训已太晚，
忘记那箭束之理真遗憾。

19　神谕和渎神

想欺骗苍天，世人太愚妄。
人心迷宫哪怕千回百转，
没有一处不被神光照亮。
人一举一动，神全看得见，
即使以为暗中搞的勾当。

一名异教徒要暴露身份，
他信上帝只为了蒙蔽人，
捞好处才是正经，
还向太阳神正名。
他一进神庙，据说
就抓住一只麻雀，

要它命就用力一捂，
或放掉可怜的动物。
"我抓住的东西是死是活？"
阿波罗怎么回答也得错。
太阳神看透他的鬼主意：
便对他说："不管是死是活，
你亮出来，终究还是麻雀。
你也休给我设套，
这套把戏你玩不好：
多远我也能看到，
要捉你插翅难逃。"

20　守财奴破财

只有用得上才算拥有，
我不禁要问那守财奴，
一个劲儿攒钱，越积越多，
跟没钱人有什么差别？
阴间第欧根尼同样豪富，
在人间行乞无异守财奴。
伊索讲述一个藏富的人，
正好是个范例警示我们。

这个不幸者要等待来世，
才能够享用自己的金钱。
不做主反为奴，心甘情愿，
大批财富地下深深埋藏，
连同他那颗心一起埋葬。
财富于他越来越神圣，
别无乐趣唯宝藏，
整天价日思夜想。
无论走来走去，喝水吃饭，
心事总能让人当场发现，
无时无刻不想藏宝地方。

他总转悠，被掘墓工看见，
掘墓工不声不响，
挖出猜到的宝藏。
有一天，守财奴再来一看，
只剩下空穴什么都不见。
他呼天抢地，不住声哀叹，
直揪头发，真是痛苦不堪。
一位过客问他为何号叫。
"有人偷走我的金银财宝。"
"金银财宝？在哪儿，偷走？"
"就这儿，紧挨着这块石头。"
"嗳！又不是战乱，
干吗搬得这么远？
您放在自己家中
难道不是更安全，
又何必变换地点？
放到家里多省事，
随时取用也方便。"
"随时取用！老天爷！什么话！
说说容易，哪能这么简单！

金钱挣来怎么可以乱花！
跟您说，我碰也不碰一下！"
对方又问道："那请告诉我，
您这钱从来就不碰一碰，

为什么又这样痛不欲生？
原地就放块石头来代替，
反正不用，放什么一码事。"

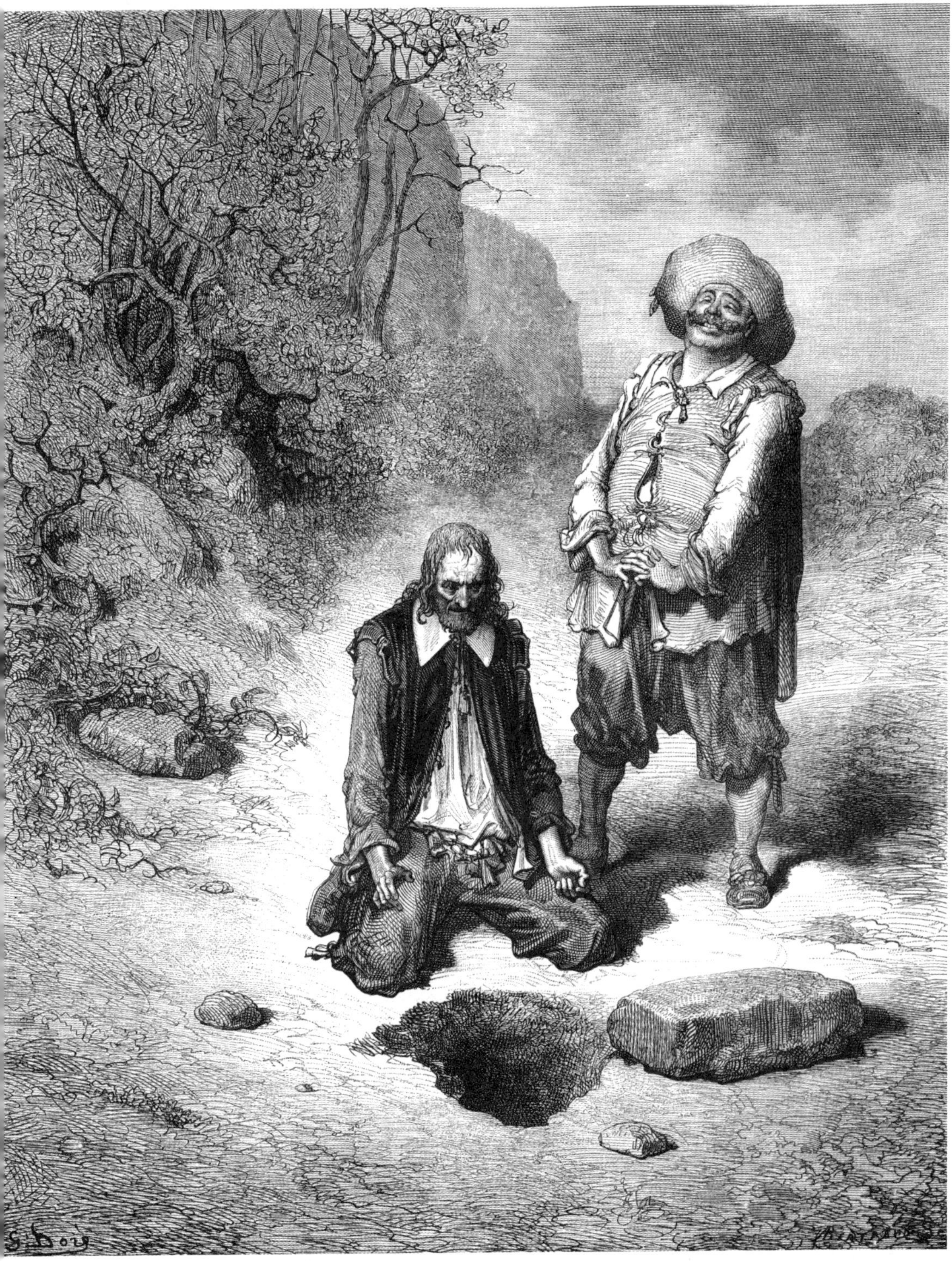

21　主人的眼睛

一头鹿逃进了一座牛棚，
公牛开头还提醒，
别处找个避难所。
鹿就对公牛说："弟兄们，
你们不要暴露我，
我对你们能有用，
你们不会白帮忙，
能知道最肥的牧场。"
公牛没把握，答应守秘密，
鹿躲到角落，终于喘口气，
也鼓起了勇气，到了傍晚，
有人送来了青草和饲料，
每天都这样照看。
奴仆们来来往往，
不知转悠多少趟，
甚至还来了总管，
没一人哪怕偶然，
发现有异常情况：
鹿身鹿角皆不见，
总之鹿在有无间。

森林这个居民感激公牛，
便安心在这牛棚里等候，
待他们一头头出去耕地，
瞅准个好机会马上开溜。
一头反刍的牛却对鹿说：
"行是行，怎么！那百眼主人
还没来检查，我十分担心，
真怕发现你这不速之客，
可怜的鹿，先别怡然自得。"
正说着，主人走进来巡视。
"怎么回事？"他对下人说，
"所有槽子都这么点草料！
垫的干草也乱成这样子，
快点动手，去干草房瞧瞧，
今后你们要把牲口照看好。
蜘蛛网抠掉，又费什么事？
牛轭套绳就不能放整齐？"
四下观瞧，发现多个脑袋，
他平时到这里从未见过；
看清是鹿，人人操起家伙，

一通乱打,下手毫不留情,
鹿流下眼泪也救不了命。
抬走腌肉,享用了好几顿,
还请邻居品尝来了许多人。

费德鲁斯说得特别精彩:
唯独主人的眼睛看得清。
吾意再加上情人的眼睛。

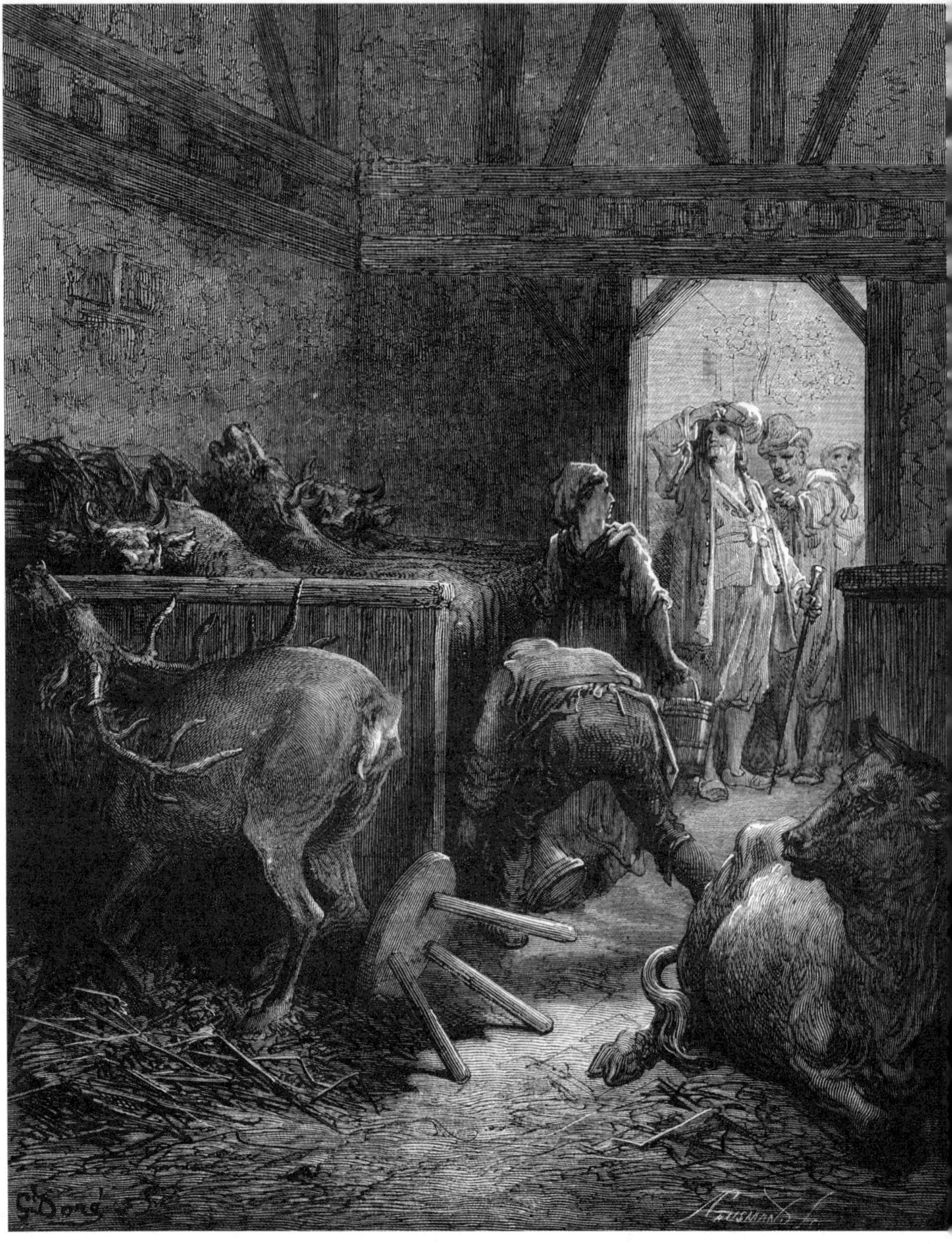

22　云雀和麦田主人

"凡事只能靠自己"
这句常说的谚语，
看伊索如何阐述，
能够让世人信服。

当麦田长出一片绿苗，
云雀便在地里造巢。
大约正是这个节气，
万物都要发情繁殖：
海上巨鲸在波涛中，
兽王猛虎在森林，
双飞云雀在田野。
单说有一只云雀，
春光大半都虚度，
没有尝到爱的乐趣。
终于下决心做母亲，
要遵循自然的规律。
筑巢，产卵，孵化，
小鸟破壳，越快越好，
一切都顺顺溜溜。
周围的麦子已成熟，

可翅膀未硬的雏鸟，
还不能一飞冲高。
云雀也特别操劳，
外出觅食，还得警告，
让孩子保持警惕，
轮流站岗放哨。
"麦田的主人，"她说道，
"如果带儿子来了，
他一来你们就听好，
听他说些什么，
咱们该逃赶紧逃。"
云雀刚刚离开巢，
麦田主人父子就来了。
"麦子熟了，"父亲说道，
"咱们快去找朋友，
请他们来当帮手，
明天刚一蒙蒙亮，
每人操镰来麦收。"
云雀妈妈一回窝，
一窝小鸟炸了锅。
有一只便抢着说：

"他说明天天一亮,
就让朋友来帮忙……"
云雀妈妈截口说:
"他若只讲这种话,
咱们不必忙搬家;
明天可得听仔细,
咱们全家先乐和,
这儿有许多好吃的。"
一窝小鸟都吃饱,
母亲孩子全睡觉。
天已亮,一切像往常:
朋友一个也没来,
云雀起飞去觅食,
麦田主人来巡视。
"这麦子不能撂地里,
请不来朋友误大事,
这样的懒汉也难指望,
行动缓慢不肯来帮忙。
儿子啊,还是去求亲戚,
请亲戚来帮收麦子。"
一听这话更惶恐,
一窝小鸟乱了营。

"妈妈,他说要请亲戚来,
也许就在这会儿……"
"孩子,没事儿,放心睡觉,
咱们还不用离开巢!"
云雀说对了,一人也没到。
主人第三次看麦田:
"咱们错到了极点,
不该等待别人来支援。
最好的亲友还是自己,
儿子,这话要谨记,
你可知道该怎么办?
咱们就应当操起镰,
明天一早就开始干。
这种办法才最可靠,
咱家麦田一大片,
啥时候收完啥时候算。"
云雀一得知这意图:
"孩子们,这回咱们非得走。"
于是举家齐搬迁,
不声不响飞得欢,
路上磕绊也难免。

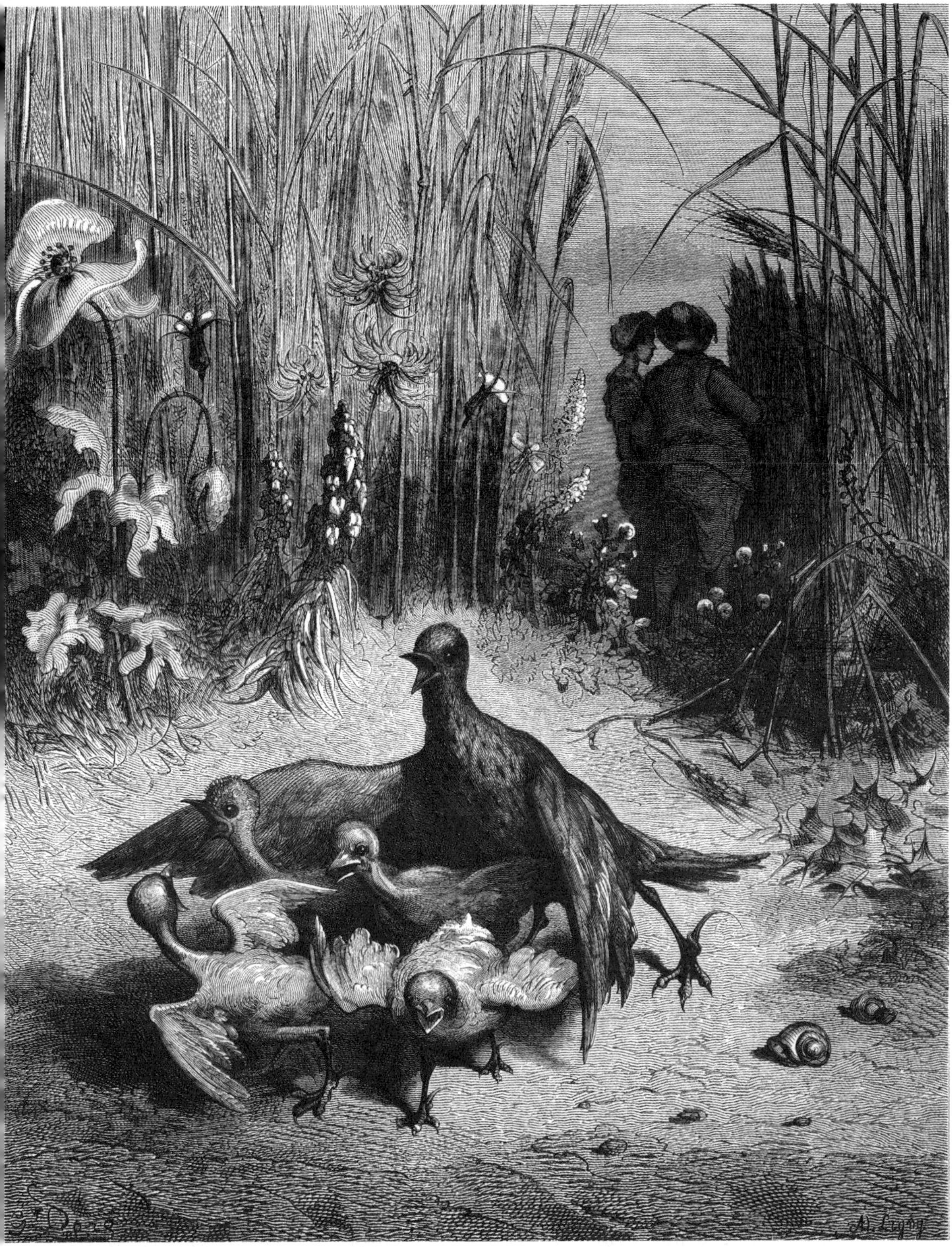

注释：

[1] 德·塞维涅（1626—1696）：德·塞维理侯爵夫人的女儿，因母亲书信体散文时常提及而为世人所知，以美貌和冷淡而出名。当年十九岁，三年后结婚，成为德·格里尼昂夫人。侯爵夫人与拉封丹为文坛好友，书信往来达三十年之久。

[2] 美惠三女神：希腊神话中代表妩媚、优雅和美丽三位女神总称，是主神宙斯的女儿。她们都喜爱诗歌、音乐和舞蹈，在文艺、科学和造型艺术等方面都给人以灵感。

[3] 安菲特里特：希腊神话中的海洋女神，海神波塞冬的妻子。与安菲特里特为邻，即生活在海边。

[4] 蒂尔西和科里东：牧歌中的牧羊人。皮埃罗则指牧主的下人。

[5] 蝇痣：妇女将极小块的黑缎贴在脸上，以衬托肌肤的白色，俗称"蝇子点"。

[6] 吊死密探：法文中密探"Mouchard"，由苍蝇"Mouche"转化而来。密探被抓住不送进监狱，直接吊死。宫廷的苍蝇则指那些声称出入朝廷的讨厌的人。

[7] 福珀斯：希腊神话中的太阳神。

[8] 马尔丹：马夫名，常用棍棒驯服牲口，故名"棍子马尔丹"。

[9] 阿大扒意为"面包窃贼"，普西卡扒意为"残渣窃贼"，梅里搭扒意为"小块窃贼"。

[10] 普林尼（23—79）：古罗马作家，著有《自然史》。

[11] 指阿里昂，古希腊抒情诗人，生于公元前7世纪。相传他被海盗抛入海中，被喜欢听他弹琴唱歌的海豚救起。

[12] 皮雷：雅典的主要港口。

[13] 伏吉拉：当时巴黎的郊区，现为市内跨区长街。

[14] 墨林：中世纪亚瑟王传奇和故事诗中的巫师与贤人，与古代凯尔特神话中的人物有关联。

[15] 庇卡底：位于法国北部，旧省名称，现为行政区。

[16] 苏格拉底（前469—前399）：古希腊哲学家，他与亚里士多德、柏拉图为西方哲学的奠基人。

[17] 弗里吉亚：小亚细亚古地名，"弗里吉亚奴隶"指古希腊寓言作家伊索。

[18] 费德鲁斯（约前15—约50）：古罗马作家。奴隶出身，在奥古斯都皇宫成为释免奴，受过一般教育，第一个将希腊散文寓言用拉丁文改写成自由诗，以伊索的名义流传于世。

第五卷

1　伐木工和墨丘利[1]
——献给德·布里安伯爵[2]

您的审美我奉为圭臬，
写作尽量合乎您的标准。
您劝人避免精雕细刻，
不要无谓夸饰，张扬铺陈。
我与您志同道合，
刻意追求不能取悦。
作者想要尽善尽美，
反而会弄巧成拙。
倒不是要排斥精妙之笔，
您喜欢我也爱妙笔生花。
伊索主张的那种境界，
我勉力为之，邻接那大雅。
总之，我的寓言诗，
如果说不尽人意，
那也不取决于自己，
但总归是个问题。

由于我绝不标榜
强力这种特殊的东西，
为此目的，我就尽量，
给邪恶披上可笑的外衣，
不能以强力对强力
挥动赫丘利的手臂。
这是我的全部才能，
不知道是否够用。
我讲述一个故事的过程中，
有时描绘愚蠢的欲望和虚荣：
当今生活运行的两种支撑。
就像那个小小的动物青蛙，
鼓胀身体势欲跟牛一般大。
有时我也拿两种形象对比：
邪恶对美德，愚蠢对理智。
无辜的羔羊对贪婪的狼，

苍蝇对蚂蚁，将这部作品的篇章，
写成一部大戏的世态万象。
人、神、动物，无不上场表演，
朱庇特也同样，不妨引一段
墨丘利传送给贵妇们的情简。
不过，今天要讲的故事，
却跟所谓的情简毫不沾边。
一名樵夫丢了饭碗，
斧子是他谋生手段。
身边再无别的工具，
怎么找也找不见，
听他哀叹实在可怜：
斧子是他全部财产。
不知还有什么指望，
只见他泪流满面：
"斧子哟！"他嚷道，
"可怜的斧子！朱庇特，
快把斧子还给我，
给我第二次生命。"
樵夫的哀怨之声，
响彻奥林匹斯山林。
墨丘利来了，对樵夫说：
"你的斧子没丢失，
你见了可还认得，
我仿佛在附近见过。"
回头便拿了一把金斧，

樵夫一看回答说：
"这斧对我没用处。"
随即对换了银斧，
樵夫还是不接受。
终于拿出砍柴斧，
"这才是我的，"樵夫说，
"我有这把就满足。"
"三把都给你，"天神说，
"你这么诚实该奖励。"
"那我就收下。"樵夫回答。
这事一下子就传开了，
樵夫纷纷丢斧子，
吵吵嚷嚷还回来。
主神不知该听哪个，
于是又派墨丘利，
主神之子去处理。
见到每人都亮金斧，
谁都回答："正是这把！"
否则就认为是傻瓜。
墨丘利非但不给斧，
每人头顶还击一下。

谎言无半句，长乐因知足；
如此最踏实，还得天惠顾。
雌黄信口开，只为不义财；
不义岂得逞，上天有神在。

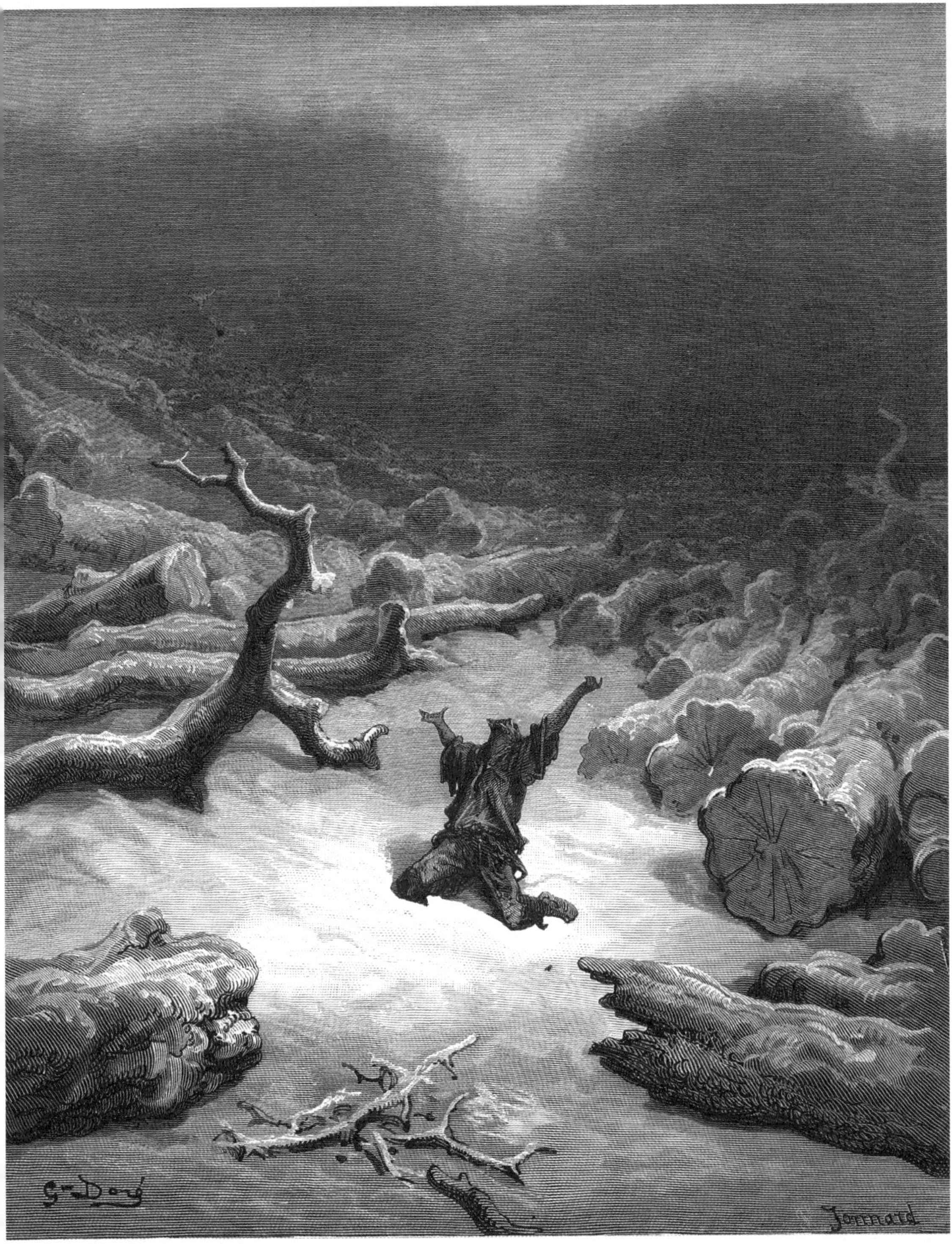

2　砂锅和铁锅

铁锅向砂锅提议,
结伴去旅行。
砂锅婉言谢绝,
说是讲点聪明,
最好还是守着炉火,
只因他很不结实,
就怕撞着什么,
哪怕极小的东西,
也能将他碰碎。
到那时再回转,
他只能成为碎片。
砂锅又说:"你不同,
你的皮比我的硬,
我看毫无阻拦,
你可以成行。"
"我会掩护你,"
铁锅接口说:
"真有什么硬玩意儿
威胁到你的生命,

我就站到你前面,
立时保证你的安全。"
有了这一保证,
砂锅才放心。
他和伙伴铁锅,
肩并肩出行了。
两个三条腿的家伙,
一瘸一拐地动身;
路上有一点点障碍,
他俩就磕磕碰碰。
撞得砂锅好疼;
还没有走出百步远,
砂锅就被撞成碎片,
都来不及抱怨同伴。

交结要有所挑选,
与我们的身份相等,
否则就恐难免
这种砂锅的命运。

3　小鱼和渔夫

小鱼将来能长成,
只要上帝让活命,
认为鱼是自己的,
现在放生太愚蠢,
将来谁能捉到还难定。

一条鲤鱼还是个小可怜,
不承想被渔夫捉上岸。
渔夫说:"好歹凑个数,
看着收获做成了美餐,
先放进篓里再做打算。"
可怜的小鲤鱼央求渔夫:
"捉我回去能做什么?
做熟了吃还不够半口。
您还不如先放了我,
待长成大鱼再捉回去,

会有金融家花高价买我。
何必留我这么小的鱼,
留下小鱼也不顶啥,
做菜也许还得捉上百条,
做出的菜味道也不好。
相信我,这种小鱼不值一提!"
"不值一提?"渔夫接口道,
"算了,鱼啊,不用你说教,
漂亮朋友,你白耍嘴皮子,
今晚你就下油锅游一遭。"

有道是:
宁要今天一个,
不等明日一双;
一个在手稳握,
一双恐难指望。

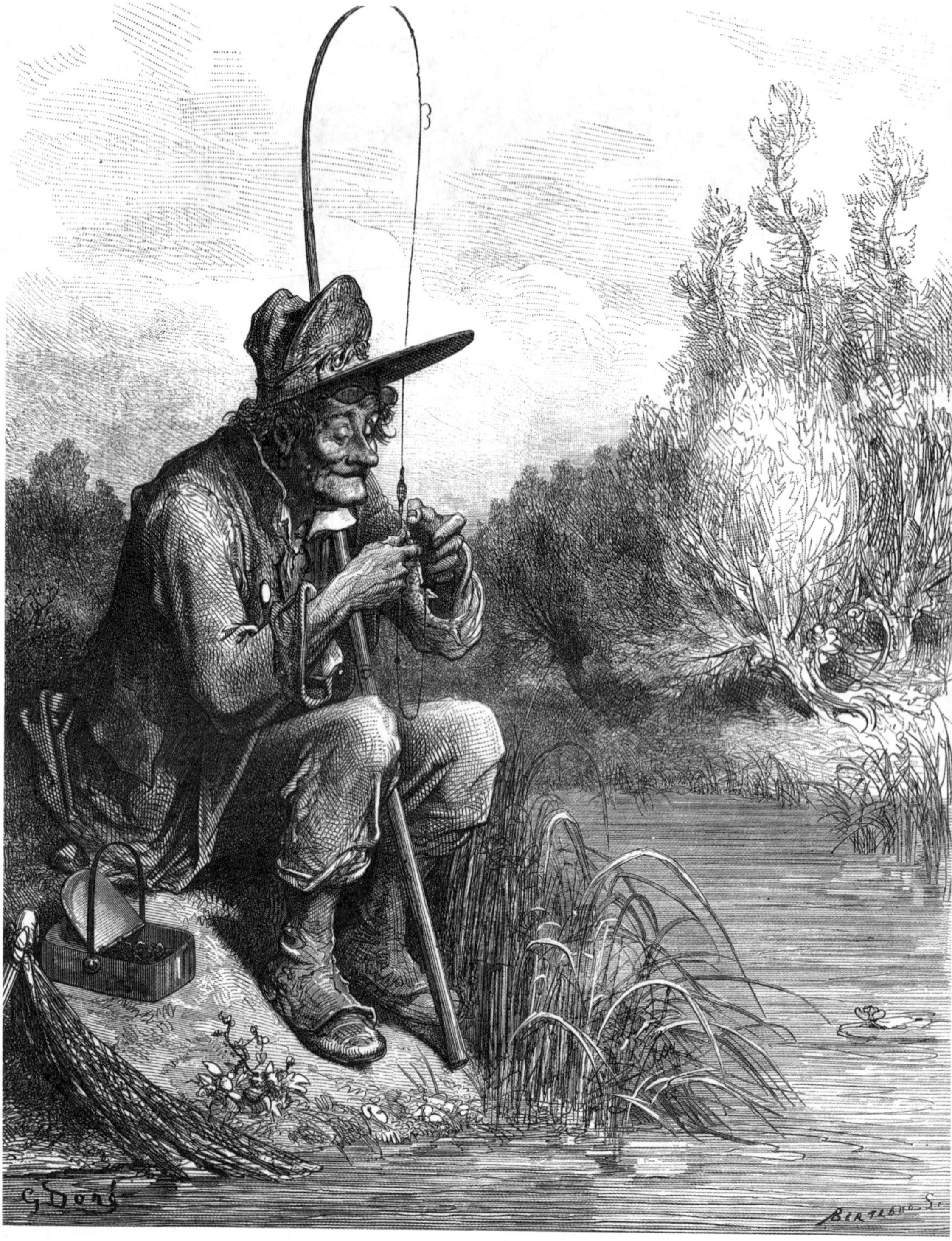
G. Doré
Bertrand Sc.

4　野兔的耳朵

一只长角的动物，
误撞伤了狮子。
狮子雷霆大怒，
为了避免再受冲撞，
他决定从领地驱逐
所有长角的动物。
母羊、公羊和公牛，
立即迁往别处；
还有黄鹿、梅花鹿，
也都换了环境；
无不迅速迁出。
有一只野兔，
瞧见自己耳朵的长影，
就特别担心：
检察官别把耳朵当成角，
硬说同角没有区分。
"别了，"野兔说道，
"蟋蟀老邻居，

我必须离开这里。
我这对长耳朵，
最终也被当成角，
即使短得像鸵鸟，
我还是提心吊胆。"
邻居蟋蟀却不以为然：
"这也算作角？
你把我当成傻帽儿！
这明明是耳朵，
由上帝创造。"
"他们肯定要当成角！"
胆小的兔子又说道，
"当成独角兽的角。
我怎么争辩都没用，
他们会说我发疯：
我的话和讲的道理，
全是疯子的言行。"

5　断尾狐

一只老狐狸，狡猾至极，
偷鸡的好把式，
捉兔的老将。
相距几公里，
都能闻到他的气味，

后来他终于落网。
落网又逃脱，纯粹是侥幸，
但并非毫发无损，
尾巴给人留下，
成了牺牲品。

说起来，丢了尾巴保住命，
实在无地自容；
于是他就设法，
让别的狐狸也割掉尾巴，
他的确老奸巨猾。
正好有一天，狐狸聚一起开会
他就急忙抢话：
"咱们干吗要这无用的累赘，
就总拖着打扫
所有泥泞的小道。
要这尾巴干什么？
还不如干脆割掉。

大家若是相信，
都会这样决定。"
"您的见解非常高明，"
狐群中有一只说道，
"不过请您转过身，
我们就能回答您。"
群狐一听，便嘘声起哄：
可怜的断尾狐淹没在嘘声中。
宣扬割尾巴无异对牛弹琴，
狐狸留尾巴的时尚，
也延续至今。

6　老婆婆与俩女仆

老婆婆用了两名女雇工，
纺纱胜过命运三女神[3]：
女工的纱线何其精纺，
女神的活计何其差劲。
老婆婆最焦急的事情，
就是给女工指派活计，
一旦海洋女神忒提斯，
赶出金发太阳神福珀斯，
纺车便转起来，纱线抽出来，
两只手翻飞舞动，
不减慢也不停顿！
曙光女神驾金车一升起，
可恼的公鸡便呜呜啼，
更为可恼的老婆婆立即
穿上脏兮兮的破裙子，
点亮灯盏，径直跑到床前。
女工理应休息，
在床上睡梦正酣，
一个伸只胳臂，
一个睁开只眼，
两个咬牙切齿，
说出心中不满：
"该死的公鸡，
你就死定了。"
说得出做得到，公鸡报了销，
闹表扭断脖子从此不报晓。
除掉公鸡境况并没有改善，
两名女工反而减少了睡觉。
老婆婆生怕错过了时间，
总像鬼精灵满屋子乱窜。

世事往往是这样，
本想摆脱坏境况，
岂料处境更荒唐。
两女工便是好事例，
躲过了狗还有狼，
老太凶过报晓鸡。

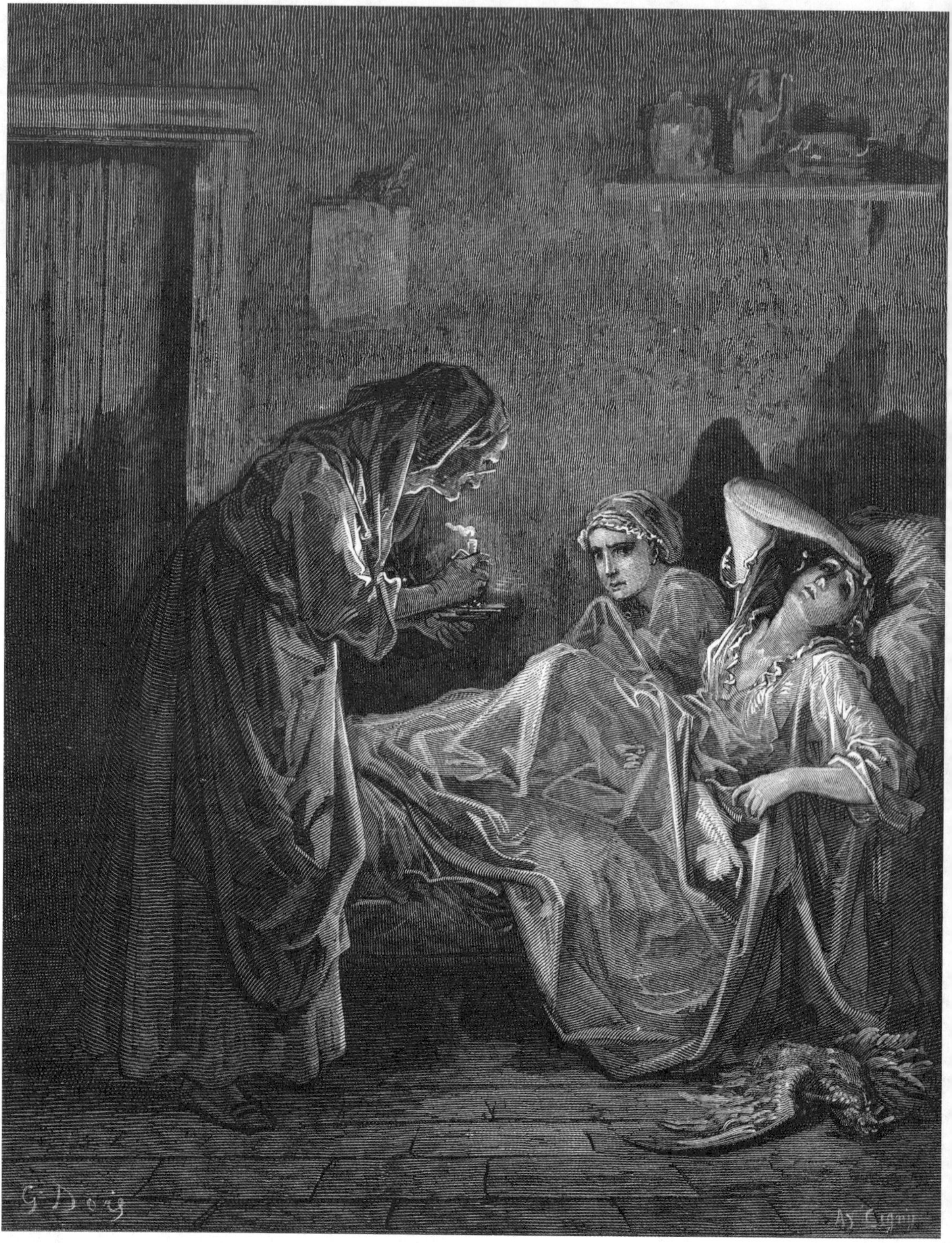

7　林神和行客

在荒野的山洞中
住着一位林神[4]，
他和孩子们要开饭，
正要开始喝菜汤。

他和妻子、好几个孩子，
都坐在苔藓上，
没有桌布也没有坐垫，
好胃口却一点不减。

一名淋透寒冷的行客，
为了避雨走进洞穴。
他的到来出乎意外，
只能请他吃粗汤淡菜。

这个过路的客人，
没用主人再次相请，

他先哈哈气，
暖暖自己的手指。
然后他接过菜汤，
又轻轻地吹气；
林神不禁怪道：
"客官，这是何用意？"

"刚才吹气是暖手指，
现在要把菜汤吹凉。"
"您还是赶路去吧，"
林神说，"您请便。"

"我留您在此过夜，
恐怕要惹众神不悦。
能吹热气又吹冷气的人，
最好还是离远些！"

8　马和狼

正是春天好时节，
和风又吹绿了草地，
动物都离开居所，
纷纷到野外来觅食。
且说有一匹狼，
经过冬天的严寒，
他瞧见一匹马，
放牧在草地上。
请想一想，
他有多么欣喜若狂！
"好猎物啊！"狼说道，
"看谁能把他逮着。
唉！你怎么不是羊呢？
逮羊我最有把握。
而对付这个猎物，
就必须使用计谋。
咱们就耍点手腕吧。"
狼这样说着，就迈着方步，
自称是希波克拉特的高徒，
他十分清楚，

这片牧场的所有草药
是什么属性和功效；
他也不是吹嘘，
无论什么病症，
他都能治愈。
如果马大人愿意，
丝毫也不隐瞒病情，
那么他，狼，可以保证，
一定免费给马治好病。
因为他看到，
马没有被拴着，
随便在牧场上吃草，
从医学上就能判定，
准有什么病痛。
马就回答说：
"我的蹄掌下，
长了一个大疖。"
"我的孩子，"大夫便说，
"这个部位最容易出毛病。
我非常荣幸，

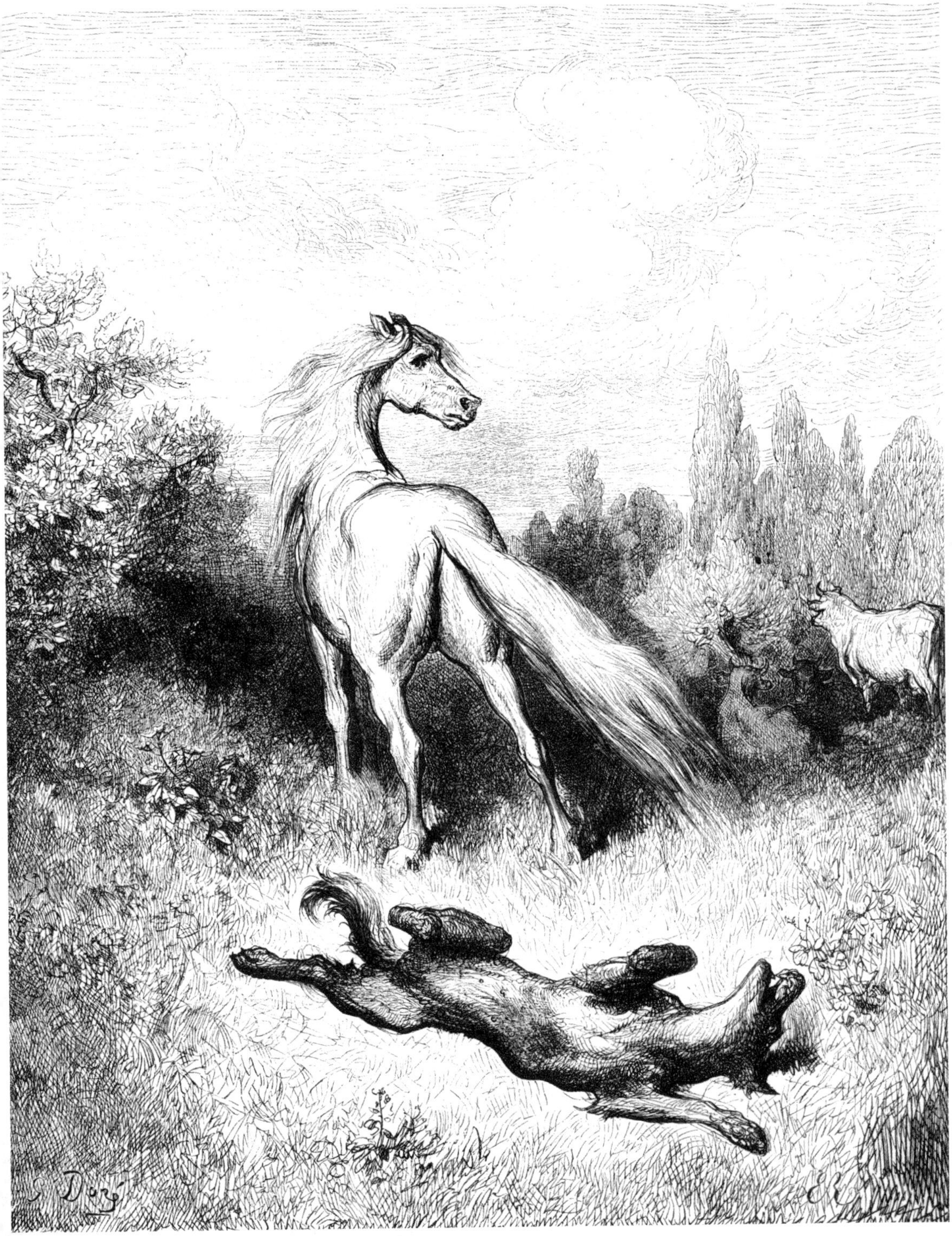

能为各位马大人效劳，
也做做外科手术。"
这个狡猾的家伙，
一心想乘有利时机，
一口就将患者咬死。
可是马早已察觉，
狠狠尥了他一蹶子，

踢了狼一个满脸花，
踢掉了牙齿和下巴。
"罪有应得。"狼自言自语，
样子十分狼狈；
"哪一行都应一心敬业。
你在这儿想装什么药师，
一辈子也只能是个屠夫。"

9　庄稼汉和他的孩子们

要干活，不怕劳累，
这是少不得的根本。
一个富裕的农民，
感到死期临近，
就叫来孩子们，
关起门来对他们讲：
"千万不要卖掉田产，
这是咱家祖辈相传；
地下还埋藏着财宝，
在哪一处我说不好，
只要鼓起勇气寻找，
最终一定能够找到。
等秋收的活儿一忙完，
你们就翻腾自家的田地，
用镐刨，用锹挖，

不留一块死角，
处处都翻个遍。"
父亲死后，
几个儿子就深翻田，
这里，那里，
田地全翻了一遍；
结果一年之后，
庄稼大大地增了产。
而埋藏的钱，
一点也没有找见。
但是要承认，
父亲很聪明，
死前向孩子提出：
劳动就是财富。

10　山婆临产

一座大山婆阵痛临产，
呼号之声传得高远，
众人闻声纷纷跑来，
都以为大山这样分娩
能产下比巴黎还大的城市，
结果只生下一只小耗子。

我每想起这则寓言，

故事固然为虚构，
寓意却有真情实感，
联想到一位作者夸口：
"我要歌颂战争，
提坦对抗雷霆主人[5]。"
海口一张，发出多大雷鸣，
空穴来风。

11　命运女神和少年

在一口很深的井边沿，
躺着一名少年；
正是上学的年龄，
什么都当成床铺和褥垫：
他呼呼大睡，
就躺在井沿。
换个成年人，处于这种境地，
他早就跳离数十尺。
幸而命运女神从此经过，
轻轻地将他唤醒，
还对他说：
"乖乖，我救了你的命。
下次千万要当心。
假如你跌下去，
大家又该怪罪我，
然而是你的过错。

我诚心问问你，
你这样冒失，
能说是我无常？"
女神说罢，便扬长而去。
如问我，我赞同她的观点。
人世间无论出什么事件，
都和女神无关。
正是我们什么都怪命运，
偶发事件无不归咎于女神。
有人蠢笨又糊涂，
事情估计错误，
以为说声命不好，
就算遮了百丑。
总之，命运女神，
只是罪责的替身。

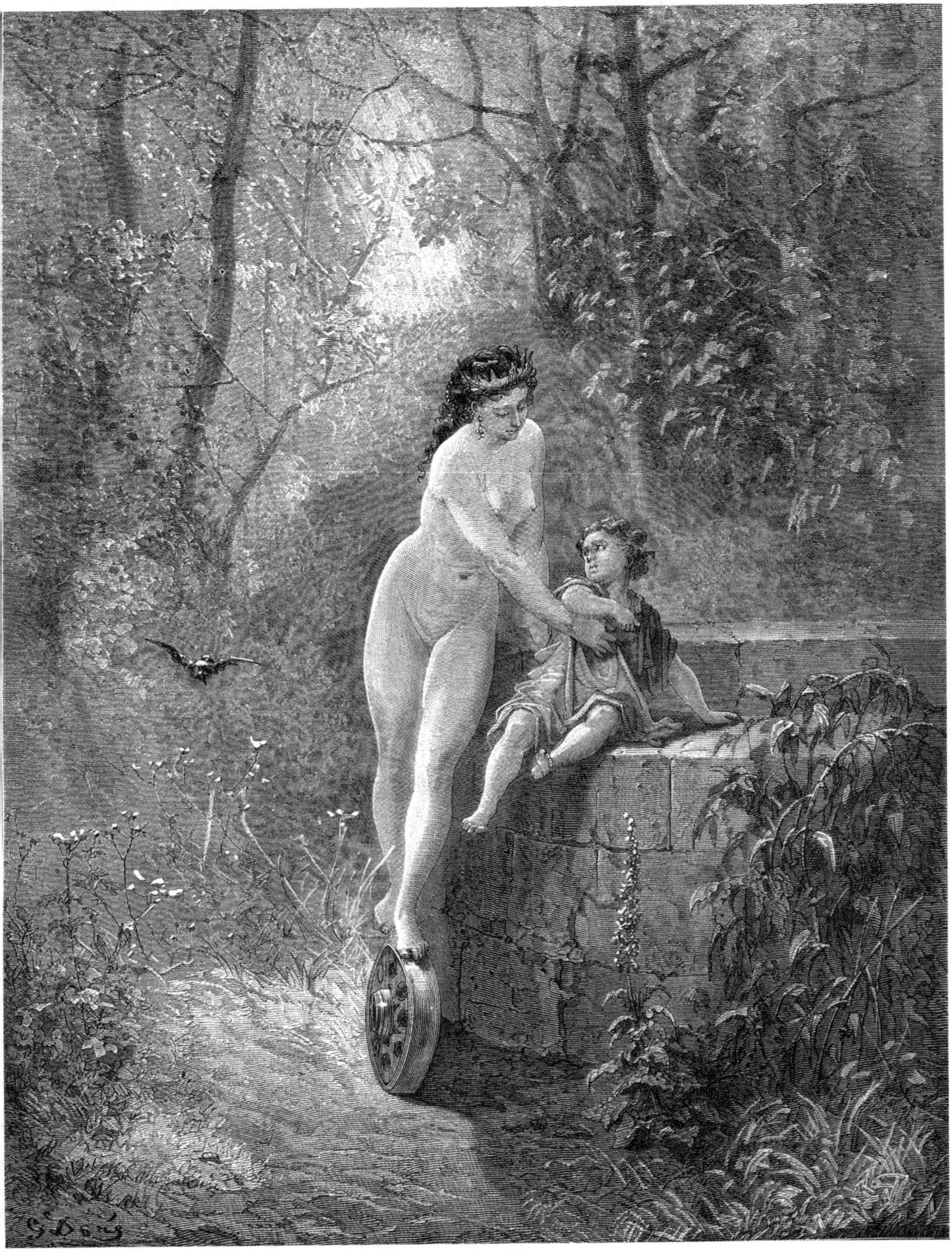
G. Doré

12　医生

"糟就糟"大夫去给人看病,
人家也请去"好就好"大夫会诊。
好大夫说病情有望好转,
而他的同行糟大夫却肯定,
病人要去见他的祖先。
两位大夫做出了不同的诊断。
患者听信了糟大夫,

治疗之后回归自然。
不过关于这个病例,
两大夫都扬扬得意。
一个说:"他死了,不出我所料。"
另一个说:"他若让我治疗,
现在准还是活蹦乱跳。"

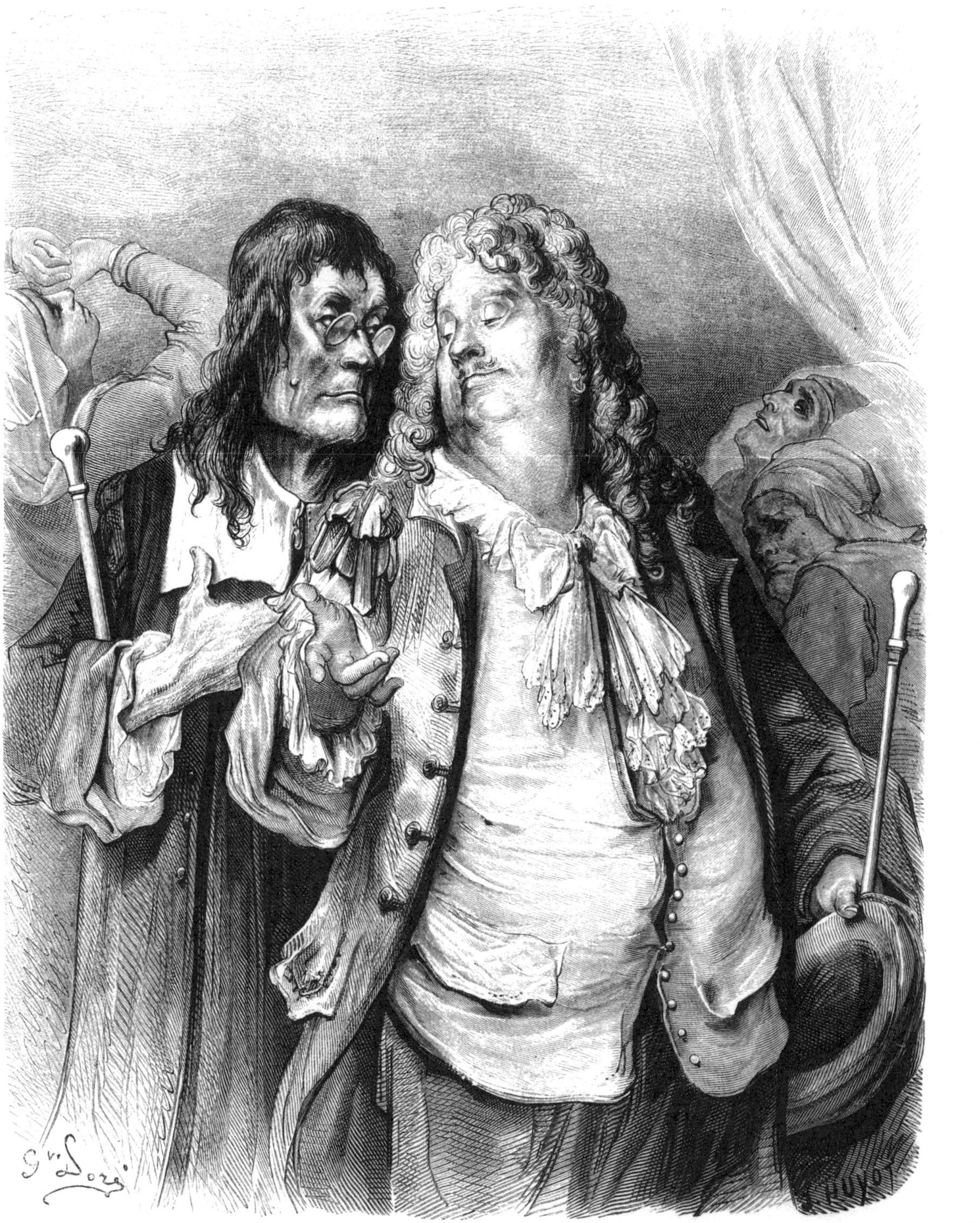

13　下金蛋的鸡

吝啬鬼什么都想要，
却什么都失掉。
我愿意证明这一点，
只讲讲一只鸡，
寓言讲的那只，
每天下个金蛋。
吝啬鬼以为鸡肚子里，
藏着一座金山，
于是把鸡宰了，
剖开肚子一看，

跟普通鸡一样。
他就这样亲手毁掉了
他的最好财源。

对于贪婪的人，
这是极好的教训。
近来我见过多少人太贪，
他们急于发大财，
一夜间却成了穷光蛋。

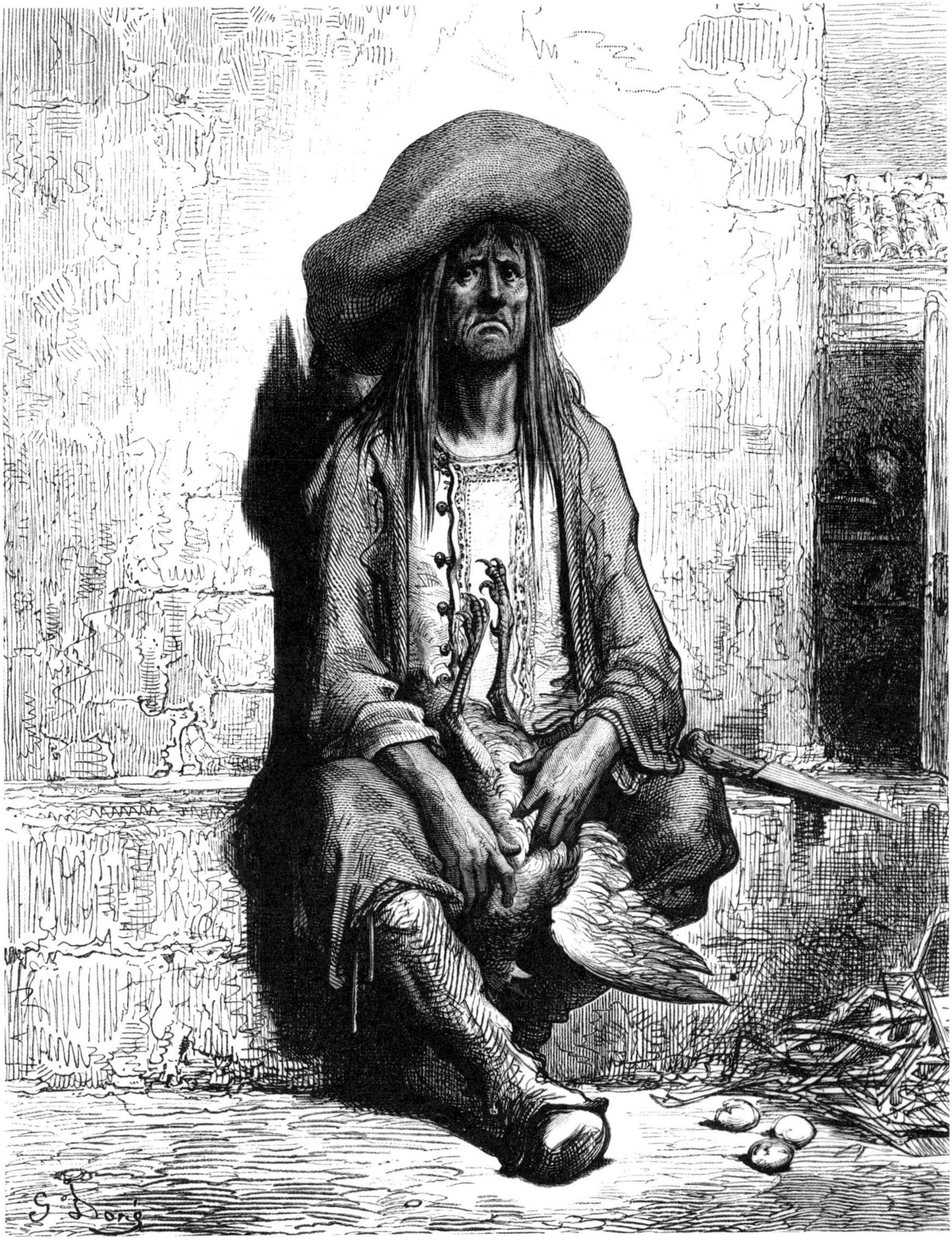
G. Doré

14　驮圣骨盒的毛驴

一头驮圣骨盒的毛驴，
以为众人崇拜的是他自己，
这样一想就扬扬得意，
坦然接受人们礼拜和赞美诗。
有人看出这种错误，
就向他指出：
"毛驴先生，
您要从头脑里清除，

如此荒唐的虚荣。
大家朝拜的是圣人，
而不是您，
圣人才有这份殊荣。"

大家恭敬的不是愚昧的官吏，
而是他身上穿的那套官服。

15　鹿和葡萄

有一种葡萄长得相当高，
在气候适当的地区就能看到。
一头鹿躲在这样一株葡萄下，
才得以死里逃生。
猎人又把猎犬叫回去，
还以为他们是望风捕影。
鹿一旦脱险，便吃起恩人，
忘恩负义到了极点！
猎人听见响动，又折回来，
将鹿赶出避难之所，
鹿就在这死里逃生的原地，

又惹来杀身之祸。
"我这是罪有应得！"
鹿临死的时候说。
"都吸取教训吧，忘恩负义者。"
说罢他就倒下，被猎犬撕裂。
猎人追来就是要猎杀鹿，
并不理睬他的哭诉。

世上多少人恩将仇报，
这副嘴脸就是真实的写照。

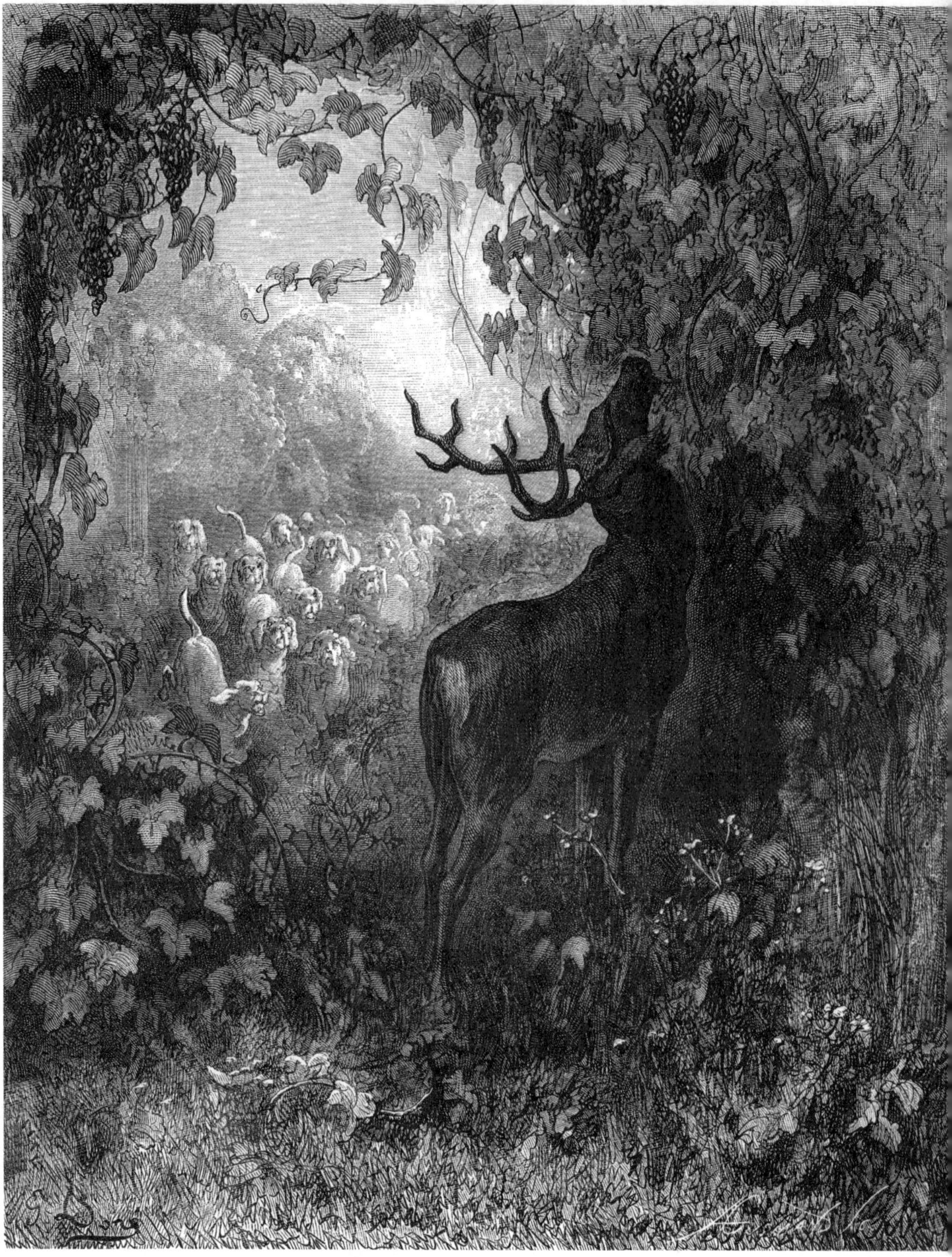

16　蛇与钢锉

相传有一条蛇，
同一个钟表匠为邻；
邻居名声差劲，
钟表匠也无可奈何。
有一天蛇钻进店铺，
要寻觅一点食物，
只碰到一根钢锉，
或许还可以入口，
便开始啃噬。
这根钢锉并未生气，
只是对蛇说道：
"又可怜又无知！
你这不是胡闹？
还敢啃比你硬的东西！
小小的蛇，简直疯了，

你若能从我身上啃下
哪怕是一点点，
你的牙也得全崩掉。
岁月的侵蚀，
才是我的大敌。"
这故事是讲给你们听，
智能低下的人，
你们到处乱咬，
干什么都不行，
只会一味瞎折腾。
你们以为那么多好作品，
能够留下你们的齿印？
那些作品对你们都像青铜、
钢铁和金刚石般坚硬。

17　野兔和山鹑

切勿去嘲笑那些不幸的人，
谁又能保证自己永远幸运。
聪明的伊索在寓言中，
就举出了一两个事例。
我推出的一首寓言诗，
同他讲的是一个意思。

野兔和山鹑，

是同一块田地的居民，
看样子生活十分安宁。
忽然来了一群猎犬，
逼使野兔逃出去避难。
野兔逃进茂密的森林，
摆脱了猎犬的追赶，
甚至摆脱了那只叫虎狼的猎犬。
最后，野兔跑热散发的体气，

暴露了自己的踪迹。
名叫侦探的那只猎犬闻到气味，
经过一番玄想和辨析，
认定正是他们追捕的野兔，
他就穷凶极恶，
要把野兔赶出藏匿之所；
名叫鲁汉的猎犬从无半句谎言，
他说野兔又从林中逃窜。
可怜的野兔已经走投无路，
死也要回到自己的穴窟。

山鹬便嘲笑他，挖苦地说：
"你真能吹，说什么飞毛腿，
你这双脚究竟怎么了？"
山鹬嘲笑得正开心，
不料又轮到她遭厄运。
冤家路窄，但她以为靠着翅膀，
到了危难关头准能逃生；
然而，可怜的山鹬千算万算，
就没算上老雕的利爪有多野蛮。

18　老鹰和猫头鹰

老鹰和猫头鹰停止了争吵，
甚至和好而相互拥抱。
一个还以鸟中之王的威望，
另一个则以枭族的信誉，
都保证今后绝不再吃
对方的孩子。
"我的孩子，您可认识？"
密涅瓦的鸟问道。
"不认识。"老鹰回答道，
"真糟糕！"忧伤的鸟又说道，
"既然这样，他们的性命
就令我特别担心。
只因您是鸟中之王，
就不吝惜任何生灵。
国王和神灵都一个样，
不管臣民如何陈情，
他们看什么都无足轻重。
我的那些小孩如果碰到您，
一个个准都没了命！"
"他们什么模样，"老鹰说，
"您就向我描述描述，

要不就指给我瞧瞧，
一辈子我也不会碰一碰。"
"我的孩子长得都娇小可爱，"
猫头鹰便回答说，
"模样很俊，眉清目秀，
容貌比哪家孩子都好。
您就根据这种特点，
一见面不难认出他们。
这种特点千万别忘了，
请您一定要记牢，
您若是光临我的家中，
不要带去可恶的命运女神[6]。"
后来，上帝赐给猫头鹰一窝子女，
一天晚上，猫头鹰正出去觅食，
被我们的老鹰偶然发现，
在一块坚硬岩石的角落，
或者一间破房的洞穴，
（究竟哪一处很难说），
有一群丑陋的小怪物：
一个个哭丧相，面目可憎，
还发出麦格拉[7]的声音。

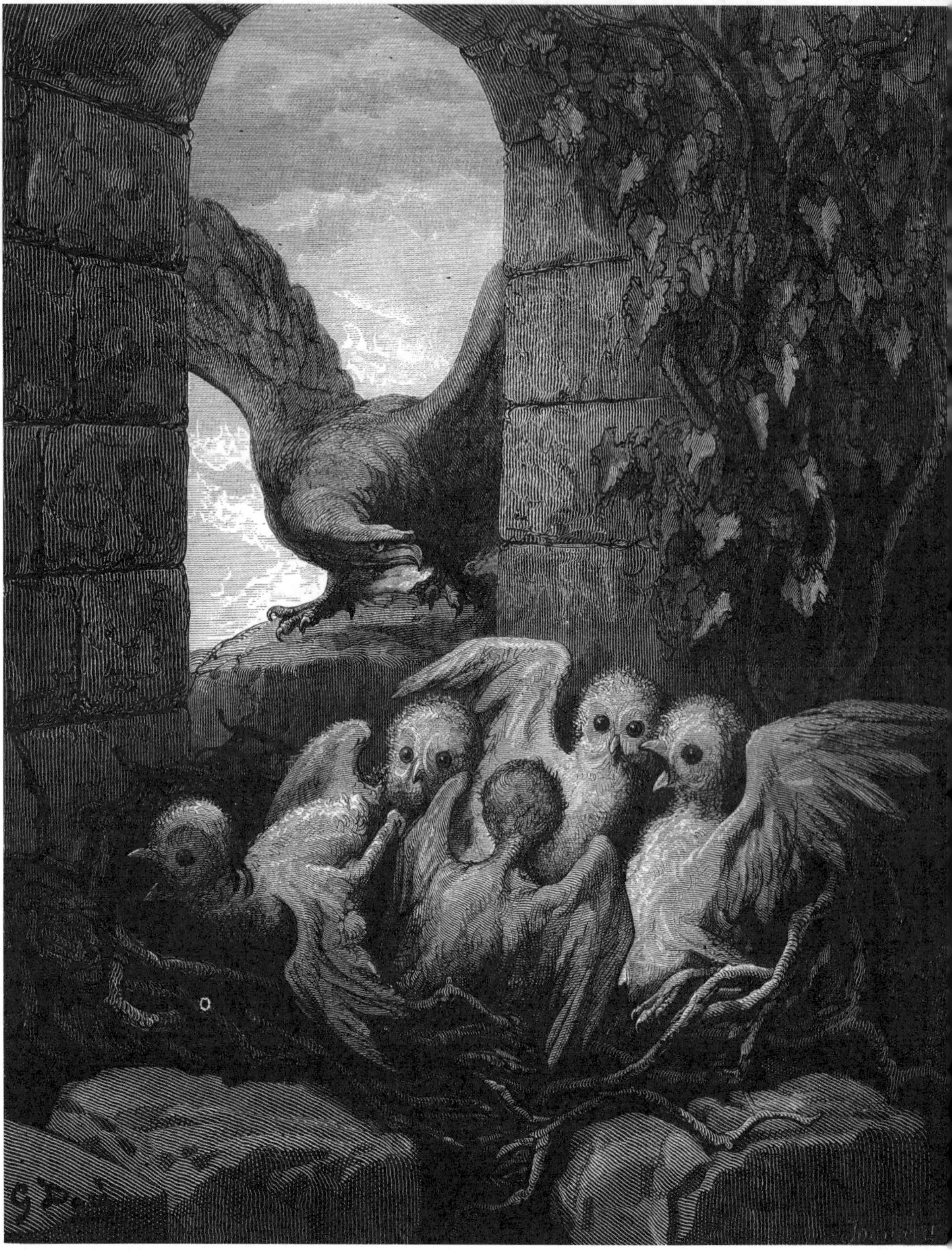

"肯定不是我那朋友的孩子，"
老鹰说道，"吃掉算了。"
这贪吃的家伙说到做到。
他用餐可绝不肯将就。
猫头鹰回巢一瞧，哎呀不得了，
他那些小宝宝，只剩下几只小爪。
于是他呼天抢地，向神灵哀告，
一定要惩罚给他丧子之痛的强盗。

这时，有人却对他说：
"要怨就怨你自己，
或者怪这种普遍规律：
谁都觉得自己的孩子好，
都夸自己的孩子长得好看，
比哪家的孩子都可爱。
你向老鹰描绘你孩子的特点，
他们可有一丁点沾边？"

19　狮子出征

狮子酝酿干一番事业，
主持军事会议，
派出各路使者，
通知各类动物。
大家按照各自的本领，
都承担了职务。
战事的军需品，
就由大象驮运；
大象如参战，
也照自己的习惯。
熊要冲锋在前；
狐狸则出谋划策；
猴子发挥耍戏本领，
尽量去迷惑敌人。
"驴子和野兔，"与会者提议，
"都应当打发走，
驴子又笨又蠢，

野兔总是草木皆兵。"
"绝不可以，"狮王却说，
"我还要使用他们。
如果把他们除名，
我们的大军就不完整。
驴可以当司号员，
用号声惊扰敌人。
野兔跑得快，
可以当传令兵。"

明君总是特别慎重，
了解不同的才能，
多么卑微的臣民，
都能才尽其用。
在有识之士的眼中，
世上无一物不可利用。

20　熊和两个伙伴

两个伙伴正急用钱，
就想了一个主意，
卖给邻居皮货商
一头活熊的皮，
至少按照他们的说法，
他们很快就将那头熊捕杀。
根据这些人估计，
那是熊中之王；
商人得到那张皮，
准能大发一笔。
那张熊皮能抵御刺骨的严寒，
而且够做成两件皮大衣。
他们那头熊所报的价钱，
就是丹狄诺卖羊[8]也望尘莫及。
当然是他们的估价，
而不是熊的价值。
他们保证最迟两天，
就可以交出熊皮。
谈妥了价钱，他们就开始狩猎，
正巧那头熊径直朝他们跑来。

这两位老兄，就仿佛遭了雷劈！
买卖算做不成了，
不得不取消合同，
让熊赔偿损失，
提也甭想提。
一个伙计爬上了一棵树顶；
另一个吓掉了魂儿，
一下子扑倒在地，
身子比大理石还冷，
敛声屏息装起死。
只因他曾听说过，
熊不大攻击死者：
只要躯体没了生命，
不喘气也不动。
那头熊傻乎乎的，中了诡计：
他瞧见横卧在地的躯体，
就以为人已死去，
但是又怕受骗，
就把那尸体翻过来掉过去，
还把鼻子凑到近前，

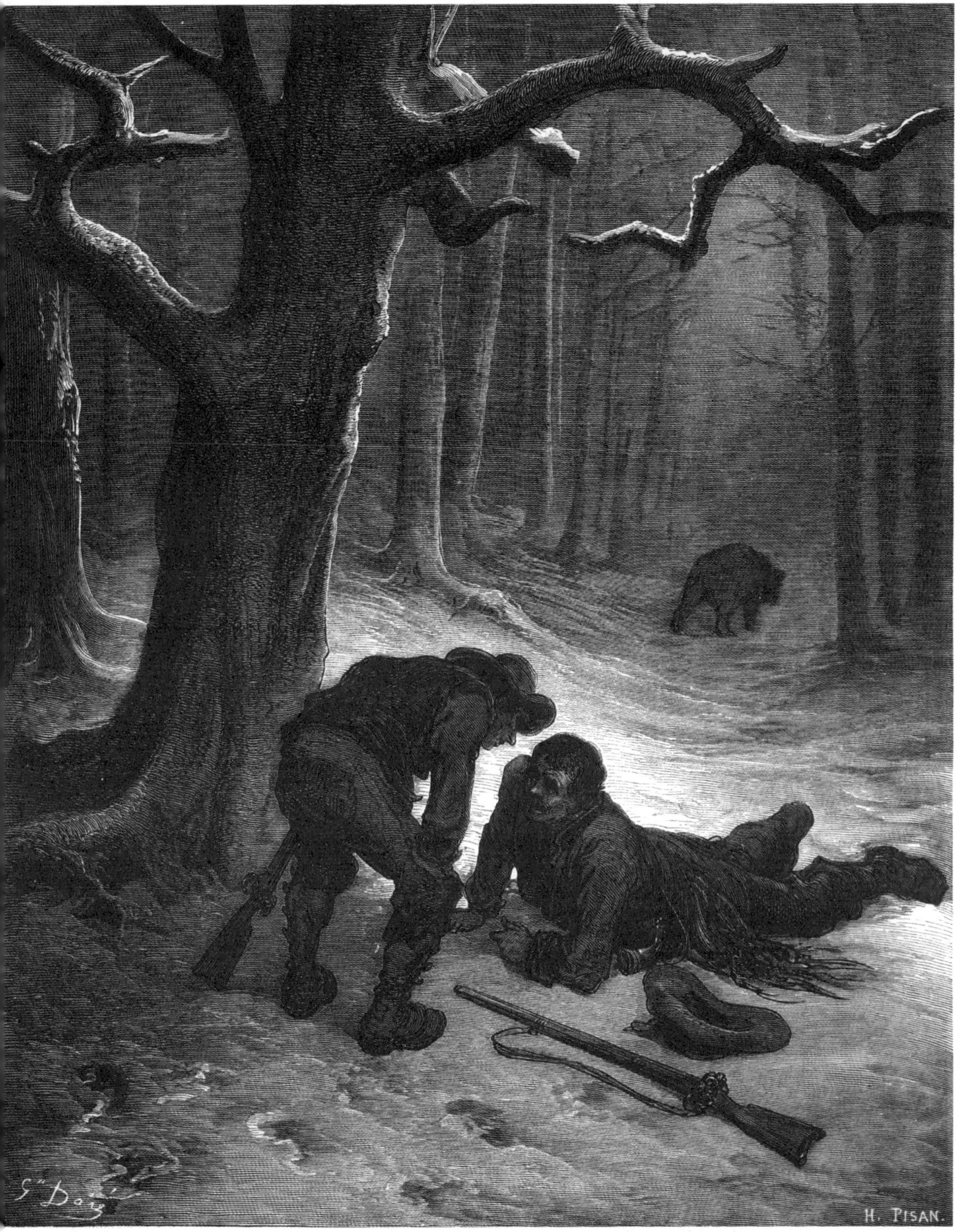
H. PISAN.

嗅嗅嘴又嗅嗅鼻，
是否还有气息：
"这是一具死尸，"熊说了一句，
"算了，有了臭味。"
熊说罢扬长而去，
钻进最近的一片林子。
卖熊皮的一个伙计，
这才从树上下来，
跑向他的伙伴，

说这简直是奇迹，
他俩安然无恙，
仅仅虚惊一场。
"对了，"他又问道，"熊皮呢？
刚才熊走到你跟前，
用爪子把你翻来翻去，
对着你耳朵说了什么？"
"他对我说熊还没有猎获，
绝不要先卖熊皮。"

21　披着狮皮的驴

驴是缺乏胆识的动物，
他一披上狮子皮，
周围的动物就无不畏惧，
一见他都魂不附体。
不幸的是驴耳尖儿露了出来，
揭穿了假象和骗局。
于是马尔丹就驱赶他干活，
不知内情的人都十分惊奇，

以为马尔丹在磨坊
居然驱赶着狮子，
哪知是诡计和伪装。

在法国多少人名声叫得很响，
都能证明这则寓言多有市场。
一套骑士的行头，
神勇就十有八九。

注释：

［1］墨丘利：罗马神话中的商业神。

［2］德·布里安伯爵：作者的朋友，擅长文学批评。

［3］命运三女神：希腊神话中，掌管人类命运和生死的三位女神。其中，克罗托纺织生命之线，拉克西斯决定生命之线的长短，而阿特洛波斯则负责切断生命之线。

［4］林神：这里指希腊神话中的森林之神萨提洛斯，是半人半山羊形状。

［5］希腊神话中的提坦诸神是天神乌拉诺斯和大地女神盖娅所生的子女，共十二名，六男六女，为巨神。他们受母亲唆使推翻乌拉诺斯的统治，拥戴克洛诺斯为天神。但是，克洛诺斯又被儿子宙斯打倒。宙斯在奥林匹斯山上建立新的统治。巨神同宙斯顽强斗争，最后被宙斯打败，并被打入地狱。

［6］命运女神：这里指阿特洛波斯。

［7］麦格拉：希腊神话中的复仇三女神之一。她们身材高大，眼中流血，头发由许多毒蛇盘结而成。一手执火炬，一手执由蝮蛇扭成的鞭子，专门惩罚有罪者。

［8］法国作家拉伯雷《巨人传》第一部第四章的情节。巴汝奇在船上要报复羊贩子丹狄诺的无礼，就假称买羊，还不惜高价买下头羊，然后将其赶进海中，结果一群羊都跟随跳下海，丹狄诺想拦也拦不住。

第六卷

1 牧人和狮子

寓言并不像表面上看的那种样子:
寓言中最普通的动物,
也能充当我们的老师。
单纯的说教总使人厌烦,
训诫结合故事就容易流传。
这种虚构的故事应亦教亦乐,
如果为讲故事而讲故事,
我看就没有什么意义。
正是鉴于这种缘故,
许多名人为怡悦心神,
就以这种体裁写作。
大家都摒弃过分的铺陈,
都规避华丽的雕琢。
我们欣赏他们的作品,
看不到一句多余的词语。
费德鲁斯[1]的文笔十分简洁,
不免引起一些人的指责。
而伊索表达自己的思想,
则使用更少的文字[2]。
不过,还真有一个希腊人[3],
自认为比所有人都高明,
卖弄一种极精致的文笔:
他总是把一个故事
凝缩在四行诗里;

是好是坏,我就由行家去评议。
试比较在一个类似的题材,
他和伊索寓言的差异。
在寓言中,伊索说的是一个猎人,
而另一个则引进一个牧人。
我遵照了他们的故事梗概,
情节上只有几笔略做修改。
伊索大致是这样讲述:
一个牧人发现他的羊少了几只,
就下狠心要逮住偷羊的贼,
他怀疑是狼干的这种坏事,
于是他找到一个洞穴,
在那附近布下了活套,
要把那几只狼套住,
离开之前还这样祷告:

"万神之主啊,如果当着我的面,
你能让我套住那个坏蛋,
让我尝到这种乐趣,
我就在二十头小牛里,
挑最肥的献给你。"
他的话音刚落,就从洞穴出来
一头雄壮的大狮子。
牧人吓个半死,

身子缩成一团说道：
"唉！人想要什么并不明了！
为了逮住毁我羊群的窃贼，
离开之前能亲眼见他入套，

万神之主啊，我已经许愿，
宰一头小牛向你祭献，
现在你让狮子快走，
我就献给你一头大牛！"

2　狮子和猎人

前面是原作所讲的故事，
下面再看看他的模仿者。

一个人爱吹牛，喜欢打猎，
他刚损失一只优种猎犬，
怀疑成了狮子的美餐，
于是他向一个牧人打探：
"劳驾，请你告诉我，
那个窃贼的家在哪里，
我这就去让他尝尝厉害。"
牧人回答："就在这座山一带，
每月我向他进贡一只羊，
就可以在这原野随意游荡，

我和羊群都得到安宁。"
牧人正这样介绍情况，
狮子突然出现，快步走来。
那吹牛的家伙仓皇逃窜，
"朱庇特啊！"他边逃边喊，
"告诉我在哪藏身好能脱险！"

对勇敢的真正考验，
只能是面临危险。
有人扬言冒险才好，
一遇危险又变了腔调，
立刻逃之夭夭。

3　太阳神与北风神

北风和太阳[4]瞧见一位行客：
他穿得很暖和，
准备好对付坏天气。
现在已经入秋，
出远门要未雨绸缪：

日晒，雨淋，雨后的彩虹，
无不警告行路的人，
随后这几个月里，
大衣须臾不可离身。
这位行客早就提防下雨，

第一集　153

穿了一件有衬里的大衣，
布料也十分结实。
"这个人啊，"北风说道，
"自以为万无一失，
但是他绝没有料到，
我会狂风大作，
让衣扣全部挣脱；
如果惹我性起，
还让他的大衣见鬼去！
这种消遣一定非常快活。
有兴趣吗？玩一玩如何？"
"好哇，咱们就赌一把，"
太阳神便接口说，
"也不必讲这么多空话，
看看谁最有办法，
让我们眼前的这位骑士，
尽快脱下他的大衣。
咱们这就开始吧。
你先来遮住我的阳光。"
也不用再多谦让，
我们这位打赌的北风神，
立刻吸足了气囊，
像大气球一般鼓胀，
发出一阵恶魔的吼声，

吹呀吹，刮起飓风，
刮沉多少船只，
又刮飞多少屋顶，
只是为了一件大衣，
就折腾得昏天黑地！
然而那骑士十分当心，
他将大衣裹得紧紧，
不让狂风钻进去逞凶。
他就这样得以保全，
北风白白耽误了时间；
那北风越是猖狂，
骑士也就越顽强，
风怎么揪他的衣领，
乱扯他的衣襟也没用；
打赌的时间，
很快就用完。
太阳驱散乌云，
照得骑士开颜，
终于温暖了他的全身，
大衣里面呼呼冒汗，
他不得不脱掉大衣，
而太阳尚未发挥全部威力。

温和比施暴更有功效。

4 朱庇特和佃农

从前，朱庇特要出租一座庄园，
墨丘利广为宣传，
于是有人求租，
愿出多少租金，
并等待回音。
这件事不能不说颇费周折。
有人说这产业，
田地太贫瘠，
要投入许多，
也有不同看法。
众人正这样讨价还价，
忽然一个人，
不是最聪明，
只是胆子最大，
他满口答应，
只要朱庇特让他支配天气，
随意安排季节：
想冷就冷，
想热就热，
想晴就晴，
想刮风就刮风，
总之，庄园一旦租给他经营，
天旱还是天涝，
完全由他决定。
朱庇特同意了这些条件。
等合同一签完，
我们这位老兄就特别专断，

俨然以国王自居，
又呼风又唤雨，
不管安排什么天气，
只为自家考虑；
而他的近邻却根本没份儿，
无异于美洲人。
这样反而成全了这些近邻，
他们有了好年景，
粮食大丰收，
满窖葡萄酒。
租了庄园的先生经营不好，
收成特别糟糕。
第二年又全变，
实行另外一套，
让天气变了脸，
收成也未见好转。
他邻居的田地却五谷丰登，
收入又倍增。
他怎么办？只好求助万神之主，
忏悔自己不慎重。
朱庇特也并未多加责罚，
以宽厚主子的态度接待他。

由此得出结论：
我们需要什么，
上天比我们更了解。

第一集　155

5　小公鸡、猫和小耗子

一只幼小的耗子，
还未见识过什么，
一出去险些被逮住，
这次历险的经过，
请看他向母亲的叙述：
"我越过周围的高山[5]，
就像出去见世面的小鼠，
一路游荡连跑带颠。
忽然有两只动物，
吸引住我的视线：
其中一只很文静，
也显得非常和善；
另外一只粗嗓门，
声音特别刺耳，
还总是躁动不安。
他头顶长了一块肉，
尾巴像羽翎花枝招展，
好像还有两只胳臂，
高高抬起来直呼扇，
简直就要飞上天。"
小耗子向母亲描述，
仿佛来自美洲的动物，
原来是一只小公鸡。
"那动物抬起胳臂，
拍打着胸膛的两侧，
发出的声响大极了，
谢天谢地，
我虽然也自夸很勇敢，

还是吓得赶紧逃窜。
我从心眼里诅咒，
没有他我就会交个新朋友：
那个动物我看很和善，
浑身毛茸茸，
还带着斑纹，
同我们一样；
尾巴很长，
那神态显得很本分，
一副谦和的眼神，
不过眼睛炯炯发光。
我相信他对鼠先生们，
一定很有好感；
因为他的耳朵，
同我们耳朵多么相像。
我正要上前攀谈，
忽然一声巨响，
另一只动物吓得我逃窜。"
"孩子呀，"鼠妈妈说道，
"那个和善动物是只猫，
他那面目特别伪善，
其实非常凶残，
要捕你的所有亲友。
另一只动物却相反，
对我们秋毫无犯，
也许等哪天，
它能成为我们的盘中餐。
至于猫的食品，

主要是吃我们。

你这一生都要当心，

绝不可以貌取人。"

6　狐狸、猴子和动物

相传一头狮子去世，
生前他统治这个地方，
现在动物聚在一起，
要挑选一位新国王。
王冠就放在密室，
由一条龙看守；
从盒子里取出来之后，
大家都戴上试一试，
但是没有一个戴着合适。
大多脑袋都太小，
有一些脑袋太大，
还有一些甚至长了角。
猴子觉得好玩，
也要试一试王冠，
他戴时就哈哈笑，
还向周围大做鬼脸，
耍各种各样的猴戏，
抓耳挠腮做各种姿态，
他终于戴上了王冠，
就像套上个圈圈。
动物都觉得他仪表堂堂，
于是推选他为国王。

大家都向猴王祝贺，
唯独狐狸不满这种结果，
但是没有表露自己的情绪。
他敷衍地祝贺两句，
又对猴王说道：
"陛下，我知道一个秘密，
除了我未必有谁知晓。
可是按照王国的法律，
任何无主的财宝，
都应该属于陛下。"
这位新国王财迷心窍，
他亲自跑去探查。
不料那是个陷阱，
一下子掉了进去。
狐狸以大家的名义质问：
"你连自己都不会管理，
还想要来统治我们？"
猴子不得不退了位，
大家也达成共识：
适合戴这顶王冠者，
恐怕寥寥无几。

7　炫耀家世的骡子

一位高级教士的骡子
夸耀出身高贵，
总谈他母亲，
那匹马的壮举：
她曾做了这事，她曾到了那里。
因此儿子认为，
应该把他写进历史。
他还认为去侍候医生，
就有辱他的门庭。

可是他老了之后，
就被打发进了磨坊。
他这才回忆起，
他父亲就是一头驴。

如果身遭的不幸，
能让蠢人清醒，
那就可以断言，
不幸也算有点用。

8　老人和驴

一位老人骑着毛驴，
经过一片鲜花盛开的草地。
他就放开牲口，
毛驴立时冲过去，
冲进嫩草地，
又是打滚，又是蹭痒，
又是就地搓脊梁，
又是大啃青草，
又是放声歌唱，
又是撒欢蹦跳，
结果草地有好几处，
都变成了光秃。
正在这时候，忽然闯来强盗。

"快逃！"老人说道。
"为什么要逃跑？"
这个贪玩的家伙反问道。
"换别人，还会给我放两副驮，
还会让我驮两份货？"
"那倒不会。"老人说罢便逃掉。
"那我属于谁，"毛驴又说道，
"与我又有什么关系！
您就赶紧逃跑，
让我在这儿吃草。
我们的敌人，就是我们的主人，
这话我对您说到家了。"

9 照水泉的鹿

从前有一只鹿,
对着清澈的水泉,
赞美头角的妖艳,
而难以容忍小腿,
看着如同纺锤,
这丑陋的形象隐没在泉水。
他痛苦地审视水中的倒影,
不禁连声感叹:
"我的头和我的脚多么不相称!
我这对额角,
够得着灌木的树梢儿;
可是我的脚,
真不好意思给人瞧。"
他正这样哀叹,
忽见一只猎犬,

他就赶紧逃跑,
要躲到安全的地点,
便逃进了森林。
不料他高高的角,
却成了有害的装饰品,
时时阻碍他奔逃,
阻碍他逃命的脚。
于是他一反原先的言论,
开始诅咒上天年年给他的赠品[6]。

我们总看重华美,轻视实用,
而华美往往毁了我们。
这头鹿斥责使他全身敏捷的腿脚,
推重危害他的头角。

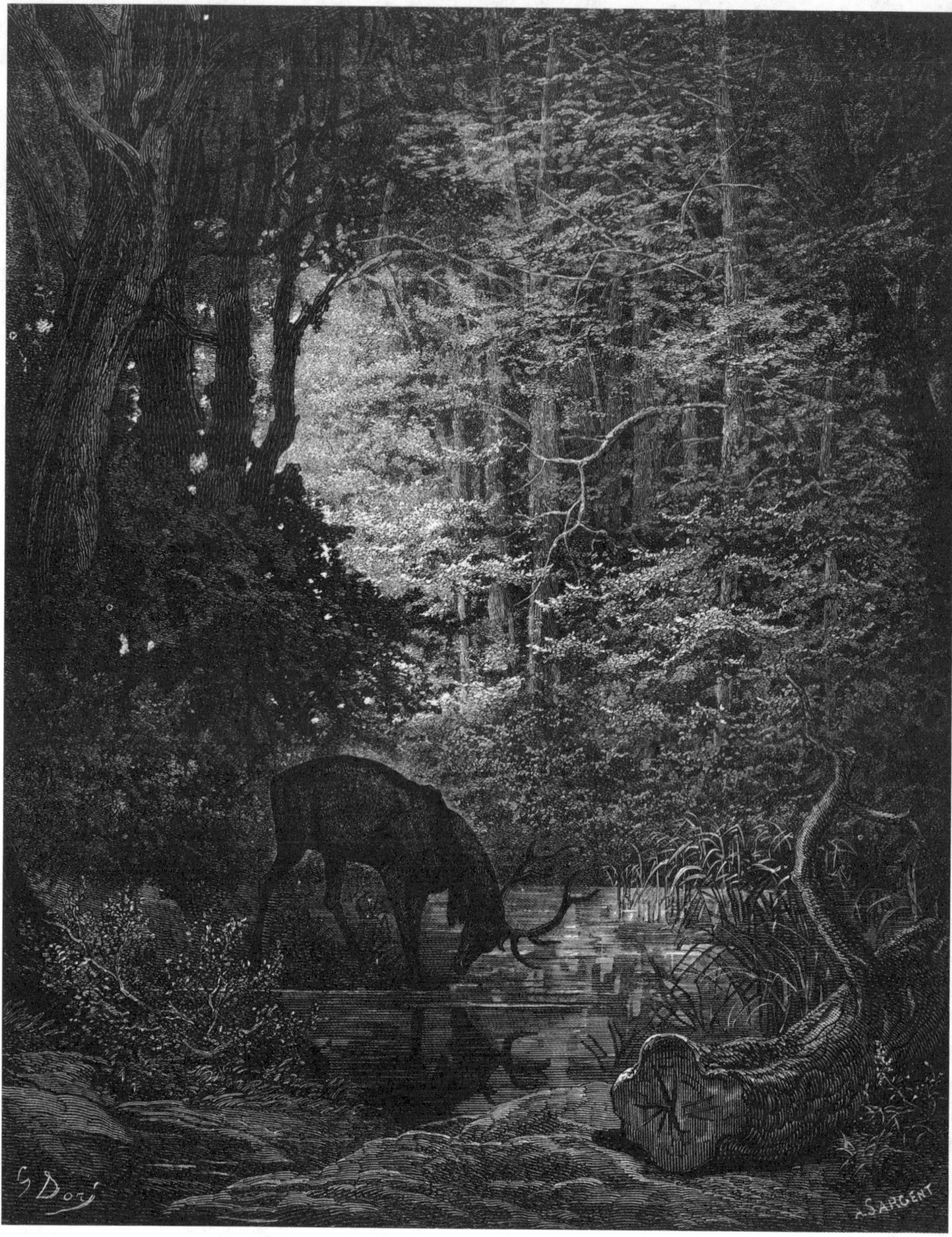
G. Doré
A. SARGENT

10　龟兔赛跑

跑得快还不算,
及时出发是关键。
野兔和乌龟赛跑,
就能够证明这一点。

"咱俩打赌,"乌龟说,
"那里就当目标,
你不见得比我早跑到。"
"不见得早跑到?
你简直是疯了吧?"
快兔子回敬道。
"我的大嫂,
要用嚏根草的四粒果实,
你必须治一治。"
"疯也罢,不疯也罢,
反正我要赌一把。"
事情就这样决定,
他们俩的赌注
都放到那目标附近。
什么赌注不必细谈,
也不必了解谁当裁判。
我们的野兔,
只需几步就能达到目标,
我是指被追捕的速度,
看看要被猎犬逮着,
他就像箭一般,
消失得无影无踪,
让猎犬在荒原上搜寻。
且说野兔忙里偷闲:
他有时间吃草,

也有时间睡觉,
还可以听一听
是从哪儿刮来的风,
就让乌龟爬行,
像元老那样老态龙钟。
乌龟出发了,
她奋力向前,
速度虽然慢,
却不断往前赶。
然而野兔瞧不起
赢了乌龟的胜利,
在打赌中胜出,
也不算什么光彩,
他认为晚出发,
才能显出大气
于是吃草,休息,
除了这场打赌,
他对什么都感兴趣。
最后他忽然发现
对手快跑到终点,
他赶紧像箭一样出发,
但是怎么冲刺,
也都无济于事:
乌龟头一个到达。
"怎么样!"乌龟冲他喊,
"让我言中了吧?
你跑得快有什么用,
最终还是我取胜!
你若是再背一间房,
还不知道会落多远。"

11　毛驴和主人

园丁的毛驴向命运之神抱怨，
主人在天亮之前，
就早早让他起身。
"公鸡凌晨打鸣，等于白白叫唤，"
毛驴继续说道，
"我比公鸡起得还早。
干什么呢？驮着蔬菜去赶集。
打断我香甜的早觉，
去干多美的差使！"
听了他的抱怨，
命运之神觉得可怜，
就给他另找一个主人。
这个干粗活的畜生，
就从园丁转到硝皮匠的手中。
驮运的皮革又沉又难闻，
这个不安分的畜生很快又不满。
他说："我真怀念
我那头一个主人。
如果我记得不错，
当时我不用费劲，
回头就能吃片菜叶。
可是在这里干活，

根本没有意外的收获，
除非是挨几棍子。"
毛驴就这样又改变了命运，
在一个烧炭人登记仆人的花名册中，
毛驴列在最后一名。
于是他又开始诉苦。
命运之神生气地说：
"又怎么啦！这头驴
给我找的麻烦等于
一百位君主的要求！
难道他还以为，
只有他一个不满意？
我整天只想他的事？"

命运之神有道理，人人生来都如此。
我们的生活状况，从来就不满意，
最糟的也总是现实。
我们无休止地请愿，
已经搞烦了上天。
如果我们每人的请求，
朱庇特都要逐一批准，
他就得大伤脑筋。

12　太阳和青蛙

一个暴君结婚，举国上下欢庆，
畅饮酒便忘了忧愁。
唯独伊索觉得这些人实在愚蠢，
这样狂喜没有来由。
伊索讲述，话说从前，
太阳也打算结婚。
沼泽地的公民闻听，
都异口同声地抱怨，
为自己的命运担心，
他们祈求命运之神：
"太阳如果生了孩子，我们该怎么办？

一颗太阳还勉强忍受。
将来出来六颗太阳，
海水就要晒干，
水族居民全要完蛋。
别了，灯芯草和沼泽，
我们种族就要灭绝，
要全部沉入冥河。"

作为一种可怜的动物，
依我看青蛙的论说还真不错。

13　农夫和蛇

伊索讲述有个农夫，
心慈而不谙世故，
在冬季有一天，
他在自家庄园散步，
忽然瞧见雪地上横卧一条蛇，
已经麻木，冻僵、瘫痪，动弹不得，
奄奄一息，再活不过一刻。
农夫拾起这条蛇，径直带回家里，
也不想想这一善举，
能给他带来什么收益。
他就把蛇放在炉灶边，
让蛇取暖以便苏醒。
冻僵的动物觉不出温暖，
生命和愤怒同时还魂。
他微微抬起头，发出咝咝的声音，
然后高高地弓起身，势欲扑向
他的恩人，他的救星，他的父亲。
"忘恩负义的东西！"这农夫说道，

"这就是给我的回报？
你跑不了，这下死定了！"
农夫不禁义愤填膺，
说罢就操起大斧，
一斧就将蛇头剁掉。
再一斧又砍个正着，
一条蛇变成了三条：
蛇头、蛇尾和蛇身。
这爬虫还不断蠕动，
仿佛还要连成一体，
可是已经回天无力。

仁慈固然是正理，
但是要看对待谁，
这才是问题的关键。
世上就有人忘恩负义，
他们最终无不死得很惨。

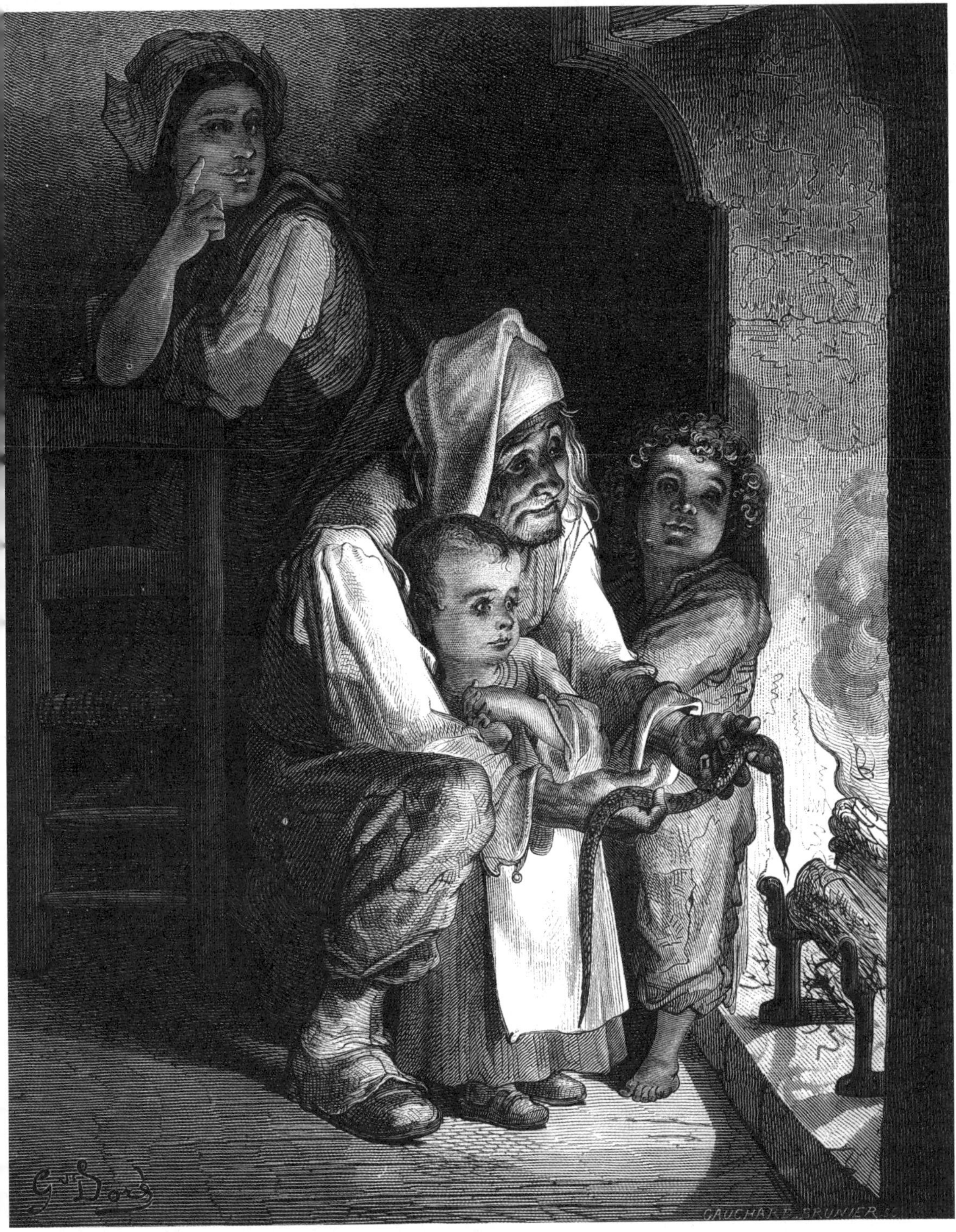
GAUCHARD-BRUNIER

14　病狮与狐狸

百兽之王卧病不起，
从岩洞中发出谕旨，
领告天下全体子民，
各种类分派专使，
率团来探问圣体。
谕旨还许下诺言，
保证善待各使团，
狮王信誉写得清楚，
执护照通行无阻，
绝不会受爪牙之苦。
王令一出必须遵从，
各类使团立即启程，

唯独狐狸守在家中，
其中一只道出原因：
"使团朝觐患病狮王，
尘土路上脚印成行，
无不朝向狮王穴，
断无返程的方向。
这让我们起疑心，
还望殿下多原谅。
非常感谢大王护照，
护照虽好，却有蹊跷：
只见进洞去朝拜，
不见从洞走出来。"

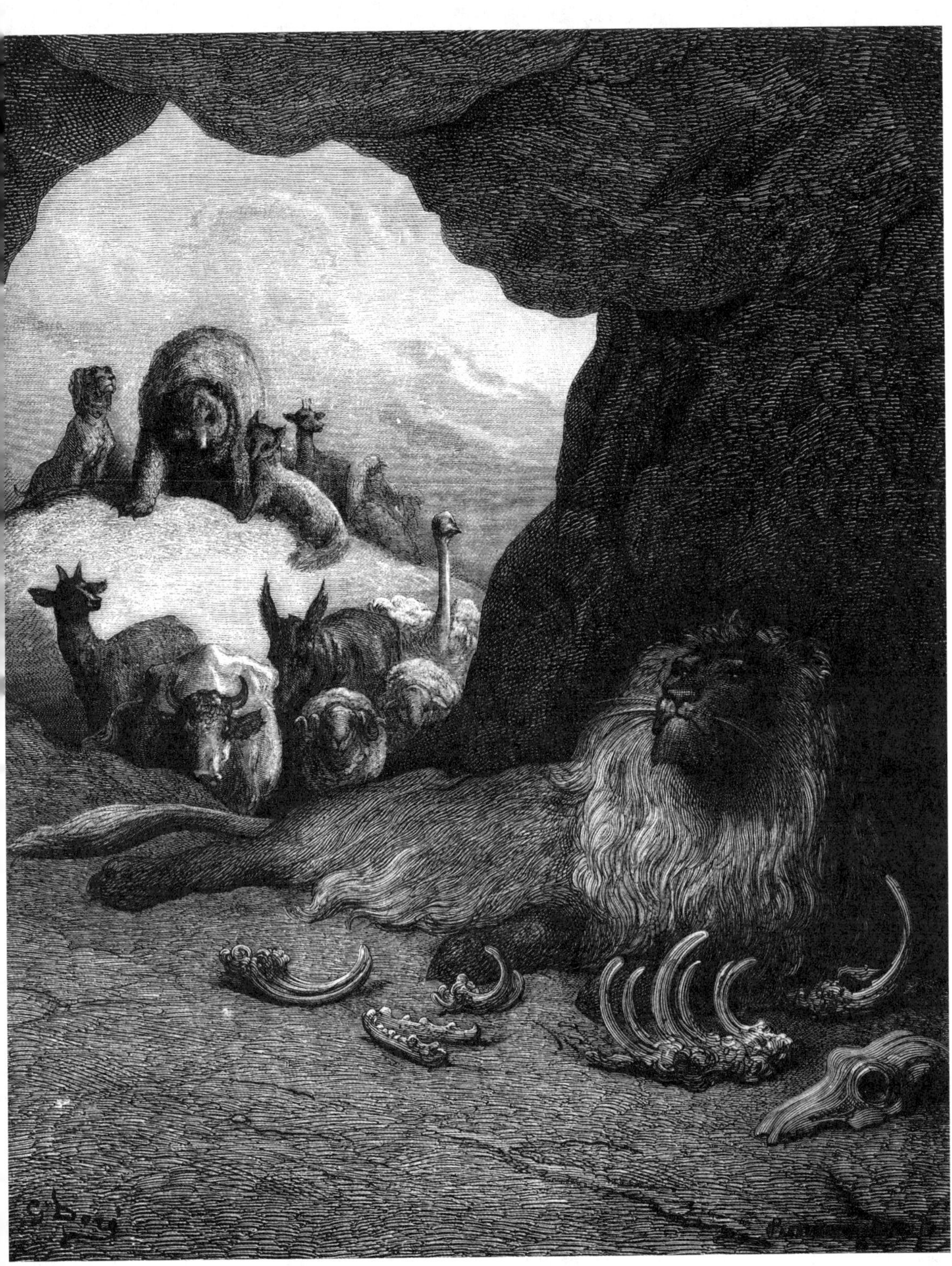

15　捕鸟人、苍鹰与云雀

邪恶之人的不义行径，
往往为我们不义护行。
要记住这样一条公理：
要人宽恕先宽恕别人。

且说农夫用反光镜[7]诱鸟儿，
光灿灿的亮影引来只云雀。
苍鹰立刻飞到田垄上盘旋，
俯冲直下疾如箭；
云雀还在墓畔歌唱，

刚躲过险诈的机关，
又尝到鹰爪的杀伤，
抓进肉里无法动弹。
苍鹰捉住云雀正忙着啄毛，
不料被网罩住自身也难逃。
苍鹰哀求道："放了我，捕鸟人，
我可从未伤害过您。"
捕鸟人反驳："那么这只云雀，
可曾伤害过您？"

16　马和驴

世间应该患难相助，
身边人如一命呜呼，
那么你就不堪重负。

一头驴陪伴一匹马，
马负担轻却难说话。
可怜的驴请马帮忙，
眼看自己要累趴下，

没进城就得见阎王。
驴说："求助不算无礼，
分担一半您也轻松。"
马拒绝放了个响屁，
同伴果然累死途中。
马承认驴死怪自己，
现在全由马来负重，
还加上新剥的驴皮。

17　舍物逐影的狗

世人都可能受骗，
捕风捉影糊涂蛋，
不辨真假有多少，
大多时间难计算。

伊索谈狗值得借鉴，

狗叼猎物来到河边，
丢下猎物去逐水影，
扑通一声水花四溅。
险些淹死吃力上岸，
猎物连影早已不见。

18　车陷泥坑

赶着拉草车的法厄同[8]，
眼看着车轮陷入泥坑，
前不着村后不着店，
车老板实在可怜。
这是在下布列塔尼[9]，
周围一片旷野荒原，
离一个乡镇不太远，
名叫坎佩尔科朗丹。
大家知晓，命运女神
让人陷入窘境，
就是要让人发疯。
上帝教人慎勿旅行！
且说这个车把式，
赶车至此陷入泥中，
开始撒野，骂个不停：
只见他暴跳如雷，
忽而冲路上的泥坑，
忽而冲拉车的马匹，
忽而冲这辆车子，
忽而又冲自己发怒气。
最后他就呼唤天神，

那天神的英雄业绩
天下闻名，车夫恳请：
"赫丘利[10]，如果你背得动
地球，那么你的手臂，
就能把我拉出泥坑。"
刚恳求完，他就听见，
有个声音发自云端：
"赫丘利要人自己动手，
然后他才能从旁相助。
你一定得先瞧仔细，
弄清楚阻碍来自哪里，
再清除车轮四周
讨厌的泥巴，可恨的胶泥。
烂泥恐怕没到车轴，
操起你这把铁镐，
敲碎阻碍你的这块石头。
再给我填平这道车沟。
怎么样，干好了没有？"
"干好了。"车把式答道。
"那好，"那声音又说，
"我来助你一臂之力，

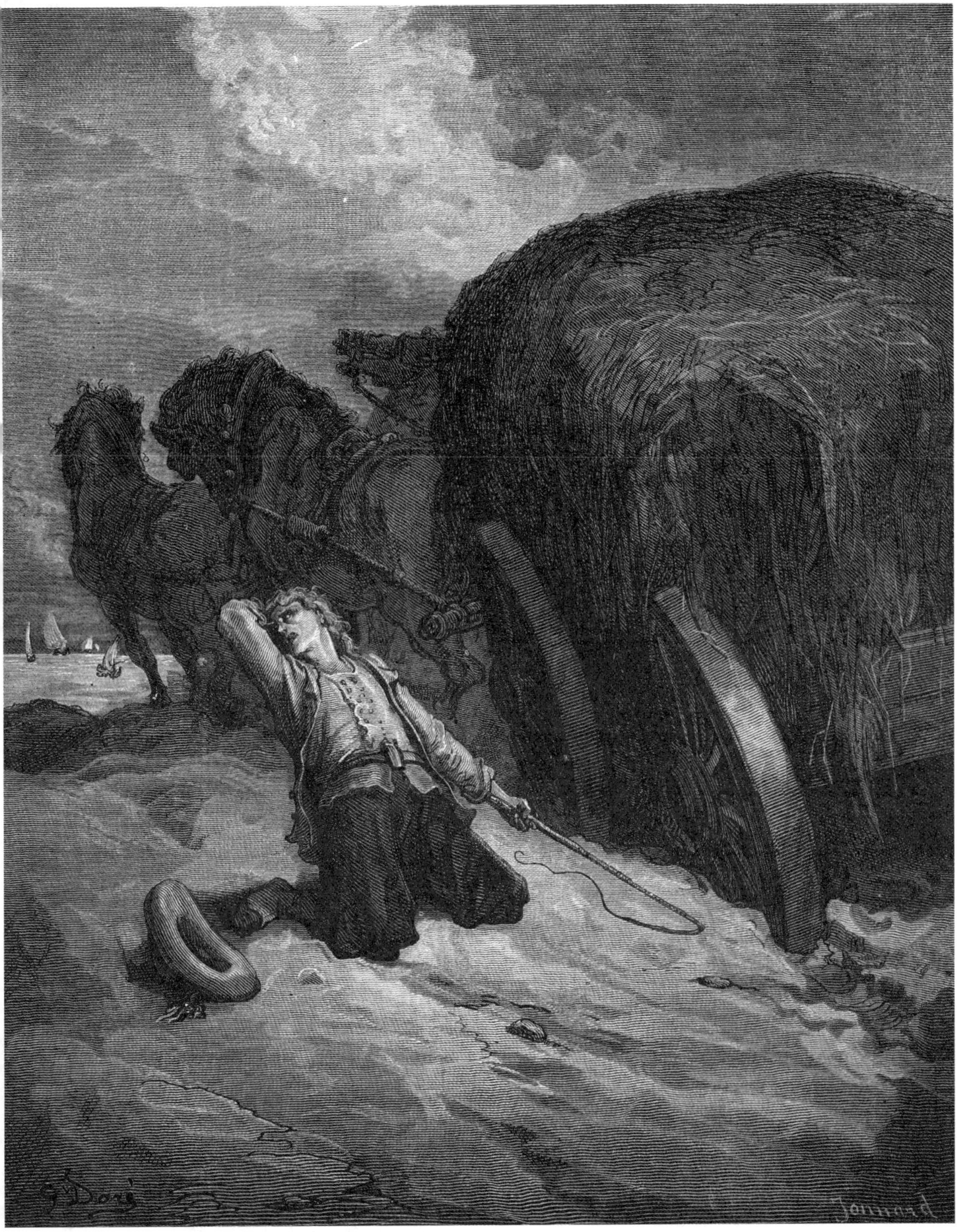
G. Doré
Jonnard

操起你的鞭子。"
"拿好了，有这种怪事儿？"
马车正常行驶啦！
应当赞美赫丘利！
说话间，那声音又响起：

"现在你总该明白，
马车怎么轻快就拉出来。"

要记住：
"自助自有天助。"

19　江湖骗子

世间一向不乏江湖术士
这门技巧，古往今来，
出了大量人才，
轮番登戏台：
时而一个人上场放言，
冥词随便转；
另一个也满城称说，
超级西塞罗[11]。

且说最近一个，
吹牛最卖力，
自称雄辩大师，
经他的手调教，
无论什么闲汉，
笨蛋、乡巴佬，
都能夸夸其谈：
"不错，先生们，哪怕是个大笨蛋，
哪怕是一头牲口、一头驴！
就牵头大犟驴来试试看：
让它变圣贤，
穿上古长衫。"
国王闻此事，召见雄辩师：

"我的马厩养一头
阿卡迪亚[12]驴，
漂亮人人夸，
我就想让它，
成为演说家。"
"陛下，您心想事成。"那人回答。
赏他一笔钱，
约定教化十年，
让驴登上讲坛。
否则就拿命换，
脖子套绞索，
背上修辞学，
戴上驴耳装驴样，
当众勒死在广场。
有位朝臣对他讲，
单等行刑那一天，
自己一定去观赏；
但愿雄辩师上了绞刑台，
能保持神采。
优美的姿态；
尤其当众演讲，
要精彩而绵长，

要感人而精警，
对西塞罗有用：
如今的西塞罗，
俗称剽窃者。
雄辩师听了当即反驳：
"不到那一天，
国王、驴或我，

早就赴黄泉。"
此话有道理，
除非犯糊涂，
才信人生十年无变故：
我们就算吃好喝好身体好，
三个总会有一个，
十年之内录鬼册。

20　不和女神

不和女神挑起众神争执[13]，
为一个金苹果大打官司，
于是不和女神被逐下天庭，
贬到称为动物的人群中。
大家对她张开双臂欢迎，
她有了"斤斤计较"的弟兄，
又有了"你我不分"的父亲。
不和女神来到尘寰，
看得起我们，
鄙弃我们的对立面：
那边半球居民，
粗鲁而野蛮，
结婚不公证，
神父没有用，
更用不着不和女神。
信息女神安排得很周到，
让她在有需要的地方安身，
嘱咐她有求必应。
信息女神也很勤恳，

哪里发生争执，
立即雷厉风行，
以防息事宁人，
一定将小小火星，
闹成长久的争论。
信息女神最后也开始抱怨：
不和女神到处转，
到她的固定住址，
从来就找不见，
往往白费时间。
她必须居有定所，
能在指定日期，
派往各家各户。
可惜当时并无女子修道院，
此事难以如愿。
最终不和女神，
住进婚姻客栈，
同婚姻结为良缘。

第一集　173

21　年轻寡妇

失去丈夫免不了长吁短叹，
一阵抢地呼天，再逐渐和缓，
悲伤插上时间的翅膀飞远。
时间带回来欢颜。
在守了一年寡
跟丧夫一天之间，
真是判若天渊。
说是前后同一人，
恐怕谁也不相信。
一个千娇百媚，
另一个把人吓退。
新寡痛不欲生，不管其真假，
总是同样腔调，同样狠话：
据说无法劝慰。
其实绝非如此，
这则寓言能展示，
抑或请看事实。

一位美丽的少妇，
眼看丈夫归西，

她对丈夫呼喊：
"等一等！我随你去，
我的灵魂要相伴，
与你的灵魂齐飞。"
美妇的父亲，谨慎而明智，
由女儿哭天抹泪，
到最后才劝慰：
"我的女儿，你泪流成河，
难道要用泪河淹溺死者？
生者自当活着，
何必再想逝者。
不是说转瞬间，
就能时来运转：
这样大悲大恸，
顿时化为婚庆。
但是过一段时间，
要允许人家提亲，
新女婿年轻英俊，
一样样好条件，
远胜过死者万千。"

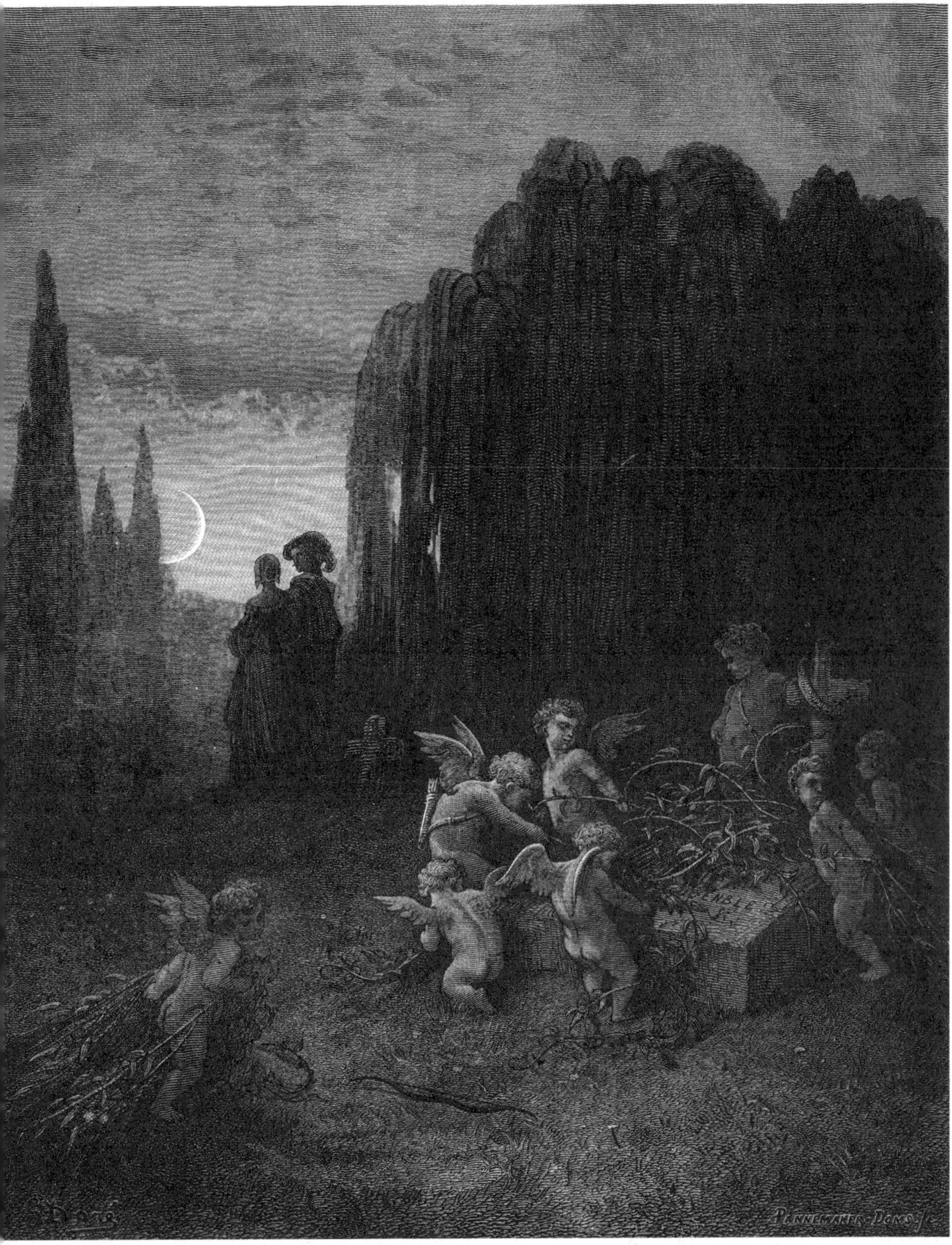

"哼！"女儿说，"我要嫁给修道院！"
父亲就容女儿消化伤痛。
过了一个月光景。
进入下一个月，
一个月没白过；
头饰和衣着打扮，
每天都在渐变。
孝服终究成服饰，
首饰可望见天日。
情侣们成双结对，
回到鸽舍的氛围，

欢歌笑语与游戏
在生活中回归。
晨昏都沉浸在
那青春之泉[14]里。
父亲再也不担心
已故女婿的阴魂。
然而再嫁之事，
他也只字不提起。
可是美女不禁问：
"您曾亲口答应，
那年轻丈夫何处寻？"

注释：

[1] 费德鲁斯（约前15—约50）：古罗马作家。

[2] 其实，伊索的寓言比费德鲁斯的要长。

[3] 希腊人：指巴伯里乌斯，拉封丹称他加伯里亚斯。在拉封丹之后，邦斯拉德模仿传说中的加伯里亚斯，做四行诗形式的寓言。

[4] 在希腊神话中，北风神名叫玻瑞阿斯，太阳神名叫福珀斯。

[5] 这是小老鼠说话的语气，小鼠以其小，看什么都无比巨大。全篇小儿看世界的口气，写得惟妙惟肖。

[6] 赠品：鹿茸每年春天脱落，秋天再生，而且逐年长粗长高。

[7] 反光镜：诱云雀反光镜，多面镜子在地面上快速旋转，闪动的反光镜能引诱来小鸟儿。

[8] 法厄同：希腊神话中太阳神的儿子，曾驾着太阳神的四驾金车出游，因不善驾驭，几乎把地球焚毁，被主神宙斯用雷电击死。

[9] 下布列塔尼：法国西部布列塔尼地区又分成两部分，东半部为上布列塔尼，西半部为下布列塔尼。

[10] 赫丘利：罗马神话中的英雄，即希腊神话中的大力神赫拉克勒斯。

[11] 西塞罗（前106—前43）：古罗马政治家、哲学家、雄辩家，他将拉丁雄辩术推向顶峰。

[12] 阿卡迪亚：希腊古地名，现为一州名称。

[13] 不和女神：希腊神话中的厄里斯，是夜女神的女儿。珀琉斯和忒提斯的婚礼没有邀请她，她很生气，便主动出席，将一个金苹果投到宴席上，苹果上刻有"属于最美者"的字样。于是，参加婚礼的三位女神：赫拉、阿芙洛狄忒和雅典娜发生争执，并且请来将特洛伊王子帕里斯进行公断。她们分别向帕里斯私许荣誉、美女和富贵。帕里斯接受美女，将金苹果判给阿芙洛狄忒。随后发生帕里斯诱走美人海伦事件，导致十年的特洛伊战争。

[14] 青春之泉：神话中的神泉，人在泉中沐浴能重返青春。

尾 声[1]

这里仅限于谈创作。
长篇大论令我咋舌。
远非穷尽一种题材。
满园芳菲只取花朵。
至此不可蹉跎时间,
须当重整少许精力,
最终实现别的胸臆。
爱神,我生活的暴君,
要我立即改变主题,
务必满足爱的心意。
达蒙,再回到普绪克[2],
您也曾一再鼓励我,
描绘她的不幸与快乐。
可以,也许我的意兴,
会因此而感奋升腾,
如果这是她的丈夫,
引发出的最后作品。
我会感到十分幸运!

---

[1] 拉封丹写这首《尾声》诗表明,1668年出版六卷寓言诗之后,并不打算再写寓言诗,而是创作了早在寓言诗之前就动手写的《普绪克和丘比特的爱情》,1669年1月出版。

[2] 普绪克:希腊神话中人类灵魂的化身,为少女的形象,与爱神厄洛斯相恋。每天夜晚二人在一座宫殿里幽会。但是爱神不许她看他的面容。她的姊妹们就说厄洛斯可能是妖怪,要她一定设法看清他的面貌。于是,一天夜晚,她趁厄洛斯熟睡时,便点亮一支蜡烛偷看,不慎将一滴蜡油落到厄洛斯脸上,厄洛斯惊醒逃走,从此不见,宫殿也消失了。普绪克到处寻找,历尽苦难,终于和爱神团聚,结为夫妻。

（1678年—1679年）
第七卷至第十一卷
多样化寓言诗

第二集

敬告语

　　这是我向公众推出的第二集《寓言诗》。这一集大部分诗篇，我赋予新形貌，采用新技巧，以便有别于第一集《寓言诗》，这样做是适当的，既有题材不同的缘故，也是为了使我的作品更加多样化。我在前两册[1]中，相当广泛散播家庭生活的特点，更适合伊索那类的创作；至于新作的这些寓言诗，就较少带有家庭色彩，以免陷入重复，只因这种色彩也不是用之不竭的。因此，我必须另寻增益添色的门路，拓宽这些故事的情境；况且我觉得，故事本身也有此需要。读者稍加留意，也能看出这一点；由此可见，无须我阐明的有理由，也无须我讲明这些题材是从哪里汲取来的。不过，出于感激之心，我要说大部分题材取自印度智者皮拜。他的书翻译成各种文字。当地人以为他很古老，同伊索一样是独创的，如果伊索本人不是假借洛克曼之名的话[2]。还有几位，也向我提供了用起来相当顺手的素材。总之，在后出的这两册中，我尽量多引进一些花样。排版上有些疏漏错误，我列了一份勘误表；不过，这种小措施补救不了一种重大失误。在阅读这部作品过程中，如若增添点儿乐趣，不妨每人亲自动手，纠正自己书本上的这些排印错误，即按照勘误表标出的，把前两册和后两册的错误全纠正过来。

---

[1] 1668年出版的《寓言诗》，共有六卷，分两册出版。第二集《寓言诗》也有六卷，同样分两册，但是与前两册一起出版，故文中提到的"勘误表"列出全四册的排印错误。本书未加入这份勘误表。

[2] 在古印度和亚洲流传一本寓言诗集，题为《五章书》，三世纪用梵语写成，为教育印度王子之用，作者是婆罗门僧侣 Vischou-Sarma。《五章书》于六世纪被译成古波斯文，于八世纪又被转译为阿拉伯文，并假托原作者是皮拜。同样地，伊索寓言也曾假托是洛克曼之作。

献给德·蒙特斯庞侯爵夫人[1]

寓言是神灵的一种馈赠[2],
如果是人的礼品,
那么作者值得我们供奉。
我们所有世人
都应该树这位智者[3]为神,
这美妙艺术正是他的发明。
不折不扣的魅力,
能抓住人的心思,
更能俘获灵魂,
我们受故事的吸引,
我们的思想和感情,
随着情节而浮动。
你们哟,奥林匹斯山众神仙[4]
也都模仿这艺术,
任意支配我们的思想情感,
如果我的缪斯
有时也坐到神位,
如今还请眷顾她的天赋,
惠及我的这种精神游戏。
时间吞噬一切,
但尊重你们的支助,
也能让我在这部作品里,
经受时间的跨度。
哪位作者想要身后留名,
一定得争取你们的批准。
我的诗全部价值,
期待你们的赏识。
我们写作之美,

哪怕一点一滴,
您也无不熟知。
除了您还有谁
能体味文中优雅和惠美?
您身上的一切,
话语和眼神,
都有极大魅力,
而我这位缪斯,
还要进一步延伸
如此温存的主题。
但这种事务还应留给别人,
让胜于我的逸才,
分享您的赞誉。
我最后[5]这部作品,
将来有您的名字,
奥林匹斯哟
就足以充当堡垒和寄身。
今后请保护
这部受宠的书,
敢望借其名声,
获取第二次生命。
这些诗何惧嫉妒,
只要有您的称许,
就值得万民垂顾。
我并不配如此大的恩惠,
这是寓言主动请求的行为。
您清楚这种虚构的故事,
对我们产生多大影响力。

第二集   181

如果赋予我的诗作，	应为寓言建座神庙；
讨您欢心的荣耀，	不过建庙的诚心，
那么我作为酬谢，	我只肯献给您。

---

[1] 蒙特斯庞侯爵夫人（1641—1707）：法国国王路易十四的情妇。1663年与蒙特斯庞侯爵结婚，次年任王后女侍，1667年成为国王的情妇，长期留在宫中，影响很大。因而，拉封丹将第二集寓言题献给侯爵夫人。

[2] 据古老传说，伊索是受众神的使者赫耳墨斯的启迪，才创作出寓言。

[3] 智者：指伊索。

[4] 隐喻国王和王后。

[5] 这当然不是拉封丹最后的寓言作品，这样讲只为增加这一礼物的价值。

第七卷

1　鼠疫

上天发怒降灾难，
恐怖气氛速蔓延，
这场大瘟疫，鼠疫，
既然要直呼其名，
正是老天的发明，
要惩罚世间罪行，
向所有的动物开战，
能在一日之间，
尸体就把冥河塞满。
动物并没有灭绝，
但是全受到感染。
再也不见出来觅食，
在巢穴苟延残喘，
什么食物也难下咽。
无论是狼还是狐狸，
都不再窥伺美味；
斑鸠也彼此逃避。

只因没有了爱，
也就没有了欢乐。
于是狮王召开会议，
"亲爱的朋友们，"狮王说，
"我们这场不幸，
是上天的报应，
惩罚我们的罪孽。
我们中罪过最大者，
应该做出牺牲，
平息上天的雷霆！
也许只有这样做，
才能挽救众生。
历史告诉我们，
濒临这种危境，
就得有人奋不顾身。
但绝不可能自鸣得意，
我们不能宽容，

第二集　183

要看清自己内心。
就我而言，为满足贪婪，
我吃掉多少绵羊。
他们对我做过什么？
丝毫没有冒犯。
有时甚至更过分，
我还吃过牧人！
如果真有此需要，
我宁愿做出牺牲。
不过我想最好
都要开诚布公，
像我一样检讨。
只因谁都希望，
首恶者自杀身亡，
这才合乎公道。"
"陛下。"狐狸上前说道，
"您是无比仁厚的国王，
您的自责太过多虑！
怎么！吃那些绵羊，
吃那些下贱东西，
还能谈得上犯罪？
不然，不然！大王，
那是大大的抬举，
嚼他们满口喷香。
至于那个牧人，可以说
他完全罪有应得，
他那种人太狂妄，
竟想统治动物王国。"
狐狸这番话巧舌如簧，
献媚者都热烈鼓掌。
谁也不敢追究虎熊，
追究其他那些猛兽

飞扬跋扈的恶行。
大家都善于高谈阔论，
哪怕是寻常看家狗，
各说各的无辜，
都成了小圣徒。
现在轮到驴出来检讨，
"我还记得，"驴说道，
"经过富家一片牧场，
青草又嫩又香，
心想机会真好，
我正饥饿难当，
当时就鬼迷心窍，
偷吃了一口青草。
应当明确地讲，
我根本无权品尝。"
闻听此言，大家纷纷喊，
要对这头驴当庭审判。
一只狼颇有鬼心眼，
他发了一通言，
证明这头驴是
坏透了的动物，
正是万恶的根源。
于是小小过失当大罪判，
判处绞刑理应当。
吃上他人几根草，
罪大恶极不轻饶！……
驴子处死也有余辜，
绞刑架上高高吊。

看你贫富势大小，
官司黑白能颠倒。

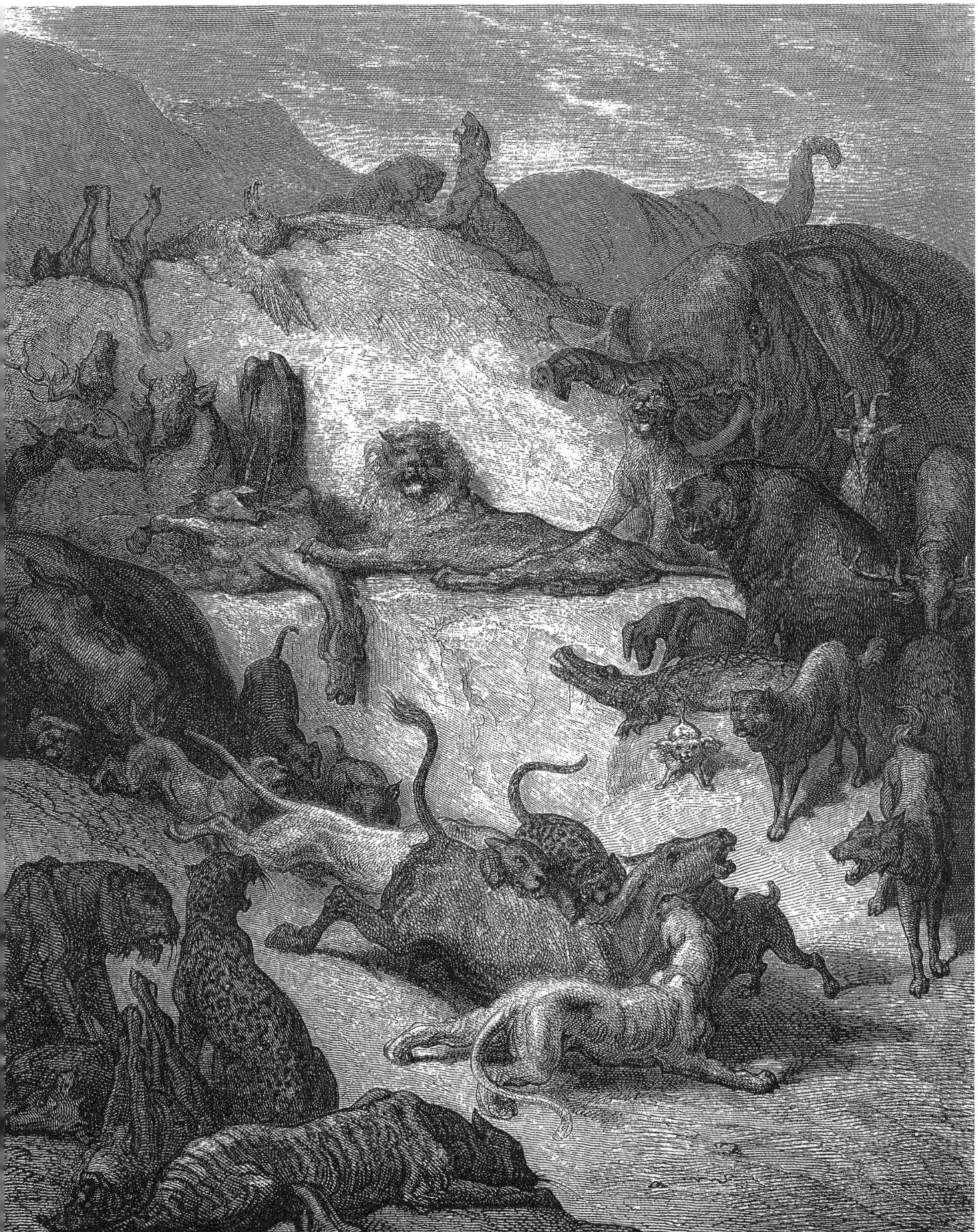

2 恶婚丈夫[1]

如果善与美总能相伴，
明天我就找个婆娘。
可惜离异并不新鲜。
美貌又有美好心灵，
世间实在少得可怜，
不要怪我不求良缘。
婚姻见得多而又多，
没有一家令我艳羡。
世人几乎百分之百，
胆敢冒极大的风险，
也百分百翻悔抱憾。

我来讲个翻悔事例：
娶个婆娘吝啬妒忌，
吵闹不休，丈夫无奈，
便将妻子打发回去。
好一个婆娘：
事事不顺眼，
事事不满意，
怪人睡得早，
怪人起得迟，
忽而说是黑，
忽而说是白，
如此这般数不过来。
闹得丈夫忍无可忍，
弄得仆人气急败坏。
终日唠叨嘴尖舌快：
先生不虑事，
花钱如流水。
先生总乱跑，
先生又歇息！
她埋怨起来没个完，
好似苍蝇围着转。
丈夫也终于忍不住，
干脆送她回乡间。
娘家庄园有村妇，
饲养火鸡干活粗，
从早到晚打交道，
还有猪倌管放猪。
乡下居住一段时间，
以为她的性情能改变，
丈夫又把她接回去：
"怎么样！您干了什么？
这段日子怎么过，
您可受到影响？
乡下人单纯无邪？"
婆娘回答："影响受了些，
可是我很难受，
乡下人更懒惰，
根本不在乎牲口。
我还一再劝说，
他们反而恨我，
没教养的家伙！"
"哦！夫人，"丈夫接口说，
"您若还这么刻薄，
就连早出晚归的人，

跟您相处仅仅片刻，
都不愿意再见到您；
那么回家整天发火
又让仆人怎么活？
做丈夫的怎么能够
日日夜夜同您相守？
别了，回您乡下去吧，

假如我这辈子，
再去把您接回来，
哪怕萌生这种想法，
死后就加倍受处罚：
到阴间娶两个
您这样的老婆，
永世在身边折磨我！"

3　老鼠隐居

亚细亚地区故事说，
有只老鼠嫌人间是非多，
便远离尘嚣躲清静，
隐居到荷兰干酪中。
环境僻远清幽幽，
周围一片寂无声，
新来隐士好栖身。
为了吃住忙几天，
四爪牙齿齐上阵，
丰衣足食可安心。
此外还有何欲求，
很快变成小胖墩。
上帝恩赐天有眼，
只看虔诚不虔诚。
一天鼠族派使者，
来见隐士当说客，
表示虔诚略施舍：
鼠国都城遭围困，
要去外地求援军，
击退猫族侵略者。

紧急派出没带钱，
只因国家正危难，
求援解围不容缓。
他们求助并不多，
肯定不过四五天，
援军一到敌可破。
"朋友们，"隐士当即说，
"我与世事断尘缘，
穷苦教士能够做什么？
帮助你们无可选，
只能祈祷求苍天，
上天一路保平安！"
新圣徒敷衍几句话，
闭门谢客好清闲。

老鼠自私无情义，
依您之见我指谁？
说是修士并不对，
想必修士总怜悯，
我指的是异教僧。

4 白鹭

有只白鹭不知在何处，
一天沿着小河边漫步，
两条长腿，长颈连长喙。
天气晴和，河水清澈；
水中游弋着鲤鱼大姐，
伴随着白斑狗鱼大哥。
白鹭轻易能捕食，
游近岸边许多鱼；
鹭鸶不急尚等待，
等待胃口稍微开。
生活有节制，
饮食须按时。
过了些时候，
果然来胃口。
回到河边再一看，
几条冬穴鱼，
出洞在游玩，
这道菜实在难下咽。
料想还会有好食物，
这等劣品不屑顾，
好似贺拉斯的城鼠[2]。
"冬穴鱼，让我吃！
我，堂堂一只鹭鸶，

吃这破东西
把我当成谁？"
鄙弃冬穴鱼，
又发现鲌鱼。
"鲌鱼！给鹭鸶当正餐！
怎么会这样，
还值得我品尝！"
再小一点儿，
他也会张喙，
可是再未见到一条鱼，
饿得实在难耐，
碰见一只蜗牛，
也欢天喜地吃下去。

挑肥拣瘦要不得，
最机灵者最随和。
贪多往往先损失，
切忌无端瞧不起，
见好就收是正理。
多少世人迷不醒，
我所讲的非鹭鸶。
另一故事讲世人，
教训取之于诸君。

5　姑娘

有位姑娘心性太高傲，
找夫君条件都要好：
仪表堂堂，年轻又美貌，
对人不冷淡，
又不爱计较，
这两种品行不可少。
这位姑娘还要求：
男方门第高，
家境须富有，
才高有八斗，
样样数得着，
这种完美的对象哪里找？
命运女神肯操心，
给她找个可心人：
求婚多权贵，
纷纷来登门。
美女却认为
五成条件太差劲。
"什么，我？什么，
要我嫁给这些人？
想必他们瞎胡说！

把我介绍给他们！
好大一堆蠢货色！
叫人看着真难过！"
这个人心思不灵巧，
那个人鼻子不正道。
这点看不惯，
那点不顺眼，
没人能过关。
高傲女子一旦充雅士，
首先什么也都瞧不起。
提亲过了富贵这一轮，
便有中等人家来求婚。
小姐不免挖苦又嘲笑：
"哼！我的心肠可真好，
还为他们开门讲客套！
他们还以为我是剩女，
正愁自己嫁不出去！
谢天谢地，
我虽守空房，
却夜夜睡得香。"
这美人自我感觉就是好。

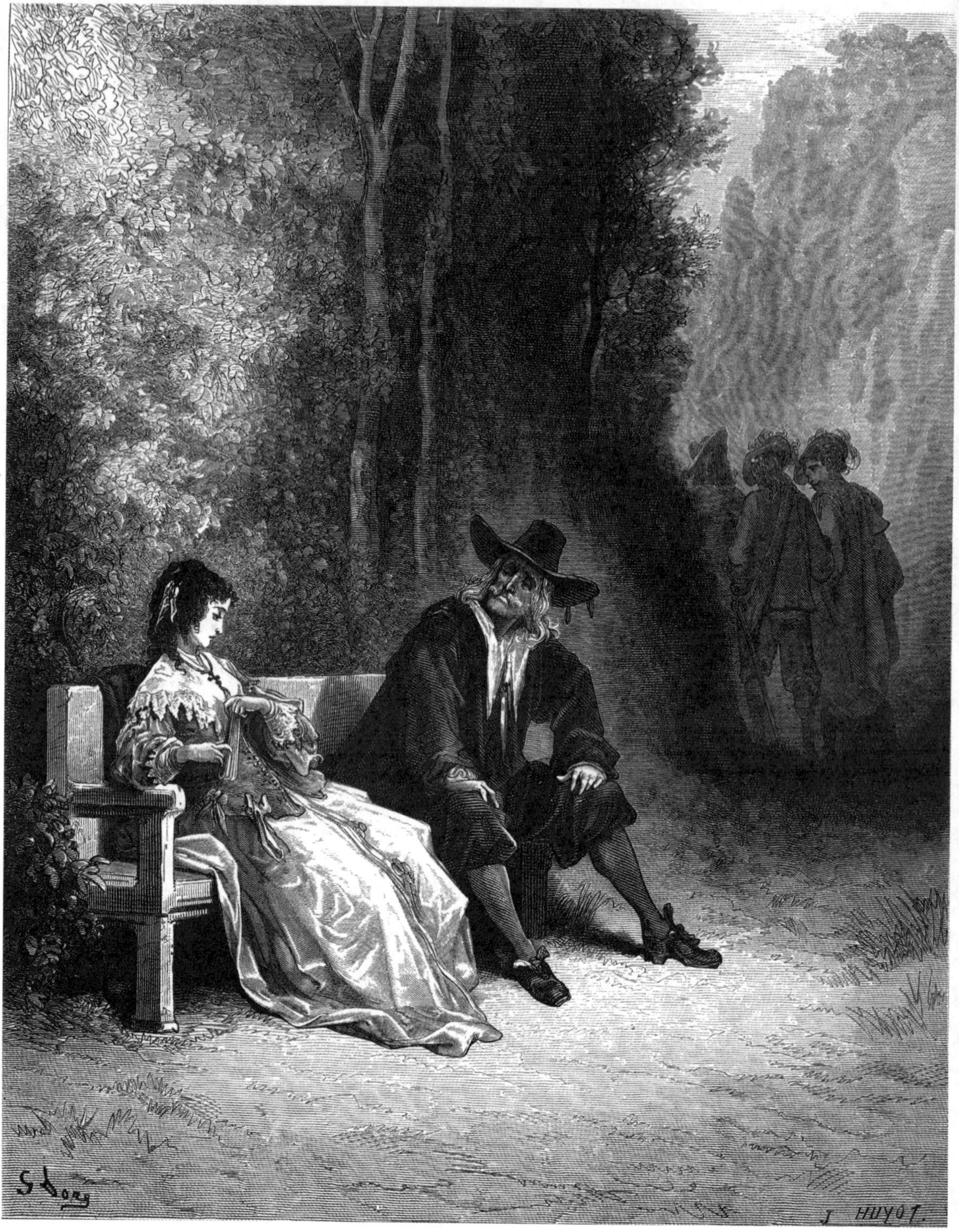
G Doré
J HUYOT.

可惜年龄渐大容貌凋，
那些求婚者一个都不见了！
一年过去又一年，
姑娘开始心不安，
继而转焦虑，
觉得天天有所失：
走了笑天使[3],
嬉戏小天使，
爱神也离去。
终于明日黄花讨人厌，
随后各种胭脂涂脸面，
怎么修饰也逃不过时间
这个无耻窃贼的摧残。
一座房屋塌毁，
总还可以修缮；

花容一旦憔悴，
就再难恢复容颜！
她的风雅改变了腔调，
镜子对她说道：
"赶紧找人嫁出去！"
不知道什么渴求，
也对她讲这个理，
高傲雅女也能够
心中急切求偶。
她的选择真奇妙，
出乎所有人的意料。
她遇见个粗汉便嫁了，
心安理得挺满意，
最终也算有依靠。

6　心愿

莫卧儿帝国[4]小精灵，
专做仆人的营生，
随时备好出行的车马，
房间收拾得干干净净。
有时还弄花草当园丁。
他们的活计碰不得，
别人若乱碰准砸锅。
话说从前在恒河边，
有个精灵侍弄小花园，
主人是个殷实的人家。
他干起活来很灵巧，

终日忙碌不说话，
特别喜爱园中花与草，
也爱男女主人这一家。
天晓得和风神细雨神，
都是精灵的朋友群，
从旁相助事儿全办成。
这精灵终日忙不停，
深得主人一家的欢心。
为了表明自己的热忱，
他愿永久侍候这家人，
尽管他与同类一样，

第二集　191

都有极轻浮的天性。
然而，他的同胞看不惯，
那些精灵都从中捣蛋，
结果精灵国的首领，
出于策略或者任性，
命他从速改换门庭，
启程前往挪威内地，
终年积雪的地区，
去看护一座房屋。
本来国籍属印度，
摇身一变为拉普兰[5]。
行前精灵就对主人说：
"我被迫离开你们，
不知犯了什么过错；
势在必行，虽然难舍难分，
我只能拖上个把月，
或许一周，时间不能多：
要充分利用这段时间，
想好发出三个心愿，
三个心愿，多一个也不行，
我能让你们的心愿实现。"
对我们世人来说，
发发心愿并不新鲜，
要发多少也不犯难。
头一个心愿要大大富有，
富有得家里到处流油：
柜子里装满金钱，
地窖里藏满葡萄酒，
谷仓堆满小麦丰收。
所有容器都撑得破开，
这么多财富如何安排？

记满了多少账本？
要管好费多少脑筋？
多少时间花在这上面？
二人从未如此不得闲。
窃贼惦念上暗中算计，
贵绅惦念上强行拆借，
国王惦念上征收高税。
可怜的夫妇真后悔，
发了大财却倒了大霉。
夫妇二人便央求：
"这些财富全搬走，
财富太多麻烦多，
守着清贫多快活！
安贫乐道反倒好，
这样的财富要不得。
财神爷哟，快离开！
小康女神哟，快回来！
你是灵性之母，恬然之伴，
快快回到我们身边。"
话音刚落，小康女神就现身，
赶紧让座，感激万分，
两次心愿如此好运，
给抱希望的人一个提醒，
与其耽于虚幻浪费时光，
不如实实在在做事情。
精灵同他们大笑了一场。
精灵终究要启程，
既然他乐于助人，
临别时主人希望有智慧，
这珍宝决不会惹是生非。

7 狮王宫

有一天狮王陛下要弄清楚，
天赐让他统治哪些民族。
于是他派出特使，
巡访各路诸侯，
盖有玉玺的通函，
晓谕八方尘寰。
通报各地月内
狮王召开全体大会，
开幕式大摆宴席，
明星猴当场献艺。
国王如此排场，
要向臣属展示富强。
在卢浮宫大宴群臣，
好一座卢浮宫，
地地道道的堆尸场，
臭气冲天呛鼻子，
老熊赶紧捂鼻孔：
这种厌恶情绪，
大可不必当众表明。
那怪相拂圣意。
君王大发雷霆，
打发老熊下地狱，
死了做鬼去掩鼻。
这种行为当严惩，
猴子举双手赞成。
马屁拍得过分，
连国王的震怒，
张牙舞爪耍威风，

都受到了吹捧；
这洞府，这气味！
才配得上王宫！
哪有什么龙涎香，
哪有什么鲜花，
不跟臭大蒜等同。
愚蠢的奉承反而弄巧成拙，

猴子受惩处正是自食其果。
这位狮王陛下，
堪比卡里古拉[6]。
狐狸就在旁边，
狮王便问他之见：
"喏，坦白告诉我，
直言不要敷衍，
你闻到了什么？"
狐狸马上道歉，
推说患了重伤风，
嗅觉一点也不灵，
什么气味难断定。
总之狐狸得脱身，
狐狸还是老的行。

这则寓言有教训，
若在朝廷想得宠，
不要露骨硬吹捧，
有时学学诺曼底人[7]，
回话含混可保身。

8 秃鹫与鸽子

从前战神扰乱了天空,
某诱因促使飞禽纷争。
讲的不是春天的夜莺,
飞到欣欣向荣的绿荫,
率先以嘹亮歌喉唱春,
唤醒我们心中的爱神;
也不是出行时驾着车,
拉着女神疾驰的祥鸽;
而是钩嘴利爪的秃鹫,
据说这族群为条死狗,
就爆发了全面的内战,
血雨腥风,极其凶残。
这样讲绝非戏说夸张,
真若一点点细说端详,
一气呵成就未免妄想。
有多少英雄战死沙场,
有多少将领厮杀阵亡。
普罗米修斯岩上观战,
希望很快能摆脱苦难[8]。
观秃鹫酣战令人欢欣,
多少战死坠落也动恻隐。
英勇机智,诡诈而突袭,

所有战术都用到极致。
两军将士无不义愤填膺,
置敌于死地毫不留情,
战云与阴魂弥漫天空。
阴森王国[9]幅员辽阔,
居民稠密天地间生活。
这场杀戮疯狂而残忍,
引起另一族群的怜悯。
鸽子族群脖颈特灵活,
忠心耿耿性情很温和。
他们挑选出几位使臣,
派出其大力进行调停,
力图劝和而结束纷争。
使臣们果然不辱使命,
秃鹫族休战不再争雄。
双方休战便确立和平。
唉!秃鹫族却以德报怨,
鸽族群帮忙反而遭殃。
可恶的鹫族立即追剿,
追得鸽族群无路潜逃,
乡镇田野只有鹫逍遥。
可怜的人啊太不谨慎,

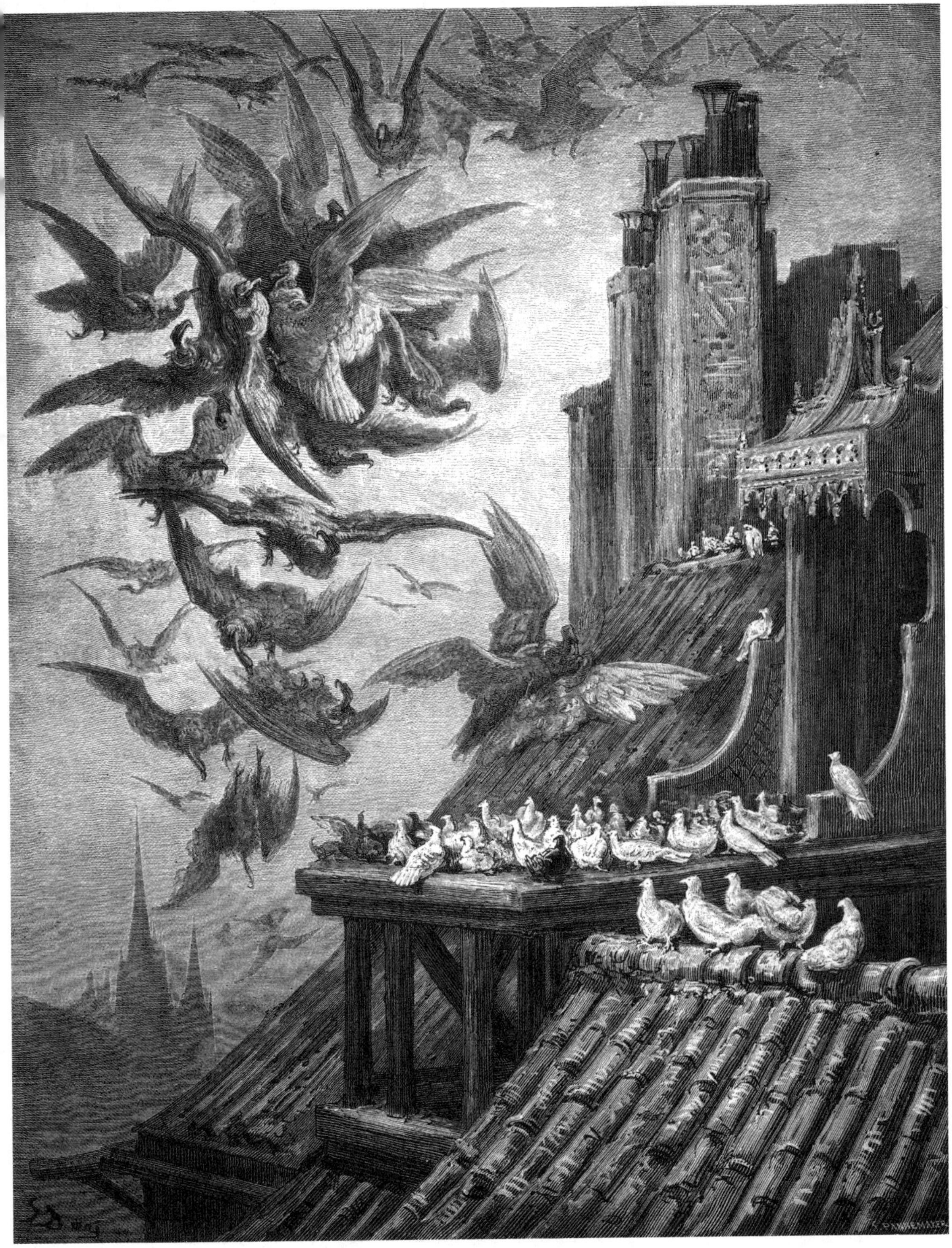

给野蛮族群调解纠纷!

永远让恶人四分五裂,
让罪恶团伙离心离德,

这样大地才会有安乐;
在他们之间播下战争,
否则世人就永不太平。
顺便讲讲,我也该噤声。

9　公共马车和苍蝇

在难行的上坡沙土路上,
毫无遮挡照射着阳光,
六匹骏马拉车也吃力,
妇女修士和老人全下车。
马喘息流汗,已精疲力竭。
忽然飞来一只苍蝇,
围着马车打转飞旋,
要用嗡嗡的鸣声
催促几匹马快前行,
叮叮这匹,咬咬那匹,
时时刻刻都在考虑,
他这样忙忙活活
绝不会白费力气;
他还端坐在车辕上,
又登上车夫的鼻梁;
马车果然很快启动,
旅客们则随后步行。
苍蝇以为一己之功,
飞来飞去忙个不停;
俨然一位督战官,
到处巡视查看,
督促部队前进,
尽快打胜仗凯旋。
这时候正应当和衷共济,

苍蝇抱怨唯独他卖力气,
全场只有他肯担责任,
谁也不助马匹脱困境:
修士口念日课经,
时间抓得倒真紧!
一位女士在唱歌,
唱歌也不看啥场合!
苍蝇夫人看不惯,
飞到旅客近耳畔,
胡乱嗡嗡闹一通,
类似蠢事都干全。
马车艰难行驶总算到坡顶,
苍蝇立刻发指令:
"现在可以停一停。
我卖力气来效劳,
大家终于上平道。
诸位马先生,
也该给我好酬报!"

有道是:
有人就爱瞎掺和,
哪里有事少不得,
到处讨厌不自觉,
赶走了事少缠磨。

10　卖牛奶女和奶罐

佩蕾特头顶牛奶罐，
奶罐底下还垫个垫，
一路进城不会出意外。
一身轻装大步走得快，
这天出门打扮要轻便，
穿平底鞋，衣裙也简单。
卖奶女这样装扮好，
心中也早有如意算：
一罐牛奶能卖多少钱，
足能买下百来个鸡蛋，
孵出三窝小鸡崽儿，
小鸡要经心来照管。
她自言自语暗合计：
"房前屋后养鸡也容易，
狡猾狐狸偷鸡有能耐，
总能留几只够买小猪崽。
养猪也费不了多少料，
就能养成大猪上肥膘；
等猪长得个头差不多，
出手拿到现钱就好说。
牛棚添头奶牛和牛犊，

价钱合适谁能说不可。
牛犊钻进牲口群里边，
蹦蹦跳跳招人多喜欢？"
佩蕾特想到这里兴冲冲，
手舞足蹈得意忘了形。
奶罐摔下去：牛犊、奶牛、
猪、几窝鸡，转眼化为乌有！
财产的女主人多懊丧，
眼看自己财富泡了汤。
回家要跟丈夫说清楚；
十有八九要挨一顿揍。
这则寓言闹剧已写成[10]，
《牛奶罐》也正是闹剧名。

哪个头脑不浮想联翩？
谁人不建造梦幻宫殿？
皮克罗肖[11]、皮洛士[12]、卖奶女、
智者狂人，无不认同此理！
人人做白日梦，无比温馨，
痴心妄想掳走我们的魂；
世间所有财富、所有荣耀、

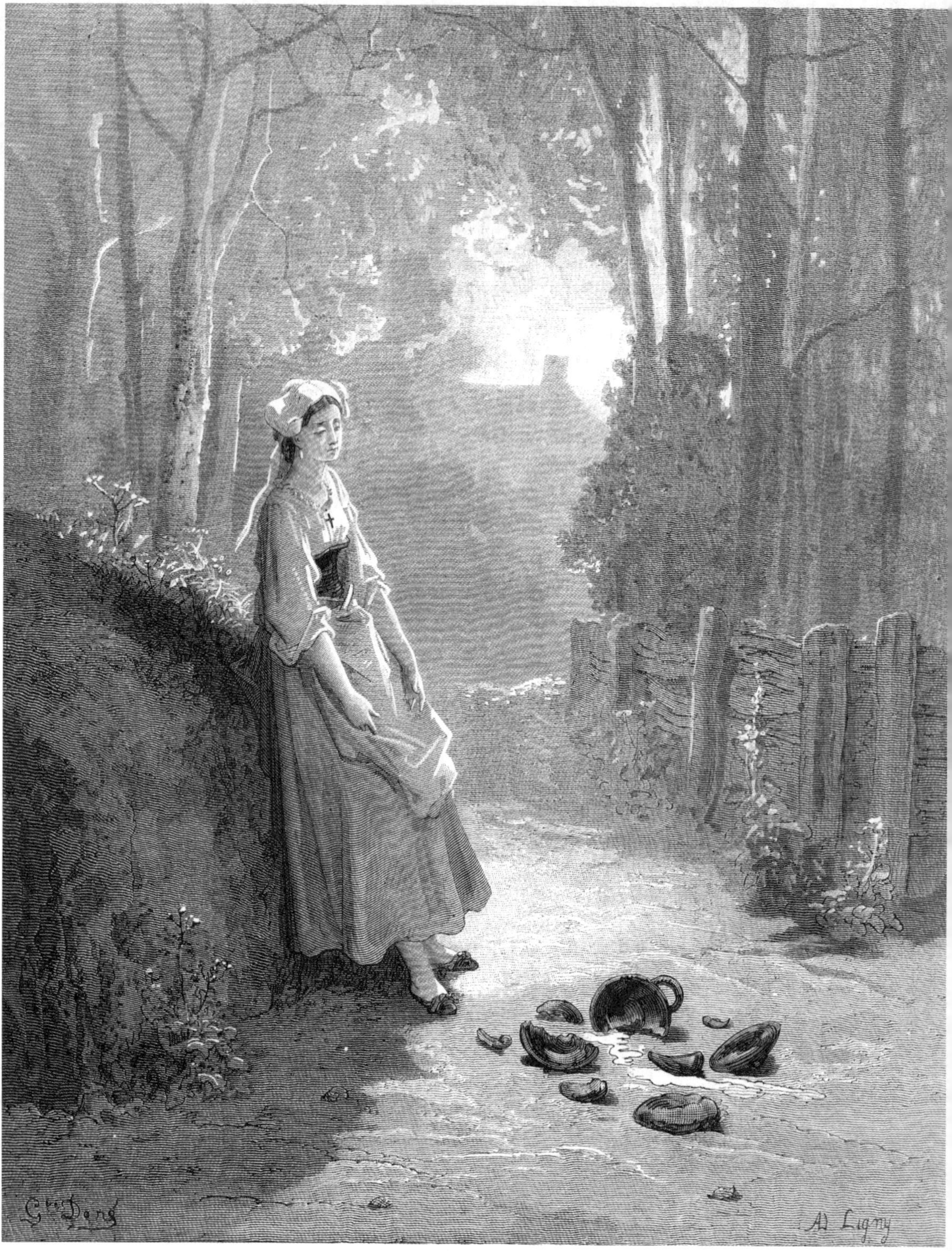

所有女人,全归属我们。
独处时,胆敢挑战最勇者,
想象能把波斯王拉下位;
推举我为王,受万民爱戴、

王冠如雨朝头顶落下来。
什么意外将我打回原貌?
原来我是老帽还是老帽。

11　神父和死者

一个死者悲哀凄苦,
迁入最后的归宿。
一位神父欢天喜地,
尽快让死者入土。
死者按规矩装殓,
唉!长袍就是木棺,
冬夏就这么一件,
反正寿衣不大替换。
抬进灵车便上路,
神父一旁来守护,
口中照例诵经文,
句句悼文显虔诚,
背诵圣诗日课经,
《圣经》语录与答问:
死者先生哟,
由我们办可放心!
什么经都诵给您,
只看酬金重不重!
神父定睛看死者,
仿佛宝贝会打劫,
眼神分明对死者说:

"死者先生,从您身上,
我要得到多少钱,
多少蜡烛可贡献,
零碎花销也补添。"
先买当地上好酒,
一桶陈酿弄到手;
有个侄女小模样,
女仆帕凯特也莫忘,
都得添些好衣裳。
神父越想越快活,
不料灵车出车祸!
神父先生真倒霉,
脑袋让死者给撞破,
棺中教士拖神父,
神父跟在施主后,
两个灵魂结伴走。

神父指望在死者,
《奶罐》寓言同此说,
我们一生难逃过,
总在空中建楼阁。

12　追求好运的人和在床上等待好运的人

哪个人不追求好运？
我倒愿意凭高搜寻，
观望忠实的追求者，
那些芸芸的众生，
无不在捕风捉影，
跑遍了一个个王国，
徒然寻找总落空，
这命运女神行无踪。
他们一旦接近好时机，
无常女神转瞬便消失，
丢下他们渴望无人理。
真可怜啊！我同情他们，
对于执迷不悟的人，
怜悯总要多于气愤。
"此人当上教皇！"他们说，
"原先他在菜地里干活[13]！
我们比他也差不多！"
比他强百倍又如何？
你们的才能有什么用？
难道命运女神没眼睛？
教皇职位就那么重要，
自己的情趣便可舍掉？
休闲，休闲多么宝贵，
从前人神共享的实惠！
如今这种享受很特殊，
女神难得会留给施主。
决不要追寻这位女神，
她会主动登门去找您：
这是她那性别的因循。

两位好友住在镇上，
他们俩都薄有家产。
其中一个不满现状，
总渴望女神的恩典。
有一天他对朋友说：
"咱们离开这里如何？
你了解本乡无告知，
要出去闯荡碰运气。"
"你去闯荡吧，"朋友回答。
"至于我，不求什么福地，
也不去撞更好的运气。
你不安分，就率性去做，
肯定很快回到这个窝。
但愿你能够如愿以偿，
我就要睡着等你还乡。"
野心，可以说财迷心窍，
他日夜赶路也歇脚；
第二天到达一个地方，
正是王公聚集的殿堂，
想必古怪女神常来往。
于是他就选定地点，
决意逗留一段时间，
每天国王就寝和晨起，
就有机会随群臣觐见[14]，
能拿出全身解数表现。
每天接近都千载难逢，
到头来他却一事无成。
心中暗想："怎么会这样？

还得去别处求发祥。
女神明明住在这里面,
每天出入我都看得见,
光顾这里又光顾那里,
为何我就不能沾点边?
命运女神既然很任性,
我来接待怎么会无缘?
怪不得早有人告诉我,
这里人有谁野心勃勃,
再怎么善于阿谀奉承,
也并不总能获得赏格。
别了,各位王公大臣,
各位王公大臣,别了!
一个幻影得你们欢心,
那就死心塌地去追寻。
据说苏拉特[15]那有神庙,
神庙供奉着命运女神,
不妨去那里碰碰命运。"
说干就干,当天就登船。
世人啊,心肠铜铸一般,
而这个不畏艰险的人,
那颗心肯定是金刚钻。
头一个敢于漂洋过海,
敢于挑战无际的深渊!
他在大海航行期间,
多少次翘首眺望家园,
遭遇海盗,狂风巨浪,
又有岩礁,风静而垂帆,
经历多少艰难险阻,
闯过一道道鬼门关。
他千辛万苦寻找女神,
不远万里到异国海岸,

殊不知安稳守在家中,
早就与命运女神相见。
终于到达莫卧儿帝国,
又听说日本别有洞天,
女神在那里广施恩典。
于是他又赶往那国度,
谁料大海厌倦风不便。
他漂洋过海这样折腾,
仅收获这样一条教训:
"顺从自然守家园。"
这是原始初民的经验。
到莫卧儿还是去日本,
徒然追寻未得见女神,
到头来他也得出结论,
万万不该离开自家村。
他不再奔波乱闯荡,
浪子回头终于返家乡,
远远望见他那老屋,
高兴得涕泪沾衣裳,
连说:"在家生活多幸福,
全部经营自给又自足!
只听听人说什么朝廷、
大海,以及你的仙境,
命运女神!你让荣华富贵,
从我们眼前如烟飘飞,
引人追寻到天涯海角,
而现实不见少许折兑。
从此不折腾,会好百倍!"
他思前想后这样合算,
针对女神做出这决断,
忽见他朋友睡梦正酣,
命运女神在门前相伴。

13　两只公鸡

两只公鸡相安无事，
忽然出现一只母鸡，
随即就战火连天，
爱神哟，你毁了特洛伊！
正是你挑起祸端，
这场争执愈演愈烈，
连天神也血流成河，
血染红了克桑西河[16]。
两只公鸡持久战，
不分胜负战犹酣。
这消息传遍四周，
母鸡纷纷跑来观看。
多少羽毛亮丽的海伦[17]，
情愿以身做战利品。
战败者便逃逸隐身，
为丧失荣誉和爱而痛心。
对手战败他扬扬得意，
眼看占有他爱的母鸡。
败将天天见到那家伙，
心又点燃仇恨和勇气。
他不断磨砺自己的喙，

不断地拍胸鼓翅欲飞，
还总要迎风训练本领，
以发狂嫉妒武装自己。
他不必这样处心积虑。
那个获胜者跳上房顶，
又在高唱自己的胜利，
一只老鹰听见鸣声，
就作别了荣耀和爱情！
在一只老鹰的利爪下，
这样神气活现必丧命。
总之，命运又一个轮回，
情敌得以重返母鸡群，
战败者回来卖弄风情。
身边这么多妻妾簇拥，
可以想见那咯咯叫声。

命运女神就是喜怒无常，
胜者太嚣张自取灭亡。
胜利果实要小心呵护，
当心命运的若疯若狂。

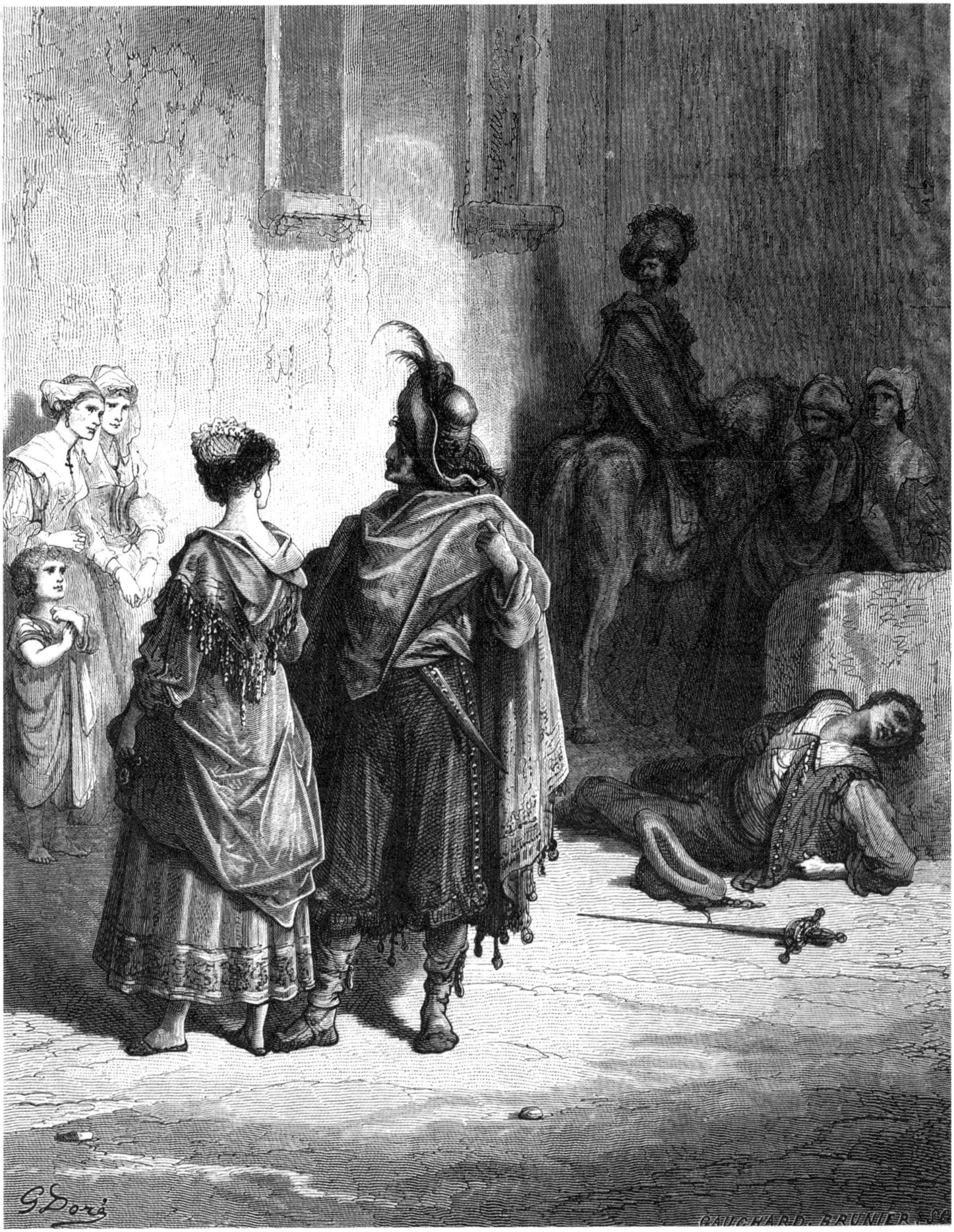
G. Doré
GAUCHARD-BRUNIER SC

14　人忘恩负义并对命运女神的不公

一名商人从事海外贸易，
发了大财还真有运气：
几度出海战胜风暴、
深渊、浅滩、礁石，
都没有造成损失，
保住了全部货包，
幸运之神给予关照。
他的同行就都不这么幸运，
厄运女神和海神，
无不要耍耍威风。
而我们这位商人则不同，
有幸运女神护佑，
货船平安抵达港口。
经纪人、合伙人，
对他无不忠心耿耿。
烟草、蔗糖、肉桂，
想卖什么货物都成，
还有陶瓷奢侈品[18]，
高消费大赚金银。
总之，生意兴隆，
真可谓财源滚滚。
在他府上谈论买卖，
必以大额金币为单位。
此人还豢养狗群，
有许多车子和马匹，
吃斋日也像办婚礼。
一位朋友见他太奢侈，
便问："你何以成功，

便餐还如此丰盛？"
"问我何以成功？
还不是靠本领？
我完全靠自己，
靠自己苦心经营，
风险能掌握分寸，
投钱也投得很准。"
他赚钱似乎是件轻松的事，
赚了钱再风险投资多获利。
然而这趟生意一点不如愿，
怪他自己大意失算：
只因设备太简陋，
风浪打沉第一条船；
第二条船没武装，
成为海盗的盘中餐；
第三条船驶到港，
生意经销却惨淡，
奢侈品与高消费，
也都大大不如前。
最后又雪上加霜，
受了代理商的欺骗。
而他还大肆挥霍，
天天都大摆酒宴，
寻欢作乐，大兴土木，
一下子变成穷光蛋。
他那朋友见他穷困潦倒，
便问道："为何这样灾变？"
"唉！还不是怪命运女神！"

朋友说:"您大可不必伤心,
假如女神不让您走运,
您至少能做个明智的人。"

这劝告不知他能否听得进,
不过我知道人若是走运,
总认为自己有多么高明;

而我们的失误若导致失败,
那就对命运女神谩骂嘲讽。
在世人看来,不是一个标准:
发财,是我们之功,
倒霉,就怪命运。
自己总是有道理,
命运总荒谬绝伦。

15　女占卜师

舆论往往偶然产生,
而舆论又总能流行。
这一开场白我能在
各行各业人等论证。
无非偏见、串通、固执,
极少或者毫不公正。
这是潮流,奈之若何?
潮流者必潮涌奔腾
流经过去并流向永恒。

且说巴黎一个女人,
大家都找她算命,
不管碰到什么事情。
谁丢失一个小物件,
谁又有了个情人,
丈夫太顺从妻子,
母亲总爱发脾气,
妻子嫉妒心太重,
都跑去找那女人算命,

希望她道破隐衷。
她行其道在于机变:
揣摩推断非常大胆,
泛泛讲一些空话,
有时还得靠偶然,
这一切机缘巧合,
有助于她左右逢源。
这种情况还往往
被人当作奇迹称赞。
一个地道的狂瞽,
却被人视为神仙。
神仙就住在陋室,
这也是一种奇观。
住在陋室的女人,
并无别的生活来源,
靠算命把钱袋装满,
为丈夫高就赚足本钱,
买了房子也买了官。
陋室搬来新住户,

全城人又趋之若鹜：
有姑娘也有少妇，
有老爷也有奴仆，
总之像从前一样，
无不来算命求卜，
陋室又蓬荜生辉，
变成西彼拉仙窟[19]。
前个女人有本领，
引来了顾客盈门。
后来女人怎么做，
怎么说也不管用：
"我会算命？开玩笑！
我读过书？先生们，
我只认识几个字母！"
说什么也没人信！
只好预言给算命，
大把金币自动来，
占卜算命不由己，
收入超过两律师。
四把瘸椅一扫把，

家具设备很给力：
一片幻化的氛围，
正举办群魔舞会[20]。
这个女人去富人家，
即使诚意讲出真话，
在镶壁毯的客厅里，
人家也会笑话她：
陋室已成为时髦，
到陋室算命才可靠。
搬到华屋的女巫，
一个顾客也等不到。

招牌能招揽顾客，
见一律师长袍特别，
不觉招人格外重视，
把他看作某某大师，
身后大批追随者：
若是问问我，
难答为什么。

16　猫、黄鼠狼与小兔

话说一天早晨，
小兔子出了门，
黄鼠狼占了兔窝，
这招儿还挺狠。
趁着主人不在家，
抢占兔窝很容易，

明目张胆搬进去。
小兔出门迎曙光，
穿越朝露百里香。
芬芳嫩草吃个饱，
饱餐再撒一阵欢；
雅诺兔算玩够了，

这才想到把家还。
回到自家地洞口,
忽见那只黄鼠狼,
正贴窗户往外看。
"我的护家神哟[21]
我看到家里有什么?"
被逐出祖屋的兔子说。
"好家伙!黄鼠狼太太,
还不乖乖快离开!
要不我可不客气,
当地老鼠全叫来[22]!"
尖鼻太太便回答:
谁先占地儿归谁家。
这个住所不像样,
她要进来还得爬,
正好借口打一架!
强词夺理舌如簧:
"纵然这里是王国,
要看法律怎么说;
凭啥兔爷传兔爹,
兔爹再传兔雅诺,
为啥不能传保罗,
为啥不能传给我!"
这是传统习惯法,
小兔当即就反驳:
"法律明确有规定,
我是这房子的主人,
父亲必须传儿子,

皮埃尔一定传西蒙,
接着由我来继承。
谁先占有算谁的,
这种法律更合理?"
"再吵下去没意思,"
黄太太说,"何不去找
肥猫大法官评评理。"
猫先生深居又简出,
好似虔修的隐士:
身穿漂亮的猫皮袍,
又肥又胖,是猫中圣贤,
什么案件都能断。
雅诺兔同意猫断案。
争执双方一道去,
见到肥猫大法官。
神爪阁下便说道:
"孩子们,请往前靠,
往前靠,我耳朵背,
岁月到底催人老。"
两个丝毫无防备,
走上前去要答对;
走到老猫利爪下,
两只利爪同时抓,
促使双方达一致,
同意嚼碎当猫食。

诸侯纷争同此案,
国王调停必遭殃。

17　蛇头与蛇尾

蛇有两个部位，
专同人类作对[23]：
正是蛇头与蛇尾。
头尾那么有名，
全赖命运女神，
为此曾激烈纷争，
首尾各不相让，
究竟谁应领先。
头一直走在前面，
蛇尾便向天喊冤：
"头这么独断专行，
我爬了多少里程，
我成了她的奴隶，
难道总让我顺从？
我要感谢上帝，
生来是她妹妹，
而不是她的奴婢。
我们俩同一血统，
对待我们要平等，
我们有同样毒性，
剧毒瞬间要人命。

总之我要换换位，
由您老天下命令：
现在我该走在前，
蛇头姐姐跟后面，
我一定能带好路，
让她丝毫无怨言。"
老天发狠遂她愿，
好心往往办坏事，
盲目愿望不该管，
老天这次太随便。
蛇尾领路当向导，
瞎子白天看不见，
走投无路团团转，
忽而撞到大石头，
忽而撞到大树干，
忽而撞到行路人；
曲折爬向冥河边，
径直投河下深渊。

蛇尾误导国可鉴！

18　月球上的动物[24]

一位哲人断言，
人总受感觉欺骗；
另一位则坚信，
感觉从来不骗人。
双方都有道理。
说感觉骗人，
哲学道出事实；
人仅以感觉为准，
就要得出结论。
不过，如能根据
观察对象的距离，
周围的环境，
感官和观察仪器，
校对事物的表象，
这种感觉还有准，
不会欺骗任何人。
自然造化之功，
万物有序运行。
这种天经地义，
可望有朝一日
我会充分论证[25]。

从地球观察太阳，
太阳是何形象？
那么庞大的星体，
也不过三尺周长。
如果飞升太空，
再看自然的眼睛[26]，
从距离判断体积，
通过三角法，
用手掌就能量定。
无知者以为
太阳是平面，
而我说是球形。
我断定太阳不动，
地球不停地运行[27]。
总之，观察太阳，
我不相信自己眼睛。
我绝不会迷惘
视觉的幻景。
无论什么情况，
我的思想总要探寻
表面掩盖的真相。

我绝不聪明，
眼睛未免太机灵，
耳朵又太迟钝。
直棍入水打弯，
理性就予以矫正：
主心骨是理性。
我这双眼睛，
有理性帮忙，
虽然总对我说谎，
却从不把我蒙骗。
所谓眼见为实，
这谬误相当普遍。
月轮上有女人头像：
果真有张女人脸？
其实不然。
那又何以得见？
那是月亮表面凹凹凸凸，
远望产生的效果。
月亮并不平展如镜面：
既有起伏的山峦，
又有坦缓的平川，
光和影交错，
往往就勾勒出
人形、牛状、大象。
从前在英格兰，
就望见类似的影像：
对着望远镜观赏
那个极美的月亮，
又发现一只动物
人人都欢叫惊叹！
于是议论纷纷，

月球发生了异变，
想必预示重大事件。
列强之间的战争，
难说不是异象的反应。
国王[28]也匆忙莅临，
赞赏这样的天文，
亲眼看到月上的精灵：
原来是只小老鼠，
钻进天文望远镜。
一只望远镜里
隐藏着战争的起因！
这件事成为笑谈。
多幸福的人民！
什么时候法国人
也能够像你们
完全投身这种营生？
战神特别照应，
让我们丰收成功：
正是我们的敌人，
最害怕战争；
正是我们法国人
总想开启战衅，
确信胜利女神。
路易王的情人，
到处都形影相随；
一顶顶胜利桂冠，
将使我们青史留名。
甚至缪斯女神，
也从未离开我们；
我们尝到了甜头。
和平是我们的愿望，

绝非我们的渴求。
英王查理会享太平，
即使在战争中，
也善于展现英勇，
带领着英国，
投入这种游乐，
正如今天所见，
那里休闲的场面。
不过，他若能平息争端，
那就烧高香！

还有什么举动，
更配他的英名？
奥古斯都的业绩，
比起第一代恺撒的丰功，
难道就那么逊色？
啊，万分幸运的人民！
和平何时光临，
我们也能像你们
全身投入艺术的创新！

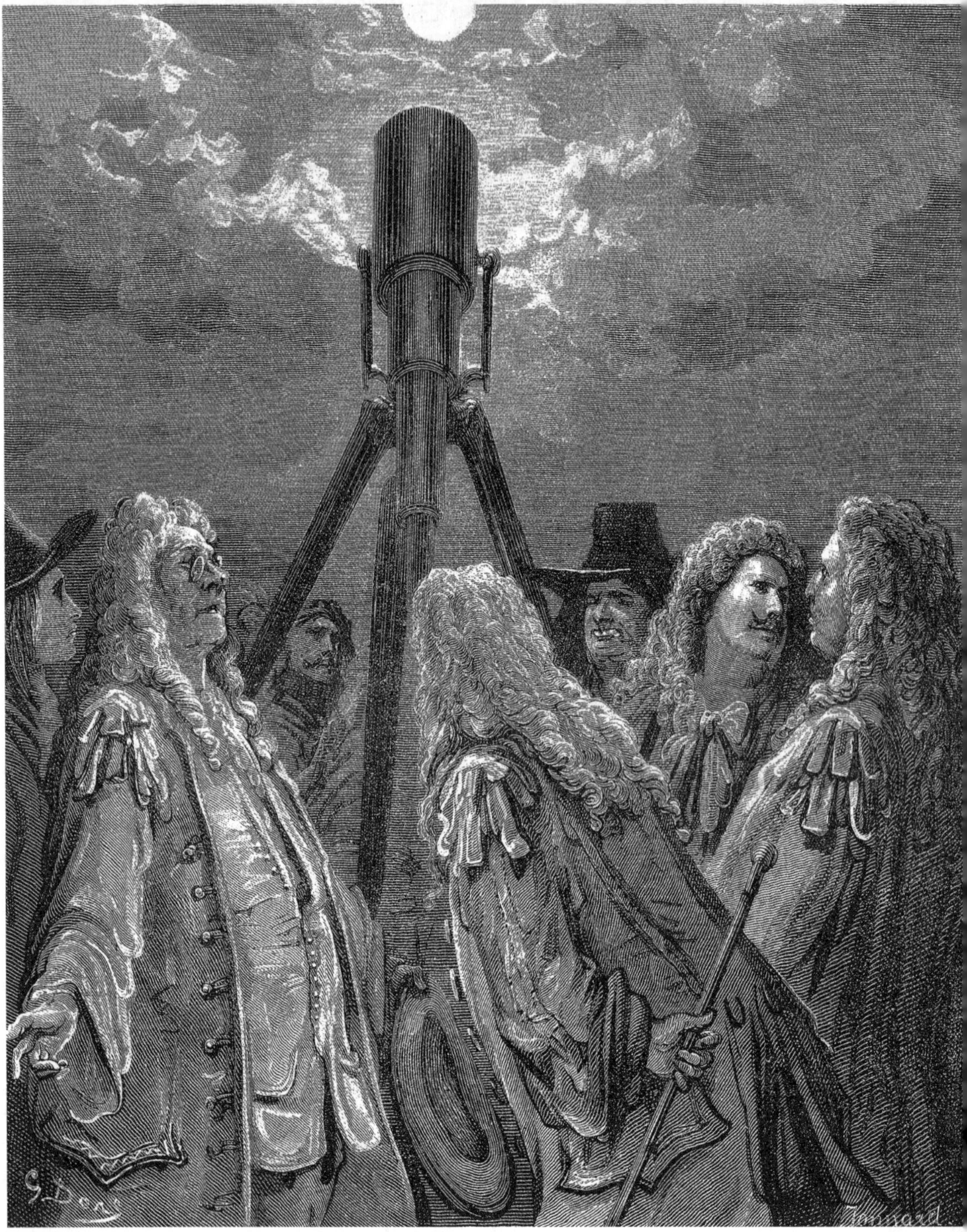

注释：

[1]《恶婚丈夫》取材于中世纪抒情叙事的传统。中世纪有许多歌谣和故事以"恶婚丈夫"或"恶婚妻子"为题。在寓言系列中，"恶婚丈夫"主要针对妇女。在这则寓言中，拉封丹也自然流露出对自己婚姻状况的不满。

[2] 古罗马诗人贺拉斯（前65—前8）所描述的"城鼠"，去探望田鼠，鄙夷田鼠的餐桌。

[3] 笑天使：希腊神话中，簇拥在爱神周围的有"欢笑""嬉戏"等小天使。

[4] 莫卧儿帝国：1526年至1857年间，统治印度的王朝。

[5] 拉普兰，斯堪的纳维亚半岛北部地区名，那里生活的人称拉普兰人。

[6] 卡里古拉（12—41）：罗马皇帝（37—41），因神经错乱，成为暴君，滥杀无辜，被近卫军在埃及所杀。有些文学作品就取材于这一历史事件，最著名是加缪的剧作《卡里古拉》。

[7] 法国诺曼底农民传统上以狡猾著称，诺曼底农民的这种性格，在莫泊桑中短篇小说中有鲜明的描述。

[8] 普罗米修斯：希腊神话中造福人类的神，他窃取天上火种给人类，触怒宙斯。宙斯将他锁在高加索山上，每天派神鹰啄食他的肝脏。但其肝脏吃掉后复又长出，而这种刑罚要持续到有人自愿替他受罪为止。普罗米修斯宁肯受折磨，也决不向宙斯屈服。后来，赫拉克勒斯杀死神鹰，解救了他。

[9] 阴森王国：指地狱。

[10] 寓言闹剧：指拉伯雷《巨人传》中的一段话："我万分担心，到头来翻成笑话，类似牛奶罐的闹剧。"（见第一部第三十三章）

[11] 皮克罗肖，《巨人传》中的人物，一个小国王梦想征服世界。

[12] 皮洛士（约前318—前272）：古希腊伊庇鲁斯国王，野心勃勃，梦想征服罗马，虽然取得一些胜利，但是损失惨重，俗语称"皮洛士式的胜利"。

[13] 可能指以下几位教皇：西克斯图斯五世（1585—1590在位），从前当过猪倌；乌尔班四世（1261—1269在位），曾当过修鞋皮匠；伯努瓦九世（1303—1304在位），从前为牧羊人。

[14] 法国国王路易十四就寝前和起床后，总要接见朝臣，听取各种诉求。

[15] 苏拉特：印度西岸港口城市，商贸繁荣。

[16] 克桑西河：特洛伊平原的两条河流之一。

［17］海伦：希腊神话中的著名美女，嫁给斯巴达王墨涅拉俄斯。特洛伊王子帕里斯得到爱神帮助，诱走海伦，从而引发持续十年的特洛伊战争。

［18］奢侈品：当时法国从美洲进口烟草和蔗糖，从印度进口肉桂，从中国进口陶瓷器。

［19］西彼拉仙窟：西彼拉是传说中的巫女，女预言家，住在意大利古城库马附近的山洞里。维吉尔在史诗《埃内伊德》（第六章）中有过描述。

［20］群魔舞会：是女巫在林中聚会，都幻化为动物：猫头鹰、猫、狼等。

［21］护家神：西方神话传说中有护家神，头一个便是天神朱庇特，还有守护天使、灶神等。

［22］老鼠和黄鼠狼为天敌。本书第四卷第六则寓言《老鼠和黄鼠狼大战》便以此为题。

［23］古代偏见认为蛇尾同样有毒，可致人死命。

［24］这篇不是寓言，而是哲学论述，说明"感觉的虚幻"。

［25］拉封丹本拟以大自然为题创作一首，但终未实现。

［26］自然的眼睛：希腊语中惯用迂回说法，指"太阳"。

［27］地球不停地运行：指哥白尼日心说。

［28］国王：指英王查理二世（1630—1685），英国斯图亚特王朝国王，1660—1685年在位。

第八卷

1 死神与垂死者

死神绝难突袭智者：
智者时刻有所准备，
善于早早警示自己，
何时应该告别人世。
告别人世的时刻哟！
总括包揽全部时光：
哪管分成每天每时、
每分每秒、每一俯仰，
一瞬一息不能逃离，
无一不与死神共享，
无不纳入死神领域。
王子诞生睁眼见光，
这一时刻有时紧随，
永久合上眼的时刻[1]；
无论你多么高贵，
无论你多么留恋，
青春貌美品德高尚；
死神绝不留情面，
到时候就夺走一切。
有朝一日，整个世界
要向死神交出财富，
这种规律尽人皆知，
既然说就合盘托出，
准备充裕莫过于死。

百岁老人气息奄奄，
不住声向死神抱怨，
怪死神来得太匆匆，
催逼他马上离人间，
事先也该提个醒，
容他写好留遗言：
"怎么能说死突然死？
稍微等等好打理：
老伴不愿我单独走，
把她一个人丢后头；
还有个侄孙要养活；
再容我房屋得拾掇，
新建一翼扩一扩。
死神哟，您太无情，
何必这样来催命！"
"老人哟，"死神答道，
"我来找你绝不突然，
怪我催命无端抱怨。
你不是有百年时间？
如此高寿者，在巴黎
可能找到第二个，
在法国找出十个？
照你说，我早该通知，

好让你安排后事。
其实遗嘱早该写完,
侄孙生活有保障,
房子也该修完善。
想想看,你行走活动,
已经感到有些不便,
精神委顿,感觉迟钝,
全身何时疲惫不堪?
吃饭再也没胃口,
听力也开始退减,
什么事都模糊一片,
太阳每天升起落下,
与你似乎已无关,
凡此种种感觉变化,
不正预示临近暮年?
财富已成身外之物,
你内心不免遗憾。
我已经让你看见,
你的伙伴都死的死,
病的病,苟延残喘,
要说起来这一切,

不是警告又是什么?
好了,老者,别再啰唆!
就算你没写遗嘱,
也误不了共和国。"

死神说得有理,
到了这把年纪,
离世如同离宴席,
谢过主人,打好行装,
能有多少次延迟行期?
老人家,你还嘟囔?
瞧瞧年轻人去送死,
他们行进,奔向死亡,
死得的确光荣壮烈,
但是必死无疑,
有时还非常惨烈。
我白白向你呼喊,
我的热忱也不谨慎。
临终最感到遗憾,
也就最像那些死人。

2　修鞋匠和银行家

修鞋匠从早唱到晚，
听他唱歌妙不可言，
看他样子更是奇观，
他一展歌喉随意唱来，
欢快劲头胜过七贤[2]。
他的邻居恰恰相反，
虽然拥有万贯家财，
开口唱歌极为少见，
更多的却是失眠。
此人是个银行家，
有时失眠到天明，
蒙蒙眬眬刚入梦，
修鞋匠就唱起歌，
把这位邻居吵醒。
银行家便抱怨老天：
市场上卖吃喝物品，
为什么不能卖睡眠。
于是请邻居到公馆，
询问这位唱歌人：
"请问，格雷古瓦先生，

一年您挣多少钱？"
"一年？老实说，先生，"
修鞋匠笑呵呵答道，
语调轻快带点调侃；
"收入我可不这么算，
挣多少就算多少，
并不一天天想攒钱，
一年到头饿不着，
每天都能吃面包。"
"那好，请您告诉我，
一天能够挣多少？"
"有时候多，有时候少，
一年收入能不错；
节日放假最糟糕：
节假日里不干活，
一个铜板也挣不着。
放一天假误一天，
神父先生还没个完，
不断推出新圣人，
规定节日做纪念[3]。"

银行家笑他太天真：
"让您一步登上天，
今天给您大笔钱，
一百金币保管好，
急用时候能解难。"
修鞋匠以为发大财，
人间创富百余年，
用度不过这些钱。
回到家里忙安排，
要把金钱藏起来，
连同快乐埋地窖，
从此失声口不开，
不再唱歌乐开怀，
只因财富用不了，
生活不再费辛劳。

睡眠从此离家去，
忧虑进驻成伴侣，
终日疑神又疑鬼，
草木皆兵空惶遽。
白天总是睁大眼，
夜晚更要心胆寒，
如果猫来有动静，
一定是要去偷钱。
这样生活太可怜，
最终跑去找邻居，
邻居好睡唤醒难。
一见阔佬便说道：
"还给我歌声和睡眠，
这一百金币我不要！"

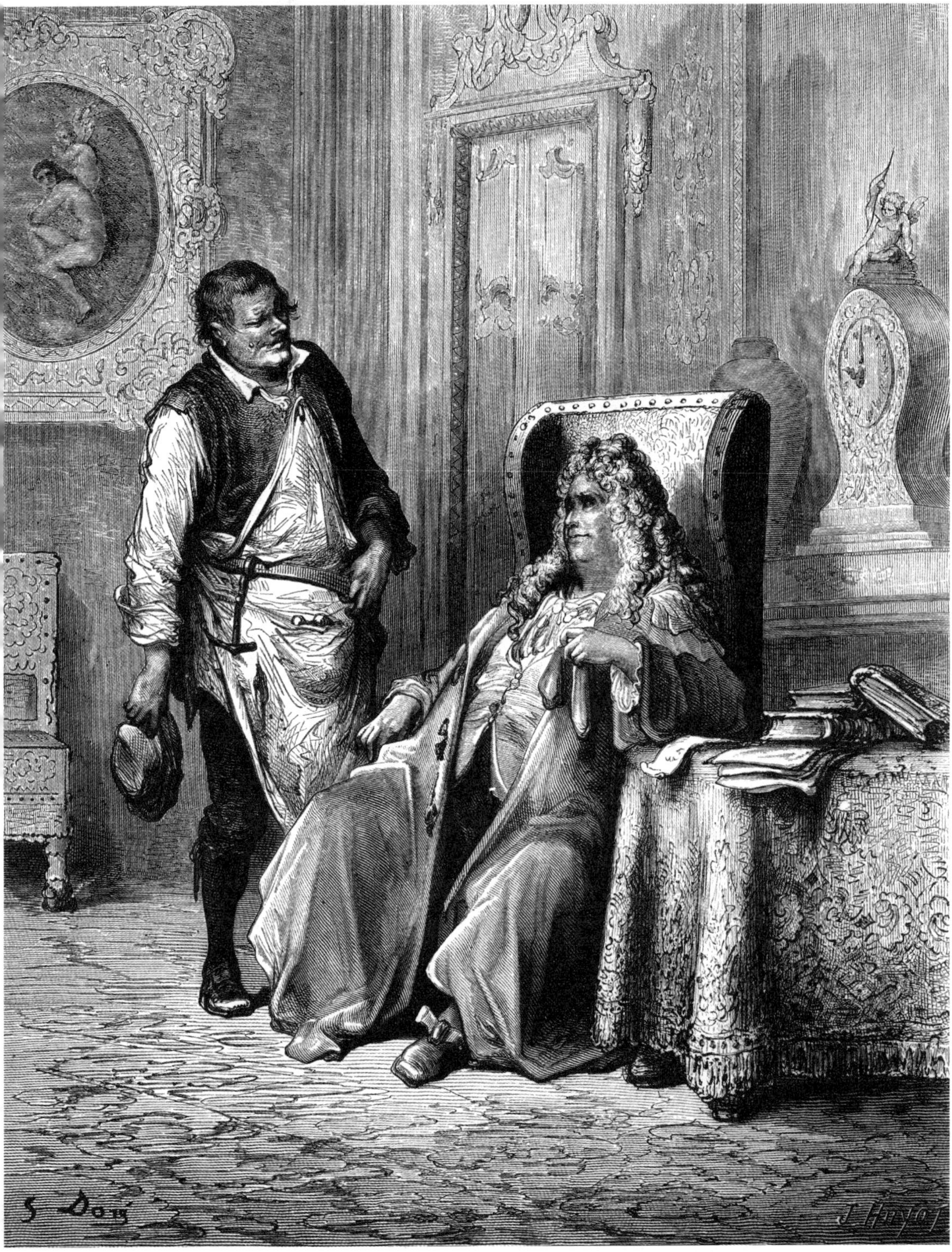

3　狮子、狼和狐狸

狮子衰老，又患痛风，
这样下去实在不行，
他要人去寻找
医治衰老的良药。
君王的旨谕，
谁敢说不字，
那就是大逆不道。
各个类型的医生，
各种医术的传承，
纷纷从四面八方
应召来见狮王；
掌握秘方的药师，
也都到朝廷聚齐。
大家都来问诊，
唯独狐狸按兵不动，
躲在家中不出门。
老狼正好晋见，
来到狮王的病榻前，
趁着同僚不在，
便向狮王进谗言。

君主当即下令，
去狐狸家用烟熏，
必须押来见朕。
狐狸前来见大王，
知道中伤是老狼，
"陛下，"狐狸说道，
"恐怕失实乱举报，
硬要给我加罪名，
迟迟不肯来上朝。
其实我正去朝圣，
为了陛下长健康，
我许一个大心愿。
朝圣路上还遇见
一些专家和学者，
问他们陛下体衰弱，
理应担心有后果：
您仅仅是缺热力，
年复一年当摧毁。
大补热气有奇招，
活剥狼皮做皮袄，

马上披到您身上，
热乎血气疗效好。
这个秘方正对症，
专治体虚防衰老。
狼先生肯定愿效劳，
献上狼皮当睡袍。"
狮王接纳这建议，
当场将狼剥了皮，
大卸八块摆成席，
披上狼皮吃野味，
君王心下极满意。

奉劝朝臣先生们，
相互摧残该休止；
歌功颂德尽可做，
彼此损害要不得。
损人往往自作恶，
弄巧成拙失更多。
诬陷诽谤反作用，
反弹过来自受用：
诸位毕竟是同行，
彼此过节不轻饶。

4　寓言的威力
——赠德·巴里荣先生

使节的身份，
能否俯就通俗作品？
我的诗轻松有趣，
可否奉上赏读？
拙诗有时高调，
未免有些大胆，
您总不会认为，
实在过于放诞？
您另有要务，
哪有工夫眷顾
黄鼠狼和小兔[4]：
两只动物的争吵，
您读也好，
不读也罢，

但是还须烦劳，
尽力去斡旋，
别让人把整个欧洲
压到我们的双肩[5]。
不要四面树敌，
让我们举步维艰。
这种使命我同意。
然而英国是何意图，
让两国国王反目，
不屑再做朋友。
看不透其中的缘故。
难道还不到时候，
路易不能罢手？
有谁以赫丘利自诩，

始终不肯善罢甘休,
要与七头蛇怪搏斗?
而蛇怪要与其抗争,
就新长出来一颗头?
您足智多谋,
而且雄才大略,
以您的口才与机变,
如能稳住人心的贪婪,
扭转危险的局面,
我就牺牲一百只羊,
全部献给您;
对于帕耳那索斯居民[6],
这可是很重的礼品。
不过,还请您赏脸,
接受我几句称赞;
笑纳题赠的故事诗,
以及热诚的心愿。
故事内容与您吻合,
也就不用我多说。
至于赞誉是您应得,
连嫉妒者也首肯,
您不希望看得太重。

话说从前在雅典,
庶民都很卑贱。
有位演说家登上讲坛,
高谈阔论口若悬河,
大谈祖国面临危险,
争取民众心向共和,
特别强调共同救国。
就是没人听他演讲。

演说家便援引
那些心潮澎湃的名人,
他们善于激发
反应迟缓的灵魂。
他让作古的人开口,
声音赛似雷霆,
慷慨激昂的话说尽:
可是全当耳旁风,
没有一个人动容。
群氓浑浑又噩噩,
不屑聆听他演说;
演说精彩无人理,
东张西望找快活,
看孩子打架也有趣。
演说家能怎么办?
讲演方式要改变,
于是开始讲故事:
"谷物女神刻瑞斯,
一天结伴去旅行,
鳗鱼飞燕是随从,
一条河流拦去路。
鳗鱼水中游,
燕子空中飞,
很快渡过大河流。"
听众当即忍不住,
异口同声齐叫嚷:
"刻瑞斯呢,她怎么办?"
"她怎么办?怒不可遏,
先对你们极不满。
怎么!孩子的故事,
就让你们费琢磨!

现在国家有危难,
希腊无人计后果!
你们怎么不问问,
菲利普[7]在干什么?"
民众一下被唤醒,
这一指责没有错,
寓言起了大作用,
人人注意听演说。

这个道理通古今,

我们全是雅典人。
此刻我谈这寓意,
有人若讲《驴皮的故事》[8],
我会听得津津有味。
据说世界已衰老,
这话我也不反对。
老了也得寻开心,
返老还要保童真。

5　人与跳蚤

我们总乱发心愿,
无端纠缠天神,
往往不怕先人
为芝麻点小事较劲。
仿佛老天有眼,
就该看护芸芸众生。
多么微不足道的人,
他的一举一动
每做一件小事情,
都得惊动奥林匹斯山,
惊动山上所有神灵,
就像事关希腊和特洛伊,
一定得发动战争。

一只跳蚤跳上肩,
咬了一口傻瓜蛋,

便躲进被子褶里边。
"赫丘利啊,"
傻瓜蛋抱怨,
"你得清除这怪物,
不能拖过春天。
朱庇特,你在干什么?
你高坐在云端;
就不能消灭跳蚤族,
为我报仇雪冤?"

为了打死个跳蚤,
傻瓜蛋要闹翻天,
催逼所有神仙,
既要借给他狼牙棒,
又要借给他雷电!

6　女人和秘密

没什么比秘密还紧要，
要女人保密也难做到；
我甚至知道在这方面，
许多男人也强不多少。

丈夫在妻子身边，
一天夜晚想要考验，
忽然惊叫呼喊：
"天哪！怎么回事？
我疼得厉害！
肚子要裂开！
怎么？我下了个蛋！"
"你下了个蛋？"
"对，这不是嘛，
刚下的新鲜蛋！
千万可别讲出去
人家会称我母鸡！
反正跟谁也别提。"
妻子年轻见识少，
这事更觉得太奇妙，
信以为真下保证，
指天发誓口封牢。
谁知夜晚刚发誓，
天色一亮便忘记。
妻子轻率缺心眼，
一见天亮便起床，
跑去邻家见婆娘！
"大姐呀，"她说道，

"我家出了大怪事，
千万别向外人道，
让我挨揍多不好！
老公下了一个蛋，
四个鸡蛋也不换。
这可是个大秘密，
看在上帝的薄面，
千万千万别外传。"
邻家大姐当即说：
"你就这么小瞧我，
你还不知我为人？
好了，千万别担心。"
生蛋者之妻回家转，
邻家嫂可不得闲，
消息火速往外传。
一连串了十几家，
下一个蛋说成仨。
事情到此不算完，
另一个婆娘有创见，
凑近耳朵悄悄说，
一次生了四个蛋。
这样小心已多余，
秘密不复为秘密。
信息女神满天飞，
生蛋数增多少倍，
口口相传往上添，
太阳未落天没黑，
蛋数已超百余枚。

7　狗脖子挂主人的晚餐

我们的双眼，
禁不住美人的考验；
我们的双手，
也禁不住黄金的诱惑。
看守财富的人，
很少不贪心，
见财不起意，
恐怕天下也难寻。

狗脖子上挂着小篮，
给主人往家送饭。
看着眼下的美餐，
难免有点嘴馋。
这也情有可原：
接近财富会受诱惑，
人人都难幸免。
说来也是怪事，
要教会狗隐忍，
却不能教人克制。
这条狗挎着饭篮，

路遇一条看门狗，
要抢他的晚餐。
打劫者想马上得手，
但是未能如愿。
为了更好地守护，
送餐者放下饭篮，
减轻了负担。
一场大战，
招来一群野狗，
都是吃社会的好汉，
不怕挨几下老拳。
送餐狗眼看众寡悬殊，
这饭食面临危险，
只想要自己一份，
要保全显然太难。
他还很识时务，
当即对群狗说：
"先生们，不要动怒，
大家都来分享，
我有一份就满足。"

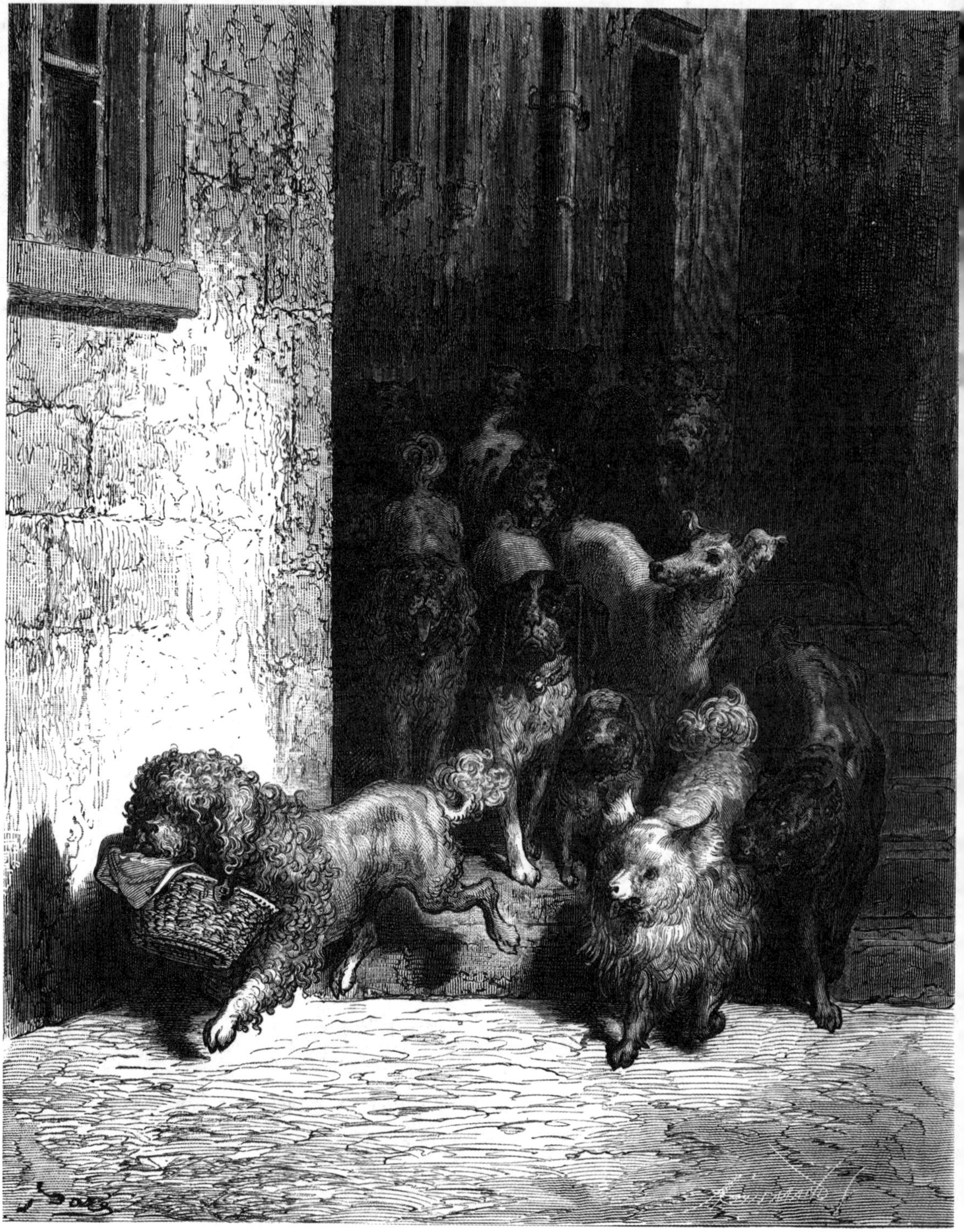

说着他率先咬一口，
众狗一哄而抢，
无不争先恐后。
看家狗、无赖狗，
都参加盛宴，
白吃还不用争斗。

这故事引我遐想
一座城市的形象：
有人公款消费，
公款成自家钱箱。
市政长官、税务官，

无不伸手沾光，
最油滑干练者，
给别人做出榜样。
看他们鲸吞金钱，
还真是一种消遣。
如有人谨小慎微，
要以无聊的理由
企图保护公款，
稍微表示反对，
马上就被人说成傻蛋。
他不难开始向钱看，
很快就伸手头一个贪。

8　笑星和鱼

有人追笑星，
我却总躲避。
笑的艺术，
笑傲一切，
就要一枝独秀。
上帝只为蠢货，
创造了毒舌，
妙语惊四座。
我用一则寓言诗，
也许能戏说
这样一条毒舌，
也许会有人觉得
我戏说得不错。

一名笑星出席
一位银行家的盛宴，
他的座位有点偏，
眼前只有小鱼，
大鱼摆得很远。
笑星拿起小鱼，
对着鱼耳交谈，
再佯装调换，
倾听鱼儿回答。
宾客都十分惊诧，
纳罕搞什么戏法。
笑星一本正经，
说他惦念一位友人：
朋友去了美洲，

第二集　227

说话已有一年，
别是遭遇海难；
便向小鱼打听，
鱼儿答说太年轻，
不了解那人的命运；
这事还得问大鱼，
大鱼才能说得清。
"先生们，能不能
拿过来一条大鱼，
好让我问一问？"
若说这个笑谈，
博得宾客喜欢，

我看不然，
但是不管怎样，
众人还是捧场，
递给他一条鱼精。
鱼精辈长年尊，
能告诉他探险家
每人的姓名：
去陌生世界探险，
有去无一人生还。
海洋帝国的前贤，
这一百年间，
眼看他们沉入深渊。

9　田鼠和牡蛎

有只老鼠住在田间，
小脑袋缺根弦，
有一天在家里闷倦，
便离开田地、
麦子和谷粒，
抛下鼠洞家园
到各地去游玩。
田鼠一出小洞
便连声感叹：
"世界真大，这么广阔！
那是亚平宁山峦，
这高山是高加索！"
多么小的鼹鼠土包，
在他眼里都是高山。

田鼠走了好几天，
来到一个地方，
未见过的海边，
停泊几只战舰。
那是海洋女神
丢在海边的牡蛎，
我们的田鼠一见，
以为是大战船。
他又不由得感叹：
"真的，我父亲真可怜，
什么都怕得要命
不敢出来旅行。
哪里像我，
一路忍饥挨饿，

穿越大沙漠,
见到了海洋帝国。"
他是听乡村教师
说过这些事,
现在到处乱讲。
他与啃书本的老鼠,
就是不一样:
那些老鼠啃出知识,
武装到牙齿。
牡蛎都门户紧闭,
只有一只开张,
冲太阳打哈欠,
和风中好舒坦,
真是呼吸欢畅,
心花怒放;
一看便知无比美味,
又白又肥胖。
那只牡蛎打哈欠,
田鼠老远望见,
便又发感叹:
"我望见了什么?

是一顿美餐!
如果没看走眼,
单从那色泽,
我就能断定,
今天千载难逢,
我要饱餐一顿。"
老鼠先生越想越美,
靠近那牡蛎,
脑袋稍微探进去,
觉得一下子被钳住,
只因蛎壳突然关闭。
这就是无知自找死。

这则寓言有多种教益,
首先我们从中领会,
越是不谙世事少经验,
越是少见多怪总惊叹;
我们还能从中
明白一个道理:
自以为得计,
偷鸡不成蚀把米。

10　老熊和园林老人

山上有只老熊，
还有点野性，
被命运女神，
幽禁在寂寞山林。
昔日英雄，
人称飞来如风[9]，
日暮途穷，
如今孤苦伶仃。
老熊简直发了疯。
受囚禁的人！
通常难保理性。
说话固然好，
沉默就更妙，
可是两者都过火，
那就非常糟。
熊住的那方圆，
动物都不敢沾边，
落个孤家寡人，
老熊不免心烦，
这种生活太凄惨。
老熊正暗自忧伤，

离那儿不远，
有一位老人，
同样感到闷倦。
老人喜爱园艺，
既是花神福罗拉，
也是果神波莫那
兼职的祭司。
这两种职务，
可以说是美差，
但很想有个好友，
温馨的情怀，
相伴而无妨碍。
草木话很少，
只在我这书中例外。
周围的伴侣，
终日默默无语，
这样的日子，
老人终于厌腻。
且说一天早晨，
老人便上路，
去寻找伴侣。

老熊离开山麓，
也抱着同样意图。
也是天缘凑巧，
在一处弯道，
人与熊撞个正着。
老人心里发毛，
怎么又躲得了？
不躲又怎么着？
遇到类似情况，
学学加斯科涅人[10]，
也许是高招。
于是他便掩饰
畏惧的神色。
老熊可不懂礼貌，
劈头就问道：
"你是来看我的？"
"老爷，您看到了寒舍，
您能否赏脸，
到舍下吃顿便饭？
我有牛奶、水果，
也许不是熊老爷
平日的吃喝。
不过我有什么，
就拿什么待客。"
老熊接受邀请，
主客相伴而行。
路上话机相投，
未到家就成好友。
到了家相处欢洽，
尽管表面上观察，
独自生活更好，
身边别有傻瓜。
老人不声不响，

终日侍草弄花；
老熊一天到晚，
说不上两句话。
他要外出捕猎，
捕到猎物带回家。
在家主要营生，
保证好友睡觉清静，
从脸上赶走
能飞的寄生虫，
也就是用心赶走
我们所说的苍蝇。
且说有一天，
老人睡梦正酣，
一只苍蝇落到鼻尖，
老熊怎么也赶不走，
急得他团团转，
便狠狠地诅咒：
"看我怎么打死你，
让你尸首也不留！"
这位忠实的朋友，
说下手就下手，
操起一块铺路石，
照准生生砸下去，
苍蝇砸个稀巴烂，
老人脑袋也砸扁。
看得准正砸着，
想得好效果糟。
老人还在原地，
睡觉变成挺尸。

无知的朋友最危险，
聪明的敌人倒好办。

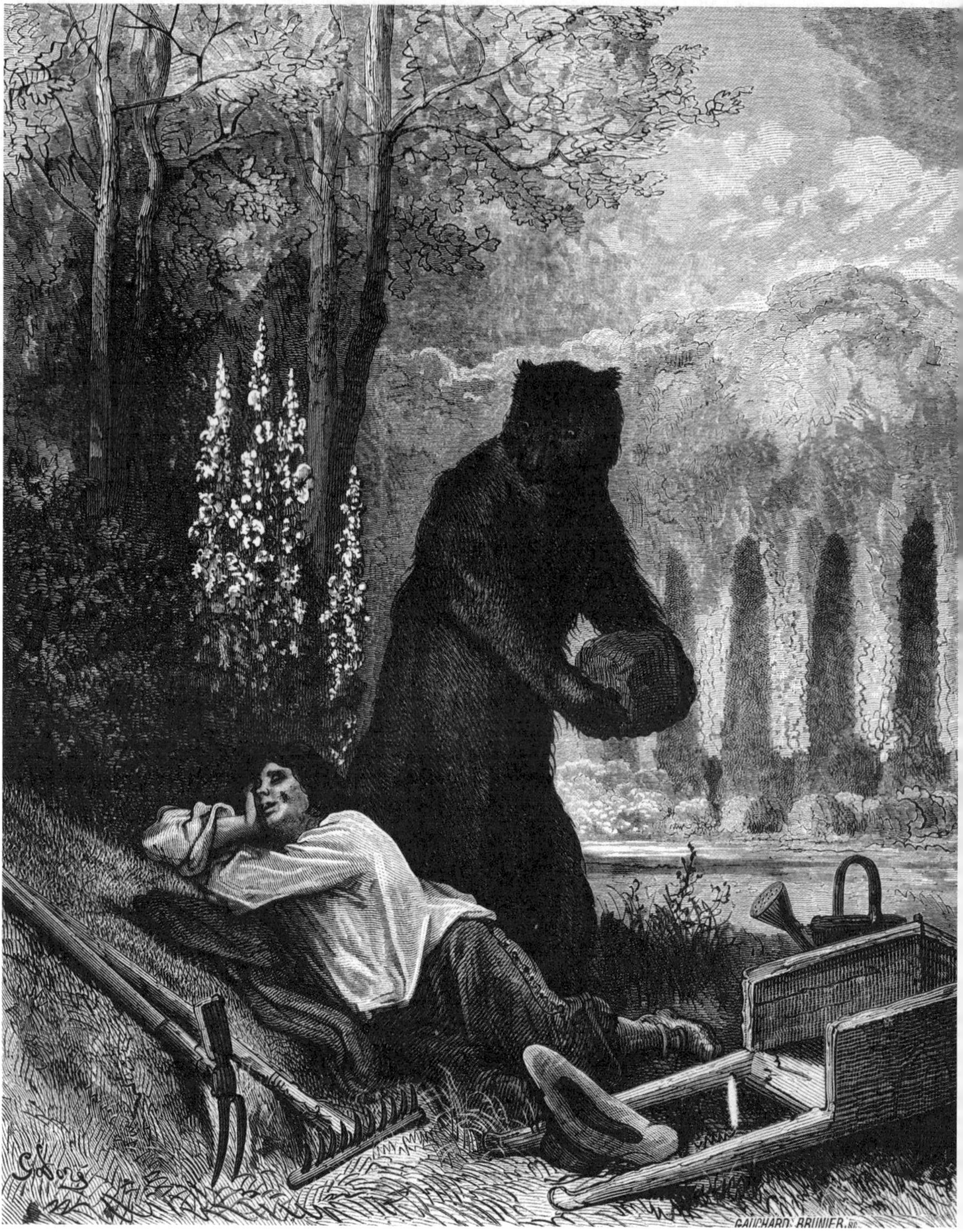
GAUCHARD BRUNIER

11　两个朋友

莫诺莫塔帕[11]有两个朋友，
两个人的财物不分你我。
据说那里人重友情，
丝毫也不亚于我们。

一天夜晚趁太阳休息，
两个朋友就各自沉睡。
一人做梦惊慌跑出门，
跑到挚友家叫醒仆人：
全府上下魂归了睡神[12]。
睡觉的朋友十分惊愕，
急忙操起钱袋和家伙，
跑出来见朋友便问道：
"你睡觉时很少会乱跑，
我觉得你更珍惜时间，
该睡觉时就好好睡觉。
莫非你赌博输光了钱，
我这一袋钱你全拿着。
你若是同谁发生争端，

好哇，我这把剑不轻饶！
你不会无缘故这么烦！"
"不，"对方说，"这些全不是，
你这样热心我很感激。
我梦见你有几分伤怀，
怕是真事：就急忙跑来，
是这讨厌的梦在作怪。"

读者朋友，你觉得如何？
更有爱心的是哪一个？
提出这个难道也值得。
有一位挚友真是件美事！
他能看透你内心所需，
让你坦露出来，
消除你的顾虑。
多小事、一个梦，
也引起他担心，
只因他爱你爱得至深。

12　肥猪、山羊与绵羊

一只山羊、一只绵羊，
和一头肥猪一起，
同在一辆大车上，
大车疾驶去赶集。

送他们到集市，
不是让他们看热闹，
而是要把他们卖掉。
故事就是这样说的。

车老板去赶集，
没有那份心思，
送他们去看戏，
看塔巴兰[13]笑剧。
猪先生一路嚎叫，
好像有上百屠夫
跟在后面追着跑。
猪嚎叫之声，
真可谓震耳欲聋。
两只羊非常温顺，
守本分的老实人，
实在不摸头，
还能这样呼救。
这没什么不好，
毫不心惊肉跳。
车老板对猪说道：
"你干吗拼命抱怨？
简直闹翻天，
大家什么都听不见。
还不闭上臭嘴！
瞧瞧这两位，
就比你知趣，
该让他们教给你，
如何为人处世，
至少如何闭嘴。
你瞧这绵羊，
他可讲只言片语？
他多么明智。"
"他是傻瓜蛋！"
猪接口说，

"自己就要完蛋，
他要是知道，
也会像我这样喊，
扯着脖子高喊。
还有另一位，
所谓正人君子，
他会拼命喊，
声音高得出奇。
他们还以为，
仅仅要去掉
身上的多余：
绵羊剪去厚毛，
山羊挤出奶汁。
我不知道，
这样想可有道理，
不过我这块料，
只配宰了当肉食，
我是死定了。
别了，我的猪舍！"

猪先生很精明，
讲得头头是道，
可是有什么用？
照他说死定了，
命运已经注定，
无论缩头缩脑，
还是怨天尤人，
都改变不了丝毫。
最没有远见，
总是顺其自然。

13 蒂尔希与阿玛朗特
——赠予西勒里小姐[14]

我放下伊索的著作，
又潜心阅读薄伽丘[15]。
一位女神地表心愿，
在帕耳那索斯山，
再读我创作的寓言。
前去当面向她婉拒，
又拿不出像样理由，
这种态度对待女神，
毫无疑问非常失礼；
尤其事关美丽仙女，
又具备优美的品质，
也有王后般的意志。
可以说正是西勒里，
非要狼先生乌鸦先生，
重新来到我的笔端，
用诗交谈而成寓言。
西勒里是一言九鼎：
神仙位尊，大家敬重，
鲜见有人不以为然，
谁还可能如此轻慢？

我们还是言归正传，
我的故事有些晦涩，
依她之见应当改变。
聪明人未必事事通晓，
还是讲故事来参看，
她无师教导便明了。
要让牧人上场，
还有那些狼和羊，
他们之间讲的话，
我们就押韵成章。

话说有一天，
蒂尔希对阿玛朗特说道：
"有一种病痛，
既令人欢喜，
又让人神魂颠倒，
你若像我这样，
已经体会到，
就会觉得天底下，
什么病痛也比不了！

请允许我对你倾谈。
请相信我这话，
绝不要心神不安。
我怎么会欺骗？
我对你的心意，
是人心所能萌发
最温柔的情感！"
阿玛朗特听了，
当即就问道：
"你说的这病，
可有个名称？
你给它起什么名？"
"爱情。"
"这名字好美，
讲讲有什么特征。
怎么能认出来，
感觉是什么情景？"
"比起这种痛苦，
君王的欢乐也失色，
君王的享受也乏味。
人一旦有了爱，
就能自娱自乐，
就能忘掉自我，
可以独来独往，
如森林一般广阔。
到河边照水影，
看不到自己的身形，
只见心上人的面容。
那面容不断浮现，
无处不跟在身边。
而周围的一切，
统统视而不见。

他就住在本村，
一个牧羊人，
只要同他一接近，
只要听见他声音，
只要提他的姓名，
自己刷地就脸红。
每一想起他，
不由得唉声叹气；
也不知为什么，
叹息情不由己。
只管心里多渴望，
一见到面又心慌。"
阿玛朗特立刻说：
"哦！哦！不错不错，
就是这种病痛，
你苦心向我讲解，
我听着并不陌生，
想必是体验过。"
蒂尔希心欢喜，
以为达到了目的。
不料姑娘补一句：
"你讲得真不错，
这正是我对
克利达芒的感觉。"
羊倌羞愧颜尽失，
心想还不如一死。

多少人像蒂尔希，
挖空心思为自己，
总是以为能得计，
却为他人作嫁衣。

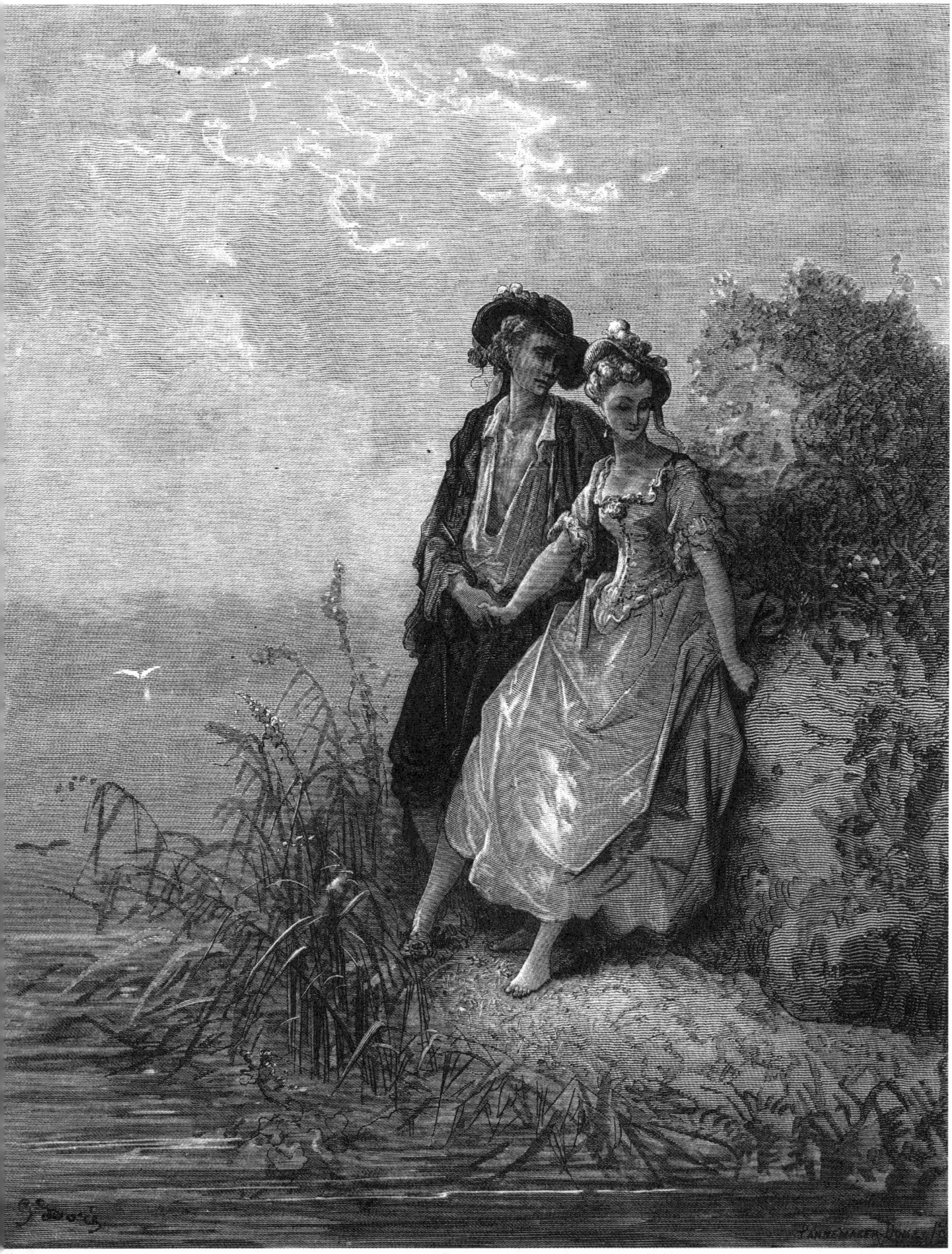

14　狮王后的葬礼

狮王后驾崩，
举国都哀痛。
百兽来奔丧，
阿谀劝君王。
臣下尽臣职，
狮王更伤悲。
诏告全天下，
葬礼定何日，
举办在何地。
廷臣总安排，
礼宾轮座次，
清点全到齐。
狮王放悲声，
洞窟如雷鸣。
狮族无他殿，
悲声即命令；
廷臣齐效法，
哀嚎震洞顶。
如若下定义，
这便是朝廷：
一地人相聚，
悲喜总趋同：
各怀各鬼胎，
趋同是正经；
只为悦君王，
哪怕要违心，
至少装装样；
一群变色龙，

一群猴子精，
唯主子是从。
可谓一意志，
操纵千万众，
人成机械偶，
全凭绳操纵。
话回本故事，
鹿决不肯哭：
狮后极凶残，
杀他妻与子，
既死报了仇，
哭从何谈起？
鹿既不肯哭，
便有进谗道，
硬说见他笑。
所罗门有训，
王怒极残暴，
狮王尤为甚。
有训不知晓？
鹿未读过经。
狮王便怒道：
"好个林中鹿，
众哭你敢笑！
读圣实贱体，
岂配动狮爪！
群狼上前来，
处死这叛贼，
为狮后报仇，

亡灵得安慰。"
雄鹿便回奏:
"陛下请息怒,
哭灵期已过,
悲痛又何益。
王后眠花间,
适才曾显现。
一见便认得,
王后对我说:
'朋友须牢记,
出殡我升天,
千万别哭啼!
我赴神仙会,
品尝无穷趣,
谈笑又风生,
满座皆仙体。
乐见国王悲,

悲痛仅一时,
我心却窃喜。'"
话音还未落,
满堂欢声起:
王后成神仙,
奇迹真奇迹!
鹿未受惩罚,
反而得恩赐。

梦话虽荒唐,
博得王欢喜。
见王就吹捧,
谎言加蜜语。
国王再恼怒,
受用消怒气。
待你为上宾,
钓饵生效力。

15　老鼠和大象

总好自命不凡，
在法国司空见惯。
装出不可一世，
往往是凡夫俗子。
说是法国通病，
此言非虚而确实。
虚荣诚愚昧，
法兰西特色。
西班牙人也虚荣，
但是风格却不同，
他们那种傲慢，
依我看概括而言，
表现狂得很，
但是不那么愚蠢。
如果描绘一下
我们的虚荣，
那么毫无疑问，
并不逊于西班牙人。

一只小小鼠
跟一头大象相遇。

大象大得出奇，
迈着缓慢的步子，
全身披红挂绿，
有大批扈从行李。
庞然大物分三层[16]，
驮着王后去朝圣；
鼎鼎大名苏丹后，
身边带着猫和狗，
还有鹦鹉长尾猴，
带着老女仆、
宫里的全部女奴。
小老鼠哭大象，
走起路来慢腾腾；
路人见这大块头，
又是惊叹又激动。
小鼠不禁奇怪道：
"这种情况够奇妙，
地位重要不重要，
得看占地儿多与少！
你们人看到象，
怎么会如此赞赏？

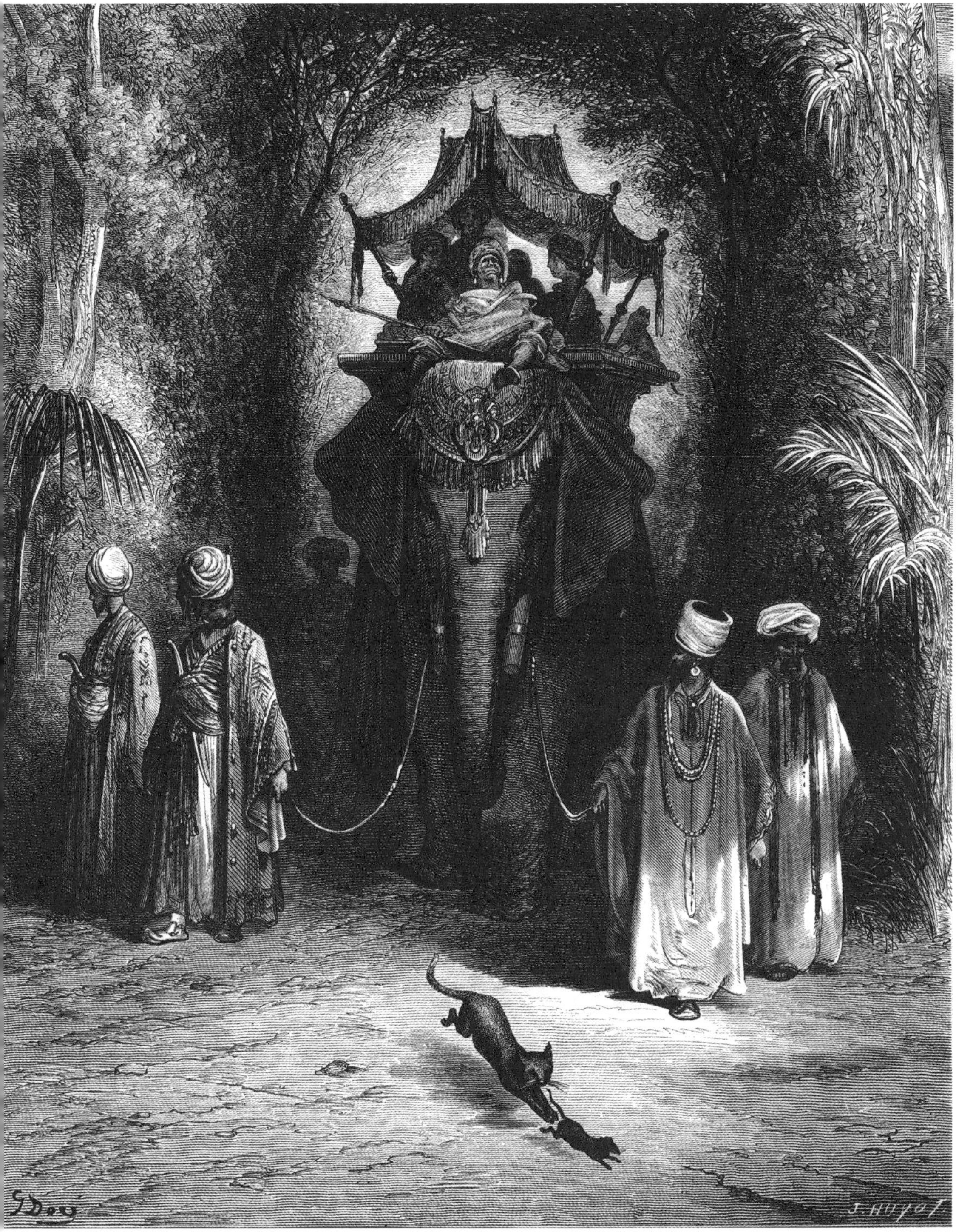
G. Doré
J. Huyot

只因能吓小孩子
这样一副大身量？
别看我们个头小，
可是比起大象，
傲气一点儿也不少。"

老鼠还要鼓舌簧，
猫却蹿出笼箱，
瞬间就让耗子明白，
老鼠就不是大象。

16　占星术

人遭遇自己的命运，
往往在规避的路径。

单传的一位父亲，
爱独生子如命，
生怕有点闪失，
去请教算命先生，
问问子嗣祸福，
了解儿子命运。
一位卜师对他说，
孩子千万避狮祸，
到了一定年龄，
到二十岁不必多，
狮祸自动即可解。
这关乎爱子的性命，
父亲就万分小心，
孩子始终关在家，
绝不准跨出府门。
只要听话避祸端，
什么愿望都好办，
整天都有小朋友，

跑跑跳跳尽情玩。
儿子逐渐长成人，
喜爱打猎是天性，
家人不屑尽丑化，
怎么劝阻也不听。
好话歹话全说遍，
青年个性难改变。
热血沸腾不安分，
浑身是胆敢冒险。
一到年龄便冲动，
只想打猎兴趣浓，
阻力越大越渴望，
明知禁止命注定。
华府美轮又美奂，
挂满油画和壁毯，
毛织画笔真描绘，
风景打猎处处见。
此处蹿出几只兽，
那里出现几人物，
青年之心怦然动，
只见一头狮子舞：

"哼!魔鬼!全怪你,
让我活在阴影里,
让我终日受禁锢!"
越说越恼真动怒,
揎拳捋袖难遏止,
狠狠一拳捶过去。
此兽无辜当别论,
壁毯后面有铁钉,
击中铁钉穿骨肉,
伤及筋骨痛钻心。
宝贝儿子倍呵护,
请来神医也无助,
算命本为保平安,
平安反被算命误。

诗人埃斯库罗斯[17],
同样防范亦横死:
据说卜师警告他,
所居房屋要倒塌。
马上迁居城外边,
安置床铺在田间,
远离人居房屋顶,
躺在床上见青天。
一只老鹰叼乌龟,
飞在上空正盘旋,
误认人头为石头,
只因秃头光闪闪,
照准目标抛猎物,
摔破龟壳好美餐。
这样防备求速死,
诗人命运实可怜。

这些事例得结论,
占星之术易错引,
问卜者终因畏惧,
误入祸坑遭厄运。
在此我倒要辩诬,
占星之术本虚乌,
这种指控是谬误。
自然何致缚手脚,
又将我们手脚缚;
不信命运有前定,
统统标示在天幕。
若说命运讲机缘,
地点、人物和时间,
凑巧相聚结成果,
绝非术士巧立言,
胡说克星来相犯。
羊倌国王同在世,
同一星宿相干系,
各执牧杖和权杖,
硬说木星要如此。
敢问木星为何物?
毫无知觉一星体,
遥对国王与羊倌,
缘何不同感应力。
如何穿透这太空,
穿透太阳和火星,
穿透浩瀚的空间,
穿透厚厚大气层,
抵达我们的大地?
一粒原子也可能
使感应改变轨迹:

占星家如何寻觅？
瞧瞧欧洲的战局[18]，
值得关注，至少有
一个应未雨绸缪：
那人怎么没预言，
他们谁也未预见。
木星运行速度快，
所处位置极遥远，
我们情绪又无常，
如此叠加多变化，
术士岂能跟得上？
命运取决于行为，
轨迹便断断续续，
也类似我们举动，

从不按同一节律。
而术士要用圆规，
画出我们的一生
可能要走的轨迹！
我讲的两个事例，
可以有不同解释，
绝不能作为依据。
那娇惯的独生子、
诗人埃斯库罗斯，
跟占星毫不搭界。
占星术完全盲目，
也没有一点准头，
一千次蒙上一次，
瞎猫撞上死耗子。

17　毛驴和狗

互助乃自然法则。
毛驴平时挺随和，
有一天不知犯啥病，
硬是不肯助人。

毛驴由狗陪伴，
走在乡野田间，
神态十分凝重，
其实毫无盘算。
后面跟着主人，
主人正在打盹。
经过一片草地，

毛驴吃草偷嘴，
鲜嫩倒合口味。
虽然没有蓟草，
这次也可将就。
嘴不能总那么刁，
尽管一桌宴席，
这道菜却少不了。
总之毛驴好脾气，
这次也就不计较。
狗却饿得要死，
便对毛驴说道：
"亲爱的伙伴，

求求你，低低身子，
我也得吃饭，
面包篮里有吃的。"
这头优种毛驴，
丝毫也不搭理，
唯恐耽误工夫，
少吃一口亏自己。
久久装聋作哑，
最后只好回答：
"朋友，劝你等等，
还是等主人睡醒，
主人一醒准给你，
给你每天的一份。
他不会让你久等。"
正说着，一条狼
忽然蹿出树林，
一只饿兽逼近。
毛驴立即呼狗，
招呼狗快来救。

狗在一旁观瞧，
一步不动答道：
"朋友，劝你先逃，
再等主人睡醒，
不会让你久等。
快点跑，快逃，
如果狼追上你，
你就尥蹶子，
将狼下巴踢掉。
信我的话没错，
你刚打的蹄铁，
准能把狼撂倒。"
这话说得真妙，
狼爷毫不客气，
咬死驴一顿大嚼。

结论无非一条：
互助绝不可少。

18　帕夏[19]和商人

一名希腊商人
在外国做生意，
请一位帕夏保护。
保护费可不低：
要付给高薪，
而不是分成。
这种代价太高，
希腊人走到哪儿，
总要发发牢骚。
另有三个土耳其人，
主动登门来商谈，
他们势力稍差点儿，
合力向他提供保护，
费用也可以少出，
比请帕夏一人便宜。
希腊人听了进去，
同三人达成协议。
帕夏得到报告，
获悉全部底细。
有人甚至进言，

帕夏若要耍手腕，
就先下手为强，
叫那三人玩儿完：
采用一个毒招儿，
让他们去见真主，
上天走一遭。
而且事不宜迟，
不容他们齐心合力，
让那商人有所准备，
他们确信在他周围，
肯定布置了人手，
随时要为帕夏报仇：
稍微下一点毒，
就叫他一命呜呼，
去彼界走私货物。
帕夏听了这番话，
当即效仿亚历山大[20]，
完全胸有成竹，
径直去同商人会晤。
到了席上便入座，

只见他胜券在握，
言谈举止表明，
一切都在掌握中。
"朋友，"他说道，
"你要分道扬镳，
甚至还有人说，
要我担心后果。
但我完全相信，
你是个正派人，
绝非鸡鸣狗盗，
惯于下毒的不肖。
这话就不必多说。
至于有人打主意，
想要给你保护，
你得听我几句。
无须详细讲述，
也不用谈大道理，
你听了可能厌腻，
不如给你讲个故事。

从前有个牧羊人，
养条狗照看羊群。
有人发出疑问，
何必养条大狗，
每天吃个大面包，
只是跟着羊群跑。
这只动物没用处，
应当奉送给庄主。

他一个牧羊人，
做事一定要节省，
养上小狗三两只，
不但可以省开支，
三条狗看羊群，
总比一条更省心。
这狗食量胜三狗，
却没长着三张口。
真的来了几条狼，
单独怎跟狼群斗。
于是牧人舍大狗，
三只狗崽也到手。
喂食开支倒减少，
一遇咬架便开溜。
羊群自知无保护，
你会觉出选错路，
挑了几只小蠢物。
什么时候你想通，
再来找我可也行。"
希腊商人信其言，
保留帕夏为保险。

这个故事正表明，
诸侯小国要清醒，
千算万算孰轻重，
最最要紧讲信用，
联合诸小多隐患，
依附一强方安全。

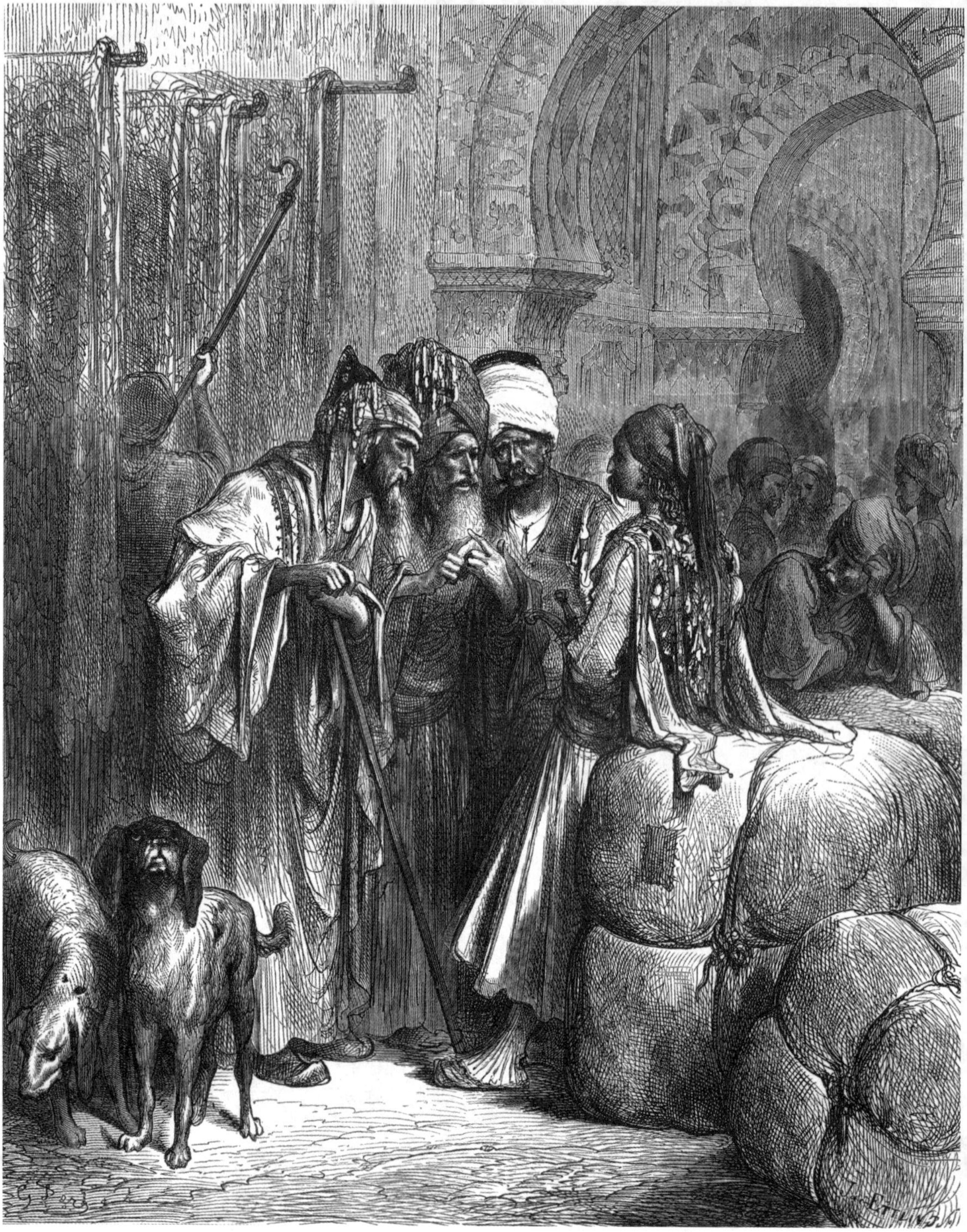

19　学识的优势

话说从前一座城，
城中住着两市民，
见解不同总争论。
一个富有极无知，
一个贫穷有学问。
富人无知不打紧，
还要恃富欲争锋：
声称任何聪明人，
都得敬重大富翁。
这个人还真愚蠢，
枉有财富无德能，
凭啥要求人尊敬，
我看无理难苟同。
富人常对学者说：
"你自以为了不起，
可是朋友，你说说，
你能待客设宴席？
你这种人总读书，
读书又有啥用途？
住房总住阁楼顶，
冬衣穿到六月份，
仆人只有随身影。
国家何需这号人，

一年消费没几文！
我看富人有可为，
社会最需高消费，
一掷千金最可贵。"
富翁出言极不逊，
为富不仁遭报应。
学者此时不作声，
博识多才无须争。
讽刺诗篇嫌太轻，
为他雪耻有战争。
战争之神一发威，
富翁穷人家全毁，
逃离本城任颠沛。
无知富人失居所，
受尽白眼又奈何。
穷学者却吃得开，
所到之处受款待。
贫富之争终作结，
学识无知别纠葛。

愚人蠢话无所谓，
学识自比黄金贵。

20　朱庇特和霹雳

朱庇特目睹人间过错，
有一天高居云端便说：
"一定要派去新居民，
占据下界的全部城镇；
彻底清除那里的种族，
他们闹得我无比厌恶。
墨丘利，去地狱走一遭，
将复仇女神给我带到，
三姐妹中数她最残暴。
让我宠坏了的人类，
这回一定得全部死灭！"
朱庇特虽然怒气冲冲，
过不多久便气和心平。
然而你们哟，国王们，
你们本受主神的派遣[21]，
来主宰我们的命运，
你们动不动就恼怒，
进而就要大发雷霆。
恼怒和大发雷霆之间，
最好隔开一个夜晚。
墨丘利轻盈鼓起翅膀，
又有甜言蜜语的舌簧，
前去看望黑暗三女神：
据说他偏爱阿勒克托[22]，
超过麦格拉、提西福涅。
阿勒克托残酷无情，
被优选而得意忘形，
通过冥王普路同发誓，

从速要把全人类划归
地狱各路神灵的辖制。
复仇女神的这种誓言，
朱庇特则不以为然，
便将女神打发回地狱；
随即发出一击霹雳，
惩罚背信弃义的民众。
不过手下还是留情，
父亲[23]以霹雳火相威胁，
只恐吓儿子不会太狠：
雷霆仅仅轰击一片
没有人居住的山川。
父亲打儿子装模作样，
向来重重抬起轻轻放。
天怒最后是什么情景？
人类趁宽容站稳脚跟。
奥林匹斯山怨声沸腾，
主神向冥河女神保证，
这次再调集乌云暴风，
务求打击得又狠又准。
众神无不嗤之以鼻，
说作为父亲最好回避，
要派别的神去惩处，
要另外发雷霆打击。
火神伏尔甘不辱使命，
所有炼炉都烧得火红，
装满两种霹雳闪电。
有一种向来百发百中，

奥林匹斯山上诸神，
总是霹雳闪电并用，
让我们人类无处藏身。
另一种途中能改走向，

用以轰击峰峦山冈，
不过时常去向不明。
这种霹雳闪电击我们，
只有朱庇特才能批准。

21　隼和阉鸡

听到招呼您，
常是虚情假意之声，
千万不要急于答应。
请相信我，
没错，没错！
让·德·尼维勒狗[24]，
那绝不是噱头。

勒芒城[25]一个居民，
人称阉鸡是正宗，
一天受传讯，
要到主人的法庭：
所谓的法庭
就是供的灶王神。
所有人都哄骗，
冲着阉鸡叫喊：
"乖乖！小乖乖！
快点来，快点来！"
然而这只阉鸡
算是一个半诺曼底[26]，
不会轻易上当，
任由人们叫嚷。

他这样支应：
"实在不敢当！
钓饵太低劣！
你们抓不住我，
缘故不用我说！"
有只隼在架上，
看见阉鸡在乱窜。
阉鸡对我们
总是特别防范，
也许出自本能，
也许基于经验。
单说这只阉鸡，
要抓住还真费难，
等到第二天，
就会被做成美餐，
摆放在餐盘，
好大的脸面：
而这种荣耀，
家禽还真不想要。
隼对阉鸡说道：
"你的悟性太低，
真让我惊奇。

第二集　251

纯粹大笨蛋，
地道的粗汉，
头脑太简单，
不进一点盐酱！
你就瞧瞧我，
我飞出去打猎，
再回到主人身边。
你看见了吗，
他就在窗户里面，
他等着你呢，
你怎么听不见？"
"我再明白不过，"
阉鸡便接口说，
"他要跟我说什么？
你再瞧那厨师，
那样子多神气，
手操一把大刀，

在打什么主意？
你听到诱鸟笛，
看见这种架势，
还敢回来吗？
还是让我逃吧，
别笑话我不听话，
说主人叫我，
多柔和的腔调，
我还要飞逃。
我天天都看到，
那么多阉鸡烧烤；
你若是像我这样，
看见同样多的鹰隼，
一只只插上烤扦，
态度就要转变，
对我不会责难。"

22　猫与老鼠

有四种动物，
品性很特殊：
奶酪神偷猫、
猫头鹰、
嗑物老鼠精、
黄鼠狼杨柳腰。
四个机灵鬼，
都干尽了坏事。
骚扰一棵老松树，

欺侮野松树干枯。
老树四周常出没，
一天晚上又相遇。
有人便张网，
猎捕坏东西。
神偷猫一大早，
外出要把猎物找，
只是夜色尚朦胧，
设置猎网没看清，

一头扎进去，
眼看就要丢老命。
老猫连声叫，
叫来老鼠精。
一个气急败坏，
一个拍手称快，
只见他的死敌，
落入绳网里。
可怜的猫哀求：
"亲爱的朋友，
你对我的善意，
表现一贯如此。
我一时粗心，
掉进了陷阱，
来帮我出去，
助我一臂之力。
我一直关爱你，
像爱自己的眼珠，
在鼠类中间，
唯独爱你最突出。
这理所当然，
我无悔也无怨。
我要感谢神灵，
因而每天早晨，
我都为神祈祷，
无愧于虔诚猫。
这面网困住我，
命在你手中握，
过来咬断这绳结。"
老鼠接口说：
"我若那么做，

能得啥酬谢？"
"我与你结同盟，"
老猫当即下保证，
"永远做盟友，
我的利爪任你用，
你就放宽心：
有我保护你，
不必怕任何人。
黄鼠狼我照吃，
吃掉枭的丈夫，
这两个都恨你。"
老鼠说："做梦！
要我当你的救星？
我还不是糊涂虫！"
老鼠说罢，
得意扬扬要回洞；
忽然发现黄鼠狼，
正巧就在洞口旁。
老鼠爬树往上行，
只见树上猫头鹰。
四面受敌太危险，
紧急事要紧急办。
嗑物鼠再回猫身边，
利齿便把网嗑断，
嗑断一环又一环，
给伪君子终解难。
这时恰好人出现，
新结盟友忙逃窜。
时间过了不太久，
猫鼠远远打照面。
老鼠依然很警惕，

第二集　253

保持距离不靠前。
"喂！好兄弟，"猫便说，
"快点，过来拥抱我。
这样防范是侮辱，
你把盟友视为敌。
我这条命谁给的，
除了上帝就是你，
你还以为我忘记？"

老鼠接口说：
"就你这种本性，
你以为我会忘记？
有什么协议，
能迫使猫心怀感激？
谁敢放心依赖，
结盟这种权宜之计？"

23　湍流与深河

一道湍流冲下高山，
轰鸣之声响彻云天。
一路散布着恐怖，
惊闻者无不逃窜；
旷野都随之震颤。
这是一道天堑，
旅行者不敢涉险。
有一人路遇强盗，
身处危险无处逃，
硬着头皮冲过湍流，
滚滚浪涛把命保。
看似惊险水不深，
飞瀑喧响吓煞人。
此人一场虚惊，
成功逃脱勇气增。
强盗见状跟着过，
一路穷追仍不舍。

前头又遇一条河，
静静水流如梦境，
一见不愁难渡过：
两边缓冲无陡岸，
净沙滩平又开阔。
此人骑马涉湍流，
再次入水欲过河。
躲过强盗凭坐骑，
难逃黑水沉渊底，
人马畅饮冥河水。
两个不善游泳者，
到了阴间磨难多，
比起生前人世来，
要过更多深水河。

悄无声人更险恶，
大叫大嚷好掌握。

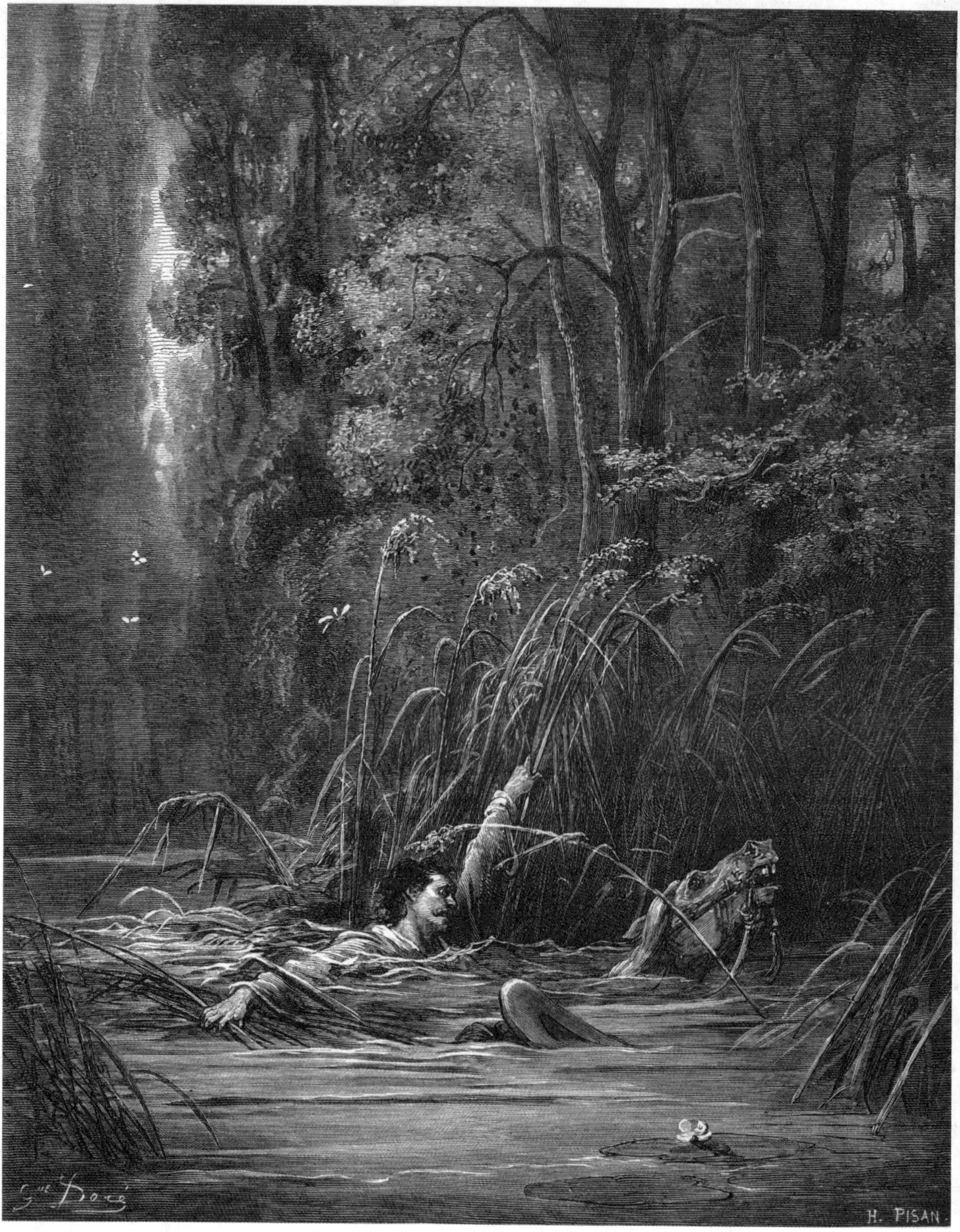
H. PISAN.

24　教养

拉里东和凯撒，
一对狗兄弟，
相貌特健美，
出身又高贵，
纯种的血统，
生性极勇猛。
从前也是命定，
分属两个主人：
一个是猎手，
在森林中游荡；
一个是厨师，
终日守着厨房。
哥俩当初各有名，
所受教育却不同：
一个特别幸运，
强化了自身的天性，
另一个天性渐泯，
成了学徒小帮工，
干脆取名拉里东。
他兄弟到处闯荡，

经常围猎雄鹿，
咬死多少野猪，
号称凯撒一世
首次进狗族家谱。
对凯撒管得严，
不准乱性贪恋，
他所生的狗崽，
血统遗传不能变。
拉里东管得松，
总好滥施情恋，
随便什么对象，
拈花惹草不挑拣。
到处传播野种，
繁殖聚而成众。
狗杂种天性已变，
在法国非常普遍，
与凯撒族正相反。
只能帮厨当学徒，
碰到危险便逃窜。

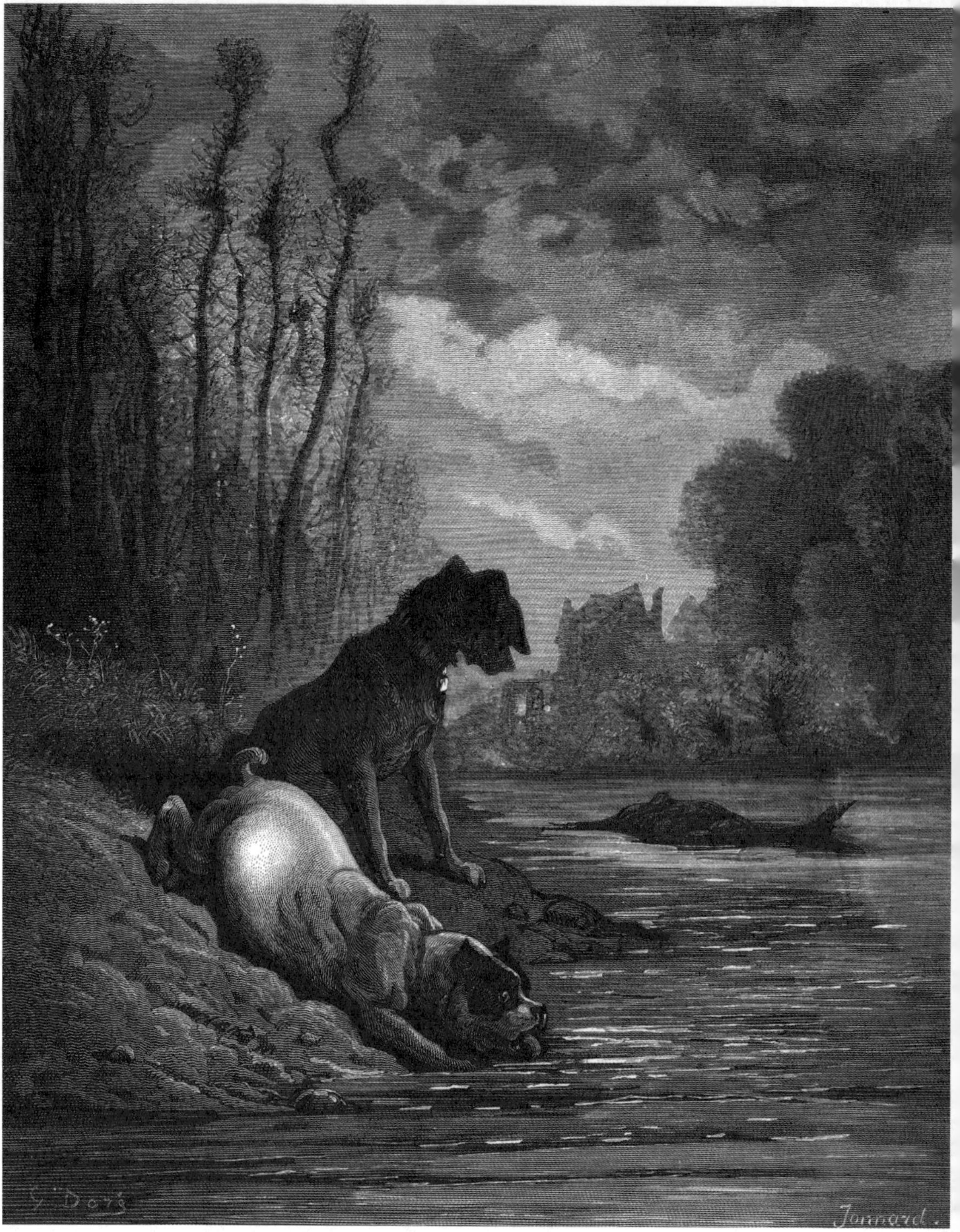
G. Doré
Jonnard.

子孙后代人，
并不总随父辈祖先；
一切都令人蜕变，
岁月，乃至不检点。

疏于经营天性，
不屑培养才能，
多少凯撒啊，
都变成拉里东！

25　两条狗和死毛驴

所有美德都是好姊妹，
所有恶习都是坏兄弟。
我们的心，
一旦被某种恶习占据，
所有恶习，
都会接连乘虚而入，
无一遗漏。
我是说恶习气味相投，
能同居一处。
至于美德，
难得相聚，
鲜见汇合在一人身上，
相得益彰，
完美无缺，
合而不散似有手牵制。
一个勇猛，
但失之操切；
另一个谨慎，
也太冷静。

动物之中，
狗自诩忠勇，

做事细心，
唯主人是从，
但是贪吃，
又很愚蠢。

两条看家狗便是例证：
他们远远望见波浪中，
顺流漂浮着一头死驴，
眼看随风逐渐远去。
一条狗说道：
"你眼力好，
仔细瞧瞧：
那河面宽阔，
水深流急，
仿佛有东西，
是牛是马，
能否看清晰？"
伙伴答道：
"是什么动物，
又有啥关系？
反正是美味。
关键要吃到嘴，

这么远距离！
风还不停地吹，
咱俩游过去也来不及。
干脆就喝干这河水！
正好嗓子特别干渴，
喝干河水准能见底；
等河水干涸，
晒干那尸体，
够咱俩吃上一星期。"
于是两条狗喝起水，
一口接一口拼命喝，
喘不上来气，
继而断了气。
场景真奇特：
喝水无休止，
肚皮已胀破。

人也这德行，
头脑一发热，
只觉不可能事也可行。
萌生多少愿望，
要发财暴富，

要声望荣光，
不辞劳苦，
最后疲竭，
空忙一场！
我要扩充领域疆土！
我要黄金装满国库！
要通晓希伯来文典籍！
还要通晓科学和历史！
所有这一切，
无异喝干大海。
人永不满足，
一个头脑所欲，
纵有四副身体，
也远不够所需。
我看无一例外，
都得半途而废：
一个人的欲念、
便有四个寿星，
马图撒勒姆[27]，
寿命相连，
也不可能实现。

26 德谟克里特和阿布德人

我一直憎恨
那些庸人之见！
觉得既低俗、
不义而又胆大包天，

在事物和自身之间，
放置误导和透光板，
并以庸人之心，
度量别人的胸襟！

伊壁鸠鲁的老师[28]，
在修业学习期间，
当地人风传，
认为他已经疯癫。
这有什么奇怪，
不过是庸人短见！
在本乡本土看来，
根本出不了圣贤。
本乡的智者，
正是德谟克里特。
而短视的乡亲
头脑才出了毛病。
毛病闹大了，
修书派人去请医生，
专请希波克拉底[29]，
要使病人恢复理性。
信使哭着说道：
"我们那位同胞，
德谟克里特，
看书看成呆子，
丧失了理智。
他若是无知，
我们会更敬重。
他说大千世界，
数量无尽无穷，
甚至在宇宙，
也许有无数德谟克里特[30]。
他不但这样梦呓，
还胡说有什么原子：
看不见的幻影，

空想出来的东西。
他就原地不动，
竟然要测量天体，
他了解洞察天宇，
却不能认识自己。
从前他还能断案，
劝说争讼双方和解，
现在则不然，
他只是自话自说。
劳您驾，神医！
他那疯病无药可治！"
对这些阿布德人，
希波克拉底半信半疑，
不妨去亲自验证。
我也请读者诸君，
看看这一生途中，
命运给人安排
何等机缘和胜境。
希波克拉底到时，
所谓丧失理智的人，
正在潜心研究，
无论人还是动物，
理性在心还是头脑，
要弄清寓于何处。
这个德谟克里特，
独自坐在小溪边；
头顶浓浓的树荫，
脚下散放着书卷；
整个人心思专注，
在头脑和迷里盘旋；
朋友已走到近前，

第二集　261

几乎都没有看见。
一思考就旁若无人，
这也是他的习惯。
朋友见面少寒暄，
这种场面可以想见。
深入探讨人和思想，
轻率的话抛到一边。
道德是谈话的落脚点。

双方都说些什么，
在此就无须赘述。
上文已足以表明，
人云亦云不足为凭。
我曾读过一句话，
说舆论即上帝之声，
从什么意义上看，
这话还真实可信？

27　狼与猎人

敛财狂魔，
眼睛无视
神灵的所有恩赐。
即使徒然，
也不间断，
我要在这部作品里，
多么狠狠地打击你！
你要用多长时间，
才能听进我的寓言，
终于醒悟而转变？
我的声音，
智者声音，
有人就是听不进，
永远也不会说：
"够了，享受生活！
抓紧吧，朋友！
一生来日无多！"
这话一再向你重复：
"享受吧，
胜过一部书。"

"我一定会享受生活。"
"要等到什么时候？"
"一到明天。"
"我的朋友！
也许在中途，
死神就把你逮住。
从今天起，
就开始享受。
千万规避
这则寓言里
猎人和狼这样的悲剧。"

猎人一箭射出，
射倒一只黄鹿；
又一只小牝鹿经过，
瞬间倒地，
做了黄鹿的伴侣。
草地上躺着两个猎物：
黄鹿和小牝鹿，
算得上很可观的收获！

见好就收的猎手，
一定会感到心满意足。
不料一只巨兽，
趾高气扬——
好大的个头儿，
正是一头野猪，
又吸引住我们的猎手，
要饱餐野猪肉。
冥河又添了一个居民，
手持大剪的命运女神，
颇为费难，
剪断这条生命线：
这只巨兽，
已经到了大限，
而死神反复数次，
总算让野猪就范。
遭此沉重打击，
猎物终于倒下去。
收获这么多。
可是，
怎么什么也不能填满，
一个征服者的欲壑。
这边野猪正幽幽苏醒，
那边猎手又见只山鹑，
缓缓走在一条田垄。
比起其他三只大猎物，
小小山鹑微不足道：
多他不多，
少他不少！
然而猎手还是拉开弓，
恰巧这时野猪已还魂，

猛扑过去，
拼着最后气力，
撕裂肉身，
与仇敌同归于尽，
山鹑真是感激万分。

这段故事警示，
切勿贪得无厌；
故事的下段，
吝啬鬼要细看。

一条狼正在赶路，
见一场面惨不忍睹，
不由得连声欢呼：
"命运女神啊
我要为你修座庙！
发了横财！
四具尸体当道！
不过要节省，
这等好事难得遇到。
（吝啬如此借口）。
狼心中算计，
怎么也够吃一个月的：
一、二、三、四，
四具尸体，
正好分成四个星期，
如果我算得不错，
每个星期都能足吃。
过两天开始。
先吃这弓弦，
肯定是肠衣做的，

闻味就觉得差不离。"
老狼说着就扑上去，
不料拉满弓上搭的箭，
正巧射穿老狼的肠子，
又添一具尸体。

我回到本题：

一定要享受生活。
这一对饕餮就不懂得，
两个落得同样结果：
贪心毁了一个，
一个死于咨啬。

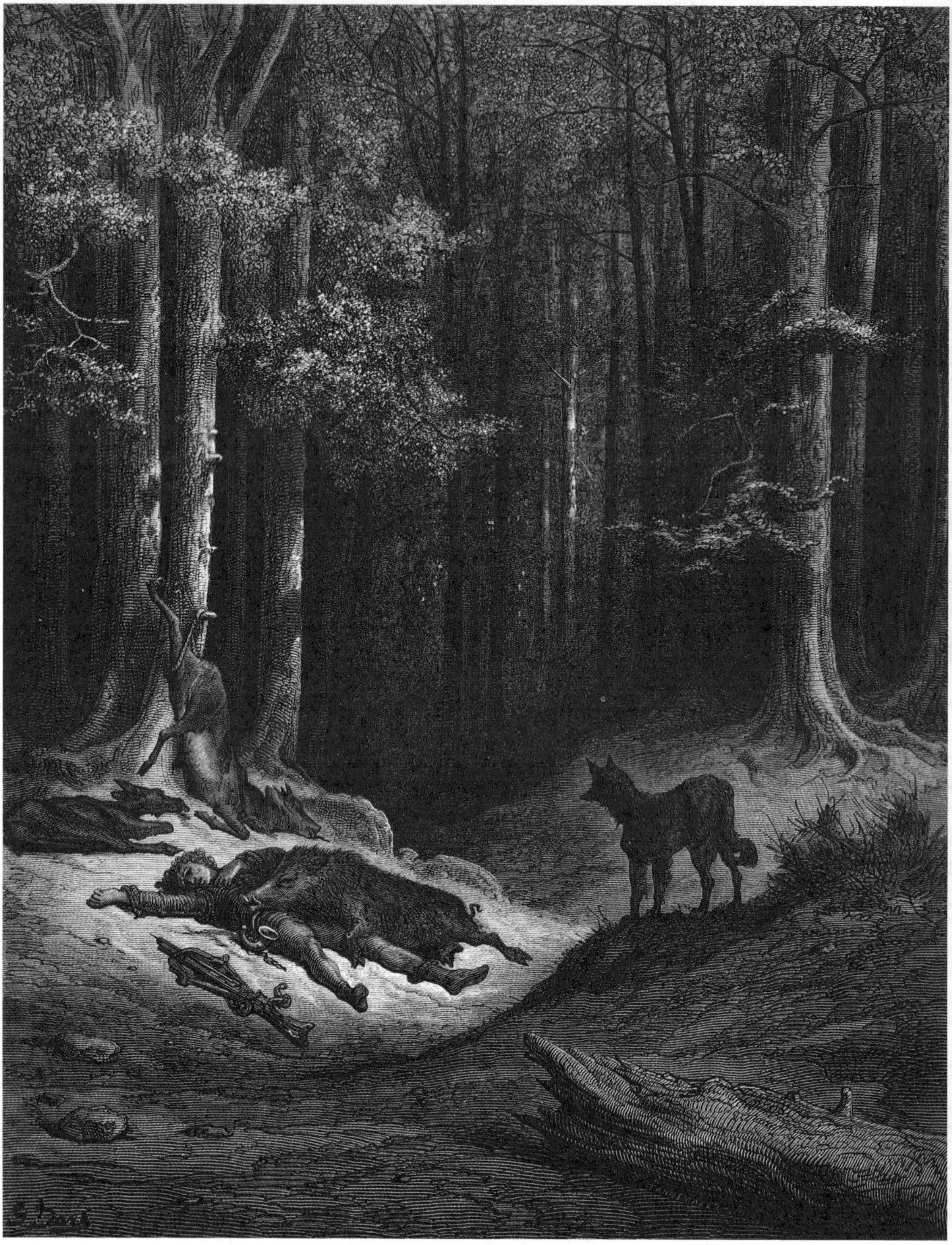

注释：

[1] 可能指路易十四的儿子，安茹公爵，1672年出生数日便夭折。

[2] 七贤：指古希腊七贤，他们在格言中，阐明快乐生活的秘密。七贤之一彼翁，创作时期在前100年，是个田园诗人。

[3] 当时主教规定的宗教节日很多，1666年，路易十四砍掉十七个，还剩下38天，可能错开星期天。

[4] 指第七卷第十六则寓言《猫、黄鼠狼与小兔》。

[5] 当时为争夺海上霸权，发生了两次荷兰战争。法国与英国联合打击荷兰，法军战事不利，英国退出。荷兰便联合西班牙、奥地利等国，甚至当初的盟友英国也要加入反法联盟。法国在外交上空前孤立，四面受敌。正是在这种形势下，德·巴里荣受命出任法国驻英国大使，争取英国至少保持中立。拉封丹赠寓言诗以激励。

[6] 帕耳那索斯：希腊神话太阳神阿波罗和文艺女神缪斯的仙府。帕耳那索斯的居民，即诗人自谓。

[7] 菲利普：即马其顿王国菲利普二世（约公元前382—前336），在他的统治下，马其顿进入鼎盛时期，威逼雅典。他儿子亚历山大继位后，马其顿管辖希腊长达两个世纪。

[8]《驴皮的故事》：法国童话作家贝洛（1628—1705）的作品。

[9] 飞来如风：又译柏勒洛丰，希腊神话中科林斯英雄，乘飞马射杀怪物喀迈拉。后触怒众神，乘飞马坠地。

[10] 加斯科涅人：法国南普罗旺斯地区的旧省的居民，性格好夸口而机灵。大仲马小说《三剑客》中的主人公达达尼安，就是典型的加斯科涅人。

[11] 莫诺莫塔帕：非洲古地名，位于非洲大陆东南部。因地域遥远陌生，拉封丹常作为寓言故事的发生地。

[12] 睡神：希腊神话中的睡梦神莫耳甫斯。

[13] 塔巴兰（1584—1633），法国街头艺人，以演滑稽剧而著名。常在巴黎新桥上演出，深受巴黎人喜爱。

[14] 西勒里小姐：全名加布里埃珥—弗朗索瓦丝·德·西勒里，《箴言集》作者拉罗什富科公爵的外甥女，1675年结婚，成为蒂贝尔热侯爵夫人。本诗作于她婚嫁之前，开场部分解释作者因何又回到他曾公开表示放弃的寓言体裁，本

应置于第二集卷首。至于蒂尔希和阿玛朗特，这是拉封丹牧歌中的人物。

[15] 薄伽丘（1313—1375）：意大利文艺复兴时期著名作家，著有《十日谈》。

[16] 老鼠首先看见大象高高的腿，接着看见庞大的身体，最后看见苏丹王后乘坐的驮轿。

[17] 埃斯库罗斯（约前525—前456）：古希腊悲剧诗人，希腊悲剧的开创者。

[18] 欧洲的战局：指荷兰战争，欧洲许多国家卷入。

[19] 帕夏：土耳其省督，当时希腊受土耳其统治。

[20] 亚历山大：指马其顿王国国王亚历山大大帝（前336—前323年在位）。

[21] 希腊古代神话传说，国王都是"朱庇特的儿子"，这就是"神权"。

[22] 阿勒克托：战争和瘟疫女神。

[23] 父亲：主神是人与神共同的父亲。

[24] 让·德·尼维勒狗：这句谚语为："要像让·德·尼维勒狗那样，一听招呼就逃。"典故出自比利时尼维勒城一个贵族，让·德·蒙莫朗西，扇了他父亲耳光，而法庭传唤时，他就逃开。从而形成这句谚语，换成狗，"一叫就跑"，是对那个贵族的詈骂，并引申使用。

[25] 勒芒：法国西北部诺曼底地区城市。

[26] 一个半诺曼底：比诺曼底人还狡黠。诺曼底人，尤其农民，素以善于应变著称，这在莫泊桑小说中有充分描述。

[27] 马图撒勒姆：《圣经》中人物，族长，打破长寿纪录，活了969年。

[28] 伊壁鸠鲁的老师：德谟克里特，希腊著名哲学家（约公元前460—约前370），他以嬉笑的风格论述人的谬误。伊壁鸠鲁从他的著述中汲取灵感，故称"老师"。

[29] 希波克拉底（约前460—前377）：古希腊名医。

[30] 指宇宙有无数类似我们的世界，因而也有无数类似德谟克里特的人。

第九卷

1 不诚实的受托人

感谢缪斯拨琴弦,
我唱动物成诗篇。
如写别的主人公,
或许难获此殊荣。
寓言狼与狗交谈,
用的正是神语言。
动物野生与家养,
粉墨纷纷争上场,
扮演角色各不同:
有的理智很聪明,
有的愚痴显得疯。
聪明有时反误事,
愚痴时而占上风。
这种事例到处有,
认真衡量很普通。
上场人物均不限,
也有骗子大坏蛋,
负义小人与暴君,
愣头莽撞亦多见,
成堆愚笨糊涂人,
不乏吹捧自轻贱。
还可加上说谎者,
组成鬼话大兵团。
"世上无人不说谎。"

古代圣贤早断言[1]。
如果仅仅指庶众,
此话意义则局限:
小小诳语无大碍,
听了只当是笑谈;
如果另外有人讲,
世人说谎亦皆然,
无论地位高与低,
不管身份贵与贱,
我的见解则相反。
说谎虚构出一辙,
说谎即使像伊索,
虚构哪怕如荷马,
难称真正说谎者。
艺术创作乃虚构,
真实披上假行头,
游历如梦亦如幻,
魅力醇厚似美酒。
伊索荷马各有书,
留得人间百世读,
永垂青史又何如。
他们虚构造诣高,
不是想学便做到。
若像某个受托人,

自诩说谎方法妙,
其实黑心又愚蠢,
搬石砸到自己脚。
请看下文见分晓。

话说波斯一商人,
为做生意要出门,
一天来到邻居家,
寄存铁件一百斤。
"我存放的铁件呢?"
商人回返便去问。
"您的铁件没有了,
我很遗憾告诉您:
一只老鼠贼大胆,
一百斤铁全生吞。
我还狠狠骂下人,
发火又有什么用?
仓房总会有漏洞。"
这等怪事会发生,
实在让人跌眼镜,
商人听了好惊叹,
还是假装信为真。
邻居背信又弃义,
商人回家打主意。
事情过后没几天,
邻居孩子被拐骗,
他请邻居共进餐。
失子父亲便谢绝,
哭着就对商人言:
"实难从命对不起,
我的欢乐全丧失。

我爱儿子胜我命,
膝下只有这一子;
我说的是什么话?
唉!儿子不见了!
孩子被人拐了去,
可怜家出不幸事。"
商人当即应声道:
"昨天傍晚暮色中,
我见飞来猫头鹰,
叼您儿子又飞走,
直上一座旧楼顶。"
那位父亲就反驳:
"您这话我怎么信,
猫头鹰能叼个人?
我儿子若是想干,
就能逮住猫头鹰。"
商人便回答道:
"我并不想告诉您,
这种事怎么可能,
反正是我看见的,
正是我亲眼所见;
而这话说过之后,
也没有任何东西,
能使您产生怀疑。
您说仅一只耗子,
就吞掉一百斤铁,
而当地的猫头鹰,
叼走了一个孩子,
您就要感到诧异?"
对方这才听明白,
丢失孩子这件事,

原来还另有用意。
于是当场拿出铁，
换回自己的儿子。

再说旅行有两人，
也发生同样争论。
两人全是大话筒，
观察总用放大镜，
眼中所见皆巨型。
请听他们的议论：
非洲净有大怪物，
欧洲同样不胜数。
此人认为随便讲，
怎么夸张不花钱：
"我见一棵卷心菜，
大过房子不奇怪。"

他的旅伴不示弱：
"我就见过一口锅，
大过教堂也正常。"
头一个笑第二个，
第二个反驳：
"别急！这锅不奇怪，
专烧你的卷心菜。"

说锅的人很风趣，
讨铁的人真机智。
谎言如果太荒诞，
批驳反而太高看。
面对荒谬不动怒，
以毒攻毒最简单：
你说一百我说千，
看谁能说破大天。

2　两只鸽子

两只鸽子亲密无间,
一只在巢里住得厌烦,
头脑一热,
就一心向往高远,
游历异国他乡,
毅然要离开家园。
另一个便劝说:
"你要去干什么?
想离开你兄弟?
人生最苦是别离,
你就这么忍心!
至少你要三思:
旅途艰难险阻,
费尽千辛万苦,
时刻提心吊胆,
会消磨你的初愿。
季节尚早,再等等,
等到刮起了春风。
何必这样匆匆,
刚才乌鸦就宣告,
有只鸟儿丧了性命。
我满脑子在萦绕,
途中会遭遇不幸:
地上有多少罗网,
空中有多少老鹰!
唉!还用我说,
已经下雨了,
兄弟在家中,
什么也不缺:
吃得又好,
住得又好,
还想要什么?"
这番话语重心长,
说到伙伴的心坎上,
冒失的旅行者,
心里没了主张。
然而,渴望见世面,
性情又不大安分,
最终占了上风,
他的决心已定。
他对同伴说:
"不要流泪伤感,

顶多就是三天,
我就能遂心如愿。
很快就回转,
我要和兄弟谈谈,
旅途上的趣事、
一件件遭遇麻烦:
那些所见所闻,
听了会让你开心。
没见过世面的人,
讲不出那么多见闻。
我描绘这趟旅程,
能使你狂喜销魂。
我一说到哪地儿,
碰到了什么事,
你就会以为
是你亲身在经历。"
鸽儿俩说到这里,
便洒泪挥翅别离。
旅行鸽渐飞渐远,
忽见乌云蔽日遮天,
不得不寻退路,
找个地点避难。
周围只有一棵树,
鸽子钻进枝叶间,
可是风狂雨骤,
遭受袭击也难免。
等到雨霁风停,
鸽子已冻得僵硬,
勉勉强强又起飞,
浑身羽毛湿淋淋。
飞得很缓慢,

要让羽毛晾晾干。
忽见远处有麦子,
散落一块田里边,
一只鸽子在觅食,
自己也想去分享。
鸽子飞去便中计,
麦子遮盖一罗网:
这是猎人设埋伏,
媒鸟[2]鸣叫为假象。
鸽子拼命想挣脱,
用爪用喙用翅膀,
幸而罗网已陈旧,
终于撕开得逃亡。
羽毛损失有几根,
不料厄运紧跟上。
倒霉鸽子似逃犯,
拖着一片破罗网。
一只秃鹫张利爪,
要趁飞行抓正着;
这时云端一老鹰,
拍着巨翼往下冲。
强盗相争好时机,
鸽子便溜之大吉,
仓皇落到破房顶,
不幸之中得万幸。
谁知又有一顽童,
(这种年龄最无情),
举起弹弓就发射,
倒霉鸽子险送命。
只恨自己太好奇,
旅途折腾已半死,

第二集　273

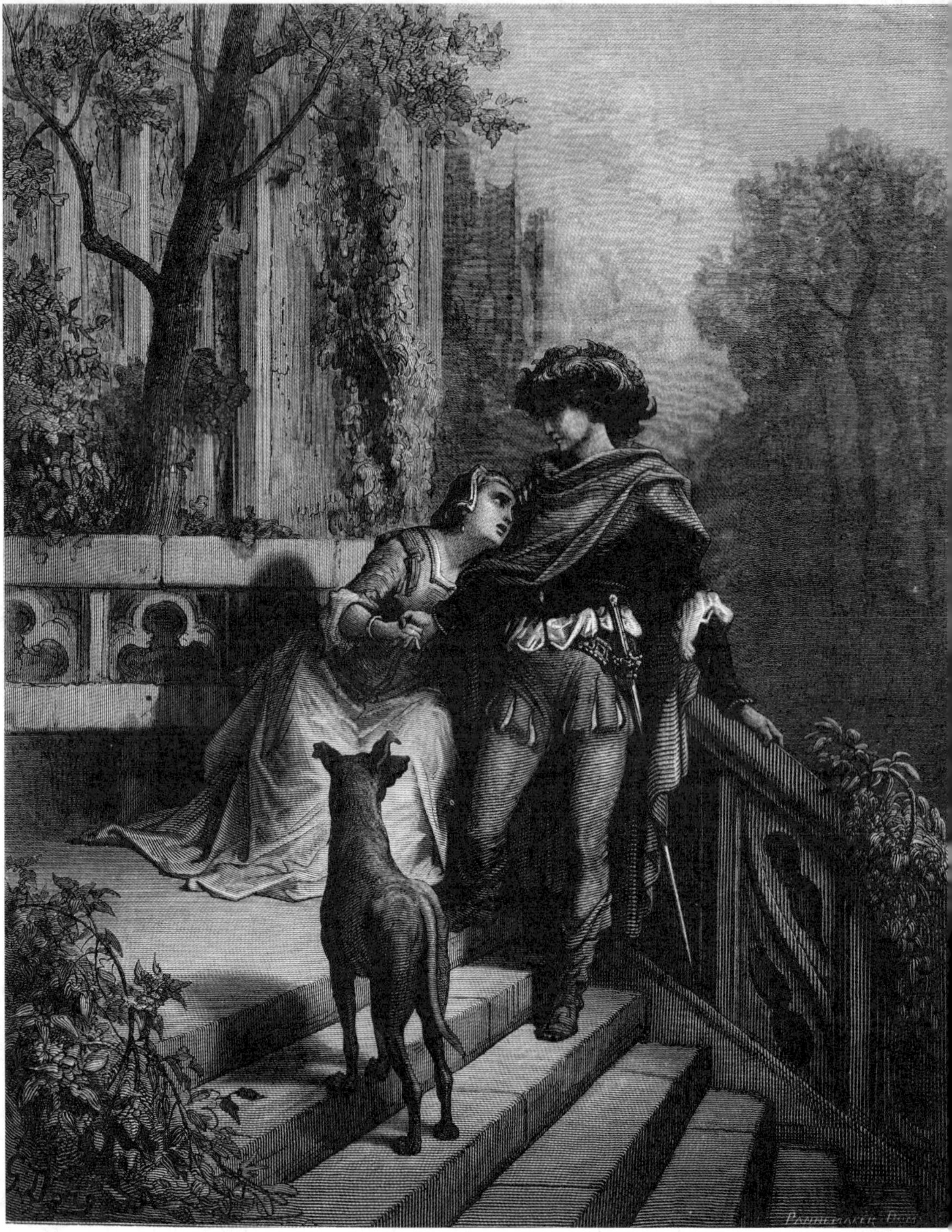

拖着翅膀腿又瘸,
干脆掉头回故里。
返程幸而再无险,
好歹到达心喜欢。
重聚场面应如何,
留给读者来判断:
欢乐得来岂容易,
付出磨难苦后甜。

情侣,幸福的情侣,
你们还要去旅行?
一定旅行度蜜月,
到了近岸就须停!
二人世界多美好,
永远常新常不同。
二人相爱就自足,
取代外界视若无。
我也曾经爱恋过
那位可爱牧羊女,
有生以来第一次,
我以爱神发过誓!
凡是她美目曾欣赏,

凡是她芳足踏印,
那些树林和地方,
我全部如数家珍。
就是拿卢浮王宫,
拿王宫全部藏品,
就是拿整个苍穹,
苍穹灿烂的星辰,
我也绝不肯易换,
爱情的那些见证。
唉!那样的良辰美景,
何时去而复返?
多少曼妙的身影、
多少甜美的憧憬,
怎么非得任由我
活在惴惴不安中?
如果我的心还敢,
啊!还敢重新点燃!
我会觉得再无魅力
能让我魂牵梦萦?
难道我已经过了
激情恋爱的年龄?

3 猴子和豹子

话说猴子和豹子,
都到集市拉场子,
为赚钱耍些把戏。
两个擅长做广告,

各有各的花招儿。
那边豹子说道:
"先生们,我的本事,
还有我的名气,

第二集　275

那些达官贵人，
也无不尽人皆知。
连国王都想召见，
欣赏我这花斑皮，
斑纹花点招人喜，
死了还能有大用，
毛皮做副暖手笼。"
花斑豹皮是好看，
不过人人都看见，
看了一眼算完事，
很快大家都离去。
猴子这边却说道：
"先生们，有请了，
快点过来看热闹。
我耍把戏花样多，
各位到处能听说。
豹子也是多花样，
只是全凭皮一张；
花样在我脑子里，
随时拿出好观赏。
在下吉尔愿效力，
猴哥贝特朗女婿，
教皇之猴[3]仍在世，
分乘三条大船来，
刚刚抵达这城市，

来同大家聊天地。
诸位听见猴扯淡，
接着腿脚再练练，
猴舞芭蕾更好看；
各种把戏钻火圈，
肯定让人看花眼，
一场只花六文钱！
干脆咱们再减半，
各位算算多合算！
看完如果不满意，
票钱出门全退还！"

猴子言之能成理：
花样不是看花衣，
丰富多彩人喜欢，
还得装在脑子里。
猴子把戏花样新，
观赏总让人开心。
豹子乍看挺新鲜，
多看两眼便腻烦。
达官贵人多如此，
与花斑豹何相似：
全部才华在表面，
耀眼全凭一张皮！

4　橡栗和南瓜

上帝造物很精湛，
要想取证也不难，
何必天南海北到处找，
南瓜做证在眼前。

有个村民就注意，
南瓜结得这么大，
藤蔓为何这么细，
他就不免暗寻思：
"天主造物这么做，
不知究竟何用意，
这瓜肯定放错位，
这样安排真见鬼！
换了我来造南瓜，
就往这橡树上挂，
事物这才合情理：
多大树结多大瓜，
重新配搭纠偏差。
加罗[4]哟，真抱歉，
你的想法有点偏：
神父布道讲天意，
你就根本不理解，
认为万物还应更合理。
这种疑虑有缘由，
橡栗就是好事例，
个头好似大拇指，
结在瓜蔓不更合适？

我越细看越觉得，
上帝一定出了错，
想必这样结的果，
一个错当另一个。"
加罗越想越迷惑，
接着自话又自说：
"人太聪明爱思考，
往往想事睡不着。"
就地躺到橡树下，
舒舒服服补一觉。
不巧掉下一橡果，
砸着鼻子皮擦破。
猛然疼醒摸摸脸，
胡须橡子相粘连。
鼻子砸破不得了，
使他马上改腔调：
"哎哟哟！出血了！
树上掉下的果更大，
不是橡子是南瓜，
脑袋不是砸开花？
上帝意志非如此，
天理当然有道理。
现在终于明白了，
因果才是大问题。"
万物和谐颂上帝，
加罗满意回屋去。

5　学童、教师与园主

有个孩子坏学生，
念书不愧双料蠢，
淘气却是鬼精灵：
一是年幼本无知，
二是老师太纵容。
据说常溜邻家园，
偷摘花果闹翻天。
秋季果神特恩赐，
满园美果挂满枝；
最美果实聚此园，
别家园子实堪怜。
四季全能有收获，
春天花神极照拂，
鲜花满园似仙国。
一天主人刚进园，
只见顽童闹正欢，
毫无顾忌爬上树，
毁损花果真好玩：
刚结果实青又小，
本是丰收好喜报，
柔嫩希望遭摧残，
未待长成就报销。
顽童还嫌不过瘾，
双手抱树狠命摇。
园主看着多心疼，
打发人去找学校。

老师带着全班来，
满园孩子到处踩，
一人害完众人害。
学究老师也太迂，
带来学童少教育，
说要惩一而儆百，
要让学生永牢记：
现场教学巧安排，
不惜祸害加祸害。
引经据典学问多，
维吉尔与西塞罗
诗文警句满口说。
长篇大论讲不完，
坏种正好有时间，
满园乱窜践踏遍。

高谈阔论太可恶，
脱离实际空无物，
又臭又长打不住。
不知世间谁最蠢，
比这顽童还要甚，
除这学究无别人。
学究顽童两相比，
要我选取谁做邻，
在此说句老实话，
没有一个可我心。

6　雕刻家与朱庇特雕像

一块大理石，
出奇的好料，
雕刻家买下来，
打算细刻精雕。
"究竟做什么好？"
他心中暗道。
"雕一尊神像，
还是桌案或石槽？

要雕成神像。
我甚至还想
让神像手握一根
霹雳闪电的权杖。
战斗吧，世人！
你们要许下愿望，
大地的主宰，
就挺立在大地上。"

好个雕刻艺匠，
真是鬼斧神工，
雕刻完成的偶像，
看似与神同祖同宗：
分明是朱庇特，
神形俱备的神性，
什么也不缺少，
只差张开口发声。

甚至有人风传，

这个工匠刚一做完，
就有人发现，
他头一个全身发颤；
对着作品战栗，
这情况并不鲜见[5]，
惧怕自己的作品，
就像惧怕神灵一般。

我们这位雕刻家，
精神如此脆弱；
古代那些诗人，
也如出一辙：
诗篇中的神灵，
正是诗人的创作；
而诗人又害怕
神灵仇恨的怒火。
在这一点上，
雕刻家犹如小孩子。
儿童一心想着，
自己的宝贝玩具，
抱起布娃娃，
总要小心翼翼，
生怕有人冒失，
招惹布娃娃生气。

思想变化容易
引起情绪的波澜[6]，
这便是产生

崇拜偶像的根源；
而这种迷信，
自古到处蔓延，
在多少民族间
传播得十分普遍。

人们狂热地信仰
自己的幻象
所产生出来的
各种各样的偶像。
皮格马利翁[7]爱上
自己雕刻的姑娘，

人与雕像终于
走进花烛洞房。

人人都有梦想，
人人也都尽量
将梦想化为
现实生活的真相：
面对现实真相，
人一向冷若冰霜；
可是对于虚幻，
却始终如痴如狂。

7　老鼠变为少女

从猫头鹰口里失落
一只小老鼠，
我不会拾起救护，
但可以轻易相信，
印度教徒会那么做：
国与国有差异，
各有各的思维方式。
这只老鼠伤得很重，
可是这种生灵，
我们并不关心。
印度人则不同，
视老鼠为弟兄。
他们头脑里确信，
人死了有灵魂：

一位国王故去，
就转世为米虫，
或投胎别的畜生，
这要由命运来定。
这是他们的观念，
其中一个要点。
毕达哥拉斯[8]去那里，
曾潜心探求这奥秘。
正是基于这种缘故，
印度教徒认为最好
恳请巫师安置老鼠，
投到她从前的住处。
于是巫师将她变为
一个十五岁的少女。

妙龄少女美艳绝世，
就连特洛伊王子
帕里斯也会着迷，
可能做出惊世之举，
超过对那希腊美人[9]。
印度教徒十分惊异，
这件事无比新奇。
他对妙丽少女说道：
"夫婿任由你挑选，
哪个男儿都艳羡，
争相遂你的心愿。"
于是姑娘便回应：
"既然如此，我的心声
就许给最强大的人。"
印度教徒跪下欢呼：
"太阳啊！选中了你
来做我们的女婿。"
太阳却答道："不行，
这片厚厚的乌云，
将我的光芒遮挡，
可见势力比我强，
建议选乌云做新郎。"
"那也好！"印度人说道。
"翻滚飘飞的乌云，
你可为我女儿而生？"
"唉！其实不然！
大风可比我强悍，
随意将我驱赶。
这是风神的权利，
我绝不敢霸占。"
印度人发怒嚷道：

"风啊，既然你来到，
那就赶快投入
我家娇娃的怀抱！"
风闻听加速奔跑，
却被高山拦腰挡道。
高山接过这个球，
又急忙一脚踢掉：
"这事我若是答应，
又得跟老鼠争吵：
疯了才会冒犯老鼠
他能打洞穿过山腰！"
小姐一听说老鼠，
当即就把耳朵竖，
老鼠就成了她丈夫。
一只老鼠！一只老鼠！
爱神就是这样，
时而乱点鸳鸯谱：
古今事例有很多，
我们只是随便说说。
人无论什么出身，
总要留下一些烙印，
这则寓言就能印证。
不过，真要细细读来，
却有点诡辩的意味：
事情照如此办理，
那么挑哪样的丈夫
不会胜过那太阳？
说起来不是抬杠，
跳蚤还要比巨人强。
只因跳蚤会乱咬，
咬得巨人受不了。

第二集 281

按说老鼠若识趣，
这事推给猫才对，
猫推给狗，狗推给狼，
若照此循环推理，
最终又回升到太阳：
太阳理应有此艳福，
做这美少女的丈夫。
还是扯回话题，
再看看轮回转世：
巫师将老鼠变美女，
无疑干了件奇事，
但让人看出是作假，
远远不能证实。
我就根据这个故事，
驳斥这个印度教徒。
按照他的逻辑，
人、老鼠、虫子，总之，
无不从共同的宝库，
汲取自己的灵魂，
所有灵魂都等同；
仅仅躯体器官各异，

行为动作才有差别，
有的爬行，有的直立。
再说那位小姐，
肢体那么完美无缺，
怎么就不能迫使
附体的鼠魂同意，
同太阳相结合，
偏偏认为一只老鼠，
才那么温情体贴？

经过全面斟酌，
又进行全面剖析，
老鼠和美女的灵魂，
根本不能同日而语。
再绕圈也得回到
命运这个老命题，
这是天定的铁律。
尽可以装神弄鬼，
施展什么魔法巫术，
怎么折腾也不能使
任何生灵脱离命数。

8　兜售智慧的狂人

千万不要靠近疯子。
这是我能给予你的
最为明智的建议。
规避透风的脑袋，
最让人受益的教导，
也莫过于这一条。
宫廷里受宠的小丑[10]，
大家往往见多不怪：
他们总是嬉笑怒骂，
能让国王笑口常开，
风趣话妙语连珠，
刺向那些骗子、
愚蠢和可笑的人物。

有个狂人流窜街头，
吆喝着把智慧兜售。
轻信者跑去购买，
一个个都认真对待。
卖家卖力挤眉弄眼，
顾客就纷纷掏钱，

买下个漂亮玩意儿[11]，
一段两米长的线绳，
大部分人都很恼火，
这个东西能干什么？
他们觉得受了捉弄，
最好就付之一笑，
或者一声也不哼，
干脆就尽快溜掉。
带着那玩意儿和线绳，
去琢磨其中的名堂，
为何自己这么低能，
就像让人扇了耳光。
一个狂人的行为，
怎么保证有理智？
受了创伤的头脑里，
所产生的任何意念，
可以说纯属偶然。
这线绳和这玩意儿，
百思也不得其解，
某天一个受骗者，

前去请教一位智者。
智者毫不犹豫就说：
"这纯粹是象形文字：
受过高人指点的人，
以及那些狂人疯癫，
彼此要想很好沟通，

照例看线绳的长短。
否则我就敢断定
这玩意儿就是打脸[12]。
那狂人确实卖智慧，
您并没有上当受骗。"

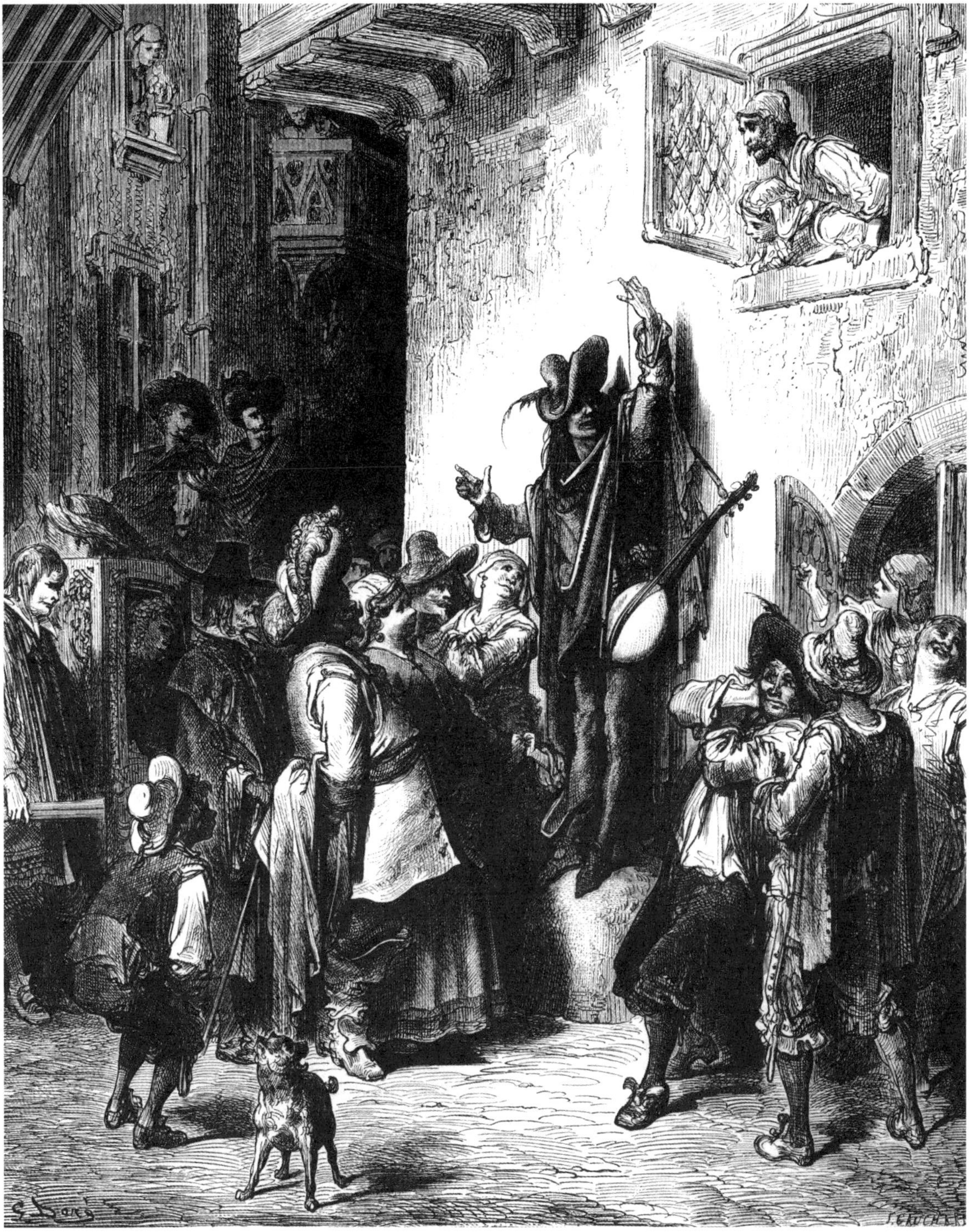

9 牡蛎和争讼者

两个朝圣者有一天，
走在海滩上看见，
有一只牡蛎
被浪涛冲上岸。
两个人的眼睛，
都同时瞄上海鲜；
两个人的手指，
也指向同一地点。
究竟谁有口福，
一场争讼不可免。
一个已经俯下身，
正要拾起海的奉献；
另一个推开他，
开口就义正词严：
"首先必须弄清，
到底谁应该享用。
先瞧见牡蛎的人，
品尝海鲜才公正；
另一个只能旁观，
看着享用的过程。"
对方当即说道：

"如果从这种角度，
来评断这场争吵，
那么谢天谢地，
正巧我的眼力好。"
第一个反驳道：
"我的眼力错不了，
肯定比你先看到，
我敢拿命来担保。"
"就算你先看见了，
我却闻着鲜味道。"
二人相争不相让，
这时来了佩兰·当丹[13]，
就请他来判这案。
佩兰便郑重其事，
打开了牡蛎，
吮吸着吃下去，
而这两位先生，
只能面面相觑。
佩兰吃完了海鲜，
才以庭长的口气宣判：
"喏，法庭判给你们，

牡蛎壳每人一瓣，
各自安心回家，
诉讼费用就全免。"

记下如今打官司，
总共要有多少花销。

算一算结了案，
家庭还落下多少。
你们会看到，
法官总是尽量捞，
只给当事人留下
诉讼袋和贝壳。

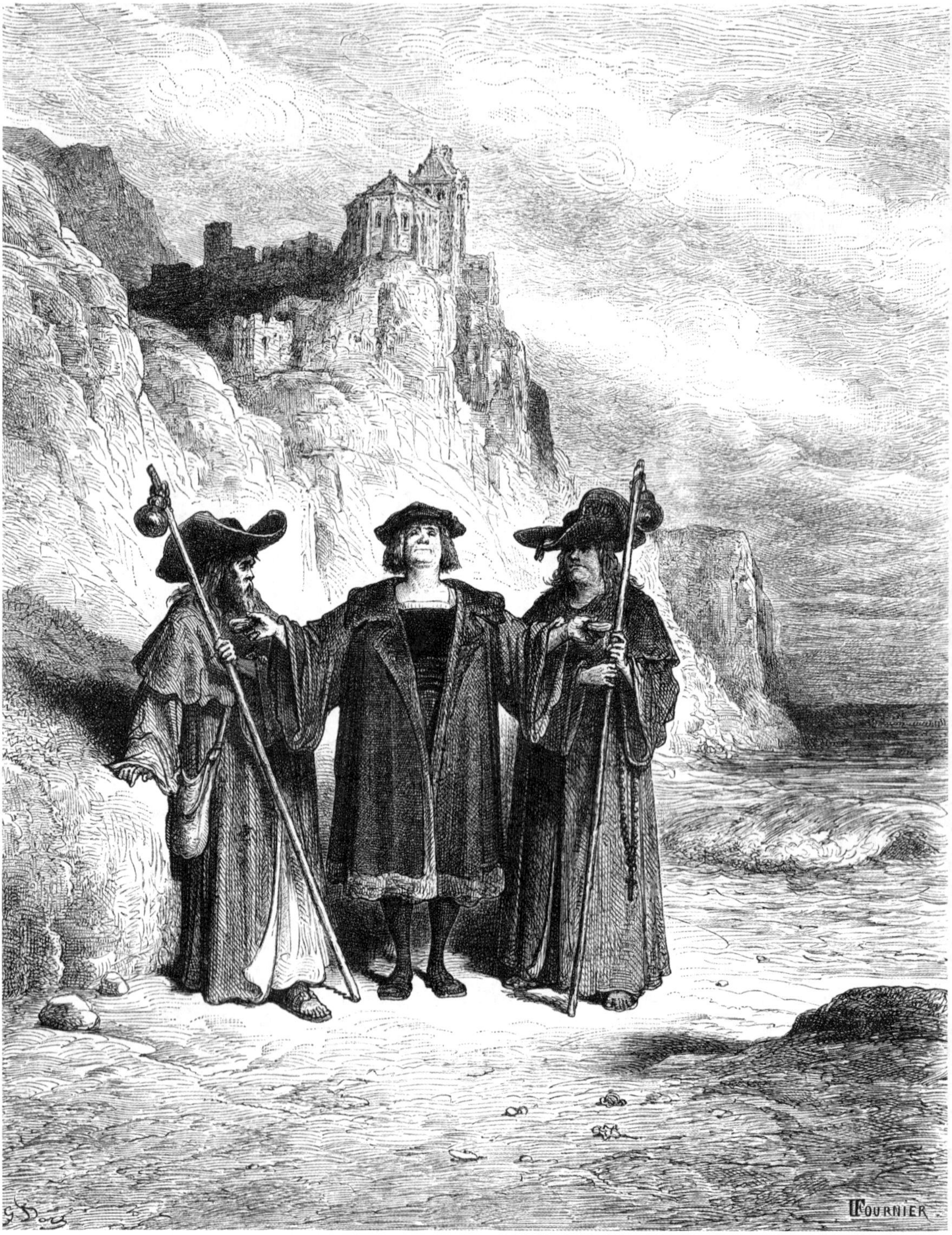
FOURNIER

10　狼与瘦狗[14]

从前有条小鲤鱼，
无论怎么讲道理，
还是下了油锅，
白白耍了嘴皮子。
我要让人明白，
得与失的逻辑：
宁要今天一个，
不等明日一双；
一个在手稳得，
一双恐难指望。
小鲤鱼没有错，
渔夫也言之成理。
为了保住性命，
什么都可以答应。
现在我要借题发挥，
添点彩补充几笔。

说过那个渔夫，
要多精明有多精明，
再讲讲这条狼，
要多愚蠢有多愚蠢。
话说狼在村外，
碰见了一条狗，
狼冲上前去，
就要将狗抓走。
狗却找出托词，
说自己还太瘦：
"瞧我瘦成皮包骨，
老爷想吃也难下口！

您不妨等一等，
到时候包您更称心：
家主人要嫁独生女，
您想想隆重办婚庆，
我管不住嘴，
吃肥了您才好受用。"
狼信以为真，
便放了狗回村。
大约过了几天，
狼回来探探音信，
狗是否上了膘，
吃起来又肥又嫩。
狗东西在家中躲，
隔着栅栏门对狼说：
"朋友，我这就出去，
你若是愿意等着我，
我马上让你见见，
家里看门的狗爷。"
这条看门狗，
肯定是个大块头，
常跟狼打交道，
无疑是搏斗高手。
这条狼已经猜到：
"不劳狗爷大驾了！"
说罢便溜掉了，
腿脚非常灵便，
只是头脑太简单：
干狼这一行，
还需要历练。

11　切勿过当

天地万物，
没有一种行为适度。
然而造物主
却要求一切事物
都必须保持
一定分寸，适可而止。
保持适中了吗？
根本没有实例。
无论是过当，
还是做得不够，
反正都不到火候：
金黄的麦子，
谷物女神的发浪，
可是秧苗太密实，
而且长得又太旺，
往往要耗地力。
密密麻麻多而无当，
尽是无用的苗子，
挤在一起疯长，
麦秸长得粗壮，
麦穗却难灌浆。
果木也一样，
枝叶过于繁茂，
结的果实很少，
仅仅适于观赏。
上帝允许羊吃麦苗，
就要遏制秧苗疯长。
谁知羊群一来，

在麦田里横冲直撞，
麦地全毁了，
麦苗也啃得精光。
事态又难控制，
于是老天便允许狼，
吃掉一些羊，
结果羊又被吃光。
即使还未做到，
至少这是狼的意向。
接着上天又叫人
去惩罚那些恶狼。
人也做得过分，
滥用天意而太骄狂。
在所有动物之间，
人有这种最大倾向：
无论做什么事，
总要走极端而失当。
应当一视同仁，
不能强者因其强，
弱者因其弱，
采取的态度就两样。
世人无一例外，
总要在这一点上，
把持不住而犯错。
难在"切勿过当"，
谁也不恪守，
只是口头上宣讲。

12 大蜡烛

蜜蜂本来自仙境。
据传头一批蜜蜂,
就飞上伊米托斯山[15];
而山上吹着和风,
滋润着鲜花宝园,
为蜜蜂常摆盛宴。
后来人们竟占据,
这些天仙女的宫殿,
还从封闭的宫室,
夺走了全部美餐。
再说得明白一些,
等蜂房没了蜂蜜,
只有蜂蜡留四壁,
就用蜂蜡做蜡烛,
做出蜡烛难计数。
其中一支看得清,
泥土一烧就变硬,

于是也渴望自焚,
像砖一样延寿命。
又一个恩培多克勒[16],
头脑纯粹发了疯,
看着烈焰不可解,
纵身跳入火山中。
蜡烛毫不懂哲学,
胡乱推理自毁灭。
同样成分生万物,
万物千差亦万殊:
主观臆断不可取,
所有造物复合体,
哪个也不能与己比。
蜡制恩培多克勒,
也在火中化成灰。
两个相比差不离,
头脑糊涂无理智。

13　朱庇特和过路人

我们遭遇危险
所许下的愿，
假如全能记得，
那么种种危难，
能让神灵发大财，
个个都会腰缠万贯！
然而时过境迁，
一旦过了险关，
保证给上天的祭献，
往往就忘到了一边；
心里仅仅盘算，
自身利益如何保全。
不信神的人，
说起来还振振有词。
朱庇特是好债主，
从不派来执达吏[17]。
"嗳！"有人反驳，
那么霹雳是什么？
"电闪雷鸣的警示，
您又该怎么解释？"

一个渡河的人，
到河心突遭暴风雨，
便求主神保佑，
许愿祭献百头牛，
结果一头也没有。
即使许下百头象，
还不是完全一样，
连条腿也不会祭上。
此公来到河边，
焚烧了几块骨头，
升起一缕青烟，
让朱庇特鼻子嗅到。
他还高声祷告：
"小朱先生，我来还愿，
这是牛骨的芳香，
阁下的鼻子闻得见。
给你献上这青烟，
从此什么也不欠。"
朱庇特不以为意，
只是佯装一笑置之。

可是过了数日，
主神就找上门来，
托个美梦相告：
某地点藏有财宝。
许愿者跑去寻找，
急得就像火烧眉毛。
一到那地点，
却撞到一伙强盗。
全身只带一埃居，
装在他的腰包，

只好许诺一百金币，
如数缴纳一枚不少，
那些金币就埋在
某某一座小镇里。
强盗一听藏宝地，
一个个都怀疑，
其中一个对他说：
"你耍我们，伙计！
简直找死，去下地狱，
带着你那一百金币！"

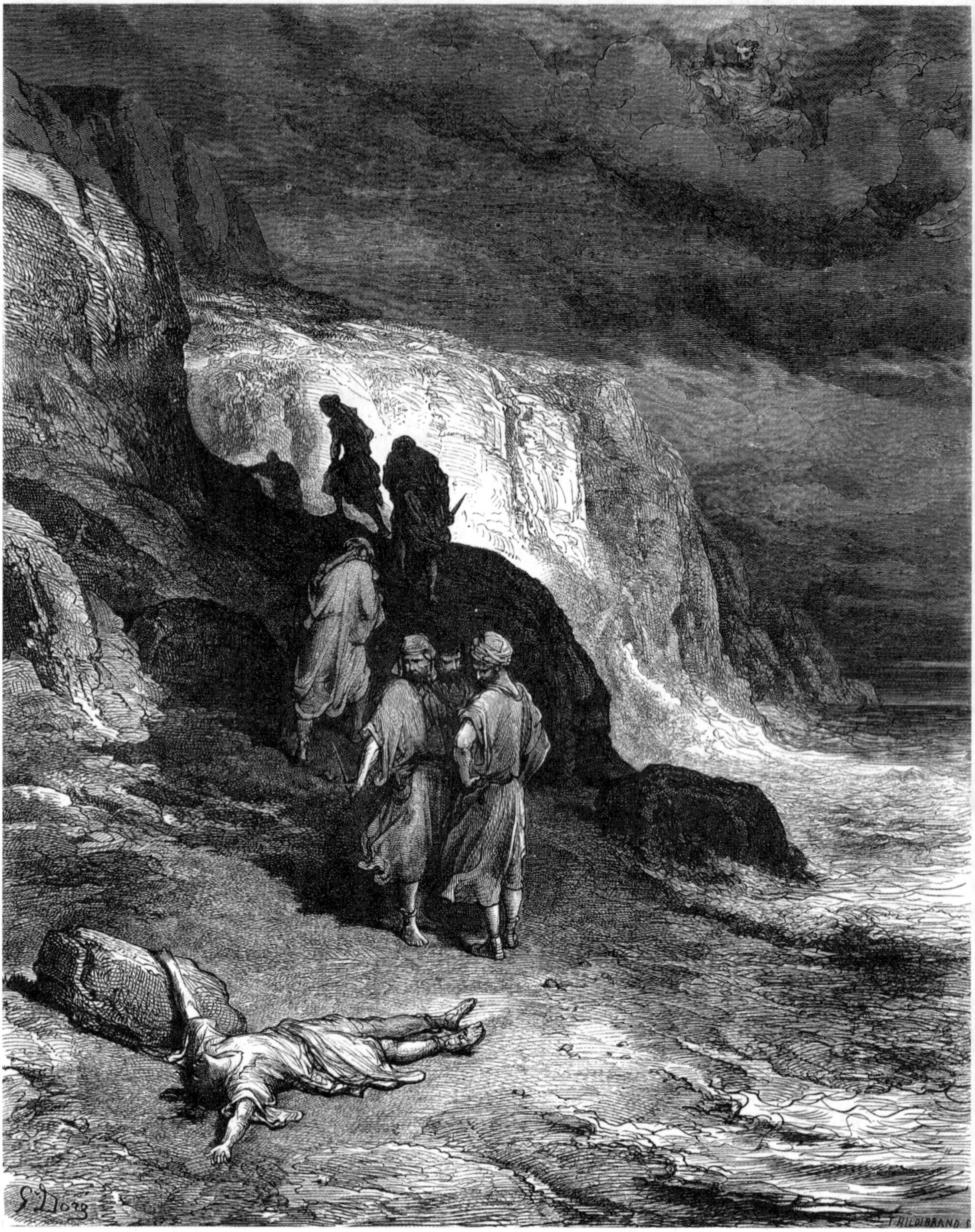

14　猫与狐狸

猫和狐狸,
好似两个小圣徒,
前去朝圣,
正在匆匆赶路。
好一对大骗子,
地道的达尔图夫[18],
两个走路不出声,
专下黑手,天生阴毒。
旅途上的花销,
捕杀了多少禽鸟,
偷吃了多少奶酪,
争抢着看谁骗术高。
路途遥遥,
一路走来特别无聊,
两个便争论,
以消除行路的单调。
争论确是高招,
否则他们总想睡觉。
他们扯开嗓门,
比拼着大喊大叫。

吵了好一阵子,
一路着实很热闹。
终于扯到身边事,
狐狸就对猫说道:
"你自以为精明,
能赶得上我灵通?
我有妙计上百条,
掏出哪条都顶用。"
"妙计不在多,"
猫随即反驳说,
"若说高招,
我口袋里只装一个,
但是我敢放言,
一个能顶千万个。"
于是重新又争吵,
争强好胜越发凶,
你说你行,
我说我更能。
忽然遭遇猎狗群,
平息了这场争论。

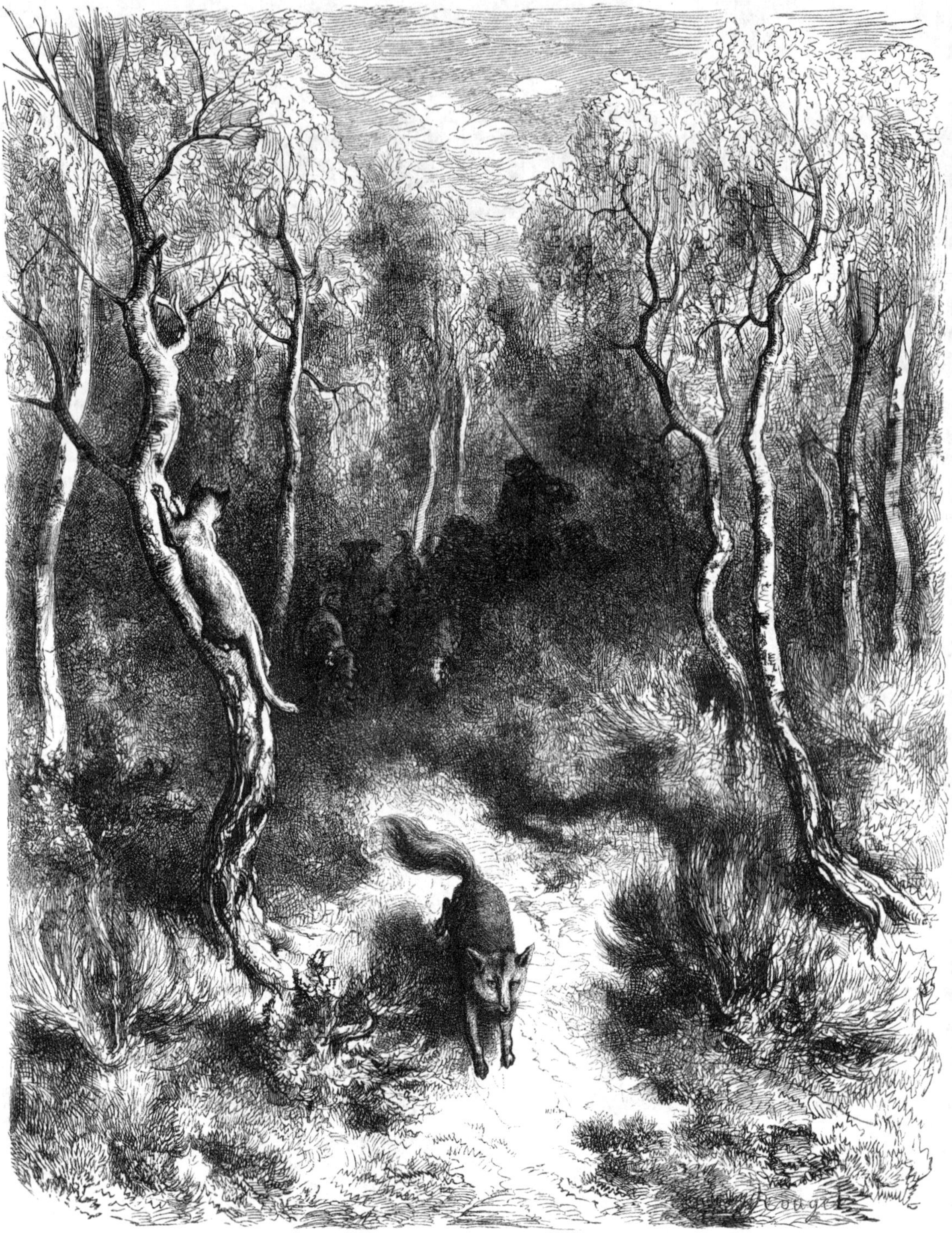

猫对狐狸说道：
"朋友，口袋里掏一掏，
在你这滑头里，
再仔细找一找，
拿出一条妙计来，
好保证你脱逃。
我找也不用找，
这就是我的高招！"
老猫说着，
噌噌噌爬上树梢。
狐狸千回百转，
怎么绕也跑不掉，
钻进上百个地洞，
多少次甩开追踪，
到处想找避难所，
到哪里也不成功。

熏烟灌进洞中，
矮腿猎犬更不放松。
刚钻出一个洞口，
就遭遇狼的猛攻：
两条猎犬蹿上来，
咬断了狐狸喉咙。

办法过多，
反而可能坏事；
临时选择，
往往贻误时机：
什么都做，
什么都想试试。
只要一招，
只要这招极妙。

15　夫妻和小偷

有个丈夫感情深，
还把妻子当情人，
虽然拥有婚生活，
自觉心中不快乐。
夫人从无好眼色，
半句奉承也不说；
这位先生实可怜，
多盼夫人露笑颜，
哪管讲句温情话，
他也飘飘欲成仙；

毫无迹象能表明，
妻子爱他同样深。
但他成家做丈夫，
这点事实我相信。
是否满意自身命运，
并且感谢上天诸神，
根本不取决于婚姻。
怎么说呢？如果爱情，
并不能增添欢乐，
那么何必还结婚，

还不如干脆就独身。
这夫人就是这德性，
自从进了这家门，
就没表示过温存。
正巧就在这天夜里，
丈夫不免抱怨几声。
一个窃贼却打断
夫妻之间的恩怨。
可怜的女人吓坏了，
赶紧要找个依靠，
便投进丈夫的怀抱。
"窃贼朋友，"丈夫说，
"这样甜美的感觉，
没有你我还没尝过。
感谢你的大恩大德，
家里的所有物品，
就由你随便选择，
这住宅你也拿得。"

窃贼也懂得羞耻，
拿两件并不挑剔。

从这故事能得出，
最强烈感情是恐惧，
恐惧战胜了憎恶，
有时还能战胜爱情，
反之爱情战胜恐惧，
这情况也时有发生。
我可以举出例证：
一个情人火烧房屋，
只为抱着心上人，
穿过烈火把她救出。
我很赞赏这种冲动，
这故事也总推崇，
给我的乐趣无穷：
疯狂但是更高尚，
正经西班牙人性情。

16 财宝和两个男人

有个男子失了信誉，
也断了一切财路，
他的钱袋里，
只能让魔鬼进驻，
也就是说
已到了极度困苦，
便动了轻生念头：
想要一了百了，

结束苦日子，
干脆搭条绳上吊；
自己不寻死，
反正饿也得饿死。
有的人不同，
无意尝尝死滋味，
这种死法就不合适。
抱着这种念头，

便走进一间破屋，
这是自缢的好去处。
他带着绳子，
选好一面墙壁，
要往墙上端，
钉上挂绳的钉子。
老墙不结实，
敲几下便脱落墙皮，
跟随着土块，
还掉下来一块金子。
绝望者一见大喜，
拾起财物丢下绳子，
急忙回家去，
也顾不上计数。
这意外钱财，
不管够不够整数，
他都喜出望外，
迈开大步撤离破屋。
见财忘义者刚走，
藏宝人随后来到，
发现金钱不见了，
不禁连声哀叹道：
"这笔钱丢失，
我还能活得了？
我还不上吊？
不上吊怎么着，
除非绳子找不到。"
绳子倒是现成，

绳子上只差个人。
他就把绳子挂好，
老老实实地上了吊。
临死还聊以自慰，
绳子总归是免费。
财物有了新主，
绳子也有了着落。

吝啬鬼临终时刻，
极少不泪流成河：
积攒一辈子财富，
自己只有最小份额，
完全给窃贼，
给自己的亲人，
或者给土地
当了账房先生。
可是，又该怎么评断，
命运女神的替代更换？
这是她的拿手好戏，
命运捉弄特别好玩。
造化弄人越怪诞，
命运女神越心欢。
这位女神喜怒无常，
忽然想搞点名堂：
看到一个人要上吊；
结果绳子上吊着
不想上吊的人，
替换完全出人意料。

17　猴子和猫

一只猴子一只猫，
同居一室是同僚，
同一主人特关照，
全被主人宠坏了。
猴子名叫贝特朗，
胡作非为很猖狂；
老猫取名叫拉东，
肆无忌惮更骄纵。
天不怕来地不怕，
不管什么都敢碰。
家里物品遭损坏？
千万不要怪邻人。
贝特朗偷拿一切，
拉东也不甘示弱，
不抓耗子抓奶酪。
一天就在炉火边，
两个恶棍注意看，
炉火上面烤栗子，
看得两个真眼馋。
偷吃栗子主意妙，

一石就能中二鸟：
自己既可享口福，
又给别人添烦恼。
猴子就对猫说道：
"兄弟，今天机会好，
你从火中取栗子，
显显你的真绝招。
火中取栗这本事，
我若生来就知晓，
那我必定露一手，
要让栗子有好瞧。"
说干就干，
猫伸出爪子轻轻刨，
扒开炉灰分两侧，
随即收回尖趾爪，
然后伸出再试探，
来回试探好几遭，
终于抓出一颗栗，
接二连三熟练了。
贝特朗猴不闲着，

一颗一颗大口嚼。
这时女仆进屋来,
猴子和猫赶紧逃。
据说老猫未尽兴,
还怪女仆瞎乱跑。

各路诸侯多如此,

爱听这种奉承语,
不怕烧手去取栗,
无异等于蹚浑水,
跑到外省瞎忙碌,
最终只为王得利。

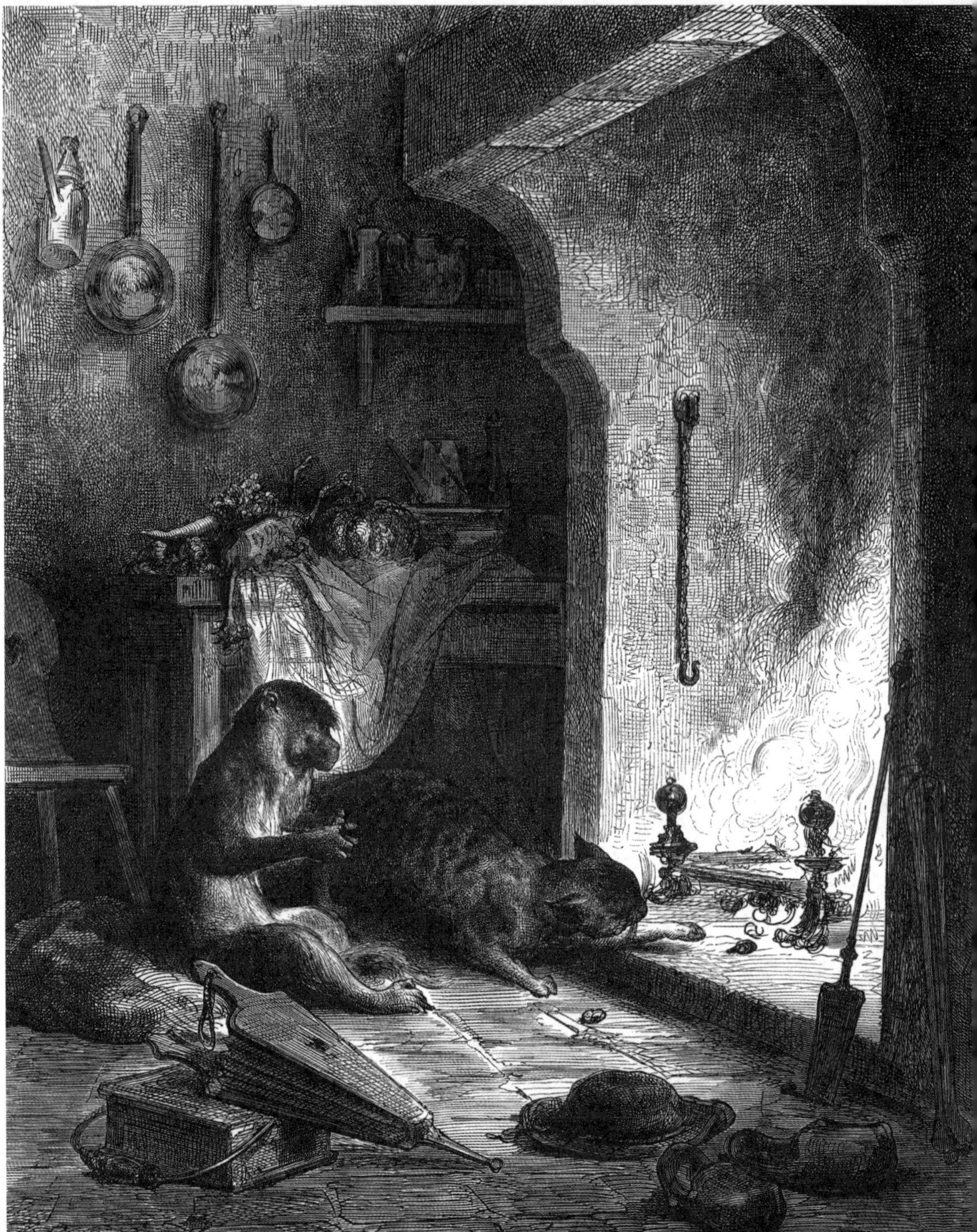

18　鹞鹰与夜莺

鹞鹰强盗明火执仗，
搅得一乡都惊慌，
连村里那些孩子，
一望见他就嚷嚷。
有只夜莺很不幸，
让鹞鹰利爪生擒，
报春使者请求饶命：
"这有什么可吃的，
浑身上下只有声音？
不如听听我的歌声。
给您讲讲忒雷俄斯[19]，
以及他强烈的情欲。"
"什么，忒雷俄斯？
这种菜可对鹰口味？"
"不是菜，是一位国王，
他的欲望烈火一样，
让我感到火的灼伤。

他的故事谱成歌曲，
让我来给您唱唱：
这支歌美妙无比，
您听了会十分欣赏。
我的歌人人都赞扬。"
鹞鹰便反驳夜莺：
"真的，我们相见恨晚！
现在我肚子很饿，
你却跟我谈论音乐！"
"连国王听了都喜悦。"
"等哪天国王抓到你，
这些美妙的故事，
你就给国王讲去。
我就是一只鹞鹰，
听了会嗤之以鼻。
肚子饥饿没耳朵，
无论谁也无可奈何。"

19　牧人与羊群

"怎么回事！这群畜生，
总有个把
没了踪影！
趁我不备，
给狼生吞！
原先有一千多只羊，

我怎么数也瞎白忙！
小羊罗班，
为了口粮，
打从城里就跟随我，
走到天涯也跟得上。
我的风笛，

只要吹响，
唉！周围百步听得见，
他立即跑到我身边。
噢！可怜的小羊罗班。"
牧人吉约，
深情悼念：
这段悼词，
能让罗班
作为羊美名流传。
随后召集整个羊群，
包括羊头领、羊群众，
直到最幼小的羊羔，
都要接受他的训导，
要求他们务必坚定：
众志成城，
岿然不动，
就足以逼退狼群。
于是众羊群情激昂，
信誓旦旦向他保证，
像界碑不后退半寸。
他们说："那条大恶狼，
若是让我们碰见，

我们就要把他咬死，
替罗班羊报仇申冤。"
表示决心，
不惜性命。
吉约便信以为真，
大大地赞扬他们。
然而夜幕还未降临，
就又发生了骚动：
狼来啦，惊散羊群。
哪里是恶狼靠近，
只是像狼的黑影。

兵痞难训，
说得好听，
冲锋陷阵，
不怕牺牲。
然而稍微遭遇危险，
勇敢就全化作泡影！
您的表率、
激励之声，
兵痞们根本不会听。

注释：

[1] 语出《圣经·诗篇》，圣贤指所罗门王。

[2] 媒鸟，又称囮子（é zi），或者圝子（yóu zi），是捕鸟时用以引诱同类鸟的鸟。

[3] 教皇之猴：指教皇尤里乌斯二世（1443—1513），为政教合一而奋斗的政治家。1503年当选为教皇，为确立新教皇国的地位，最终将法国势力逼出意大利。他是艺术的保护人，他的名字与伟大的艺术家拉斐尔、米开朗琪罗等是分不开的。他采纳了长方形彼得士教堂的计划。据传，他养只宠物猴。"教皇之猴"后来成为熟语，意为国王的宝贝。

[4] 加罗：村民的姓氏，成为迂拙村民的代名词，在民间家喻户晓，以喜剧人物形象出现在文学作品中。

[5] 突出的事例就是意大利艺术家米开朗琪罗（1475—1564），他讲述雕成摩西像，就产生畏惧之感。

[6] 即"思想容易影响情绪"。

[7] 皮格马利翁：希腊神话中人物，塞浦路斯王，善雕刻。一次他雕刻了一尊少女像，并且爱上了雕像。爱神见他感情真挚，便赋予少女像以生命，使二人结为夫妇。

[8] 毕达哥拉斯（约前580至前570之间—约前500）：古希腊哲学家、数学家和毕达哥拉斯教团的创始人。据传他的著名格言"一切都是数"，即一切事物现存的关系，都可归结为数的关系。他把脑子定为灵魂的寓所。他规定了宗教的一些神秘祭仪。他的学说深刻地影响了希腊古典哲学的发展和中世纪欧洲思想的发展，特别是占星术的信念，认为宇宙的数的和谐对人类一切事业有决定性影响。

[9] 希腊美人：即著名美女海伦，是宙斯化作天鹅与斯巴达王后勒达所生的女儿，美艳无比，引来许多希腊英雄求婚，最后嫁斯巴达王墨涅拉俄斯。特洛伊王子帕里斯得到爱神的帮助，乘机诱走海伦，从而引起持续十年之久的特洛伊战争。

[10] 法语中的"小丑""狂人""疯子"，是同一个词。在译文中做相应选择。

[11] 玩意儿：这个词原文用的词多义，有"风箱""耳光""鞋舌"以及许多种折叠的物品，翻译中不宜选一种意思具象，不得不用泛指的"玩意儿"。

[12] 打脸：一种变通的翻译，原文将"打耳光"讽刺地说成"爱抚"，无法直译。

［13］佩兰·当丹：拉伯雷《巨人传》中人物，能言善辩，充当民事纠纷的调解人，借此大吃大喝。在法国古典主义著名作家拉辛的笔下，成为典型的法官形象。

［14］这则寓言诗，可以说是《小鱼和渔夫》（第一集第五卷第三首）的续篇。

［15］伊米托斯山：古希腊诗人歌颂的名山，坐落在希腊阿提卡地区（现为阿提卡州），盛产高质量的蜂蜜。

［16］恩培多克勒（约前490—前430）：希腊哲学家、政治家、诗人。据说他自封为神，投入埃特纳火山口，以便让信徒相信他的神圣性。他认为万物均由四种主要成分（火、空气、水、土）构成，坚信灵魂转生，一切事物不生不灭。

［17］执达吏：西方一种执法人员，由法院派去扣押欠债不还的人的财产。

［18］达尔图夫：莫里哀剧作《伪君子》中的主人公，伪善的典型，后来便成为"伪君子"的代名词。

［19］忒雷俄斯：古希腊色雷斯王，娶了雅典公主普洛克涅。他又恋上小姨子菲罗墨拉，把她掠走成亲，还割去其舌头，以防泄露真相。普洛克涅从囚禁的塔中救出妹妹，二人杀死忒雷俄斯的儿子，给忒雷俄斯吃儿子的肉。他发现后，追杀姐妹二人，神把她们变成燕子和夜莺。

第十卷

1 人与游蛇

有人瞧见一条游蛇,
便斥责:"你真歹毒,
我一定得把你铲除,
普天下都会欢呼!"
听到这样恶言恶语,
这个奸诈的动物,
(指的是蛇而不是人,
一般很容易弄混。)
这条蛇就被人捉住,
塞进一只口袋里。
更有甚者,还要处死,
也不管他有罪没罪。
不过,总得给个说法,
就对蛇讲了这番话:
"忘恩负义的典型,
善待毒蛇就是傻瓜!
死去吧!你再恼火,
毒牙也休想伤害我。"
蛇用蛇语,极力辩驳:
"天下多少忘恩负义者,
如果全部都要铲除,
那么谁才能得到宽恕?
你这是在审判自己,
你自身的种种教训,

正好提供给我依据:
你就审视一下自身,
我的命握在你手里,
生杀随你怎么处置。
你的正义是为你所用,
为人的乐趣、你的任性;
用这些法律治我罪吧,
反正我也难逃一死,
至少容我坦率告诉你,
要说忘恩负义的典型,
根本就不是蛇而是人。"
一番话说住了捕蛇者,
他退了一步,终于反驳:
"你的申辩不足为凭,
我有这权力,由我决定。
这么着,就找个仲裁。"
"奉陪!"蛇答得痛快。
附近正好有一头奶牛,
一招呼便走过来应酬。
奶牛当即接受了判案,
在她看来事情很简单:
"就这件小事,"奶牛说,
"怎么还值得求助我?
何必掩饰?蛇说得没错。

我供养这人，长年累月：
我产的奶和我的孩子，
他都送到集市上去卖，
满把的钱就赚回来；
甚至依靠我才恢复
岁月对他健康的损害。
我千辛万苦，只为满足
他的欢乐和他的需求。
多少年下来，我已年迈，
他就把我丢弃在角落，
不喂草料叫我没法活！
哪管放我出去吃草，
可拴住我，走也走不掉。
如果换了蛇是我主子，
蛇能会如此忘恩负义？
别了，恕我心直口快。"
这判词让此人好惊怪，
他对蛇说："牛讲的话，
饶舌的牛，能相信吗？
她的头脑已经糊涂。
我们要相信这头公牛。"
"公牛也好。"游蛇答道。
这样定说就这样办。
公牛走来脚步很慢。
他听完了整个案情，
在头脑里转了好几遍，
这才说他干重活累活，
只为主人干了多少年。
每天劳作要早出晚归，
劳苦的长途循环不断，
终年干活，春种秋收，

换回主人家谷仓丰满。
可是做牛做马的辛劳，
总挨鞭子，得不到回报。
更加可恼，等牛一老，
每当人祈求神灵宽恕，
祭祀就总拿牛开刀，
还说牺牲是牛的荣耀。
公牛这样说，人就反驳：
"真讨厌，快给我住口，
不要在这儿摇唇鼓舌，
本来是给我们当仲裁，
却充当原告来指责。
我看公牛也是瞎胡说。"
于是又请大树当裁判，
哪知这个裁判更捣乱：
可谓大树下面好乘凉，
又是遮风挡雨好去场；
为人美化田野和花园，
阴凉不是唯一的贡献，
累累果实又供人品鲜。
然而树得到什么酬报，
不过被一个农夫砍倒，
这就是给树的酬劳；
尽管树木毫不计较，
一年到头总不停歇，
春季开花秋季结果，
夏热阴凉冬寒生炉火。
哪次剪枝不动刀斧？
论体资树可以长寿。
人硬是要打赢官司，
自觉理亏却不肯罢休。

"我心眼太好,"他说道,
"听这些家伙胡说八道。"
当即抡起装蛇的袋子,
用力朝墙猛摔过去,
蛇当场就被活活摔死。

大人物一向这样行事,
讲道理就是冒犯他们,
他们满脑子只想自己,

一切都为他们而生,
无论四蹄动物还是人,
包括没有足的爬虫。
如果谁敢申辩一声,
那就是傻瓜愣头青!
我承认这正是世情,
既然如此又该怎么办。
要说话就躲得远远,
否则这张嘴就得三缄。

2　乌龟和两只野鸭

有只乌龟,
头脑未免简单,
洞里待烦了,
要出来见见世面。
这不奇怪,
想来异国更好看,
这不奇怪,
瘸子也厌恶房间。
乌龟大姐,
有了这种美妙打算,
向一对野鸭,
一吐心中的美愿。
野鸭回答说,
让她如愿也不难:
"您还没望见,
大海在蓝天延展?
我们就空运,

把你送到美洲大陆。
到了那里,
您会游览许多国度:
许多共和国、
许多王国、许多民族,
您会开眼,
见识各种奇风异俗。
尤利西斯[1]
就曾走过这条迷途。"
出人意料,
这事还扯上尤利西斯。
乌龟听罢,
接受了野鸭的建议。
拍板成交,
鸟儿便造飞行器,
要将这位香客
送到遥远的目的地。

所谓飞行器,
就是挑好一根直棒,
让乌龟张口,
紧紧咬住棒的中间。
"千万咬紧,
一松口可就危险!"
接着每只野鸭,
分别叼住棒的两端。
乌龟飞起来,
到处都引起惊叹:
迟缓的动物,
平时爬得那么慢,
现在背着房子,
竟然冉冉飞上了天,
刚好飞在
两只小天鹅中间。
"真是奇观!"
地上的人纷纷喊,

"快来看呀,
乌龟王后飞在云端!"
"王后?真的,
你们谁也别当笑谈!"
乌龟赶路,
最好不要发一言,
只因一松口,
就脱离了飞行器,
跌落下去,
在观众的脚下摔死。
一命呜呼,
怪自己疏忽大意。

有道是:
行事莽撞爱饶舌,
愚昧虚荣欲望奢,
这些毛病本一家,
一脉相承子嗣多。

3　鱼和鸬鹚

这一带地盘，
会被一只鸬鹚霸占；
哪一片水塘，
都得分摊税捐；
鱼塘和池塘，
全向他纳贡奉献；
鸬鹚的饮食，
总不缺水产美鲜。
一旦年迈体衰，
境况就十分可怜，
同样的餐桌，
却没了原先的美餐。
既是鸬鹚，
就必须自食其力，
可他实在老迈，
眼花看不清水底，
不像渔夫，
用撒网围网捕鱼，
只得挨饿，
终日里号寒啼饥。

怎么办呢？
急需是最好的谋士，
于是这只鸬鹚
就急中生智：
站在水塘边，
他看见一只小虾米，
便招呼道：
"小妹妹，快去通知，
大事不好，
水族大众难逃一劫，
过一星期，
地主就要捕捞清池。"
虾米不敢磨蹭，
急忙去报告险情。
消息一传开，
水族当即乱了营！
大家奔走相告，
又是聚会又是讨论，
还派出代表，
向水鸟进一步询问：

"您这消息
来自何处,鸬鹚大人?
何以为证?
您能保证确实可信?
可有补救办法?
怎么做才能保命?"
鸬鹚回答:
"迁往别的地点。"
"迁徙搬家,
怎么才能搬得完?"
"不必担心:
我来帮你们搬迁,
一个接一个,
引到我那去避难;
除了上帝和我,
谁也不知道这条路线;
转移到哪儿,
也没有那里最安全;
那是大自然
亲手挖的鱼家园,
狡诈的人,
没有一个能找见,
到了那里,
可以复兴共和乐园。"
水族信以为真,

一个接一个搬迁,
全都搬到
人迹罕至的悬崖下面。
水池狭长,
水清澈而又极浅,
伪善的鸬鹚,
这回捕鱼真方便。
今天捉这条,
明天捉那条供美餐。
鸬鹚给鱼教训,
付出的代价很惨痛:
对吃人者,
永远也不要轻信。
比较而言,
水族损失不算太重,
毕竟人类更甚,
要吃掉很大部分。
是人还是狼,
被谁吃掉总归一样,
在我看来,
反正都是大肚肠。
晚一天别高兴,
早一天也别太悲伤,
早晚差别不大,
最终还是同样下场。

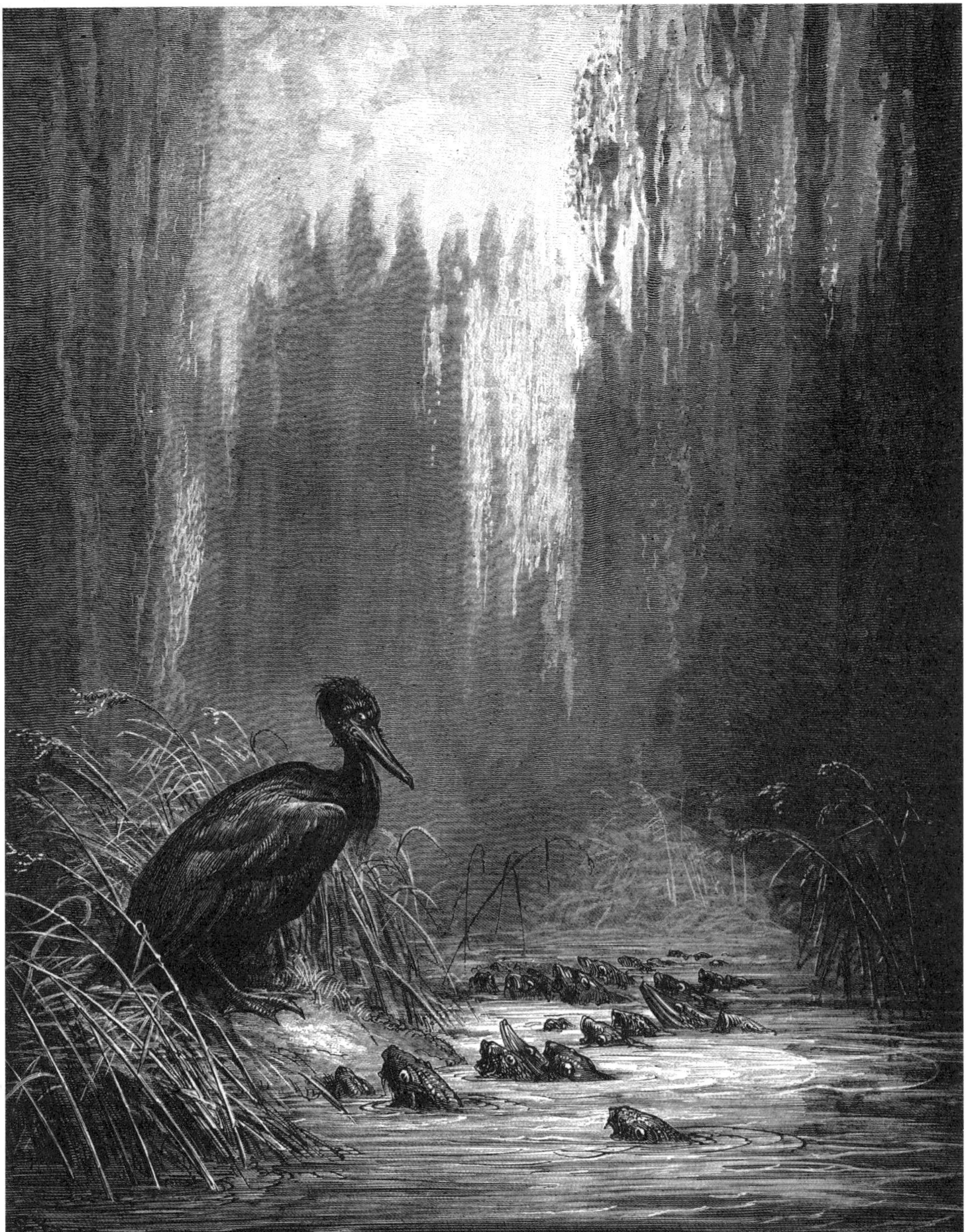

4 埋金者与伙伴

有个守财奴,
积攒了大批金钱,
不知放哪儿好,
藏在哪里最保险。
吝啬与无知,
本就是难兄难弟,
兄弟俩联手,
又给守财奴出难题:
挑个委托人,
究竟什么样才合适。
总得找一个,
原因也不言而喻:
钱太诱人,
金山如果放在家中,
就是没盗贼,
也会渐渐把山挖空:
盗贼就是我,
监守自盗去享用。
盗贼?什么!享用
就是盗窃自己的钱?
我的朋友,
你错得实在太可怜;
这样的教训,
我要让你记心间:
财富之所以为财富,
只看能不能花掉钱。
不花只敛钱,
财富就是大祸患。

钱留着干啥?
留到年迈不能动弹?
留到风烛残年,
守着钱不知怎么办?
辛辛苦苦赚钱,
用尽心思积攒保管,
以为钱万能,
攒到头来却没有用,
金钱的价值,
积存最终归于零。
为了省点心,
委托保管也可行;
如果需要,
就能找到可靠的人。
不过更可靠的,
他认为还是"土"财神,
便找伙伴帮忙,
将财宝交给土地保藏。
过了一段时间,
守财奴便去察看:
只有空穴,
财宝已被连锅端。
怀疑伙伴,
这种怀疑理所当然。
速去见面,
又请伙伴帮忙来办:
"您抽点时间,
我那还有一笔钱,

放到一起,
还是埋到原来地点。"
老搭档一喜,
赶紧将偷的钱复原,
准备一勺烩,
两笔钱一并侵占。
然而这回,
守财奴变得聪明:
他取了钱,
钱财全放在家中,
现在想通,

不如自己及时享用;
不再积攒,
也不再埋葬去挖洞。
可怜的窃贼,
机关算尽一场空,
贪心高涨,
摔下来惊醒发财梦。

有道是:
让骗子上当受骗,
做起来也并不难。

5　狼和牧羊人

有条狼充满人性,
假如在这人世上,
真有这样的狼性,
有一天开始反省,
对自己的残忍
进行深刻的反省,
尽管这种残忍,
是生活的本能。
狼说道:"我招人恨,
招谁恨呢? 每个人。
狼是人的公敌:
狗、猎人、村民,
全部都联合起来,
坚决要消灭狼群。
朱庇特在天上,

让世人吵得烦心,
因而在英格兰,
狼就绝了踪影:
悬赏要我们的头[2],
乡绅无不行动,
张布告捕杀我们;
哪个孩子敢哭闹,
为吓住孩子哭声,
妈妈就说狼来了。
搞起这么大动静,
只因狼有点贪吃,
吃了一头生疮驴、
一只病羊和疯狗。
那好吧! 知过必改,
从此不吃活东西。

第二集　315

干脆就啃青草，
饿死也在所不惜。
吃草就那么受罪？
难道非要引起
普天下的仇视？"
狼这样自言自语，
看见几个牧羊人
正在大吃大嚼，
羔羊在扦上烧烤。
"哦！哦！"狼说道，
"我吃羊肉喝羊血，
还这么深深自责；
可是这些人和狗，
正经都是护羊者，
原来也爱吃羊肉；
而我又何必顾忌？
我是狼，吃羊正合宜，
干吗吃素成笑柄？

不，我以诸神发誓！
纵然我不再吃羊，
羔羊照样上烤扦，
羊羔妈妈和爸爸，
全是人的好野餐。"

这条狼言之有理。
我们总大摆宴席，
猎物全上餐桌，
动物无不成美味，
而我们还恬不知耻，
尽量把食肉动物，
推回到黄金世纪[3]。
牧羊人啊牧羊人，
若说狼有什么错，
只因不是最强者，
难道还要狼去过
隐修士的生活？

6 蜘蛛和燕子

"朱庇特呦，
你深谙一种奥秘，
以新的分娩法，
能从你的头脑里，
生产出来
我的宿敌帕拉斯[4]，
你总得有一次，
听听我发出的怨艾！

可恶的燕子，
总飞来夺我的食物；
燕子在空中、
在水面上盘旋飞舞，
到我家门口，
对我的苍蝇追捕：
我织的网，
可以说相当牢固，

没有燕子捣乱,
苍蝇早就投满网幕。"
蜘蛛很嚣张,
这样诉了一大通苦。
蜘蛛大有来头,
前身是织绣神手[5],
曾经扬言,
要网尽天下的虫蠡,
这便惹恼女神,
从而结下了冤仇。
燕子要猎捕,
哪管小小的蜘蛛;
追捕飞虫,
在空中飞旋欢舞;
残忍的快乐,
为自己和孩子果腹。
一窝雏燕,
都在那儿嗷嗷待哺;
雏燕刚能发声,
声不准也吵闹不休,
总张着大嘴,
也总有更大的胃口。

可怜的蜘蛛,
比不得当年的闺秀,
现在只有
这颗头和徒增的足;
展不了身手,
眼看着自身被劫走。
燕子穿过,
带走了蛛网和全部,
蛛网的丝头
就吊着抱怨的蜘蛛。

天王老儿
做事就是很势利,
将这世界,
按身份分成等级:
头等餐桌坐着
乖巧者、警醒者和强者;
那些弱小者,
就坐在二等餐桌,
也只能吃些,
别人吃剩下的菜碟。

7　山鹑和公鸡

几只公鸡,
粗俗而不懂礼貌,
终日里无事,
总爱争斗吵吵闹闹。

公鸡堆里,
却收养一只母山鹑。
这只山鹑
受到公鸡的欢迎,

除了好客，
性别是主要原因：
这群公鸡，
生来都是大情种。
山鹑便希望，
大家都能文质彬彬，
为这饲养场
增添体面的名声。
然而这群鸡，
经常好大发雷霆，
对这女客人，
往往缺乏些敬重，
不时动粗，
狠狠地鸹她几口；
起初那阵子，
她心里非常难受。
不过她很快看到，
公鸡们也总好内斗，
他们气急败坏，
相互间痛下杀手。
既然如此，

山鹑可聊以自慰，
心中暗道：
"这是他们的风气，
不必怪罪，
反倒是可怜可惜。
朱庇特造物，
并不按照一种模子：
公鸡和山鹑，
生来各有各的秉性；
我若能自主，
就找些文明的友朋，
在优雅的圈子，
这一生其乐融融。
可是这里的主人，
却搞另一套规程。
他张了罗网，
无端捕捉了我们，
放进公鸡堆里，
剪掉翅膀不能飞行：
不能怪公鸡，
要怪就只能怪人。"

8　割了耳朵的狗

"我究竟做了什么，
就被主人割了耳朵？
我怎敢在那些狗前，
亮出这种狼狈相？
你们是动物之王，

更是动物的暴君，
谁会这样对待你们？"
小狗穆夫拉喊冤，
叫声痛苦而凄惨，
无情割狗耳朵的人

听着却不以为然。
小狗以为毁了一生,
时间一长才发现,
没耳朵有便宜占;
狗生性好袭击同类,
总咬架就难免吃亏,
回到家里仔细察看,
两只耳朵伤痕累累:
凡是好斗的恶狗,
耳朵无不遭到损毁。
容易挨咬的部位,
当然最好减少累赘;
如果只剩一处要害,
有好装备便好防卫:
穆夫拉就是好例证,
他戴的项圈镶铁钉,
更无耳朵成靶子,
狼与之相争也难胜。

9　牧羊人与国王

有两个魔鬼，
肆意瓜分我们的一生，
从生命财富中，
还驱逐了我们的理性。
没有一颗心，
不献给这两个魔影。
如若问起，
魔鬼的身份，尊姓大名：
一个叫野心，
另一个我称之为爱情。
野心总膨胀，
扩展其地盘无止境，
更有甚者，
还进爱情领域去搅胜。
我若以此为题，
就能够说明这种情形，
不过我的目的，
不是讲当今的事情，
而是讲古老故事：
讲的是一个牧羊人，
如何被国王
召进宫廷去主政。

话说这位国王，
看见遍野都是羊：
草也肥来羊也壮，
多亏牧羊人经营，
年年都有大进项，
放牧辛勤又有方，
大大取悦于国王。
国王便对牧人说：
"你是牧人有才能，
丢下你的羊群，
任命你为大法官，
前去给我领导人。"
牧人虽没见过世面，
现在手握司法权。
原先交道人不多，
只有一个隐修者，
还有羊群牧羊犬，

时而见过狼出没。
见识不多懂情理,
任事可以随时学。
总而言之当法官,
也像羊倌很出色。
他的邻居隐修者,
赶紧跑过来对他说:
"我醒着还是做梦?
您到宫廷受重用,
如今当上大法官!
对国王你得当心:
国王宠幸易滑动,
当事者迷认不清:
迷误更要食苦果,
付出代价知几多;
这类谬误更可怕,
向来能酿大灾祸。
陷身官场无自由,
您尚不知是诱惑。
处处防范须当心,
作为朋友才劝说。"
牧人听了哈哈笑,
隐士接着又说道:
"当初明智今不见,
已受宫廷重污染。
让我想起一瞽者,
途中遇条冻僵蛇,
摸着只当是鞭子。
腰间鞭子已失落,
谢天谢地填空缺。
忽听行人对他喊:

'您手上抓的是什么?
上帝啊,丢掉这条蛇,
这又狠又毒的家伙!'
'我手抓的是鞭子。'
'跟您说,就是条蛇。
要不何必费口舌,
这么劝您图什么?
您还当宝贝舍不得?'
'原来鞭子已用旧,
新捡一条好得多;
您讲这话是眼红,
我当宝贝又如何?'
瞽者最终也不信,
因此很快丧了命:
毒蛇一旦缓过来,
咬了胳臂害死人。
您的事我敢预言,
日后准遭大麻烦。"
"顶多豁出这条命,
还能遭遇啥危险?"
"烦不胜烦不安生。"
隐士撂下这预言。
隐修士的话不错,
预言果然应了验。
官场阴谋诡计多,
宫里谗言难防范。
法官清廉受质疑,
才具平平不称职。
耳畔谗言听得多,
国王疑心也激活。
密谋残害有人在,

又是煽动又教唆，
诬陷诽谤齐动员，
受过惩处心不甘，
借机报复闹得欢。
"我们财产他没收，"
他们这样散谣言，
"就为自家建高楼。"
这些财富堆如山，
国王倒要去看看：
法官府中挺清贫；
所见一切够寒酸，
奢华意味极节俭。
于是有人又举报：
"他的财富是珠宝，
整整装满一大箱，
十把大锁锁得牢。"
当面打开财宝箱，
全场诧异出意料，
奸佞无不惊呆了：
木箱敞开给人看，

只见箱中皆破烂，
牧羊人的旧衣装：
瓜皮帽和大外套、
干粮袋与牧羊杖，
想必风笛也珍藏。
牧羊人深情说道：
"温馨的珍宝哟，
多么宝贵的保障，
永远也不会招致
嫉妒和弥天大谎；
我还原样全带走，
离开这豪宅官场，
就像梦醒了一样。
这番话发自心声，
陛下，还请您原谅。
我忽然平步青云，
早就预料会谪降。
当官我也挺滋润：
不过，谁的头脑里，
没有一点点野心？"

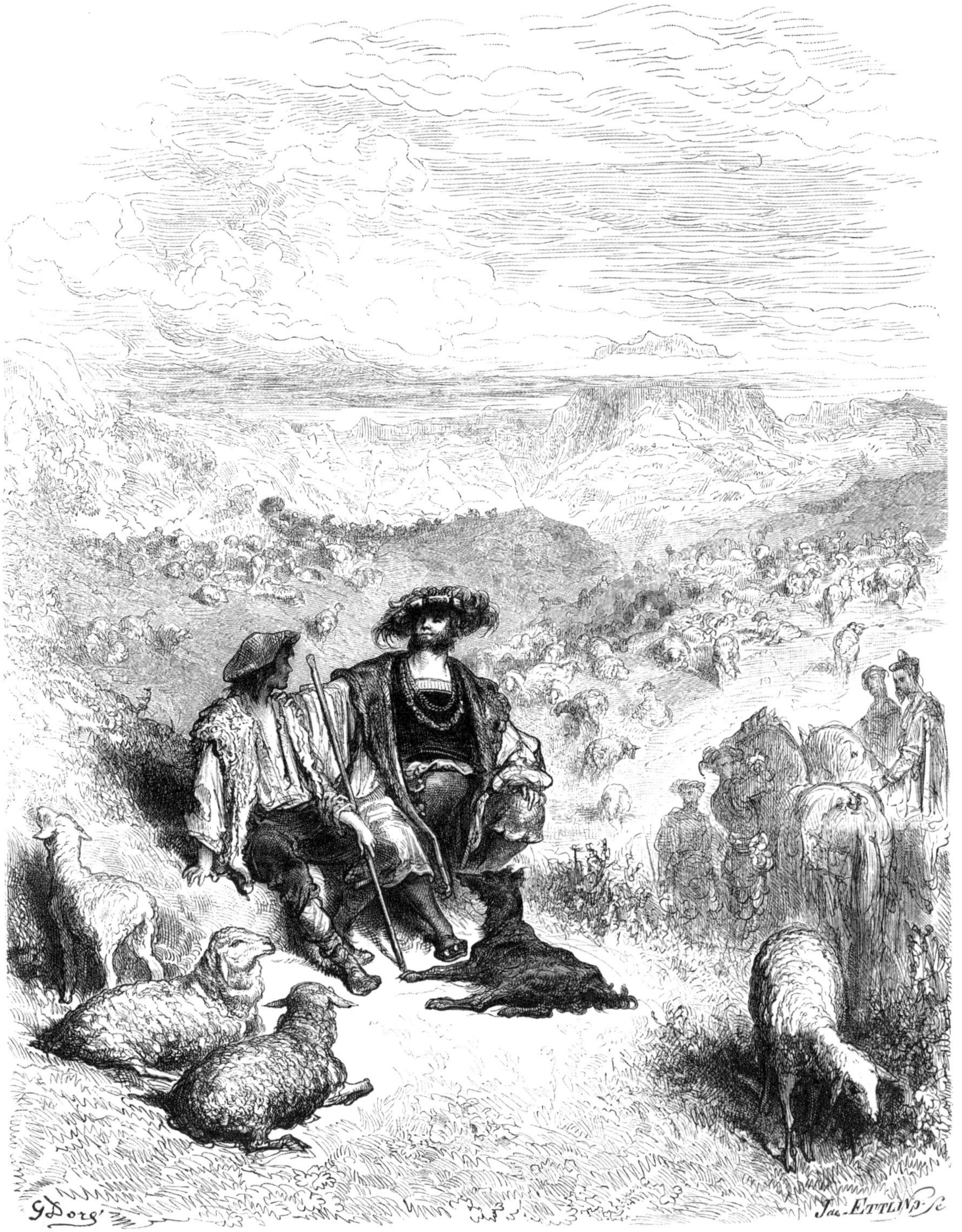
G.Doré

10　鱼群与吹笛牧羊人

牧羊人蒂尔西，
最擅长吹风笛，
那悠扬的笛声，
甚至能感动死人；
他的歌声很动听，
但只唱给安奈特，
他的那个心上人。
有一天和风习习，
吹拂着绿草地，
草地上鲜花盛开，
又有小溪灌溉。
小溪边有一少女，
安奈特在钓鱼，
一条鱼也不靠近，
牧羊女要白费力。
这时来了蒂尔西，
沿小溪唱着歌，
朝牧羊女走去；
他要用美妙歌声，
吸引来大群的鱼，

还以为，也误以为
歌声对鱼有魅力。
他为鱼儿唱小曲：
"这条溪流的居民，
丢下洞中的河神，
快游过来看美人。
美人风情有万种，
自管前来勿担心，
不会一见迷了魂。
若说她心有多狠，
那也只是对我们；
对鱼肯定很温情，
绝不会要了你们命：
一座鱼池准备好，
比起水晶还透明。
如有几条鱼太馋，
咬了鱼饵丧了生，
死在安奈特手中，
是我艳羡的命运。"
这番话唱得好听，

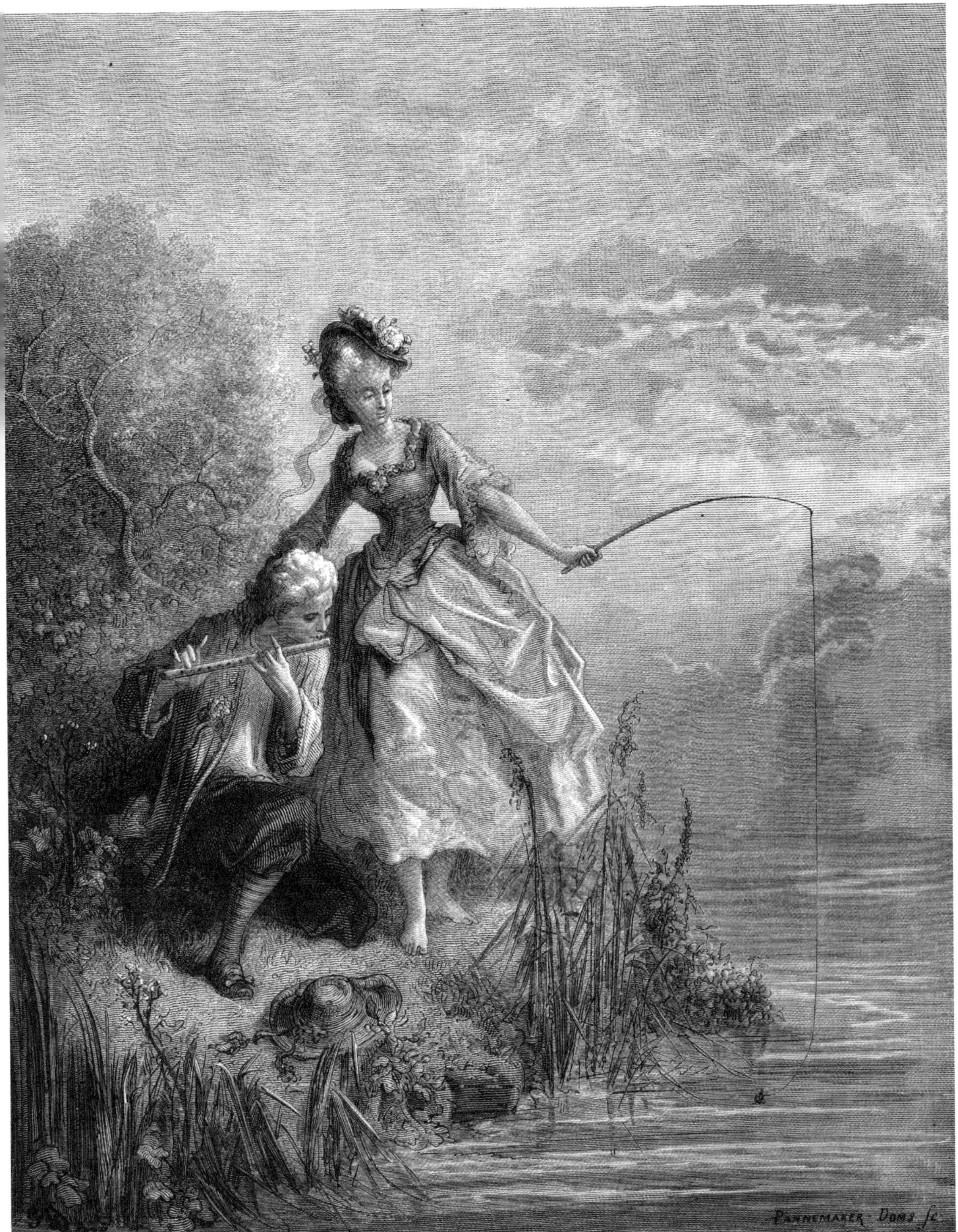
PANNEMAKER · DOMS sc.

却没有产生效用:
听众既哑耳又聋。
蒂尔西呀白说教,
甜言蜜语随风飘,
一气之下撒开网,
网住鱼儿无处逃。
面前献上一网鱼,
向牧羊女表心意。

你们哟,国王们,

不是牧羊是牧人,
你们以为讲道理,
就能赢得外族心;
收服外族凭理性,
从来不是好途径。
软招不行来硬的,
撒开大网如捕鱼,
强权畅行无阻力[6]。

11　鹦鹉父子和国王父子

鹦鹉父子住宫殿,
国王烤肉家常饭。
宠物主人父子俩,
两位半人半神仙,
年龄相近友情真,
两对父子情谊深:
两位父亲相友爱,
两颗童心也相印,
虽然童心尚轻浮,
同桌用餐同念书,
两小无猜似手足。
鹦鹉小子何其幸,
只因发小是储君,
其父正是王至尊。
命运女神定前因,
王子爱鸟本天性。

一只麻雀很俊俏,
全国喜爱鸟明星。
两只鸟儿便争宠,
有天一起玩游戏,
少年难免斗意气,
一场大战难遏止。
麻雀一时太大意,
鹦鹉接连啄几口,
啄得麻雀快半死,
拖着翅膀收不拢,
看来丧命无药医。
王子当即怒冲冲,
处死鹦鹉不留情。
鹦鹉父亲闻噩耗,
不幸老鸟发哀声,
丧子之痛不欲生。

一切一切都徒然，
怎么哭号也无用；
能言小鸟赴黄泉，
亦即不能再言谈；
怒火转向小王子，
猛扑过去用力鹘，
鹘瞎王子两只眼。
鹦鹉随即就逃离，
飞上一棵松树巅。
此仇得报细玩味，
树巅平静又安全，
诸神地盘可避难。
国王亲自跑过来，
意欲引诱好言劝：
"朋友，哭有什么用？
赶快随我把家还。
冤冤相报徒悲伤，
统统丢到门外边。
极度伤痛不必说，
我得有言讲在前：
毕竟我们有过错，
王子动手错在先：
这事全怪我儿子？
不然。换个角度看，
始作俑者命在天。
命运女神不停手，
生死簿上书偶然：
两个孩子遭不测，
一个夭折离人间，
一个不幸看不见。
你还回到笼子里，

我们节哀应顺变，
相互安慰理当然。"
鹦鹉当即回答说：
"如此粗暴渎王权，
陛下怎能还以为
我会听信你哄骗？
你说这是命安排，
渎神之话加誓言，
引诱我去咬钓竿？
正是天意或命运，
支配人世大小情：
我在这棵松树巅，
还是远飞大森林，
最终了却此余生，
也是上天命注定；
远离失明小王子，
规避愤怒与仇恨。
国王本就尊为神，
报仇雪恨是天性。
这种罪过犯龙颜，
你想忘却难上难；
我信不信倒其次，
最好还是躲得远，
触手可及总惕厉，
眼不见才心不烦。
国王陛下吾好友，
不要徒然把我劝，
休要再提回鸟笼，
你就走吧请自便。
世间爱恨都难医，
最好药方是别离。"

第二集　327

12　母狮和母熊

一头母狮丧爱子，
幼狮已被人猎取。
可怜母狮好悲愤，
吼声响彻大森林。
即使朦胧夜已深，
林中寂静多魅影，
森林女王声不止，
喧嚣闹得不安宁，
百兽无不受惊扰，
谁也休想有好梦。
母熊终于对她说：
"大姐呀，听我一言，
算来有多少孩子，
都成为你的美餐，
他们就无父无母？
该向谁大发哀怨？"
"他们也有爹有娘。"
"既然都有父母亲，
丧失子女不伤心，
却不见有哪一个，
闹得地暗又天昏。

多少母亲都沉默，
你为什么不住声？"
"我住声！我多不幸！
噢！儿子丧了命！
教我怎么活在世，
到晚年孤苦伶仃！"
"告诉我，究竟是谁
把你逼到了绝境？"
"唉！还不就是命运，
命运恨我这么深！"

这番话从古至今，
曾在每人口上沉吟，
这话是讲给你们听，
可怜可悲的世人：
我满耳嗡鸣只听见
徒劳无益的哀怨，
谁遭遇这种境况，
就总要怪命怨天，
比起赫卡柏[7]的磨难，
就应感谢神的恩典。

13　两个冒险家的护符

追求富贵荣华，
没有路铺满鲜花。
只举一个事例：
赫丘利及其英雄事迹。
这位天神漫游，
几乎没遇到敌手。
寓言里极少见，
历史上更没有，
这里倒有个冒险者，
依仗着老护身符，
就要去闯荡江湖。
旅途上有个伴侣，
二人骑马赶路，
忽见一根立柱，
读到上面的字牌：
"冒险家爷台，
你若是有兴观赏，
游侠也未见过的景象，
只需渡过这道湍流，
发现一尊石象，
就横卧在地上；
再抱起石象攀登，
一口气就登临
直插云霄的顶峰。"

其中一人泄了气，
"这湍流深又急，
就算涉险渡过去，
干吗还抱个石象，
岂不滑天下之大稽！
写此文的明公，
若照这种规定，
抱着石象上山，
也许能走四步远；
一口气爬到山顶，
绝非普通人所能。
除非石象很矮，
小玩意儿，小不点儿，
可镶在手杖做手柄；
若是这种情形，

这又算作什么冒险?
又能赢得什么名声?
写这字牌的人,
还想愚弄我们,
这样的小伎俩,
骗骗小孩子还行。
因此,你去抱那石象,
我就赶我的路程。"
爱推理的人走了,
冒险者闭上眼睛,
投身到激流中。
水流再急再深,
也阻挡不了他前进。
过了湍流到对岸,
果然看到了石象。
抱起石象就往上冲,
一直跑到山顶。
山顶一大片平地,
建有一座城池。
石象忽然吼叫一声,
全城武装立即出城。
喊杀之声震天,
换个人必然逃窜。
我们这位毫不畏惧,
非但不掉过头去,

还要宁拼一死,
也得显示英雄本色。
他十分诧异地听见,
乱哄哄的民众高喊,
欢呼拥戴他为君主,
替代驾崩的国王。
他不拿大,略微逊让,
还说他负此重担,
委实有些勉为其难。
当年西克斯图斯[8],
一旦当选为教皇,
也要过这种花腔:
(做教皇或者国王,
难道是自讨苦尝?)
不久大家就发现,
他这是巧舌如簧。

有道是:
好运不长眼,
专找傻大胆。
智者不斗智,
时而当机断。
审势抓实际,
得失一瞬间。

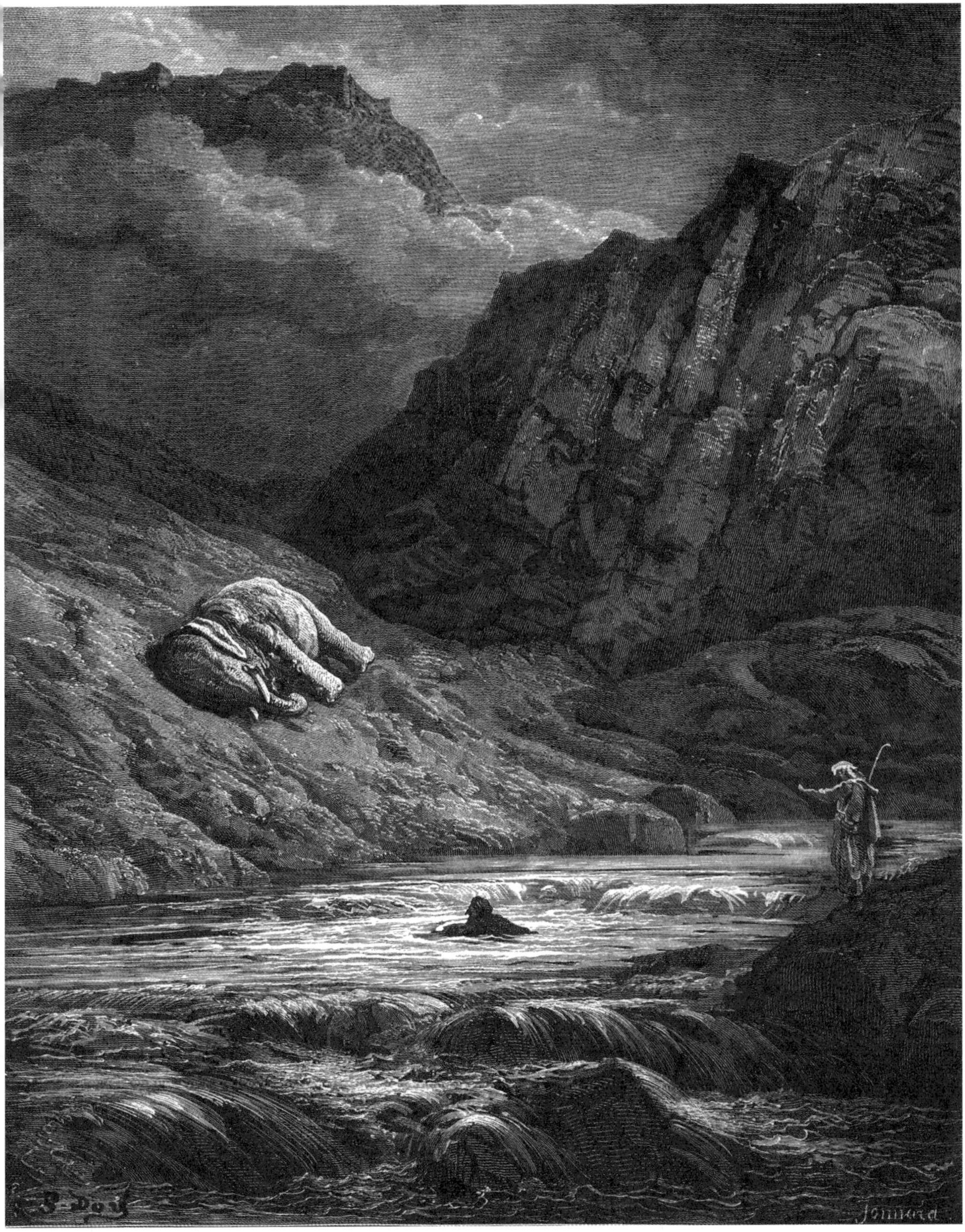

14 笔谈
——献给德·拉罗什富科公爵

目睹人的举止行状，
往往与动物相仿，
我心里便经常思量：
比起这些臣民百姓，
国王的缺点并不见怪。
大自然将一点灵性，
注入每一个生灵，
是精神汲取的蓄容，
我是指精神的肉体，
同样由物质构成，
下面我就试图证明。

或者灿烂的阳光，
照射着浩瀚的海洋，
或者太阳已经收工，
夜阑而天色未明，
正是狩猎的好时光。
我来林边爬到树上，
俨然朱庇特再现，

高踞奥林匹斯山，
随意就打了一枪，
一只野兔不意身亡，
想不到祸从天降。
只见兔群当即逃窜：
本来在欧石南地上，
兔儿们正在嬉玩，
眼观六路，耳听八方，
为盛宴采摘百里香。
忽然惊闻一声枪响，
便乱纷纷四下逃散，
钻进地下城里避难。
危险很快丢到脑后，
惶恐情绪化为乌有，
又见兔儿一个个露头，
比起先前还要欢快，
又纷纷靠近我的枪口。

世人何尝不是这样？

在海上遇难随风飘荡，
获救后刚抵达港口，
就又要冒险出游；
同样风浪，同样海难。
不折不扣的兔子行径，
总回到命运的手掌心。
讲完以上这一事例，
再补充一件寻常事情。

外地狗路经某个地点，
虽然不是自家地盘，
热闹的场面可以想见！
当地狗只想显示凶暴，
张牙舞爪狂吠乱咬，
直到把过客送出地界，
他们才会停止狂躁。

为了财富、地位和名望，
各路诸侯、朝廷命官，
都同样闹得地覆天翻；
各行各业的所有人员，
也都明目张胆这么干。
拦路抢劫，杀人越货，
已经成为家常便饭。
女人和作者比着卖弄，
卖弄风情并卖弄才情，
无不具有这种特征：
新型作家之大不幸！
分蛋糕的人越少越好，
这才是游戏的信条，
这同样是人间正道。

还能举出许多事例，
可以证明我的观点。
然而最有力的证据，
要言不烦而最简短。
为此所有艺术高人，
无不成为我的导引，
题材再怎么引人入胜，
行文也尽量发人深省。
因此，这笔谈也该结束，
公爵大人，您曾给予，
给予我，牢固的东西：
高贵而又同样谦虚；
您听到最诚恳最公正、
最当之无愧的赞颂，
也一向虚怀而谦恭。
总之，我勉强再次获准[9]，
在此称颂您的英名：
我的作品流行于世，
正是仰仗您的名字，
书刊检察官不好刁难，
也顺利渡过了时艰。
您的芳名世代流传，
也为各国人民所熟稔，
更为法兰西增添荣光：
而人才辈出的法国，
在世界上独占鳌头。
至少允许我普告天下，
我正是受您的启发，
写诗笔谈呈献给尊驾。

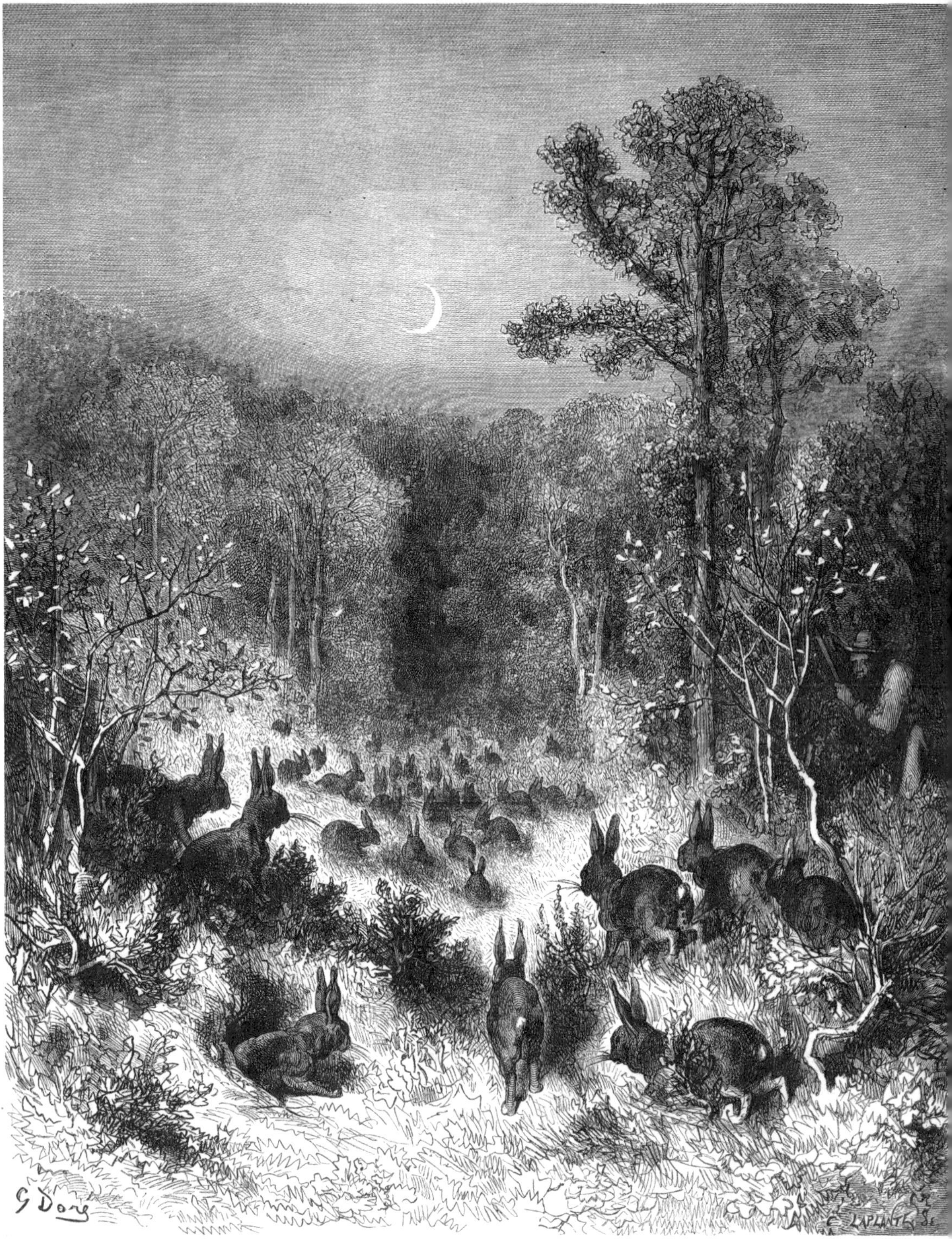
G Doré
LAPLANTE Sc.

15　商人、贵绅、牧人与王子

寻找新大陆，
有四个人去探险，
途中遭遇风浪，
几乎裸体幸免于难。
四人身份不同，
有贵族也有商人，
有牧羊人和王子，
都落到悲惨命运；
比起贝利萨留[10]，
恐怕好不了几分，
一路向人乞讨，
稍解身陷的困顿。
四人天南海北，
来自不同的家园，
是命运的安排，
聚到了一起患难，
说来话长，
这里就略去不谈。
总之聚到一起，
围坐一眼泉水边。
同在天涯沦落，
围坐在一起商议。
王子难免鼓舌，
畅谈大人物际遇。
牧人则主张
休提他们的老皇历，
人人都应尽力，
尽力解决燃眉之急，

首先要满足，
大家吃饭的急需。
牧人补充道：
"口口声声发怨言，
难道还能顶吃饭？
咱们就得动手干！
实干才能解危难。"
一个牧人，
居然有如此言谈？
谈出如此见识！
有种偏见令人怀疑，
说什么上天，
只往王族的头脑里，
满满灌输了
理性和聪明才智；
而牧羊人，
都长一副羊脑子，
都见少识浅，
这种偏见值得一提？
牧人的建议，
其他三人当即同意。
四个人落难，
到了美洲的海岸，
要同舟共济
人人都施展才干。
商人懂数学，
先就抢着说：
"等过了个把月，

第二集　335

我可以教数学课。"
王子接口说：
"我教政治也不错。"
贵族也附和：
"我精通纹章学[11]，
很高兴办学开课。"
面对印第安，
还不忘夸夸其谈，
愚蠢的虚荣，
就好像把思想胀满！
牧人赶紧说道：
"朋友，你们说得轻巧：
可是要想想看，
一个月有三十天，
要一直熬到月底，
你们的话可能当饭？
你们给我希望，
听起来很漂亮，
但是可望而不可即，
我现在就在饿肚子。
我们当中究竟有谁，
明天能给我饭吃？
再不就告诉我，
究竟有什么把握，
今天能吃上东西？
别的都先不考虑，
吃饭才是当务之急。

你们的大学问，
解决不了这个问题，
还得由我的手代替。"
牧人说罢，
起身走进一片林子，
砍了许多烧柴，
担到集市上去卖。
不仅这一天，
就连随后的日子，
卖柴买食物，
解决了他们的生计。
如果不务实，
那就得长时间挨饿，
久而久之，
他们真的迫不得已，
就会去那里，
给印第安人耍本事。

从这场境遇，
可得出这样的结论：
若维持生命，
并不需要多大学问；
大自然造物，
提供丰美的馈赠，
双手最可靠，
自救能立竿见影。

注释:

[1] 尤利西斯：又译乌利西斯、俄底修斯、奥德修斯，罗马神话中的英雄，伊塔刻国王，在特洛伊战争中屡建战功。他献木马计，终于使希腊联军获胜。后来归国途中，历尽艰险，漂流十年，才得以回乡。漂流当然不会远至美洲。

[2] 10世纪，盎格鲁-撒克逊国王埃德加（959—975在位）采取改革措施，巩固君主统治。他曾收下三百颗狼头，免去威尔士地区的税收。

[3] 黄金世纪：西方神话时代分为黄金世纪、白银世纪、青铜世纪和黑铁世纪。黄金纪为太平盛世，没有邪恶暴力，人和动物都吃果实、蜂蜜等。

[4] 帕拉斯：典故出自希腊神话。主神宙斯（即罗马神话中的朱庇特）听第一任妻子说将生一女儿，而女儿将来生子会比宙斯强大，宙斯便将妻子吞进肚里。妻子要生产时，宙斯头疼欲裂，请火神赫淮斯托斯劈开他的头颅，雅典娜全身披挂从头里跃出。雅典娜是智慧女神，女战神，她与海神相争并胜出，成为雅典城的保护神，遂称为"雅典娜"。她无意中，误杀了海神的女儿帕拉斯，为了纪念死者，雅典娜改名帕拉斯，并自称帕拉斯·雅典娜。

[5] 织绣神手：指希腊神话中的吕底亚少女，名叫阿拉喀涅，善织绣，许多女神都去她家观赏，引起雅典娜的嫉妒。雅典娜便与她比赛织绣，结果阿拉喀涅获胜。雅典娜一怒之下，将她的绣品撕碎，将她变成蜘蛛。

[6] 这则寓言的结尾影射荷兰战争的结局，法王路易十四在军事上显示了法国的强大，才在政治上取得主动。1678至1679年间，法国与以荷兰为首的反法同盟，在荷兰的尼曼根签订了一系列和约。

除掉这种生硬的政治说教，这则寓言诗好似牧歌，别有一番风味：优美的情境、两个人物态度的雅致、流畅的语言、爱情所共有的甜蜜，这些因素构成了一篇佳作。

[7] 赫卡柏：希腊神话传说中人物，特洛伊王后，赫克托耳和帕里斯等的母亲。在特洛伊战争中，失去了丈夫和几乎所有孩子，自己被掳去色雷斯。后来，她弄瞎色雷王的双眼，还杀死了他的两个儿子，自己也被杀死（一说自杀）。

[8] 西克斯图斯：指西克斯图斯五世（1520—1590），意大利籍教皇（1586—1590在位）。在选举前，他拄着拐棍，给人不久于人世的印象；当选后，丢掉拐棍，声如洪钟，全场惊骇。

[9] 作者称"再次"，是因为第一卷第十一首寓言诗《人和自己的形象》，就题赠

给公爵。

[10] 贝利萨留（约505—565）：罗马晚期（拜占庭）查士丁尼在位（527—565）时的名将，率军连年征战，屡建奇功，为使北美和意大利复归帝国版图，做出重大贡献。但功高震主，数次贬谪，数度起用。晚年双眼被皇帝弄瞎，沿街行乞。

[11] 纹章学：关于西方贵族世家徽章的学问，记载并诠释徽章图形的寓意。徽章多为盾形，镶在府邸门楣上，马车和厢壁，大件家具，乃至饰物上，表示身份和家族地位。

第十一卷

1　狮子

从前有只豹子，
是当地的苏丹，
据说交了好运，
得了大批财产：
草场有许多牛，
林中有许多鹿，
原野有羊群放牧。
得闻邻近森林，
有一幼狮降生，
大人物之间贺喜，
也是往来的常情。
苏丹召见狐狸大臣，
狐狸老谋深算，
善于耍政治手腕，
苏丹询问狐狸：
"你怕那邻居幼狮，
他父亲已然去世，

他能有什么作为？
遗孤倒值得怜悯：
恐怕麻烦事缠身，
他就是只管守业，
不再扩大疆界，
命运如何还难说。"
狐狸摇头说不然：
"陛下，对这种遗孤，
根本谈不上可怜，
两种态度供挑选：
或者同他保持友善，
或者力图将他推翻，
不然待他齿锋爪利，
对我们会有所危害，
时间一刻也不容缓！
我看了他的星相：
他将通过战争变强。

对盟友他将是
最友善的雄狮,
力求做他的朋友。
不然就赶紧下手,
削弱他的势力。"
狐狸大臣的高见,
谈了等于白谈。
苏丹听得睡着了;
而且在他的领地,
无论人还是动物,
也都呼呼大睡。
幼狮却逐渐成长,
成为真正的狮王。
稍见他的身影,
就慌忙敲响警钟;
恐怖的气氛传遍
苏丹王国的全境。
狐狸大臣又受召见,
他开口就一声长叹:
"何必又要激怒雄狮?
局面已不可收拾。
调动起乌合之众,
对我们又有何用;
我看他们全是吃货,
吃饱了羊肉不干活。
设法让狮子息怒:
一头狮子的威力,
胜过盟友的总和,

盟友我们都白养活。
狮子有三大盟友,
根本就不向他张口:
他的勇敢、他的力量,
以及他那警觉稳当。
速速往他的爪下,
投去贡献的一只羊;
如果他还不满足,
多投去几只也无妨。
甚至可以献头牛,
厚礼当然更讲究,
要挑一头膘肥体壮,
这样才能保住家乡。"
狐狸的这一建议,
甚拂苏丹的心意,
讲的话不是时机。
苏丹邻近的小邦,
无不遭了大祸殃。
哪个也没有获胜,
全部都死于非命。
这个敌对的阵营,
怎么做都不顶用,
他们畏惧的雄狮,
最终成了霸主。

若容狮子壮大成长,
那就及早结为友邦[1]。

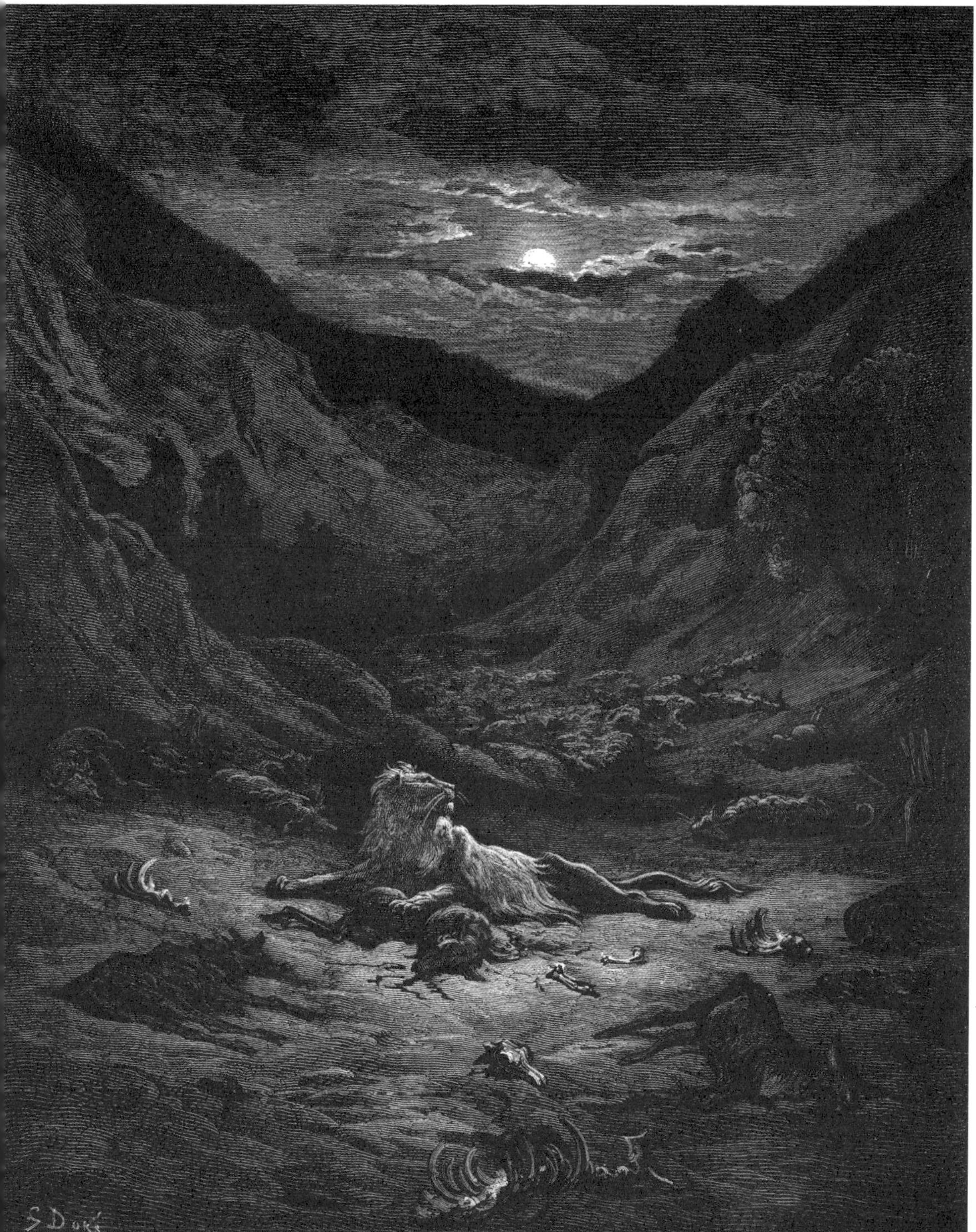
G. Doré

2 为曼恩公爵殿下[2]而作

朱庇特得了一子,
生来自有根基:
神有神的血统,
心灵纯属神性。
孩童无所谓爱[3],
神子既非凡胎,
爱是生就的性情:
终日温情脉脉,
总想讨人欢心。
这种爱和理性,
在他身上提前觉醒,
唉! 长出的翅膀
那么格外轻盈,
总要过早地飞临
人生的每季风景。
那位风情万种、
喜眉笑眼的花神,
一下子就触动了
奥林匹斯神童的心[4]。
心中冲荡着激情,
神思便激发灵性:
感情特别细腻,
又总充满温存,
恰当叹息,适时流泪,
苦思百感无不具备,
总之,什么也不忽视。
主神之子论其出身,
必有别样的天赋,
生就别样的精神,
不同于其他神童。
仿佛是前世的记忆[5],
支配他的一举一动:
他做得那么完美,
早就是个多情种。
不过,作为父亲,
还想让他受培训。
朱庇特召集诸神:
"我善于统御宇宙,
迄今还是孤家寡人。
但是有不同的职责,
我要分给年轻的神。
因此我特别看重,
这个可爱的孩子,
他不愧我的血统,
已经充分享受到
多少献词的称颂。
他必须通晓一切
才配得上神的名称。"
雷霆主神话音刚落,
众神就鼓掌赞成。
这孩子无比聪明,
不难成为万事通。
战神头一个响应:
"我要亲手把他教会
这种作战的技艺;
多少英雄靠这本领,

扩大了帝国的疆域,
为圣山赢得光荣。"
"我要教会他弹竖琴。"
说话的是阿波罗,
金发的博学之神。
披着狮皮的赫丘利,
也要当神童的教师:
"我要教会他克服恶习,
控制内心的冲动。
冲动是害人的妖精,
正如那九头蛇怪,
在人心中不断再生。

我一向敌视淫乐,
他要跟我学会开拓,
走前人未走的路径,
踏着美德的足迹,
通往伟业和荣名。"
爱神却一锤定音,
要让神童无所不能。

爱神的话过得硬,
既渴望讨人欢心,
又有天生的智慧,
还有什么不能搞定?

3 农夫、狗和狐狸

同狼和狐狸为邻,
是件可怕的事情:
我绝不会把住房,
建在他们的附近。
狐狸时刻在窥伺
一家农舍的鸡群;
但尽管老奸巨猾,
也始终未能得逞。
一方面难耐嘴馋,
另一方面有危险,
这老兄心里盘算,
免不得老大为难:
"哼,怎么!这个混蛋,
竟敢看我的笑话,

不给他点颜色看看?
我这儿来回溜达,
把我急得团团转,
想出了多少花招;
可这乡巴佬多清闲,
总待在家里守摊;
养肥的公鸡、母鸡,
全都能变成现钱;
还留一些自己的美餐,
宰一只插上烤扦!
而我这偷鸡老手,
只能这么干瞪眼,
哪管偷只老公鸡,
也乐得像吃盛宴!

第二集 343

天王老儿朱庇特，
让我干狐狸这行，
这究竟是为什么？
各路神仙和冥王，
我以你们名义发誓，
一定得重新考量！"
狐狸心里在思索
各种报复的计策。
于是他选中了一天
都呼呼大睡的夜晚；
整个农舍沉入梦中，
主人雇工打着鼾声；
就连狗、母鸡、仔鸡、
肉鸡，无不沉沉睡去。
农夫还未关鸡舍，
干了一件大蠢事。
窃贼在周围转悠，
窥伺许久才潜入，
仿佛攻陷了城池，
开始了大肆屠戮。
那种血腥的场面，
终于大白于拂晓天：
只见血淋淋的尸体，
横躺竖卧满院满地；
太阳出来大为惊骇，
险些就要沉回大海[6]。
还有同样的场景：
阿波罗大发雷霆，
惩处傲慢的阿伽门农[7]，
几乎摧毁希腊大军，
军营里躺满了死人，

这不过是一夜之功。
再有类似的惨象，
发生在希腊的军帐：
埃阿斯心智迷昏，
疯狂砍杀一片羊群[8]，
以为干掉了对手，
干掉了始作俑者；
只因不公正之举，
让对手获取了奖励。
狐狸血洗了鸡舍，
就是另一个埃阿斯，
尽量多带走几只，
余下的全咬死在地。
主人叫喊了一通，
痛心疾首也没用，
只好按照老规矩，
责骂起狗和帮工：
"哼！该死的狗东西，
就配丢到河里淹死，
一开头怎么不狂叫，
给这残杀发出警报？"
看家狗却反驳道：
"您自己怎不避免？
早就该有所防范。
既然您是农场主，
得到收益的好处，
鸡舍门不想关好，
只顾自己睡大觉；
而我是条看家狗，
什么也不归我有，
好处丝毫得不到，

还想让我不睡觉？"
这番狗话很恰当，
如果是主人口中讲，
这种推理有分量，
可惜发自狗嘴里，
也就一钱也不值，
还得挨上一顿鞭子。

你哟，不管你是谁，

只要你是一家之主，
（这身份我从不羡慕），
不能指望别人照看，
自己睡觉甩手不管。
你得最后上床睡觉，
亲眼察看把门关好。
真有事情让你操心，
绝不要交给代理人。

4 一个莫卧儿人的梦

从前有个莫卧儿人[9]，
梦见了一位宰相，
在爱丽舍田园[10]尽享
纯洁而无穷的欢乐，
既有价值而又绵长。
又进入另一个梦乡[11]：
一位隐修士坐在
一团熊熊火焰中央，
就连不幸的人瞧见，
也都觉得十分可怜。
两个梦境很离奇，
也有悖于常情常理。
对这样两位死者，
地狱判官弥诺斯，
似乎也断案有错。
莫卧儿人一觉梦醒，
心中不免大吃一惊，

觉得梦境神秘难解，
便向人求解圆梦。
占梦人对他说道：
"您丝毫不必惊异，
您的梦自有寓意；
即使在这一点上，
我获悉的极不寻常，
也肯定是神的旨意；
在人世上的这位宰相，
有时也寻求孤寂；
而那隐士则要向
大臣们表示敬意。"

我若是不揣冒昧，
为圆梦补充一句，
在此就要唤起，
喜爱退隐的情趣：

退隐能向人提供
从容体味的雅兴,
天赐纯净的情致,
从脚下就能生成。
进入那孤寂之境,
能感受秘密的温馨,
我始终喜爱的境界,
远离尘嚣和世人,
怎么不能永久安享
幽静的树荫和清新?
什么才能如此给力,
把我置于你的荫庇!
缪斯九姊妹何时
远离宫廷和城市,
让我潜心学习领悟
天体的斗转星移?
运行的那些明星,
什么名称,有何功能,
如何影响人的命运,
造成不同的风情?

肉眼凡胎认识不清。
既然我天生不适于
如此宏伟的课题,
那么至少溪流沙渚
可供我赏心悦目,
让我用诗句描绘
水岸花团锦簇之美!
命运女神的金缕,
不会编织我的时日,
我也绝不会睡在
华丽的黄金屋里。
难道孤寂的睡眠,
就无价值而哀叹
难道就不那么深沉,
睡得就不那么香甜?
我还向寂寞孤单
许诺做出新的贡献。
等到了临终时刻,
人生无虑走一遍,
我死也无悔无憾。

5 狮子、猴子和两头驴

狮子要学道德伦理,
以便更好地统治,
有一天就召见猴子,
动物界的艺术大师。
大师头一课就讲:
"要想英明统治,大王,

一定谨记,但凡君主
要专注于国家要务,
不可眷顾某种情绪,
通常所谓的自尊心,
即所有过失的父亲,
是动物界的通病。

这种利己的心性，
您若想彻底摆脱，
绝非一件小事情，
一朝一夕不能办成：
真得下一番苦功，
才能控驭这种虚荣。
陛下绝不能允许
虚荣在自身起作用，
有半点可笑的举动，
有丝毫的不公正。"
狮王便接口说道：
"虚荣的这两种情形，
给我举出些例证。"
猴博士随即答道：
"动物的所有种类，
就从我们猴类算起，
各行业都妄自尊大，
认为其他不但无知，
而且十分无礼，
诸如此类的言论，
信口开河不负责任。
虚荣的行为则相反，
要把同类抬高到顶点，
这正是一大窍门，
抬高别人即抬高自身。
综上所述得出结论：
这世上许多精英，
纯粹耍一张面孔；
结党营私，自吹自擂，
比起有学问的人，
不学无术者更懂得

抬高身价的门径。
一天我赶着两头驴，
听着毛驴相互吹捧：
驴就善于彼此奉承。
一头驴对伙伴说道：
'阁下，人这种动物，
自诩完美得不得了，
您不觉得人是蠢物，
又显得极不公道？
人称我们为"蠢驴"，
侮辱我们的尊号。
人不顾自己无知，
头脑蠢笨而又愚痴，
还滥用"驴叫"一词，
贬低我们的言谈笑语。
人类也实在滑稽，
自称远比我们高级：
不，不，现在该您开口，
让演说家闭上臭嘴。
他们才是真正的叫驴；
算了，不去管他们，
您理解我，我理解您，
这就够了；您的歌声，
如同天籁，多么动听，
夜莺还得练习唱功，
朗贝尔[12]也要甘拜下风。'
另一头驴有来有往：
'阁下，我非常赞赏
您身上同样的优点。'
两头驴吹吹捧捧，
觉得还不够过瘾，

就到城里继续进行。
两头驴谁都认为,
抬高自己的同类,
真是一桩好买卖,
赞美还能还回来。
如今更是屡见不鲜,
不是在蠢驴之间,
而是受上天惠顾,
身处高位的交际圈:
随口便互称阁下,
称陛下也未尝不敢。
我讲的或许多余,
料想陛下能守秘密。
陛下希望了解情况,

能从中得以洞见,
自尊心跨进虚荣,
人就可笑到极点。
因虚荣做事不公正,
谈起来要多花时间。"
猴子结束这番言谈。
但是我无从得知,
他是否畅谈另一话题:
这一话题实在敏感。
猴子可是艺术大师,
绝不会自命不凡,
早就看出这头狮子,
作为大王非常危险。

6　狼与狐狸

伊索笔下的狐狸,
为何能屡屡得逞,
莫非狐狸诡计多端,
每次都能克敌制胜?
我百思不得其解,
找不出合理的凭证。
狼要保自己的性命,
或者要夺他人之命,
不也是随机应变,
跟狐狸同样聪明?
我认为还要胜一筹,
并且斗胆反对老师,

也许还不乏理由。
一个事例却让我收手,
这顶狡猾的桂冠,
还非狐狸洞主莫属。
且说有一天晚上,
狐狸瞧见井底月亮,
好似一块大奶酪,
圆圆的呈现饼状。
汲水的两只吊桶,
一上一下很实用。
这只狐狸饥不择食,
跳上吊桶滑下井,

另一只吊桶便往上升。
滑下方知出大错,
身陷深井很危险,
眼看自己要完蛋。
下来容易上去难,
除非又来个饿死鬼,
同样受幻影的欺骗,
来当他的替死鬼,
也走同样的路线,
一下一上使他脱险。
怎奈过去了两整天,
却不见一人到井边。
时间不停地流逝,
不过这两天夜晚,
银白色月亮还照常,
井底映现那张圆脸。
狐狸先生正自绝望,
狼老兄来到井旁,
是干渴引来了老狼。
狐狸就急忙呼唤:
"老伙计,我请你美餐,
瞧瞧这是什么佳肴?
这是一块美味奶酪:

农牧神亲手制作,
用伊娥[13]的奶为原料。
朱庇特若是生了病,
尝一尝胃口就会好。
我已经吃了一小块,
余下的足够你吃饱。
上面我特意放只桶,
你坐上一溜就来到。"
狐狸尽量自圆其说,
编造得不那么拙劣,
说得老狼一时发昏,
贪心便信以为真。
他上吊桶坠下井,
带动狐狸往上升。

休要嘲笑这种行为,
我们也同样愚昧,
如此不靠谱地画饼,
也会痛快地入瓮。
人人都轻易地相信,
自己害怕的事情,
以及渴望的事情。

7　多瑙河农夫

常言道，人不可貌相，
话不新鲜却有分量：
从前小鼠犯的过错[14]，
现在我借用来论说。
为了说得很扎实，
我请出先贤苏格拉底、
伊索、多瑙河畔农夫。
前两位尽人皆知。
后一位也颇有来历，
马可·奥勒留曾描绘[15]
他的肖像，相当忠实。
我这里也略添几笔。
他的胡须十分浓密，
整个人活像毛毛熊。
但这头熊长成畸形，
浓眉掩蔽一双斜眼，
鼻子扭曲而嫌短，
厚实的嘴唇外翻；
身穿山羊毛皮袄，
灯芯草绳系在腰。

别看此人其貌不扬，
却是民意的代表，
代表多瑙河畔的城乡。
当时多瑙河流域，
没有一处安生之地：
占领者罗马人太贪婪，
家家户户都难幸免。
这位代表便去元老院，
做了这样一通讲演：
"罗马人、各位元老[16]，
在座的听我谈一谈，
我先求天神多关照。
我这舌头由神来引导，
讲出来的一字一句，
都无须重新考虑。
头脑如无神的帮助，
只能灌满邪恶与不义；
人不求助于神灵，
必然违背神的戒律。
我们就是有力的证人，

受贪婪的罗马人蹂躏。
罗马成为我们的刑具，
主要的原因不在于
罗马人的英勇战绩，
而在于我们的罪孽。
畏惧吧，罗马人，畏惧
上天有朝一日，终将
让你们受难而哭泣：
当记多行不义必自毙，
武器今天就在你们手中，
明天就交到我们手里，
发泄天怒，严厉地报复，
我们成主人，你们为奴！
干吗要给你们当奴隶？
告诉我比起其他民族，
你们究竟优越在哪里，
凭什么就来主宰世界？
为什么来到此地，
打扰了清明的日子，
我们本来平静地耕耘，
田地年年有好收成；
我们人人都有手艺，
人人都又善于耕种：
你们教会日耳曼人什么？
日耳曼人都很机智，
日耳曼人都有勇气；
如果像你们贪心不足，
像你们这样使用暴力，
就可能取代你们地位，
他们可能无比强盛，
但使用强权有节制，

绝不会不讲人性。
而你们的行省总督，
对我们滥施的淫威，
不会进入我们的思维。
就连你们祭坛的尊严，
也被这种暴行所冒犯。
要知道老天有眼，
神向我们投来目光。
多亏你们劣迹昭彰，
神所见唯有残暴景象：
看到你们不敬神灵，
不敬祭拜的神殿；
看到你们的贪婪，
要达到疯狂的顶端。
从罗马派来的人，
永不餍足勒索我们：
为了满足他们的贪欲，
人的劳作和土地，
都付出了超常的努力。
还是把他们撤回去吧，
日耳曼人再也不愿意，
终年为他们耕田种地。
我们纷纷逃离城镇，
抛下我们心爱的妻子，
纷纷逃往深山老林，
只能同野熊为伴，
也只能跟野熊交谈。
悔不该让孩子出生，
来到世上遭受不幸，
为罗马统治的地方，
增添受压迫的人了。

至于已经出生的子女，
但愿他们早早丧命：
总督能给我们带来什么，
苦难上更添加罪过。
还是把他们撤回去吧，
他们能教会我们什么，
无非软弱与邪恶：
日耳曼人会随之蜕变，
要变得像他们那样，
强取豪夺而贪得无厌。
我一到罗马亲眼所见，
无不可以称为奇观：
办事根本不送礼物？
不拿着重礼去开路？
那就别抱任何希望，
休想得到法律的庇护。
况且官府远在天边，
一步步多久才走完！
我这番话未免尖刻，

想必开始让你们不悦，
我的话就到此完结。
我的陈述直言不讳，
就请你们判我死罪。"
说罢，农夫便匍匐在地，
在场的人无不诧异，
无不赞赏这个野蛮人，
怀着多么高尚的心灵，
深明大义，又雄辩服众。
元老院晋升他为贵族，
认为这是对他陈诉
罪有应得的报复。
随即推举新的总督，
元老院还明确要求，
将这篇演说记录在案，
作为此后演讲的典范。
只可惜这篇慷慨雄文，
在罗马未能长久保存。

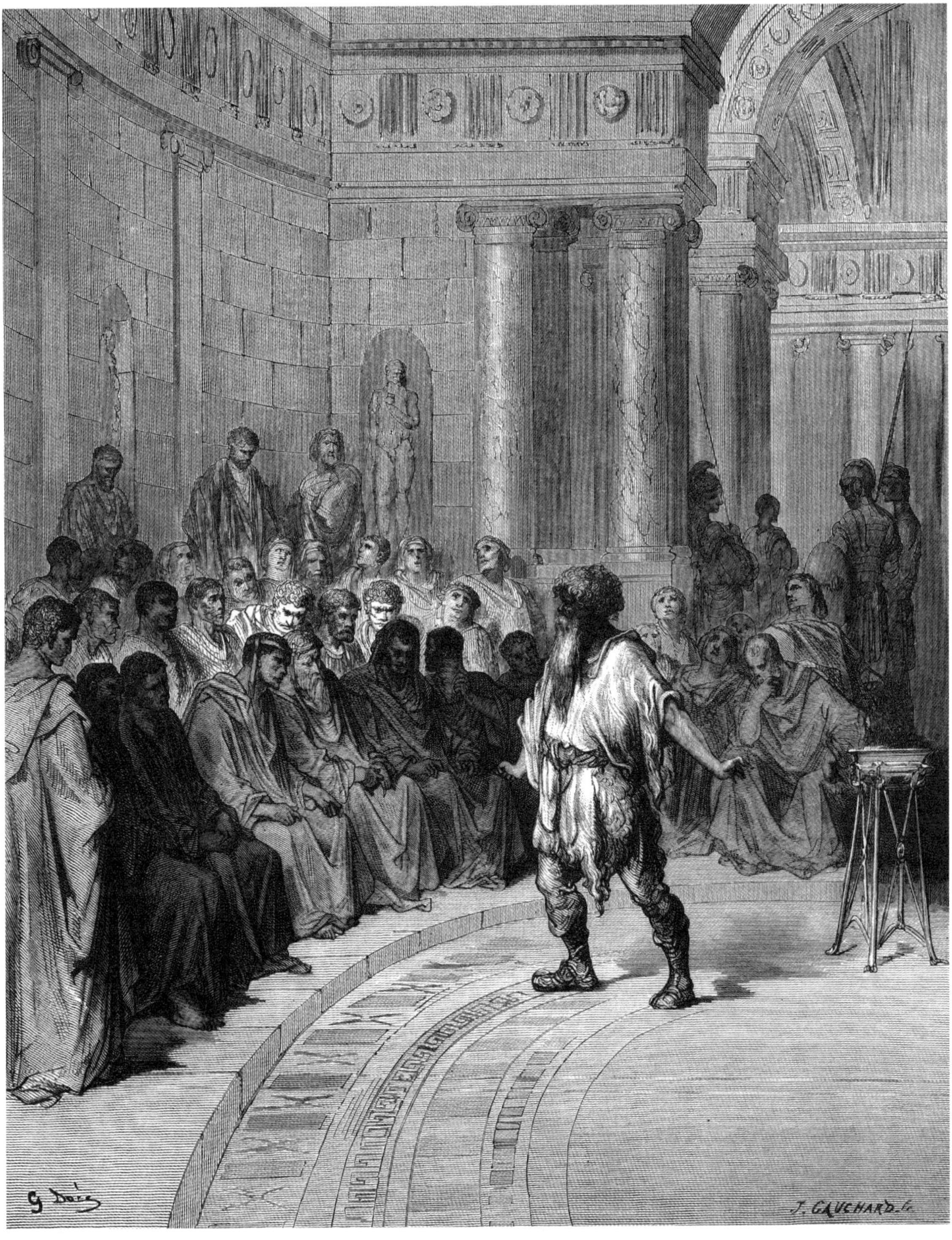
G. Doré
J. GAUCHARD

8　老翁与三个后生

八旬老翁还在种树。
"这把年纪，要建房屋，
倒还罢了，种什么树！"
邻居三个小青年，
不免把这当作笑谈，
没事还要叨咕几遍：
"天神在上，请问老爷子，
您这是何苦，等树结果，
那要等到什么年头？
就是族长再怎么长寿，
总有老迈寿终的时候，
您余生何必劳心费力，
经营不属于您的未来？
从今往后您不想别的，
只想着您从前的过失：
丢掉吧，长远的希望，
丢掉那些宏大的思想，
这一切并不适于您，
仅仅适于我们年轻人。"
老人却不以为然：
"不见得就属于你们。

任何好运都来得迟，
而且也不可持续。
脸色惨白的三女神，
掌握着我们的命运，
我们的时日同样难定。
四人中谁是最后一人，
能享受阳光和碧空？
我们度过的任何时刻，
下一时刻能得到保证？
今天种树不会白忙，
子孙后代可以乘凉：
这不很好！一个智者，
辛劳为了别人快乐，
难道你们还要反对？
这同样是一种果实，
今天我就可以品味。
明天还能够享用，
往后再延续些时日，
说不定我能数多少回，
晨曦照到你们的墓碑。"
老人这话果然应验，

三个青年人都命丧黄泉：
第一个要去美洲闯荡，
刚到港就溺死在海湾；
第二个卫国上战场，
一心想立功好升官，
不料中了一颗流弹，
死于非命归了天；

第三个嫁接果木，
摔下树来一命呜呼。
三个后生都英年早逝，
老人伤感一一哭祭，
还给他们立了墓碑，
碑文便是上面的故事。

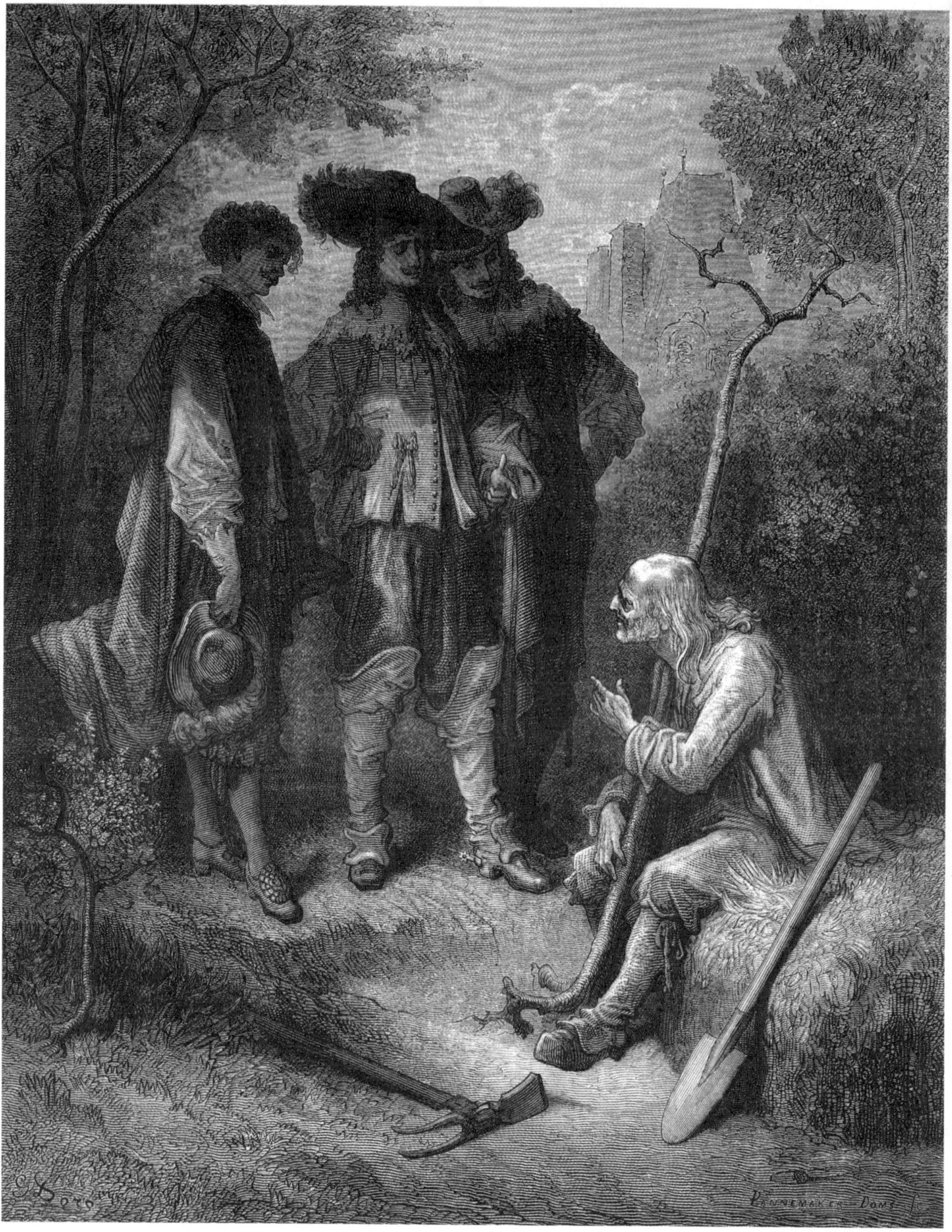

9　老鼠和猫头鹰

千万别对人吹嘘：
"请讲一段佳话，
请听一段传奇！"
您怎么能预知，
听者就会欣赏，
与您的口味相当？
这里有个事例，
也是例外之事。
我认为很离奇，
看样子像寓言，
有寓言的特点，
尽管确有其事。

一棵古松被砍倒，
一只猫头鹰的老巢。
阴森幽暗之宫，
住着命运信使鸟，
命运女神给的封号。
古老的松树干，
被漫漫岁月蚀空，

还住着别的居民：
一大群无足老鼠，
每只都胖得圆滚滚。
猫头鹰啄断老鼠腿，
丢在麦堆里养肥。
应当承认这么做，
猫头鹰自有道理：
当初捉了许多老鼠，
捉来的头一批，
又从鹰巢里逃逸。
老家伙想法避免，
再捉到老鼠便弄残，
这一招果然改观。
老鼠被啄断了腿，
吃起来就更方便；
今天一只明儿一只，
每天鼠肉都新鲜。
这么多老鼠，
不可能一下全吃掉，
太贪吃也不好，

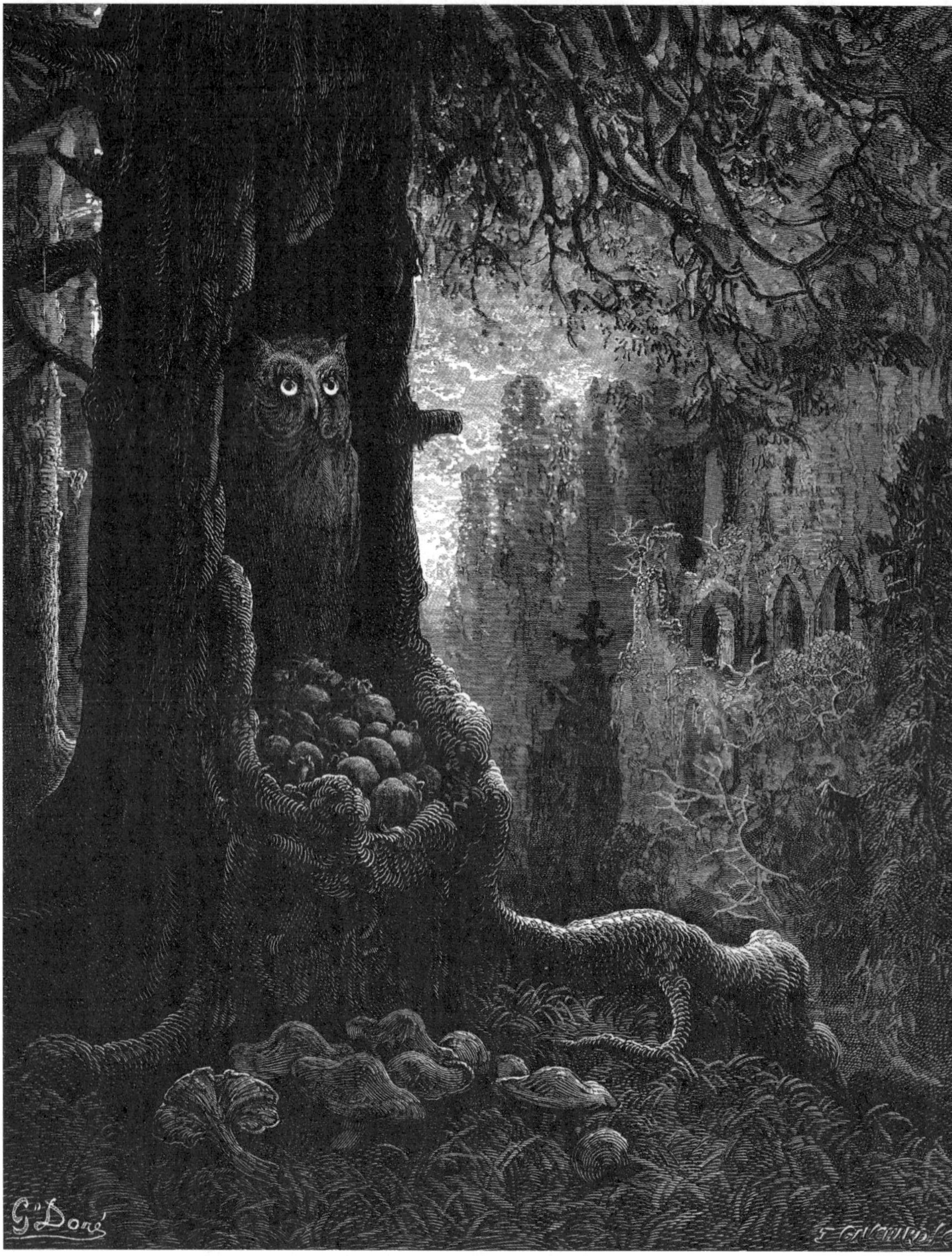

身体健康最重要。
猫头鹰很有预见，
看得跟人一样远：
食物谷物准备充足，
饲养捉来的老鼠。
笛卡儿派还坚持
说这猫头鹰是机器[17]！
什么钟表的弹簧，
能让一只猫头鹰
产生奇思异想，
将老鼠截肢来圈养？
如果这还不是推理，
那么在我看来理性
就成了未知的东西。
瞧一瞧猫头鹰，
做得多么有根有据：
"鼠类一逮回来，
还会伺机逃跑，
因而一旦捉住，
就得当即吃掉。
通通都吃掉？
那根本办不到。

何不留下一些，
为了我日后的需要！
因此，既要喂养好，
又要防止逃跑。
如何才能做到？
只有废了老鼠的脚。"
喏，现在换成人，
您给我找出例证，
为了目的干得更聪明。
您认真想想看，
亚里士多德及其门徒，
教别人的思维艺术？

作者说明：这绝非一则寓言，事情虽然显得离奇，几乎令人难以置信，却是千真万确的。也许我夸大了这只猫头鹰的远见，只因我无意在动物之间，确立像这样的一种推理的进步；不过，这种夸张作诗是允许的，尤其是我写诗的方式。

注释：

［1］这是一则政治寓言诗，讲述法王路易十四的成长过程。"豹子苏丹"指英国（英国徽章有豹子形象），"幼狮"指路易十四年幼登基；"麻烦事缠身"，指路易十四未成年期间，发生了投石党（法国贵族）叛乱、三十年战争、对西班牙战争；英国及其盟友因结为反法同盟而"遭了大祸殃"，"他们畏惧的雄狮"，路易十四所统治的法国，成为当时欧洲最强盛的国家。

［2］曼恩公爵（1670—1736）：路易十四承认的与情妇蒙特斯庞侯爵夫人的私生子、天资异常聪颖，在宫廷博得广泛的赞美，著名女作家德·塞维尼夫人就盛赞："他的智慧令人惊异，他说的事情真难以想象"（1676）。拉封丹自然也加入赞颂的行列，将路易十四比作朱庇特，称曼恩公爵为朱庇特之子，这是神化王朝的通常手法。

［3］这是作者的观点，认为儿童不懂得爱。

［4］这几句话表明，这"神童"最初喜爱花草，继而让人猜想，一个孩童对陌生少女的爱。

［5］这里涉及古希腊哲学家柏拉图的理论，认为灵魂保持已有生存的记忆，不能学会什么。诗中表现这一观点：几岁儿童的行为不是出世后所学，而是前世经历过的反映。

［6］典故出自希腊神话传说，阿特柔斯当上迈锡尼国王。他兄弟提俄斯特斯勾引王后埃洛珀，并企图篡夺哥哥的王位，事败后二人逃离。阿特柔斯杀了提俄斯特斯的两个儿子，并割下肉做成肴馔，宴请提俄斯特斯，以示和解。提俄斯特斯发现吃自己儿子的肉，便诅咒阿特柔斯的子孙。这几句寓言诗暗指太阳不忍看阿特柔斯用人肉做菜肴，便要退回大海。

［7］典故出自希腊神话，这几句诗概述了荷马史诗的开篇。阿波罗的祭司克律塞斯之女克律塞伊斯被阿喀琉斯俘获，送给阿伽门农当女奴。其父要求希腊军送还女儿，遭到拒绝。因此，阿波罗被激怒，给希腊人降下九天的瘟疫，死了很多人。希腊人将女俘送回，其父便请求阿波罗终止灾疫，于是瘟疫即刻被清除。

［8］这几行诗概述了古希腊悲剧诗人索福克勒斯（约前496—前406）的剧作《埃阿斯》。埃阿斯是特洛伊战争中的希腊英雄，曾率十二只战舰进攻特洛伊，与特洛伊主帅赫克托耳鏖战一整天。阿喀琉斯死后，奥德修斯以不正当的手段

夺得阿喀琉斯的武器；埃阿斯遂发疯，把羊群当成对手杀戮，清醒后自杀。这出悲剧表现人的渺小与神的强大，以及卑鄙和高尚的动机之间的冲突。

[9] 莫卧儿人：莫卧儿帝国时期的印度人。莫卧儿帝国，从1526年至1857年统治印度。

[10] 爱丽舍田园：在希腊神话中，高洁灵魂到彼界生活的乐园。巴黎的香榭丽舍大街，与爱丽舍田园是同一词，是汉译不同。

[11] 这里指"地狱"。

[12] 朗贝尔（1610—1696）：17世纪法国著名歌唱家。

[13] 伊娥：希腊神话人物，天后赫拉的首席女祭司。主神宙斯爱上了她，赫拉出于嫉妒，将伊娥变成小母牛。

[14] 参看第六卷第五则寓言《小公鸡、猫和小耗子》。

[15] 马可·奥勒留（121—180）：古罗马皇帝，曾率罗马军队征伐多瑙河流域，同日耳曼人作战，行军途中著有《自省录》十二篇。但这句诗所言纯属杜撰。

[16] 罗马元老院开会，有演说者，门全部敞开，民众可以旁听，故讲"罗马人"，表示面对全体听众。

[17] 关于笛卡儿的动物机械论，参看第十卷第十四则寓言诗《笔谈》。

尾　声[1]

我的缪斯就是这样，
在净流清波的岸边，
将多少生灵，
借助自然的声音，
转译为神的语言。
作为众生的译者，
我用他们当演员，
活跃在我的著作。
须知天地万物，
无不在发声说话，
用自己的语言表达。
他们之间交流，
远比在我的诗句
更具有表现力。
我引进寓言的这些，
如果嫌我不够忠实，
如果我的著作，
还称不上楷模，
那么至少要承认，
我开辟了路径：
别的人可以介入
进行最后一道加工。
缪斯九姊妹的宠儿，
这事业你们来完成：
无疑我有许多疏漏，
教训由你们来补充；
必须用美妙的想象，

包装寓言的教训。
你们关切的事情，
说起来多得很：
路易雄霸欧洲，
前所未有的君主，
以十分强大的手，
将最崇高的设想，
引到完美的终场。
九姊妹的宠儿哟，
这些都是好题材，
写出来的作品，
能战胜时间和命运。

---

[1] 这篇《尾声》写于1679年，正如1668年出版第一集（前六卷）时，也写了《尾声》，表示收手，不再创作寓言诗了。然而，到了1694年，拉封丹又推出第三集（第十二卷）。在这篇《尾声》中，作者满意地回顾自己的作品，并邀请其模仿者继续走拉封丹开辟的满载荣誉之路。

谈 话
——献给德·拉萨布利埃尔夫人[1]

序诗：伊里斯[2]颂

我要颂扬您，伊里斯，
颂扬人也轻而易举；
但我们供奉的香火，
您可有上百次拒绝。
这方面您特立独行，
大异于芸芸众生：
世人每天都想听，
对自己新的赞颂。
曲意逢迎的絮语，
谁听着不昏昏欲睡。
我绝非责难世人，
也得容忍这种心情：
这是所有的神灵、
君主和美人的通病。
这醉人的玉液琼浆，
众多诗人不断地颂扬：
有种仙酒专供
雷霆神主饮用；
我们用来灌醉
世间所有神灵，
伊里斯女神哟，
这便是赞颂。

您根本就不愿品尝，
别种谈话，别样酬偿，
可以弥补这种缺憾，
愉快交往，愉悦交谈：
往往偶发奇中，
随机变化无穷，
内容丰富多彩，
气氛又很轻松，
谈话乐趣同享，
世人难以想象。
世人信与不信，
这里暂且不论。
轻松话题、学问、
虚无缥缈、空幻，
无不美妙绝伦：
我主张应当无所不谈；
谈话就好似大花坛，
花神将其珍宝布满，
招来蜜蜂飞落其间，
一切酿成蜜，
一切如蜜甜。

1 笛卡儿[3]和动物机械论

基于这种识见,
我要通过这些寓言,
再掺杂进来,
一种哲学的论断,
见解既微妙,
又生动而大胆;
您不会觉得
拙劣而不值一看。
人称新哲学[4],
您是否已经听说?
新哲学断言,
动物是一种机械,
动物靠原动力,
一切举动都无选择;
单纯一副躯体,
没有灵魂,也无感觉。
完全像钟表,
行走始终均匀协调,
行动纯属盲目,
并没有既定目标。
打开来看看,
分辨里面的机关:
有许多齿轮,
体现世界整体观念。
第一个齿轮,
带动第二个旋转,
第三个随从,
最终便按时打点。

据这些人说,
动物跟钟表一样:
外界要触动,
而受触动的地方,
就自动运行,
根据我们的思想[5],
向邻近报信,
信息就连续相传,
也就是瞬间,
信息传到了感官,
于是有了反应,
可又是如何传感?
根据他们的观点,
这正是事在必然,
没有什么激情,
也没有意志来掌管。
动物感觉到,
接收了种种冲动,
俗称忧伤、爱情、
欢乐、难忍的苦痛,
或者其他什么,
诸如此类的感觉;
但绝非如此,
千万不要受迷惑!
一个动物,
那么究竟是什么?
就是一挂钟表。
我们呢?是别的东西:

第二集 365

哲学家笛卡儿，
就以这种方式论述。
笛卡儿这个人，
被不信神者奉为神；
他所处的地位，
在人和神灵之间，
它就相当于，
在牡蛎和人之间，
当成这样的人物，
就当成十足的笨蛋。
依我之见，
作者应是这样推断：
在所有生灵、
造物主和孩子中间，

我有思的天赋，
知晓自己在思在想。
而您，伊里斯，
肯定了解这种情况：
动物即使思想
跟我也绝不一样，
既不考虑外界，
也想不到自己在想。
笛卡儿的观点，
走得还要更远：
他明确主张，
动物绝不会思想。
您我不必犯难，
可以相信他的观点。

2　以例证表示异议

a. 老鹿

且说在树林，
号角声阵阵，
猎犬的吠声，
也一直不停，
追逐着奔逃的猎物。
逃窜的是一头老鹿，
年岁积累了十支角[6]，
兜圈子要搞乱线路，
像头壮鹿奋力奔跑，
极力误引猎犬追逐，
一只他虚拟的猎物。
为保住性命，

动多少脑筋：
原路再回转，
要多少手腕，
总随机应变，
用百种计谋，
好比大统帅的谋略，
也配好命运好生活！
死后才被撕烂吃掉：
这是鹿的全部
最高的荣耀。

b. 山鹑

山鹑一看见
小山鹑危险：

刚长出羽毛,
现在飞不了,
不能升空逃避死亡。
母山鹑便装受了伤,
奔跑着拖只伤翅膀,
吸引去猎人和猎犬,
为家小转移了危险。
等猎人相信,
能逮住山鹑,
不待狗扑来,
山鹑就起飞,
向猎人道别,
笑人多愚昧。
猎人好惭愧,
只能目相随。

c. 河狸

离北欧不远,
有个居民点,
如原始初民,
无知而愚蛮:
我指的是人[7],
若说起动物,
却善于建筑,
将湍流拓宽,
防止了泛滥,
将两岸相连。
整体工程坚固持久。
河床先铺一层木头,
木床上面再灌灰浆。
每只河狸都很繁忙,
任务大家共同承担,

老者催促着少壮,
年少力壮不停地干。
工程指挥来回奔忙,
高高挥舞着指挥棒。
比起这两栖类家族,
柏拉图[8]的共和城邦,
不过是建制的学徒。
河狸到冬季,
会筑高房屋,
搭桥过水塘,
艺术的成果,
精明建筑物。
人熟视无睹,
至今还仍旧,
涉水靠游渡。

d. 布巴克[9]狐

说这些河狸,
只有空躯体,
根本无灵性,
我绝不相信。
请听这故事,
说来更有趣,
引自一国王[10],
载誉世无双;
北欧捍卫者,
真实有保障。
我引述的这位君王,
战无不胜驰骋沙场,
单凭他的鼎鼎大名,
就是一道坚固城墙,
挡住奥斯曼[11]的进犯。

他便是波兰的国王,
一位国王从不说谎。
据他说在波兰边境,
动物之间连年战争。
父子相传这种血统,
不断更新开战起因。
他说这动物,
乃日耳曼狐。
历数战争史,
无比多战术,
直到本世纪,
人类尚不如。
卫队向前进,
哨兵侦察兵,
不断来报信;

多处设埋伏,
分队频派出;
奇谋千百种,
随机可发明,
一门恶学问,
危害实无穷:
这正是冥河的女儿,
又是英雄们的母亲,
操演训练这些动物,
增长智慧,锻炼成熟。
冥河的船夫阿刻戎[12],
应将荷马还给我们,
让荷马再展现诗才,
歌唱动物间的战争。

3　笛卡儿解释这些事例

啊!假如阿刻戎
果真把荷马送还,
同时也能将
伊壁鸠鲁的对手[13]
送回人间!
那么这位对手阅览
这几个事例,
又该做如何评断?
我已经说过,
动物活动做这一切,
受自然支配,
仅仅是天生的行为;

肢体有记忆,
终究说到诸多事例,
正如我运用
这些诗举例说明,
动物的行为,
只需要记忆的驱动。
外界的映象,
再来时就进入仓房,
走同样通道,
寻找先前描绘的影像,
而先前的影像,
更无须思考的帮忙,

也同样复出
决定同一行为的趋向。
我们人类
行为方式则殊如天壤：
决定人的行为
既非本能，也不是外界，
人的意志
才是各种行为的指挥。
我说话、走路，
身上感到有个主心骨；
我这副躯体，
全服从这本源的聪智。
这种本源意志
独立于人的躯体，
能够自主
进行各种构思设计，
构思的能力
远胜过自己的躯体：
这是最高意志，
主宰我们的全部行为。
然而躯体，
又如何来领会这意志？
这才是难题：
我看见手操纵着工具，
可是这只手
又究竟接受谁的引导？
唷！谁在指引
天体及其高速运行？

或许有天使，
紧紧附着巨大的星体。
我们的心中，
也存在着一颗灵魂，
感受确如此：
成为我们肌体的动力。
通过什么方式？
这种奥秘我不得而知。
只有跻身仙列，
才能获悉这种奥秘。
实话实说，
笛卡儿尚且茫然不解。
在这一点上，
他同我们全半斤八两。
据我所知，
伊里斯，我刚举的事例，
这种灵魂，
仅仅寄寓于我们人身，
对动物的举动，
就不会起任何作用。
因此，必须赋予
动物一种明确的东西，
而这件东西
又绝不存在于植物体。
但归根结底，
各类植物同样呼吸。
再说，如何回答
下面我所要讲的话？

4 以寓言形式的新异议

两只老鼠、狐狸和鸡蛋

两只老鼠觅食,
发现一个鸡蛋。
这足够一顿晚餐,
鼠类食量有限。
不必找见一头牛,
那样反倒添麻烦。
两只老鼠有胃口,
找到吃的就喜欢,
每个分吃半个蛋。
不料来了个家伙,
是狐狸先生出现。
怎么碰到这种货,
触霉头要赶紧躲!
如何保住这个蛋?

包装起来才好搬,
再用前爪抬着走,
或者推着往前滚,
或者拖着往前挪,
这种事情不可能,
怎么搬动都易破。
情急自有妙法生,
两只老鼠好发明:
狐狸相距一里地,
他们回洞来得及。
一鼠仰倒脚朝天,
四爪紧紧搂住蛋;
伙伴衔住他尾巴,
用尽全力往前拉,
磕磕绊绊摔几跤,
总算安全回到家。

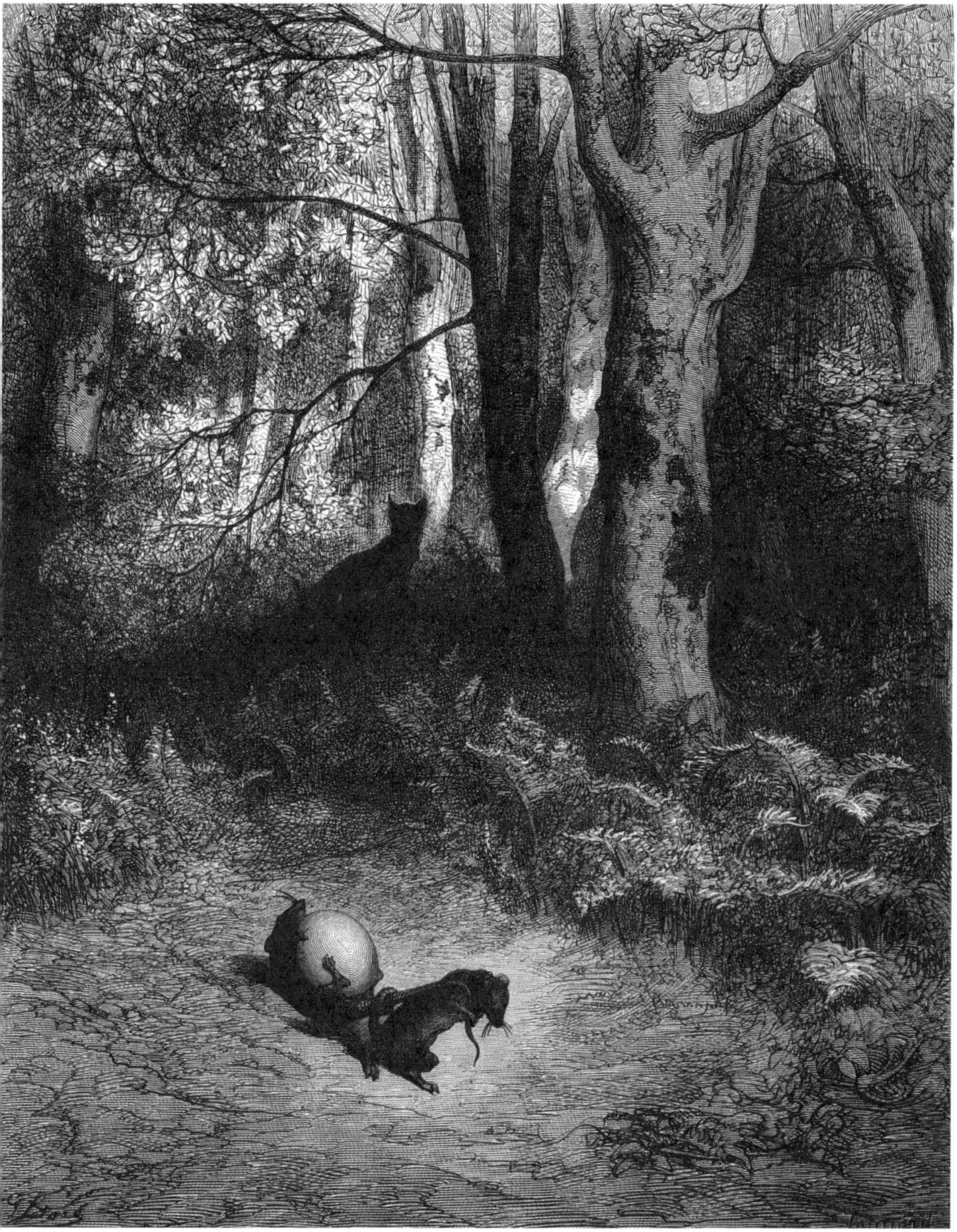

5　拉封丹个人论说

两颗灵魂

看了这个故事，
还会有人断定，
动物没有灵魂！
我既然是灵魂的主人，
就要像赋予儿童一样，
也赋予动物以灵魂。
小小的幼儿，
难道不会思维？
有人会思考，
自己却不知道。
若举同样事例，
动物就可取，
当然不是我们的方式，
但毕竟还是一种神志，
远远超过盲目的动力。
我要窃取一小块物质，
让人再也很难构思：
原子的精华，
光的提取物，
比什么都活跃，
比火焰还飘忽。
总之，如果木头
能燃烧成火柱，
那么烈焰精炼，
可给我们一点儿
灵魂的概念！

从铅体的腹中
不是提取黄金？
我的作品没什么奢求，
只希望能有些感受，
判断，哪怕判断不完全，
尽管猴子从未想推断。
至于我们人类，
我敢下大赌注，
会有两大宝贝。
一是这种灵魂，
所有人都具备，
不分智者疯子、
孩子还是白痴，
即天地的众生，
动物是其总称。
二是另一灵魂，
天使和我们人，
大体上相同；
而且这一珍宝，
乃是特殊创造，
在空中运行，
追随着天神；
这样的灵魂，
有始而永无终，
即使进入寓所，
从容而不迫，
真实的存在物，
虽然很奇特。

只要童年还在继续,
我们想见到这位天女,
必须等到天色麻麻黑;
天光柔和,器官更强健,
理性便穿透物质的黑暗。

而另一颗灵魂,
粗糙而不完善,
则始终包裹着
物质的黑暗。

注释：

[1] 德·拉萨布利埃尔夫人（1636—1693）：法国女文人，拉封丹的保护人。这组寓言诗以《谈话》为标题，引哲学入寓言诗，开了这种体裁的先河。后来伏尔泰的哲理小说，狄德罗的《拉摩的侄子》等，均属这类作品。

[2] 伊里斯：希腊神话中的彩虹女神，为诸神报信。

[3] 笛卡儿（1596—1650）：法国数学家与哲学家，将哲学思想从传统的经院哲学束缚中解放出来的第一人，黑格尔等称其为"近代哲学之父"。著有《方法谈》《哲学原理》。提出"我思，故我在"，从而引出一切哲学命题。他用机械学词汇解释所有物理现象，认为动物躯体（包括人的躯体）都是机器。

[4] 新哲学：对古希腊哲学家亚里士多德（前384—前322）的哲学而言，称笛卡儿的哲学为新哲学。

[5] 根据我们，即根据"我们诗人"，与根据他们（哲学家）相对应。

[6] 十支角：计鹿龄，十支角为七岁，已是老鹿。

[7] 指北欧斯堪的纳维亚半岛的拉普兰人。

[8] 柏拉图（约前427—前347）：古希腊三大哲学家之一。与苏格拉底、亚里士多德共同奠定西方文化的哲学基础。他主张的共和城邦，是有限制的君主专制。

[9] 布巴克狐：文中又称日耳曼狐，当地一种狐狸的称谓。

[10] 国王：指约翰·索比耶斯基（1624—1696），波兰国王，曾多次战败土耳其大军。

[11] 奥斯曼：奥斯曼土耳其人自14世纪上半叶建立起来的帝国，一度强盛，雄霸欧洲，17世纪至18世纪末开始衰落。

[12] 阿刻戎：也表示冥河，希腊神话中冥河的船夫，摆渡亡灵去冥府。亡灵须付船资，故古希腊风俗、死者埋葬前，须在口中放一枚钱币，否则亡灵要被弃置冥河岸边一百年。

[13] 伊壁鸠鲁的对手：即笛卡儿。在十七世纪，笛卡儿学派的确被伊壁鸠鲁学所击败。

（1694年）

第三集

第十二卷

1　尤利西斯的战友
——献给勃艮第公爵殿下[1]

王子，您独一无二，
最受神的宠爱，
请接受我一炷香，
在您的神庙祭拜。
我献上缪斯的礼物，
未免稍有些迟误。
要找托词也容易，
无非年迈和忙碌；
精神也渐渐不济，
不像您精神那么旺，
时时刻刻都看长。
您的神思不是走，
而是跑；仿佛长翅膀。
继承了英雄[2]的本色，
也渴望驰骋疆场：
英雄军旅的生涯，

迈着巨人的步伐，
光荣地建功立业；
这并不取决于他。
有尊神将他遏阻，
（正是我们的君主[3]），
攻占莱茵河各要塞，
仅用一个月工夫[4]。
速战速决确有必要
今天看来有失勇武。
在此我不妄加评论。
笑天使和爱天使，
都同样讲分寸，
没有谁会去怀疑，
他们喜欢长篇大论。
也正是由这种神，
构成了您的宫廷，

他们与您形影不分。
这并不是说主位上，
没有端坐别的神灵[5]：
在这里良知和理性，
节制着任何事情。
关于希腊人的传说，
您就请教这些神灵：
希腊人大意失慎，
一个个中了魔法，
丧失人形变为畜生。

尤利西斯的战友，
经历了十年漂流，
任由风浪的摆弄，
处于惶恐不安中，
保不准自己的命运。
他们终于上了岸，
到了喀耳刻[6]的地盘，
日神之女主持神殿。
神女盛情接待新交，
请他们喝美味饮料，
喝下去的却是毒药。
他们首先失去神志，
继而形体开始变异，
只见肢体和嘴脸，
化为野兽活灵活现：
变成熊、狮子、大象，
有的是庞然大物，
还有的是小不点儿，
例如就像只鼹鼠。
唯独尤利西斯幸免，

他很巧妙善周旋，
料定酒里有祸端。
他本来足智多谋。
又有英雄的风骨，
谈起话来娓娓动听，
让神女心神恍惚，
结果中了另一种毒，
类似她下的春药酒。
神女更坦吐衷肠，
说她的爱烈火一样。
尤利西斯何等精明，
这样机会怎不利用，
当即让神女答应，
再把战友变回原形。
神女还不免担心：
"他们可愿意接受？
您这就去问问弟兄。"
尤利西斯跑去询问：
"魔幻春药还有解药，
我已经为你们拿到，
亲爱的朋友，很好，
你们又能说话了，
可否愿意恢复原貌？"
狮子还想吼叫，说道：
"我还没有那么糊涂，
我，放弃刚得的王赋？
现在我有锋齿利爪，
有谁再敢来袭击，
我就把他撕烂了。
我已当上了狮王，
还能回伊萨卡岛[7]，

第三集 377

又变回一个老乡？
也许我又得去当
普通士兵！不成，
绝不改变地位身份！"

尤利西斯离开狮子，
又跑去找老熊商议：
"喂！你成了这个熊样，
原来你多漂亮，兄弟！"
"真的，问题就在这里！"
熊自有熊的说辞。
"我成了这个熊样！
就是熊应有的样子。
谁告诉你一种模样，
就比另一种更漂亮？
非得用你这人模人样，
来评价我们的熊样？
只要母熊喜欢就好，
得到熊的爱最重要。
我这个样子你看不惯？
那你就赶紧滚蛋！
别烦我，你走你的路；
我自由自在，很满足，
毫无急迫的忧虑，
干脆摊开了告诉你：
我绝不愿改变地位。"

尤利西斯去探探狼口气，
建议可能同样遭拒，
但是不妨试一试：
"伙计，我替你惭愧，

有位美丽的牧羊女，
到处控诉你贪嘴，
吃掉她的羊有多少只！
从前见你救过羊群，
那时生活多么正经。
好了，别再做狼了，
离开一片片树林，
重新做个善良的人。"
"善良的人，"狼反驳，
"依我看，就不见得。
你把我当成食肉兽，
你这么讲，你是什么，
没有我，你不是照旧？
大吃特吃这些动物，
害得全村人诉苦？
没那事，我若是人，
就不是这么杀戮？
人全一样，为一句口角，
有时就拼命，绝不轻饶！
人跟人就如狼一般，
还不是彼此相残？
思量再三，我总认为，
反正都是罪大恶极，
做人不如做狼合适，
我绝不改变身份地位。"

尤利西斯一视同仁，
接连劝告了所有人，
他们当中无论大小，
回答都是同样腔调。
自由，树林，随心所欲，

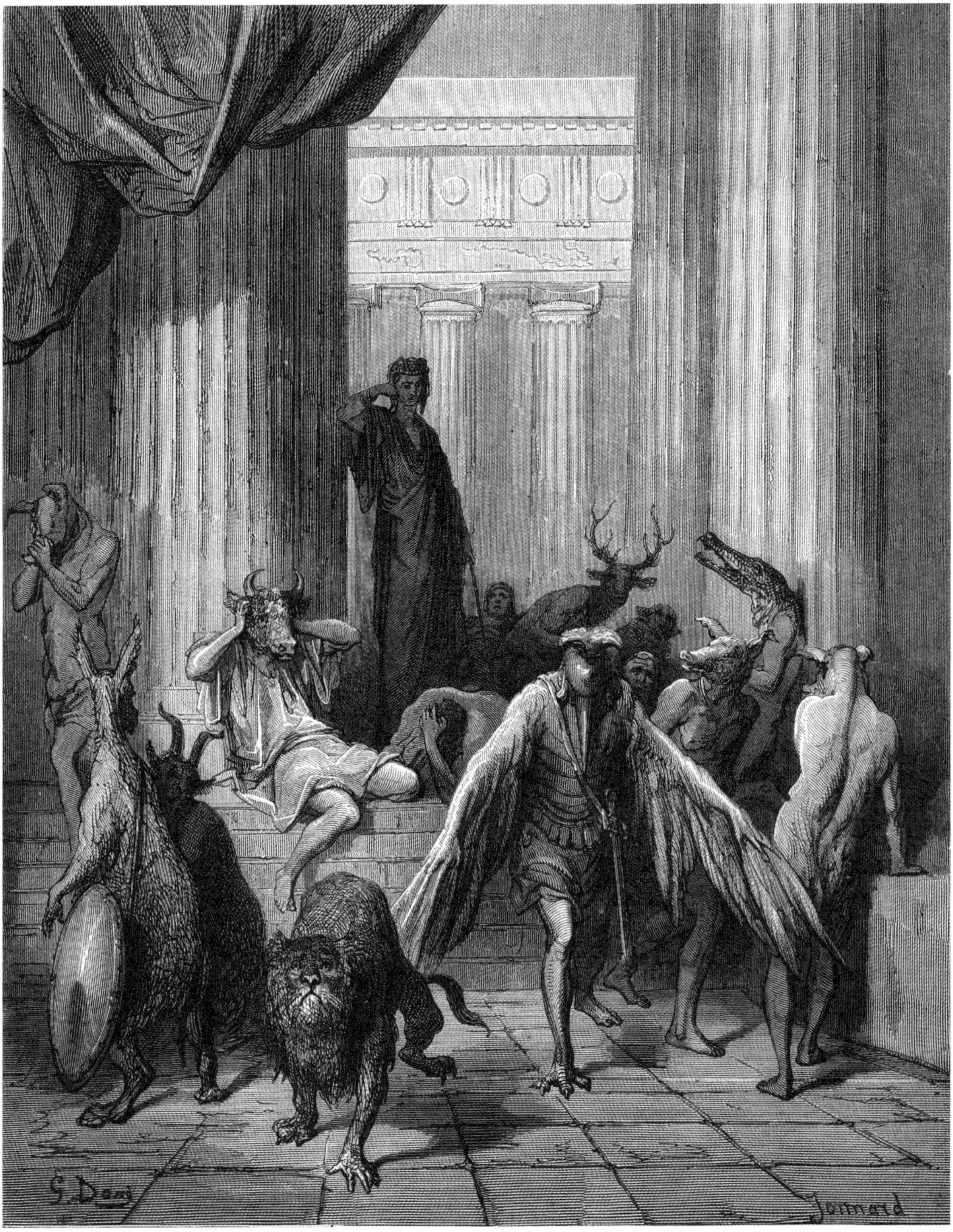
G. Doré
Jonnard

这就是他们最大乐趣。
全都放弃了赞赏善举,
以为纵欲就是超脱,
却做了自身的奴隶。

王子啊,本想选个题,
能做到既有益又有趣。

这一方案当然很好,
只是题材不易找到。
尤利西斯的这些伙伴,
这样才终于入选。
世上这种人多如牛毛:
我要让他们受惩罚,
受您的仇恨和斥骂。

2 猫与两只麻雀

猫跟小麻雀同龄,
摇篮里就是近邻:
同室里并排放着
猫篮和小鸟笼。
猫常受鸟儿骚扰:
一个总要用喙叮,
一个就要小猫爪。
小猫还是念友情,
教训发小加小心:
挥动小腿装装样,
收回利爪别抓伤。
麻雀动辄鸹一口,
行为鲁莽不识相。
明智先生是这猫,
思考总是很周到,
原谅麻雀瞎胡闹。
果真动气真发火,
朋友之间要不得。
两个幼年就相知,
长期习惯在一起,

从来没有伤和气。
打闹总归是打闹,
绝不打得不可开交,
一天忽然来了客,
正是邻里一只麻雀,
来看理智的拉通猫、
活泼的麻雀皮埃罗。
两只麻雀刚见面,
话不投机打起来,
拉通猫自然拉偏架,
"没见过的鸟,"猫说道,
"到这儿来找什么茬!
敢欺侮我的发小!
邻居的这只麻雀,
要把小麻雀吃掉?
我以所有猫发誓,
休想到这里放肆!"
于是小猫投入战斗,
外来的鸟哪里走,
大嘴一张咬住了,

嚼了一嚼真可口。
猫先生边吃边赞美：
"麻雀这样好滋味。"
此念一生不得了，
另一只麻雀也吃掉。

这样一篇故事，
能蕴含什么寓意？
缺乏寓意的寓言，

作品就不算完善。
从中仿佛看到几点，
但曲折情节的意念，
还是骗过我的双眼。
王子，您一眼就看穿，
这种游戏为您准备，
绝不适于我的缪斯，
那缪斯九姊妹，
并没有您的思维。

3　财迷与猴子

有个人爱攒钱。
大家都知道，
一旦财迷心窍，
往往要走向疯癫。
此公满脑子，
只装金币和银元。
我一向认为，
钱财闲置不用，
就丧失了功能。
守财奴为保险，
确保财产安全，
就移居海上孤岛，
盗匪们休想上岸。
他在孤岛上，
整天就是堆钱，
这种游戏的快感，
我认为微不足道，

他却觉得大于天。
他没日没夜，
总在清点，计算，把玩，
计算，把玩，清点，
就好像重任在肩。
因为，他很纳罕，
怎么也对不上账。
哪知他养的大马猴，
一直在跟主人捣蛋。
猴子依我看，
比这个主人明智，
喜欢往窗外扔钱，
弄得账目总错乱。
金库锁得严严，
钱币就放在柜台上，
堆积成一座小山。
猴子贝尔特朗，

有一天突发奇想，
何不向那海洋，
做出一些贡献。
我倒愿意比一比，
猴子的欣喜、
吝啬鬼的乐趣；
我还真说不好，
哪一种更有价值：
也许这只猴子，
多了几分才智。
不过是何道理，
若想论说清楚，
绝非三言两语。
且说那只猴子，
有一天只想捣乱，
从大堆里拿钱：
先抓着杜布朗[8]、
一枚雅克布[9]、杜卡顿[10]、
再抓着玫瑰金币[11]，

一并全掷出去，
试一试技巧和力气。
这些金属玩意儿，
人最看重的东西，
都想拼命获取。
若不是听见动静，
主人开锁的声音，
恐怕那些钱币，
纷纷沿同一路径，
走上同一冒险征程。
猴子可能全掷出去，
一枚钱币也不剩，
制造多少多少海难，
财富沉积到深渊。

但愿上帝保佑，
世间多少守财奴。
他们不会享用财富，
死后升天还得神助。

4　两只母山羊

母山羊一旦吃饱，
心里就长满了草，
要出去闯荡闯荡，
人迹罕至的地方，
寻找丰美的草场。
那里周围一带，
最好无路过往，
只有险峰怪石、
陡峭的悬崖绝壁。
那才是贵妇的向往，
浪漫的温柔之乡，
攀岩动物勇往直前，
什么也不能阻挡。
白蹄自有高贵气质，
这两只母山羊，
各自离开低谷草地，
思想早早就飞扬。
也是天缘注定，
两只羊相向而行，
来到溪流两岸，
只有独木桥相连。
就是两只黄鼠狼，
在木桥上走对面，
侧身而过非常难。
又何况水深流急，
会让这两位女杰
心生畏惧而战栗。
也不管有多危险，
一位女杰踏上桥板，
对方也踏上另一边。
此景我恍若看见
路易大帝、腓力四世
同时登岛聚首[12]，
而两位女冒险家，
这样一步步往前走，
在独木桥上走碰头。
两个都傲气十足，
在桥中间对峙，
谁也不肯后退一步。
她们都有显耀家族，

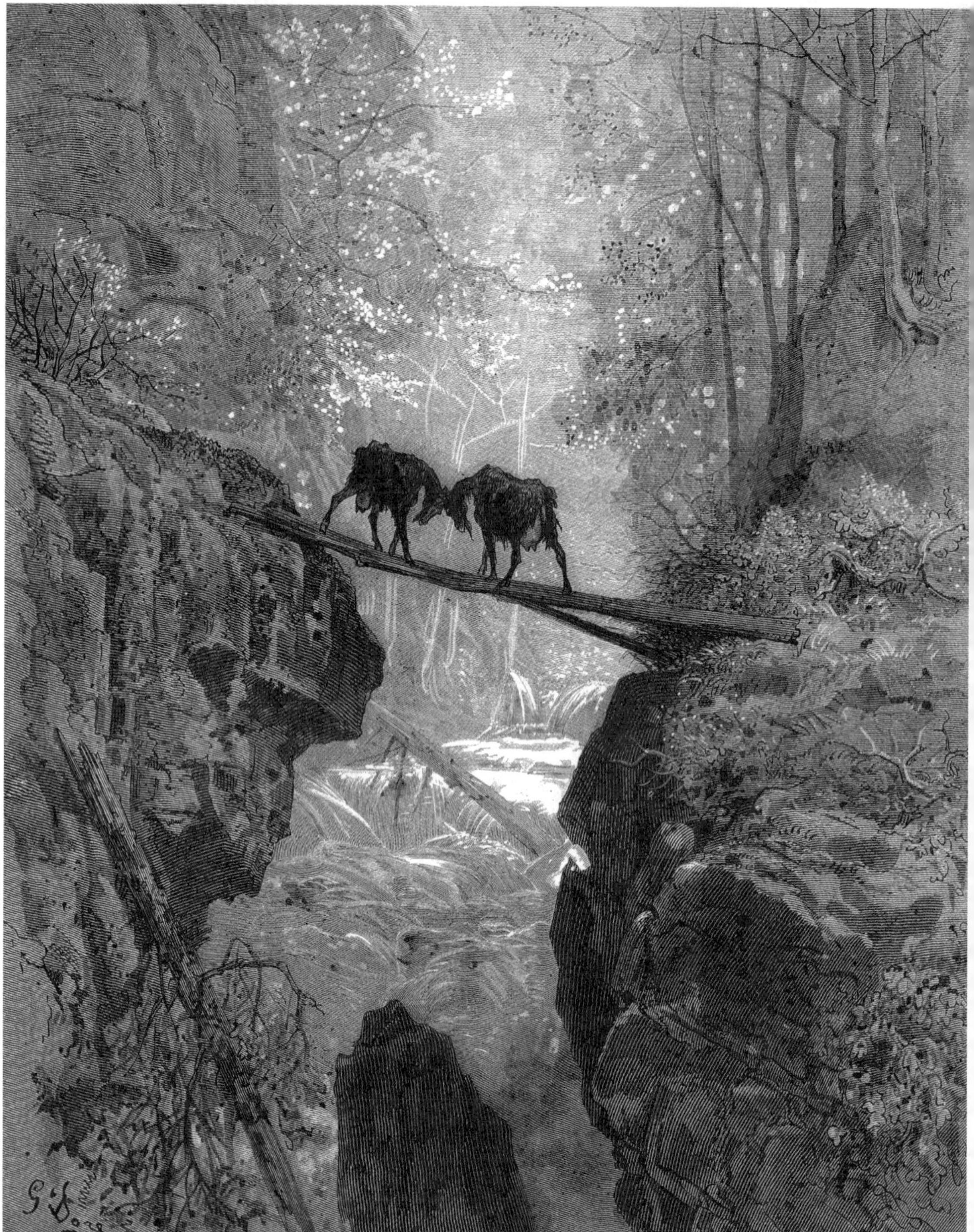

史书上各有记述：
一只的远祖母羊，
可以说举世无双，
正是那独眼巨人[13]
向该拉忒亚献殷勤，
当作求爱的礼物，
赠给了海中女神。
另一只母山羊的祖先，
乃是阿玛尔忒亚[14]，

奶过朱庇特的神羊。
这样两只母山羊
哪个也不肯退让，
都同时坠下桥去，
就双双溺水身亡。

在撞大运的路上，
这种事故何止一桩。

5　猫与小鼠

——奉勃艮第公爵殿下之命，拉封丹先生创作一则寓言

为了取悦年少王子，
而信息女神
要用我的诗句，
为王子建起
一座精神的圣殿，
我该如何创作
一则美妙的寓言，
题为《猫与小鼠》？

在这篇诗中，
我该描绘一位美人，
看似很温柔，
心却特别狠，
专门喜欢戏弄
受她迷惑的心。
那情景就恰似

《小鼠的猫》？

我还是该取材
命运之神的游戏？
这对他无比适合，
司空见惯的事，
看到命运女神，
如何对待自以为
是她朋友的人，
就好比《猫对小鼠》？

我不妨引进
一位国王至尊[15]，
命运女神
在她的宠爱中，
唯独对他崇敬，

为他确定了车轮[16],
而敌对联盟[17],
阻挡不了车轮行进,
哪怕最强大的对手
这位国王若是高兴,
就会把他们
玩于手掌之中,
还不落俗套,
如同《小鼠的猫》?

我就这样构思,

却不知不觉,
我这种意图,
竟然不期而遇,
如果没有弄错,
写成很长故事,
就可能全部搞糟。
年少的王子就要
戏弄我的缪斯,
如同《小鼠的猫》。

6　老猫和小鼠

一只小老鼠,
还初出茅庐,
以为晓之以理
再动之以情,
就能将老猫搞定,
对他宽宥怜悯:
"给我留条活路:
一只小老鼠,
像我这个头儿,
也吃不了两口,
在这大宅子里,
还算多大承受?
家里男女主人,
还有一家老小,
依您看会因为我,

就全都得挨饿?
我只吃几粒粮食,
只要一颗核桃,
就能吃成胖子。
现在我这么瘦,
您再等些时候,
我的这顿美餐,
留给您孩子享受。"
被逮住的小老鼠,
就这样向猫恳求。
老猫却答道:
"你大错特错了。
你来跟我胡扯,
还不是白费唇舌?
你能得到什么,

跟聋子说差不多。
猫，还是老猫，
对耗子还能轻饶？
这事恐怕见不到。
还得照老规矩，
你赶紧下地狱，
面对命运三女神，
你再高谈阔论。
我孩子总有吃的，
用不着你瞎操心。"

老猫说一不二，
将老鼠一口吞下。

至于我这寓言，
道德寓意很明显，
其中就包含：
青年总有错觉，
以为无不可得；
老年的心僵硬，
什么都不容情。

7　病鹿

在鹿聚居的树林，
有一头鹿患了病。
鹿友都跑来看望。
守在简陋的床前，
有的要插手救护，
至少也鼓励劝勉：
乱哄哄的场面，
闹得病鹿心里烦！
"喂！各位先生，
请让我死得清静！
让我按正常情况，
等待命运女神
来剪断我的命根。
各位不要哭了，
擦干满脸的泪痕。"
慰问者谁也不听，
要将可悲的责任，
一直贯彻始终；
什么时候离开，
要看上帝高兴。
临走前不能免俗，
短不了享点口福，
即有权饱餐一顿，
啃光周围的树木，
这就大大消耗了
天赐病鹿的食物。
这头鹿本来生病，
又添更重的病痛：
每一天都要挨饿，
一日三餐没保证，
最后饿死不是病终。

治身病还是治心病，
没有免费的医生！
我徒然大声疾呼，
怎奈日下的世风！
人人都要索取，
给少了还不行。

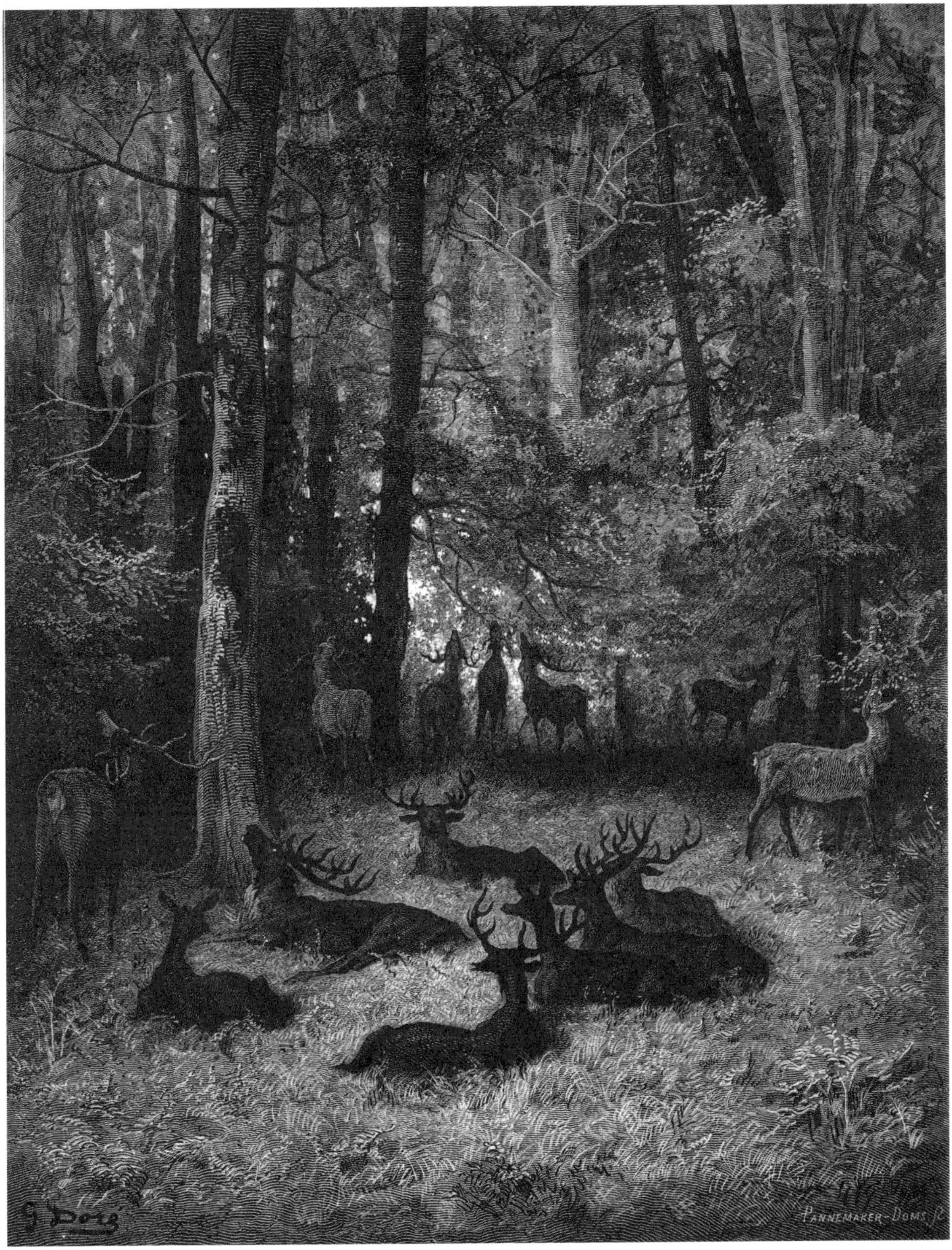
G. Doré
PANNEMAKER-DOMS. SC.

8　蝙蝠、灌木和鸭子

蝙蝠、灌木和鸭子，
他们三个都看到，
在当地难以致富，
便要合伙做生意，
去远方寻发财路。
分号、代理、经纪人，
办事周到又精明，
来往款项与账目，
一笔一笔全记清。
看来一切很顺利，
货船海上正航行，
忽然经过某区域，
路逼窄险象环生，
遍布暗礁阻前程。
航船果然遭海难，
全船货包沉深渊，
地狱边上开商店。
这三位合伙客商，
实在是悔青了肠，
真想要呼天抢地，
倒是没发出声响。
小商贩都懂得这行：
一定得保全信誉，
生意亏本须掩藏。
他们遭受的损失，
根本不可能弥补，
而且更不幸的是，
事情又完全败露。
他们没钱没路子，

现在又丧失信誉，
就准备戴绿帽子[18]。
没人肯解囊相助，
资本金和高利息，
法警找来吃官司，
还不等天蒙蒙亮，
债主就上门催逼。
三个人只好穷应付，
费尽周折千方百计，
尽量偿付这群债主。
灌木总挂住行人，
反复这样询问：
"先生们，请告诉我们，
货物全沉到海底，
现存放在何地？"
鸭子还潜水去寻觅。
蝙蝠就躲进洞中，
随时有法警追踪，
白天不敢靠近
任何人家的门庭。

我认识不少欠债者，
绝非蝙蝠、灌木，
或者鸭子可比附，
更不可能沦落到
这样的穷途末路，
但照样是大贵族，
天天走楼梯暗道，
让人摸不着路数。

9　猫狗之争与猫鼠之争

不和女神[19]统治寰宇[20]。
世间可举万千事例。
这位女神单在我国，
神位就不知凡几。
我们先从元素说起：
各种元素无时无刻，
不是在纷争对立，
你们见了这种状态，
会感到无比诧异。
除了这四大元素，
还有多少存在体，
各种各样无一例外，
相互争战永无休止！

从前有一宅院，
饲养的猫狗爆满，
立了无数规矩，
特别郑重其事，
总算杜绝了争端。
主人安排活计，
确定他们的饭食，
谁敢无理吵闹，
鞭子就绝不轻饶；
因此，这些家畜
一起生活亲如兄弟，
这对所有的邻居，
也有不小的教益。
谁知好景不长，

就因为一碗汤，
因为几块骨头，
表明主人偏心眼，
给了哪一个，
这是极大的侮辱，
大家都七窍生烟，
纷纷大声抱怨。
我看到史学家，
就曾撰文说明：
下崽的母狗，
就该享有特供。
不管怎么样，
吵闹起来难收场：
引爆餐厅与厨房；
你保你的猫，
他护他的狗，
谁也不肯相让。
全家又定了一条，
猫族便怨声载道，
殃及了整条街道。
猫族律师主张，
一定查清老规章。
大家分头寻找，
又是一阵瞎忙。
职员当初将材料，
放在角落里收藏，
最终让老鼠啃光。
于是又一场诉讼，

第三集　391

鼠类恐怕要遭殃，
一个个惊恐万状。

乐坏了老猫，
他们老到而奸狡，
早已恨透鼠类，
就想全部清掉，
于是蹲守，抓捕，
全部咬死跑不了。
这正中主人下怀，
清理门户反而更好。

回到开头的话题。

天下万物，凡是生灵，
皆有其相应的对立：
这正是大自然规律。
若深究其中的道理，
只能是缘木求鱼。
上帝造物很精密，
我也只能知其一。
争吵面红脖子粗，
据我所知大多时，
只为鸡毛与蒜皮。
人啊人真不争气，
哪怕活到了六十，
还得回炉再学习。

10　狼和狐狸

人生谁也不满足，
谁晓其中何缘故？
有的平民想当兵，
当兵又想做百姓。

有只狐狸怀梦想，
据说渴望变成狼，
谁说从无哪只狼，
未想干干羊这行？

八岁王子[21]实堪奇，
写出寓言有见识，
我已白发岁月老，

创作多少寓言诗，
不如他的散文体。

他的寓言好情节，
故事跌宕多波折，
哪位诗人作品里，
如此表达都欠缺，
他的赞颂更确切。

我爱吟唱伴风笛，
才华展现寓言诗，
期待此后不多久，
我的英雄改风习，

让我吹号展虹霓。

我并不是大先知，
但也释读知天意：
很快他就立功业，
几个荷马来书写，
此时诗才难多得。
这些奥秘放一边，
尽量讲述好寓言。

狐狸对狼说：
"亲爱的，每天饭食
不是老公鸡，
就是瘦母鸡，
鸡肉我早已吃腻。
你吃得多丰盛，
不大冒险就得逞。
我总得接近住宅，
你却远远离开。
你这手艺教教我，
好哥们，教我这绝活，
在狐狸种族里，
头把交椅我来坐，
叼只肥羊不费力，
你也不会小瞧我，
我准感恩不负义。"
"可以呀，"老狼说。
"正巧死了个兄弟，
你就披上那张皮。"
狐狸一听心欢喜，
去去就回听狼说：

"你就应该这么做，
先要引开牧羊犬，
对付羊群就好办。"
披上狼皮扮成狼，
就按老师亲指点，
反复演习反复练。
开头做得差点劲，
随后一点点改进，
最终惟妙又惟肖，
什么也不再缺少。
速成刚刚练习好，
正巧一群羊来到。
伪狼迎面冲过去，
恐怖气氛便笼罩。
正如帕特洛克罗斯[22]
披上阿喀琉斯战袍，
一出战就引起敌营
特洛伊全城惊恐：
城中的男女老少，
都纷纷逃进神庙。
羊群大军咩咩叫，
以为看见狼来了，
少说也有五十条。
狗和牧人与羊群，
纷纷慌乱逃进村，
只丢下一只母山羊，
成为假狼的战利品。
贼狐上前就咬住，
拖着刚刚走几步，
忽听附近有鸡鸣，
狼的这名好学徒，

第三集 393

当即忘掉全课程，
山羊师狼都不顾，
狼皮道具只一扔，
直奔公鸡栖身处，
轻快谨慎纯狐步。

装模作样有啥用，
改头换面一场空。
稍微有点小变故，

随即重蹈旧行踪。

王子，您的智慧，
可以说是无人比，
我的缪斯全掌控，
这篇寓言的选题。
您为此文所提供
素材对话与教训。

11　螯虾母女

智者有时似螯虾，
背对港口倒着爬。
水手熟识这把戏，
也称声东击西法，
重大行动打掩饰，
妙用调虎离山计。
本来小题说大话，
开场未免太浮夸。
这段说人也未可，
用于某位征服者[23]：
他就是单独对付，
一个百头联盟兽[24]，
令那联盟不知所措。
他究竟有什么动作、
他不会有什么举措，
事先总是神秘莫测，
随后变为胜利成果。

眼睛紧盯着也徒劳，
看不透他深藏的意图：
那正是命运的定数，
谁也不可能遏阻。
湍流最终势不可遏。
一百尊神同心同德，
也难对付一个朱庇特。
路易[25]和命运之神，
在我看来联手合作，
一起引领这个世界。
下面用寓言来说说。

一天虾娘说虾女：
"仁慈的上帝呀！
瞧你走这两步路，
你就不能照直走？"
虾女便回答虾娘：

"还不是跟你一个样！
全家走路都如此，
我还怎么改姿势？
大家都曲里拐弯，
单单让走我直线？"

虾女说得有道理，
家庭言传又身教，
普遍适用全有效。

学好学坏样样学，
跟着聪明学聪明，
跟着愚蠢学愚蠢，
可惜聪明人太少，
世间横行皆蠢人。
再来说声东击西，
这种计策很给力，
尤其用兵在战场，
但要用得合时机。

12　老鹰与喜鹊

空中女王[26]老鹰，
与喜鹊玛尔戈，
各有各的性情，
语言和智力不同，
着装也不一样，
各自飞越草场，
在半空某一点，
相遇纯属偶然。
喜鹊心惊胆战，
老鹰已经饱餐，
让喜鹊放宽心，
还提议同行：
"咱们结伴旅行，
就连诸神的主人，
还统治着宇宙，
也常要谈笑解闷。
我也可以这么做，
大家也都了解，
为我效劳如何，
你不必拘礼，
随便跟我说什么。"
喜鹊本好饶舌，
更是信口开河：
东家长，西家短，
没有什么她不谈。
好坏褒贬随便说，
随口就是胡咧咧，
就连那个梅纳斯[27]，
在诗人的笔下，
多善于胡诌乱扯，
也不如这只喜鹊。
主动发出警示，
真是无话不说，
还蹦蹦跳不停，
东窜窜，西挪挪，
俨然一个包打听，
上帝才能说得清！
她献殷勤不欢迎，
老鹰反而发雷霆，
呵斥这个长舌妇：

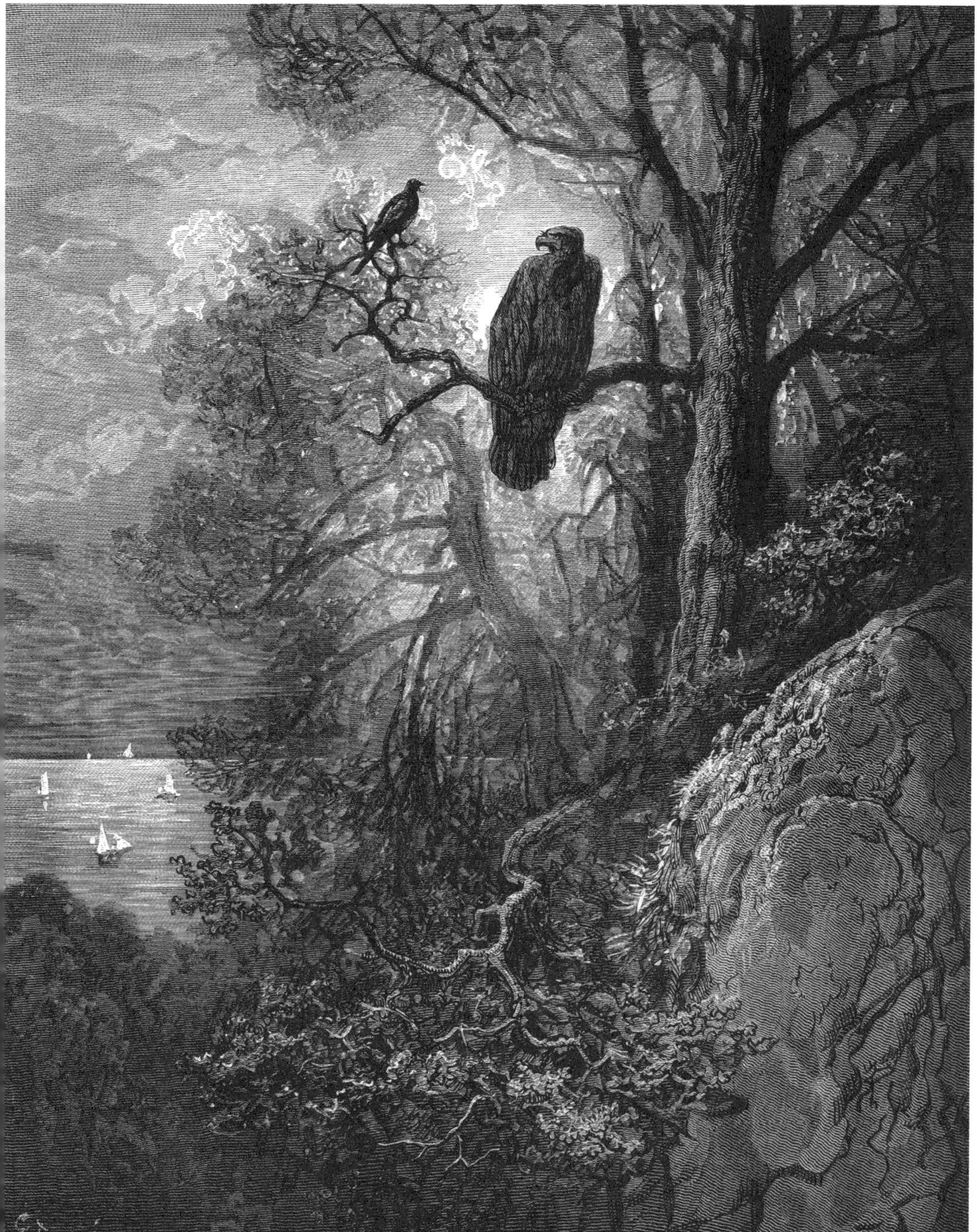

"回到窝里别外出，
你总喋喋不休，
亲爱的，不怕累着。
别了，在我的宫廷
饶舌妇就没用，
摆弄是非耍贫嘴，
这种恶习应改悔。"
老鹰要她快回窝，
玛尔戈倒巴不得。

渴望与神仙为伍，
想象十分美好，

其实万分不妙。
果真获此殊荣，
总是诚惶诚恐，
往往担心得要命。
密探，打小报告者，
无不竭力邀功；
一个个各怀鬼胎，
仪表却极富风采，
在那里讨厌搞怪，
就如同这只喜鹊，
着装须黑白两色。

13　鹞鹰、国王与猎人

诸神善良也希望
国王有同样心肠：
王权最美是宽容，
复仇之快乃虚荣。
王子[28]，这是您的见解。
愤怒在您心中，
一旦萌生便熄灭，
有目共睹这情景，
众人都看得分明。
阿喀琉斯则不然，
不能控制激愤，
虽有英雄气概，
却远远不如您。
英雄称号只属于，

正如在黄金世纪，
人群中的特殊人，
不枉来一趟人世，
做出了无数善举。
在我们这个世纪，
出身为大人物，
英雄者寥寥无几：
他们不为非作歹，
世人就无限感激。
您有千种豪举，
值得为您建神殿；
您也丝毫不必
去追随古代典范。
这种圣地的公民，

阿波罗弹起竖琴，
要称颂您的大名。
我知道天宫等待您，
人生百年也该正寝。
婚姻要百年陪伴，
但愿在这有限时间，
婚姻乐趣最温馨，
组成这一生的命运！
而且王妃和您，
配受命运的恩宠。
我以她的魅力为证，
为证的还有奇迹，
这是上天的赐予，
也唯独赠送给您，
如此厚重的礼，
用这种奇迹装点
您的年轻岁月。
波旁以其智慧，
为这种恩宠添彩。
上天将引人敬重
和惹人爱的品性，
聚于王子一身。
展现您的快乐，
不是我的责任。
因此我就此住声，
还是让一只猛禽，
进入我的诗韵。

话说一只鹞鹰，
在久居的老巢，
被狡猾的猎人

活生生地捉到。
猎人要献给国王，
献珍禽能获重赏。
猎人便低首下心，
献上这只猛禽，
这故事如非虚构，
这神鸟气冲牛斗，
径直飞向国王，
上了国王的鼻梁。
什么，上国王鼻梁？
国王本人，竟敢冒犯！
国王就没拿权杖，
就没有戴着王冠？
即使有了道具，
还不是一码事！
国王鼻子被抓住，
那也不过是鼻子。
臣子们无不惊叫，
张皇失措围着瞧，
上前救驾也徒劳。
国王倒没有发作：
君主若惊叫起来，
岂不是有失仪态。
这大鸟稳踞高位，
群臣唯一的作为，
就是催促鹞鹰，
提早一刻起飞，
主人呼唤，叫喊，
急得他团团转，
又是投去诱饵，
又是向鸟挥拳，

怎么折腾也不灵验。
看来大鸟不想移位，
要在鼻梁待到明天。
这只该死的鹞鹰，
利爪竟如此放纵，
就栖在国王鼻梁，
也不管周围喧声，
一夜就在此眠寝。
硬要把他拉开，
恐会撩起他的野性。
他最终离开国王。
飞下国王的鼻梁。
国王这才说道：
"这事也就罢了，
放了这只鹞鹰，
也放了这个人，
他以为能使我开心。
他们俩都尽了职，
一个不失为鹞鹰，
一个是树林公民。
这种情况我知晓，
国王应如何裁定：
我就不施惩罚，
赦免鹞鹰和猎人。"
朝臣们一片赞美，
一个个不胜欢喜，
极尽歌功之职能，
并不效法这德行。
王公大臣乃至国王，
很少以此为榜样。
献鹰者逃过一劫，

人和鸟都有罪过，
罪过仅在于无知：
过分接近君主，
是件极危险的事。
他们所熟识的，
无非林中鸟雀，
这就算多大过错？
印度寓言家比拜，
也讲过类似故事。
恒河人都不杀生，
国王也不沾血腥。
他们说谁能肯定，
这样一只猛禽
当年不是位英雄，
曾围困特洛伊城[29]？
也许他的前生，
是位王子或者英雄，
出身高贵的门庭。
前生出类拔萃，
后世也必非凡种。
根据毕达哥拉斯[30]，
我们相信转世，
时而托生为鹞鹰，
时而托生为鸽子，
时而托生为人，
时而托生为家禽，
翱翔在万里长空，
无不有全家身影。

猎人的意外遭遇，
可以有两种叙事，

请看另一种方式。

有个训隼猎人，
据说猎只鹞鹰
（这基本上不可能），
便想向国王进贡，
总是罕见的珍禽，
百年难遇的事情。
这在训隼的史上，
可以称为极品。
这猎人无比激动，
一生难有这种心情。
他从群臣中穿行，
简直是兴致冲冲，
这是礼物的上乘，
献给当今国王，
自信能交上好运。
不料系了铃的鸟，
野性尚未全消，
脾气还很暴躁，
他张开了钢爪，
抓住猎人的鼻子，
将可怜虫抓起，
猎人便大喊大叫！
在场的全捧腹大笑！
君臣也都忍俊不禁，
谁还不笑笑开心？

至于我，给个帝国，
我也不会舍弃，
这欢笑的时刻。
若说一位教皇，
能够开怀大笑，
我可不敢打保票；
但是我能肯定，
国王不敢笑出声，
那他确实很不幸。
这也是诸神的乐事：
朱庇特和仙班神众
不顾无穷的忧虑，
也总是大笑不止。
古代著作有记载，
说伏尔甘[31]一瘸一拐，
上前给主神敬酒，
众神大笑他那姿态。
神众是否合常理，
这里就暂且不论。
我有理由变换主题，
既然涉及伦理大事：
猎人致命的冒险，
给我们什么新教益？
君不见从古至今，
愚蠢的献媚者众多，
宽厚明君寥寥无几[32]。

14　狐狸、苍蝇和刺猬

一只狐狸掉进泥坑，
浑身落满了虻蝇，
几乎被叮咬吃掉，
抱怨朱庇特太无情，
竟然允许命运之神，
对他如此欺侮戏弄。
一只刺猬住在附近，
新人物进入我诗中，
想驱赶讨厌的虻蝇。
狐狸却宁愿留住，
他的想法不糊涂：
"赶走吃饱的这群，
会引来饥饿的一群，
那讨厌还不多几分？
这群已经吸饱了血，
也就不再那么贪心。"
这则寓言读出寓意，
我看是很自然的事；
无须花费多大心思，
只要跟世人一对比：
生逢当今的世情，
虻蝇数也数不清！
这则寓言出自伊索，
亚里士多德如是说。

（初版[33]）

老奸巨猾的狐狸，
树林中的老居民，

不料被猎人打伤，
跌跌撞撞掉进泥坑，
受血腥味的吸引，
飞来一大群寄生虫，
我们称之为虻蝇。
狐狸就责怪神灵，
他觉得莫名其妙，
让他交上这种厄运，
成为虻蝇的食品。
"怎么！扑向我，咬我，
森林中的精英，
最机灵的居民！
什么时候变了世道，
狐狸成了美味佳肴？
我的尾巴有什么用，
是个负担而甩不掉？
哼！老天会收拾你们，
你们这群害人精！
干吗不靠百姓为生？"
一只刺猬住在附近，
新人物进入我诗中，
想驱赶讨厌的虻蝇，
一群贪婪的害虫。
刺猬便对狐狸说：
"看我满身都是刺，
狐狸邻居，刺死串起
数百虻蝇没问题，
不要再遭这份罪。"

狐狸急忙回答说：
"朋友，万万不可，
你绝不要这么做。
还是让他们吃个饱，
他们已经顶到脖，
再怎么也吃不多；
如果新换一批来，
更贪婪也更暴虐，
扑来要我大放血。"

人间吃白食何其多，
是官就贪，法官勒索。
亚里士多德高见，
这寓言用在人身上，
类似的事例极普遍，
尤其在我们的家园。
贪官贪得越爆满，
就越少找百姓麻烦。

15　爱情与疯狂

爱神[34]一身都是谜：
他的箭、箭筒、
他的火炬、童稚。
要参透这门学问，
绝非一日之功。
因此我在此无意
提示爱的谜底。
我的意图很简单，
只以我的方式谈谈，
这位盲神（是尊神），
如何丧失了光明，
会留下什么祸根，
或许是一种福分。
我让情人来判断，
就不下任何结论。

疯神和爱神，
有一天嬉戏，
那时候爱神，
双目还未失明。

忽然发生争执：
爱神要求诸神
开会评评这个理。
疯神没这份耐心，
狠命就是一击，
打得爱神失明，
从此不见了天日。
维纳斯要求复仇。
为妻为母，声声怒吼，
可见怨气冲牛斗。
简直是震耳欲聋，
众神都不得安宁：
朱庇特、涅墨西斯[35]、
地狱判官，总之，
天地间所有神灵，
都无不为之动容。
维纳斯明确指出，
事情非常严重，
她的儿子爱神，
如果不拄着拐棍，

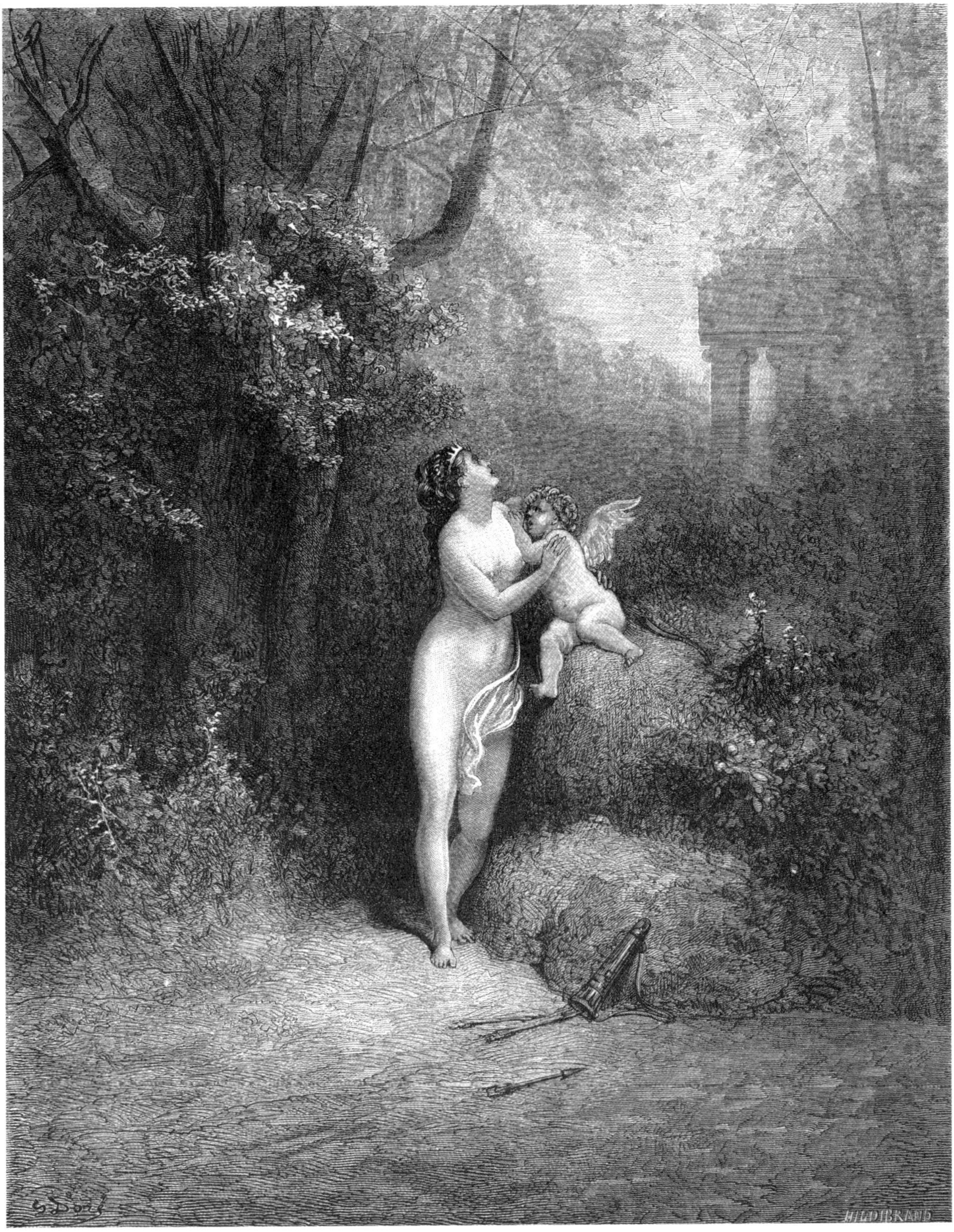
HILDIBRAND

一步也不能前行。
这罪恶不堪设想，
怎么惩罚也不解恨，
受损害应得到补偿。
最高法庭慎重审议，

公众利益、控方利益，
终于做出了判决：
疯神被判当向导，
在前面为爱神引道。

16　乌鸦、羚羊、乌龟与老鼠
——献给德·拉萨布利埃尔夫人

我在自己的诗篇，
为您保留一座神殿，
永存于天地间。
这神殿的永恒，
我亲手建在由神发明
美妙艺术的基石上，
并以神圣之名，
在圣殿中受到崇敬。
门楣的题词赫赫然：
"女神伊里斯[36]神殿"。
但并不是朱诺
雇用的那位女神[37]，
只因朱诺本身，
以及诸神的主人，
用的是另一位女神[38]，
他们若是能传送
伊里斯女神的信息，
仅以此就引以为荣。
幻化为神的场景，
会展现在圣殿拱顶。

奥林匹斯山诸神，
画上场面很隆重，
只见伊里斯女神，
头罩光明的拱顶。
神殿壁画的内容，
充分表现她的一生，
赏心悦目的题材，
但是缺乏重大事变，
让国家地覆天翻。
伊里斯女神的雕像，
就供在神殿里端：
尽显她那种容貌、
那种微笑、那种魅力，
尽显她那种悦人
又无意取悦的艺术，
总之一切都在标举
她的神采和风仪。
我要让世人和英雄，
还有半神人，甚至神，
到她脚下跪拜敬颂。

深得世人的景仰,
时来熏香她的祭坛[39]。
我还要尽量做到,
让她心灵全部珍宝,
在她的美目中闪耀。
虽然做得不够完美:
只因这颗敏感的心,
对朋友无限温存,
但仅仅是为友情;
还因这天降的神人,
既有女子的优雅,
又有男子的英俊,
并不能随意表达。
伊里斯女神哟,
您能迷惑住一切,
也能极度地取悦,
还能让人爱您
等同于爱自身,
(这毫无爱情成分,
丢开这个词吧,
它已逐出您的心!)
请允许我的缪斯,
有朝一日完成
这样含混的表述。
我设定方案和意图,
为增添几分雅意,
要迎向这一主题,
友谊提供深深印迹,
显示极高的价值,
这些简单地叙述,
就可能在片刻

使您的精神愉悦。
并不是说这一切
发生在君王之间:
我们看到在您这神殿,
受爱戴的绝非一位
根本不懂得爱的君主,
而是一个凡人,
却能为朋友献身。
这世上已难得遇见
如此好心肠的人。
四个动物一起生活,
能提供人生的教训。

羚羊、老鼠、乌鸦、乌龟,
组成集体的四位,
一起生活很和美。
他们选择的居所,
偏远而不为人知,
生活就无忧无虑。
可是怎么!人了不得,
无论什么隐蔽之所,
终难逃脱人的追索。
哪怕飞上九霄云外,
哪怕跑到荒原大漠,
哪怕沉入汪洋大海,
你也根本逃不脱
人的秘密网罗。
羚羊还一派天真,
正自玩耍好快活,
哪知道一只猎犬,
人类野蛮的乐趣,

特别可恶的工具，
循气味来到草地，
发现了羚羊足迹。
羚羊便逃之夭夭。
吃饭时候还不到，
老鼠对朋友咕哝道：
"今天究竟怎么了，
咱们吃饭只有三个？
羚羊会把我们忘掉？"
乌龟听老鼠这么说，
当即就高声嚷叫：
"我若像乌鸦这样，
长了翅膀该多好，
立刻飞出去寻找，
至少四下探一探，
这蹄轻飞快的伙伴，
困在了什么地方，
到底发生什么事变。
至于说她心性轻浮，
还不能这样判断。"
乌鸦振翅就起飞，
远远望见那冒失鬼，
羚羊投进了罗网，
挣扎着陷入绝望。
乌鸦急忙回头报信，
如果当场问羚羊，
她是在什么时候，
为什么又究竟怎样，
才遭遇这不幸情况。
时间紧迫，耽误不得，
不能讲半天废话，

先一阵摇唇鼓舌，
如那教师的做法[40]。
因此乌鸦掉头飞回，
根据乌鸦的说明，
三个朋友就开会，
很快做出了决定。
两位火速去救援，
赶往出事的地点。
"另一位，"乌鸦说道，
"就留在家里守摊，
乌龟爬得实在太慢，
爬到得用多长时间？
羚羊早就完了蛋。"
说罢他们就驰援，
去救可怜的羚羊，
忠实而可爱的伙伴！
乌龟也要跑了去，
紧爬慢爬到旷野，
恨自己的小短腿，
这怨怪很有道理，
还要背着大房子。
好一个啮齿动物，
老鼠不是浪得虚名，
几口就咬断网绳，
救出了好友羚羊，
想想那欢乐的情景。
猎人一来便惊叫：
"猎物让谁给偷跑？"
老鼠闻声躲进洞中，
羚羊溜进了树林，
乌鸦则飞上树梢，

猎人可气了个半疯，
一点线索也找不到，
忽然发现那只乌龟，
就立刻转怒为喜，
不由得自言自语：
"我何必这样气恼？
这乌龟来得正好，
这顿晚餐解决了。"
他把乌龟装进猎囊。
若不是乌鸦看见，
马上告诉了羚羊，
乌龟就成了倒霉蛋，
准替大伙把命丧。
羚羊跑出藏匿点，
又与猎人照了面，
一瘸一拐搞欺骗。
猎人一见追上去，
身上的东西丢在地。
老鼠趁机干起活，
猎囊结口全咬破，
救出乌龟好姊妹，
免遭下锅成晚炊。

根据比拜的讲述，

事情经过大致如此。
只要我稍有意愿，
诚心祈求阿波罗，
我就能写出长篇，
以赢得您的欢颜，
史诗长过《伊利亚特》，
或者堪比《奥德赛》。
主人公是啮齿动物，
正是我们这只老鼠。
不过，应当老实说，
诗中的每个角色，
于情节都不可或缺。
乌龟公主，背房者，
说话说到点子上，
致使乌鸦马上起飞
去打探出了状况，
又火速把消息带回。
羚羊能随机应变，
设假象把猎人诱骗，
给老鼠争取了时间。
正是这样，各显其能，
介入，行动，起作用。
究竟该给谁奖赏？
依我看应奖赏心香。

17　森林与樵夫

有个樵夫折断
大斧头的木柄,
只好废弃不用。
损失一棵树木,
短时间难以弥补,
除非容些时日,
森林免遭刀斧。
樵夫不肯罢休,
低声下气地恳求,
请森林让他
轻轻地下手,
只取一根枝好用,
另做一把斧柄。
他要带着大斧,
去异乡谋生路,
这里能留下多少
大橡树和枞树:
树木年迈和风采,
受到人人敬爱。
森林实在天真,
又提供了斧柄;
这就等于向猎人
提供了新武器,
森林痛悔万分。
这恶棍修好大斧,
只用来砍伐恩人。
砍光主要的修饰,
森林日夜悲泣:
馈赠给人武器,
反用来宰割自己。

人世就这德行,
戏台上鬼魅横行。
受了恩反害恩人,
我已说破嘴唇,
有多少怡人树荫,
还受这种欺凌,
事后谁不怨愤?
唉!我大声疾呼,
无异于对牛弹琴,
自己变得不合群。
背信弃义成风潮,
还照样大行其道。

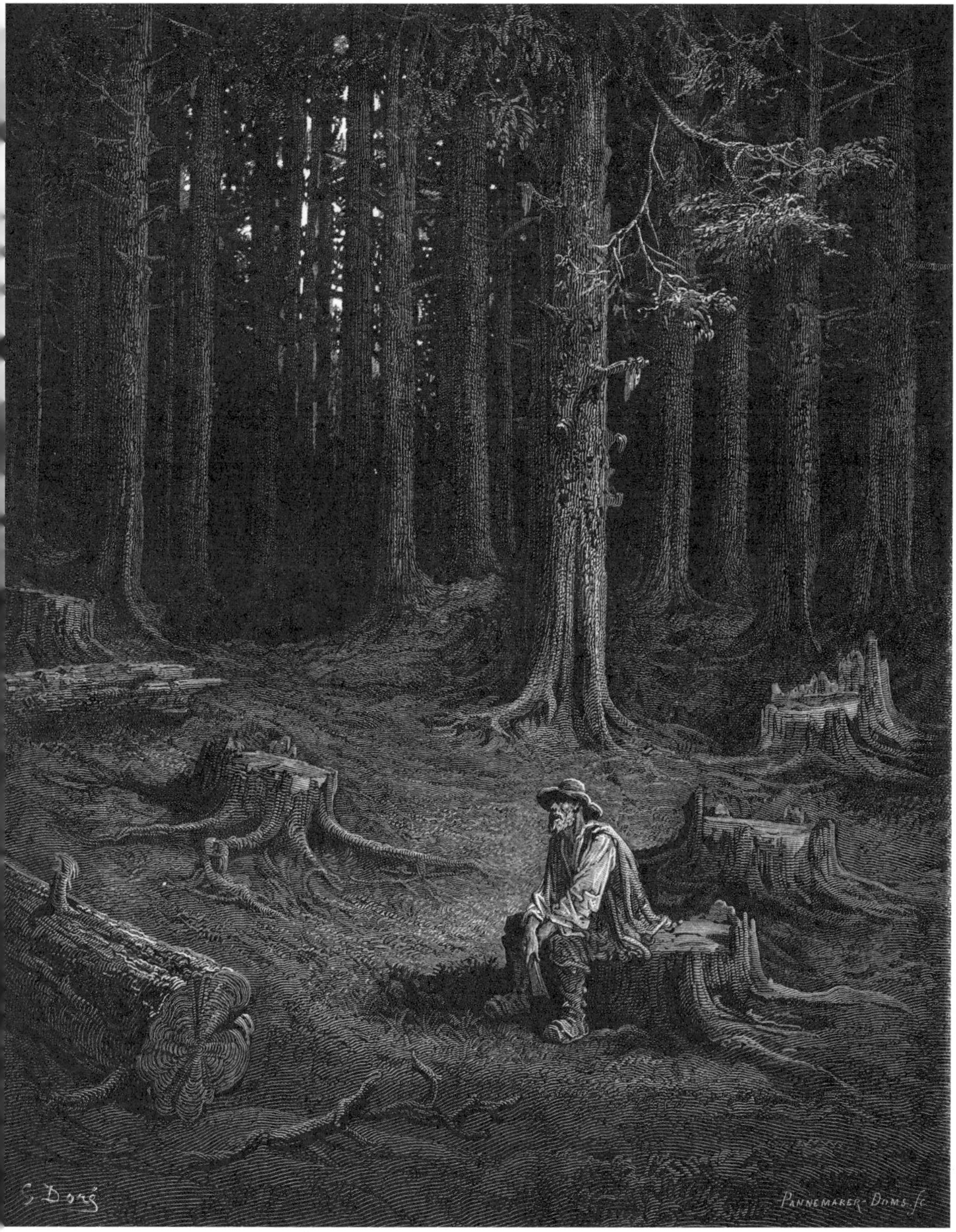
G. Doré
PANNEMAKER-DOMS. fc

18　狐狸、狼和马

有只狐狸很年少，
却狡猾得不得了，
他看到了一匹马，
还是平生第一遭。
他去见一只小狼，
对幼稚的狼说道：
"快去看有个动物，
在我们的草地吃草，
很英俊，个头挺高，
我都看得入迷，
现在还忘不了。"
小狼不免笑道：
"还能比我们强壮？
就请你描述一下，
他到底长什么样。"
狐狸应声答道：
"我若是个画家，
或者有知识会描画，
能让你未睹先快，
那就描述一下。
还是去瞧瞧吧，
难说究竟是什么。
也许是猎物好东西，
老天给我们送来礼。"
狼和狐狸一道去。
那匹马放牧在草地，
对来客不感兴趣，
几乎想溜之大吉。
狐狸便上前说道：
"大人，在下敢问，

您的尊姓大名？"
马的脑瓜不糊涂，
对他们这样答复：
"两位先生，问我姓名，
请看我的铁掌，
就应该认得清。"
狐狸赶紧道歉，
说他才疏学浅：
"我的家很贫穷，
只打了一个洞，
父母没教我学问。
狼公子出身名门，
读书断字认得清。"
小狼受此吹捧，
不免得意忘形，
便朝马蹄靠近：
虚荣心的代价，
被踢掉了四颗大牙。
马尥起蹶子一踢，
小狼便应声倒地：
正中下巴，伤得好惨，
血肉模糊一片。
狐狸还说风凉话：
"兄弟，这恰恰证实
智者曾对我说的，
这个动物在你下巴，
题上了一句话：
见到任何陌生人，
智者从不乱搭茬儿。"

19　狐狸和火鸡

一群火鸡不得了，
一棵大树当城堡，
抵御狐狸频骚扰。
狐狸狡诈绕城跑，
火鸡个个放岗哨，
狐狸不禁高声道：
"什么！这帮家伙，
他们对我敢小瞧！
幻想自己成例外，
共同法则劫难逃！
以诸神发誓，不行，
绝不让他们得逞！"
这番话刚说完，
月亮就露了面，
似乎对狐狸不利，
对火鸡却很友善。
狐狸可不是新手，
围城打家劫舍、
肚子里诡计多多，
恶搞损招用不竭。

时而竖起前爪，
装作想要爬高，
时而撂倒装死，
随即又活蹦乱跳，
频繁地变换角色，
即使名丑阿勒奇诺[41]，
也演不了这么美妙。
他还不时竖起狐尾，
用鲜亮的皮毛招摇；
诸如此类的把戏，
耍不尽的花招儿。
狐狸折腾的过程，
火鸡都不敢睡觉，
眼睛眨也不眨，
总盯着同一目标，
被敌人诱惑吸引，
久而久之受不了，
终于累得头昏眼花，
可怜的火鸡往下掉。
掉下一只逮一只，

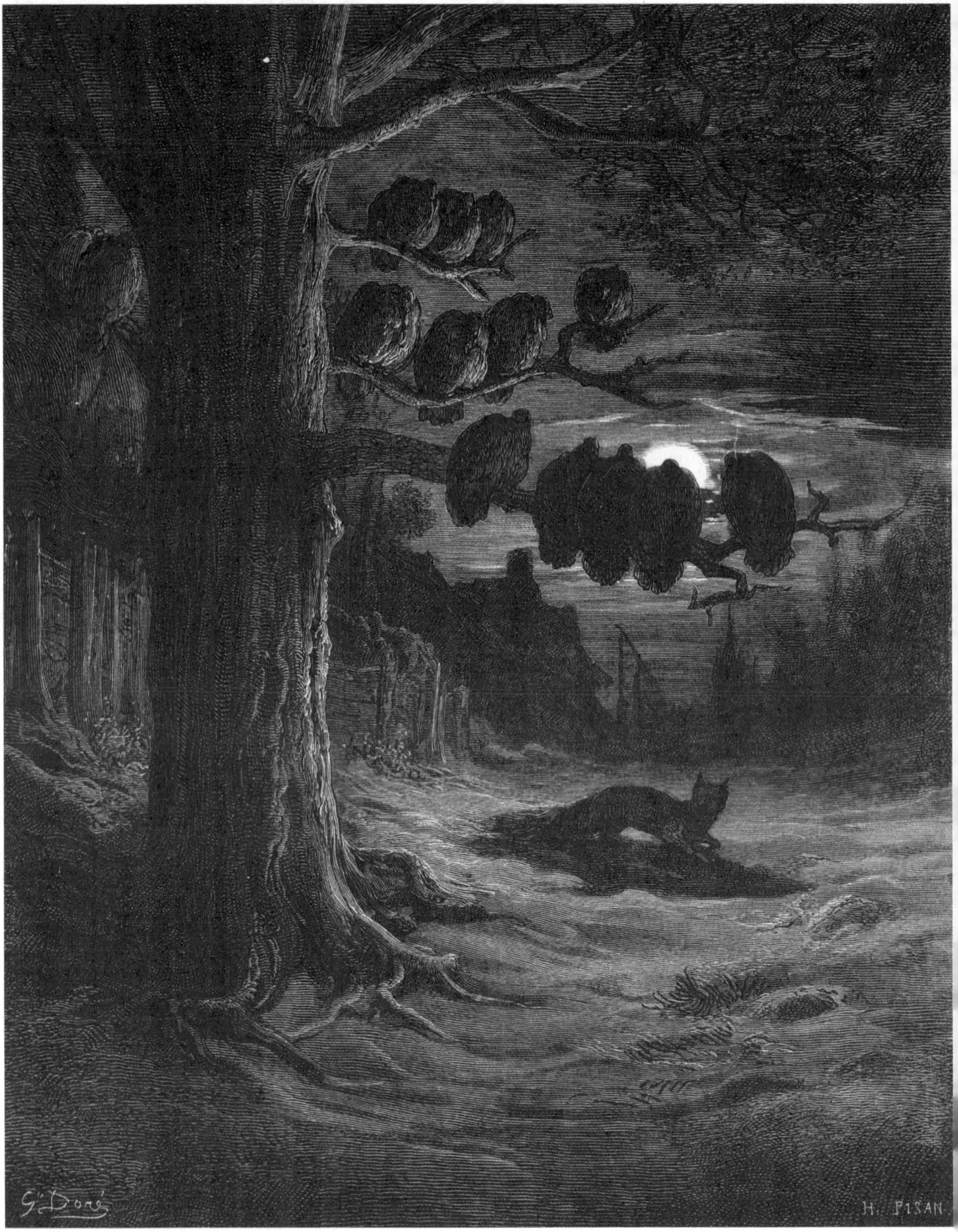
G. Doré
H. PISAN

只需往旁边一撂。
树上掉下近半数,
狐狸一并打成包,
运进他的食物窖。

过于专注危险,
往往头晕目眩,
自行坠入深渊。

20　猴子

巴黎有只猴子,
还给他配了媳妇。
猴子不会做丈夫,
动不动就打妻子。
可怜的猴太太,
整天伤心叹息,
终于弃世而去。
猴崽子怪声抱怨,
哭闹震天无人管。
猴爸还嬉皮笑脸:
老婆死了就死了,

他已经另有新欢,
据说总短不了打。
他常出入酒馆,
喝醉了就打猴拳。

对于模仿的种类,
不要有任何期望,
无论是一只猴子,
还是写书这一行。
模仿得最拙劣者,
作者当仁不让。

21　西徐亚哲学家

有位清戒的哲学家,
出生在西徐亚[42]。
他忽然想过过
更为甜美的生活,
便去希腊游历,
到某地不期邂逅
一位蔼然的智叟,

颇有维吉尔诗中,
那位老翁的派头:
此公与国王比肩,
特别近乎神仙,
知足常乐而恬静,
完全跟神仙一般。
他的幸福就融于

第三集　415

一座花园的美观。
西徐亚人进花园,
见老人手持修枝剪,
正给果树剪枝,
多余的枝条全剪去,
东剪一根,西去一条,
自然生长要修好,
只因自然极关照,
枝叶长得太繁茂。
于是访客便问道:
为什么这样蹂躏?
难道一个明智的人,
竟可以残忍肢解
这些可怜的居民?
"快放下这把剪刀,
这是摧残的工具;
还得让时间之镰,
自行调整修理;
照这样修剪下去,
这些树就要装点
那条冥河的两岸。"
园主却从容解释:
"我剪掉的是多余,
碍事的多余剪掉,
剩下的长得更好。"
西徐亚人回故乡,
他那凄凉的地方,

也操起修枝大剪,
对树枝又剪又砍,
时刻也不偷闲。
他还劝邻居、朋友,
鼓动大家一起干。
自家树木先遭殃,
最美枝杈全砍光。
胡乱剪枝无招数,
果园树木都修秃,
不管天气冷与热,
不管冬末或夏初,
不管初一和十五,
折腾树木全凋萎,
死的死来枯的枯。

这个西徐亚人的表现,
正是斯多葛派[43]的弊端。
斯多葛派修剪灵魂,
剔除感情和欲念,
不问善恶与好坏,
甚至最纯洁的愿望,
也不给留一点空间。
我明确反对这号人。
他们丝毫没人性,
根除人心主要动因;
人未死心先死,
成为走肉行尸。

22　大象和朱庇特的猴子

从前犀牛和大象，
都在帝国中逞强，
争锋争权不相让，
总得要做个了断，
就准备决斗一场。
决斗的日子刚敲定，
忽来报神猴驾临。
此乃朱庇特之猴，
持神杖空中行走。
此猴名叫吉勒，
史书上如是说。
大象当即就确信，
神猴以使节身份，
前来拜见他大人。
大象不免万分得意，
等待递交国书仪式，
觉得神猴动作迟缓。
吉勒总算来到面前，
向大象阁下致敬，
但是国书却没影，
只字不提不言声。
大象原以为诸神
都关注这场纠纷，
哪知决斗的消息，
并没有上达天听。
管你大象还是苍蝇，
对天神有何区分？
大象无可奈何，

只好先开口明说：
"我那王兄朱庇特，
在那天上的宝座，
不久就能够观看，
一场激烈的争战。
整个天庭可欣赏，
一种壮观的场面。"
猴子正色问道：
"什么争战，那么美妙？"
大象便接口答道：
"怎么，犀牛与我争霸，
你们还不知晓，
象国犀牛国开战了。
这两国小有名气，
您一定相当熟悉。"
吉勒先生又说道：
"得知这两国名称，
我真的很高兴。
您讲的这类事情，
在我们偌大的天庭，
大家都不怎么议论。"
大象听了很吃惊，
也不禁羞愧万分，
他又问吉勒先生：
"那您到我们这里，
担负着什么使命？"
"就是为一些蚂蚁
合理分一根草茎。

天地间任何事情，
我们都关注操心。
至于你们的纷争，
在神仙会议上，
还没有谁谈论。
在诸神的眼里，
万物大小都平等。"

23　疯子和智者

有个疯子抛石子，
追打着一个智者。
智者回头对疯子说：
"朋友，你干得真好，
请收下这份酬劳。
你这样相当辛苦，
酬劳还应该多付。
有道是：辛苦得酬报。
那个过路人你瞧瞧，
他可有钱付酬劳；
你抛给他点礼品，
一定能得到回赠。"
疯子受这样怂恿，
向另一个市民挑衅。
这次回报不是赏银，
而是棍棒一顿教训。
执棒仆从一拥而上，
打断了这人脊梁，
揪住他痛揍一顿，
打得他哭爹喊娘。

在各国君王周围，
就有这样的疯子，
总爱加害于别人，
以博主子的欢心，
为制止逸言鬼话，
能对他们大张挞伐？
也许您不够强大。
那就得诱使他们
去招惹能报复的人。

24　英国狐狸
——致哈维夫人[44]

您这颗善良的心，
陪伴着您的理性，
有多少优秀品质，
得需太长文论清：
一颗高尚的灵魂、
一种驾驭事务
并引领人的才能、
一种直爽的性情，
以及为友的天赋，
哪怕狂风暴雨天，
哪怕朱庇特阻拦[45]。
这一切值得赞美，
都值得大肆赞美。
照您的性格特点，
要尽量少些称赞：
排场令您不悦，
赞美令您厌烦。
我的颂扬很简短，
只想补上一两句，
夸夸您的家园。
您热爱您的祖国，
英国人思想深刻。
他们在思想方面，
精神气质相吻合。
课题往深里钻研，
又有丰富的实践，
他们无处不开拓，
科学帝国的疆界。
绝非想讨您喜欢，
我才特意这样讲。
英国人通解领会
事物的内在法则，
要胜过其他民族。
连英国狗的嗅觉，
也胜法国狗一筹。
甚至英国狐狸，
也同样狡猾得多。
不妨举一个事例，

我说的就能证实。
一只狐狸想逃脱，
用上了一种计谋，
还从来没有用过，
奇思妙想的结果。

这只狐狸祸害精，
被狗逼上了绝境，
猎犬都鼻子灵敏，
追到绞刑架附近。
只见绞架上吊着
捕食性的动物，
有獾、狐狸、猫头鹰，
全是害人的坏种。
那是要杀一儆百，
教育过路的同宗。
死难的林友中间，
狐狸躲进去避难。
犹如汉尼拔当年，
被罗马大军追赶，
他就像只老狐狸，
设计将敌人欺骗，
摆脱敌手巧周旋。
且说带头的猎犬，
已经追到了地点，
发现狐狸上了吊，
就开始一阵狂叫，
但是被主人喝停，
尽管吠声直冲云霄。
猎人实在想不到，
狐狸会耍这种花招。

"莫非有什么地洞，"
猎人不禁咕哝道，
"救了这只狐狸精。
绞架一根根柱子，
吊着那么多精英，
猎犬往那边狂吠，
怎么叫也没有用。
这个狡猾的家伙，
还得回来受报应！"
狐狸也确实来过，
后面有猎犬跟踪，
同一地点险些丧命。
现在猎犬汪汪叫，
狐狸又爬竿上吊，
以为还会像那天，
搞假象把猎人骗。
然而这回则不然，
可怜家伙升了天：
老把戏必须改变！
猎人为保险起见，
就不会花费心思
想出了这种手段。
倒不是他缺根弦：
难道有谁能否认，
叫个英国人就聪明？
只是不太热爱生活，
机会往往就错过，
害得情趣少许多。

再回到您的话题，
倒不是增添细节，

任何太丰盛的计划,
对我的竖琴来说,
必是悠长的颂歌。
然而我们的诗,
也无论我们的歌,
通过一位赞颂者,
极少能娱悦全世界,
能吸引外国公众,
来认真欣赏聆听。
贵国的国王陛下[46]
有一天就对您说,
他的喜好很明确,
一段爱情的细节,
胜过四大页颂歌。
还请笑纳这赠品,

我的缪斯的新作,
我就赠送给您。
这是菲薄的礼品,
这诗篇并不完善,
缪斯也惭愧万分。
不过,您能否成全,
让那女神也喜欢
这同一种献礼?
您知道我指谁:
多亏了这位女神,
您的国家住满
来自基西拉岛[47]的人。
她正是马萨林夫人[48]
专司爱情的女神。

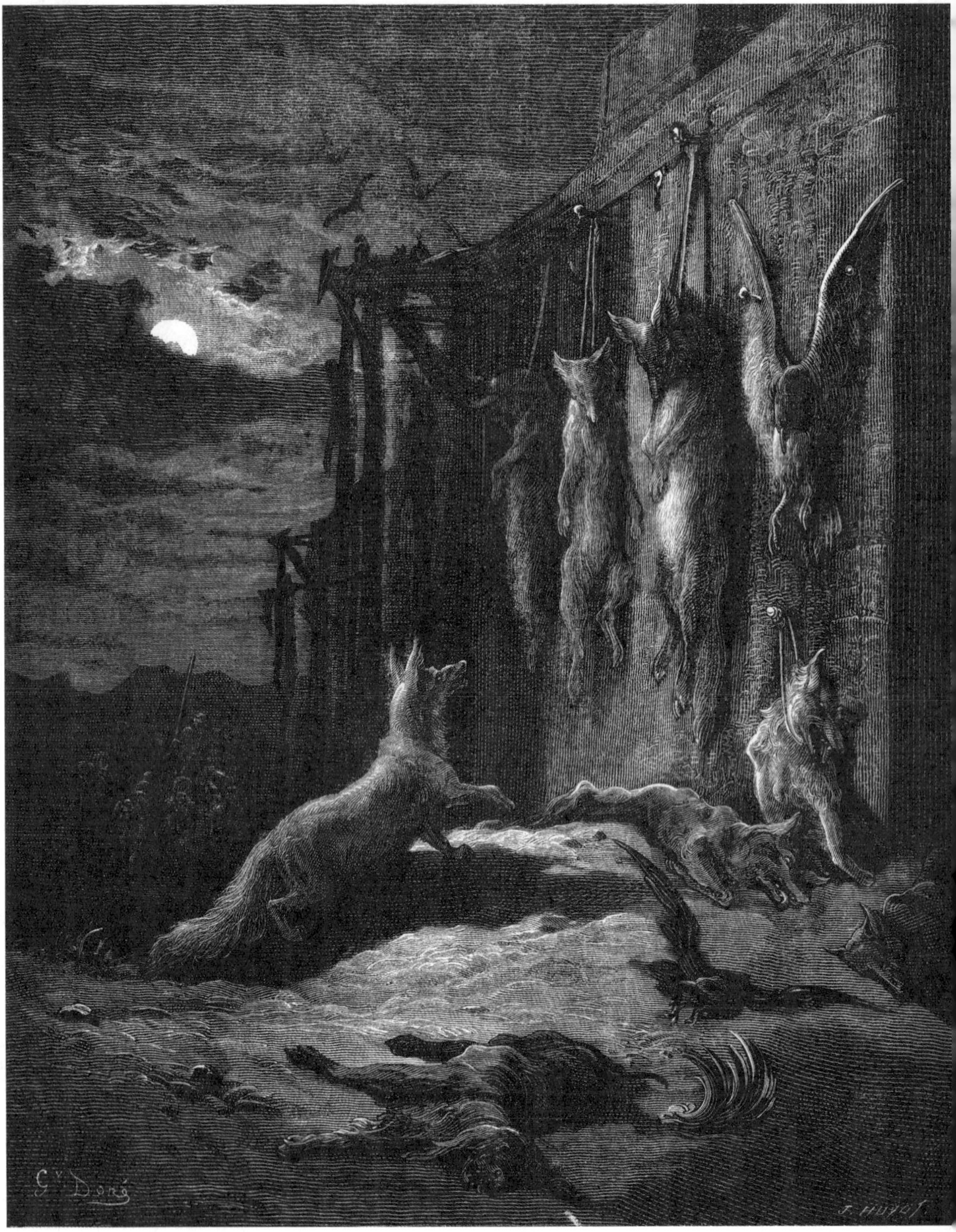

25　达夫尼和阿西玛杜珥

——献给德·拉梅桑热尔夫人[49]

一位母亲的爱女，
如今独自一人，
就受到上千颗心趋奉，
不算出自友谊的人，
特意要取悦您的心，
另外还有几个人，
是爱神保留给您。
我禁不住在这开篇，
要在爱神和您之间
同时献上这颂歌，
这样的一炉香火，
是从那圣山[50]拾得：
我还以秘法加工，
使之更加美妙动人。
因此我要对您讲……
全讲了恐怕太长，
必须压缩选用，
控制我的声音和竖琴。
而且过不了多久，

我的吟唱和琴声，
就会渐渐缺乏力度，
也会丧失逸气闲情。
我仅仅是要赞美
一颗满怀温情的心、
这些高尚的情感、
优雅的仪容、神采精神。
这方面您没有谁指点，
只有令堂[51]，她对您
不吝褒奖，大加称赞。
当心不要让多刺玫瑰，
将自身团团包围。
万一爱神要劝告您，
讲到了同样的事情，
比我说得更加服人。
爱神也必惩罚那群
不听良言劝告的人：
下面您会看得分明。

从前有一位姑娘，
自恃出色的模样，
藐视爱神的绝对权力，
人称阿西玛杜珥。
清高，孤傲，总往林中跑，
总在牧场上蹦蹦跳跳，
总在绿茵上翩翩舞蹈，
一味地随心所欲，
不理睬任何规矩。
论容貌色佳天下，
论冷酷绝世无匹。
哪怕她浅颦轻笑，
甚至是横眉立目，
也无不讨人喜欢。
谁见了不会觉得，
她的美色处于峰巅？
达夫尼年轻而英俊，
心灵高尚的牧人，
爱上这姑娘大不幸：
得不到一点点垂青。
总之，这颗无人性的心，
没有抛给他一个眼神，
也没有给他一句回音。
徒然追求难以为继，
青年心死想一死了之。
他怀着绝望的心，
登门要见无情之人
唉！只能对风倾诉痛苦，
姑娘不屑给他开门。
这座要人性命的宅院，
无情女正同女伴

庆祝自己的生日，
如花美貌更增添
花园绿野珍宝的装饰。
放牧的青年高声说：
"我就想死在你眼前，
省得惹您太讨厌；
不奇怪您一贯如此，
甚至拒绝我死的乐趣。
我已经委托我父亲，
等我死后他会登门，
向您转交我的遗产，
尽管您不屑一看。
我还要附上牧场、
全部羊群和牧羊犬。
还有我的那些伙伴，
要用我余下的财产，
建造起一座圣殿，
供您的塑像好观瞻；
祭坛上摆放的鲜花，
随时会有人更换。
我会有块普通墓碑，
就立在圣殿旁边，
要刻上这样的碑文：

'达夫尼殉情，过路人，
停一停，洒两滴泪，
念一遍这句碑文：
此人痴情
便死于阿西玛杜珥的残忍。'"

闻声赶来命运女神，

抓走了他的灵魂；
他本想继续诉说，
痛苦却抢先索了命。
无情女花枝招展，
出门来神气活现。
有人要她稍停片刻，
哭一哭殉情的痴男。
然而她根本不听劝，
还总那么公然藐视
基西拉灵地之子，
甚至准备当天晚上，
就带女友到神像前，
尽情地欢舞高歌，
管他什么神灵法则。
爱神降临她头顶，

压得无情女离了魂。
从云端发出一种声音，
由回声仙女漫天传送：
"现在起人人皆爱，
无情者不复存在。"
这时达夫尼的魂魄，
悠悠然坠下了冥河。
望见无情女匆匆跑来，
又发抖又深感惊怪。
害人的美人苦苦哀求，
哀求多情的牧人宽恕，
牧人不屑于听她倾诉，
正如死不宽恕的事例：
埃阿斯之于尤利西斯[52]，
狄多之于埃涅阿斯[53]。

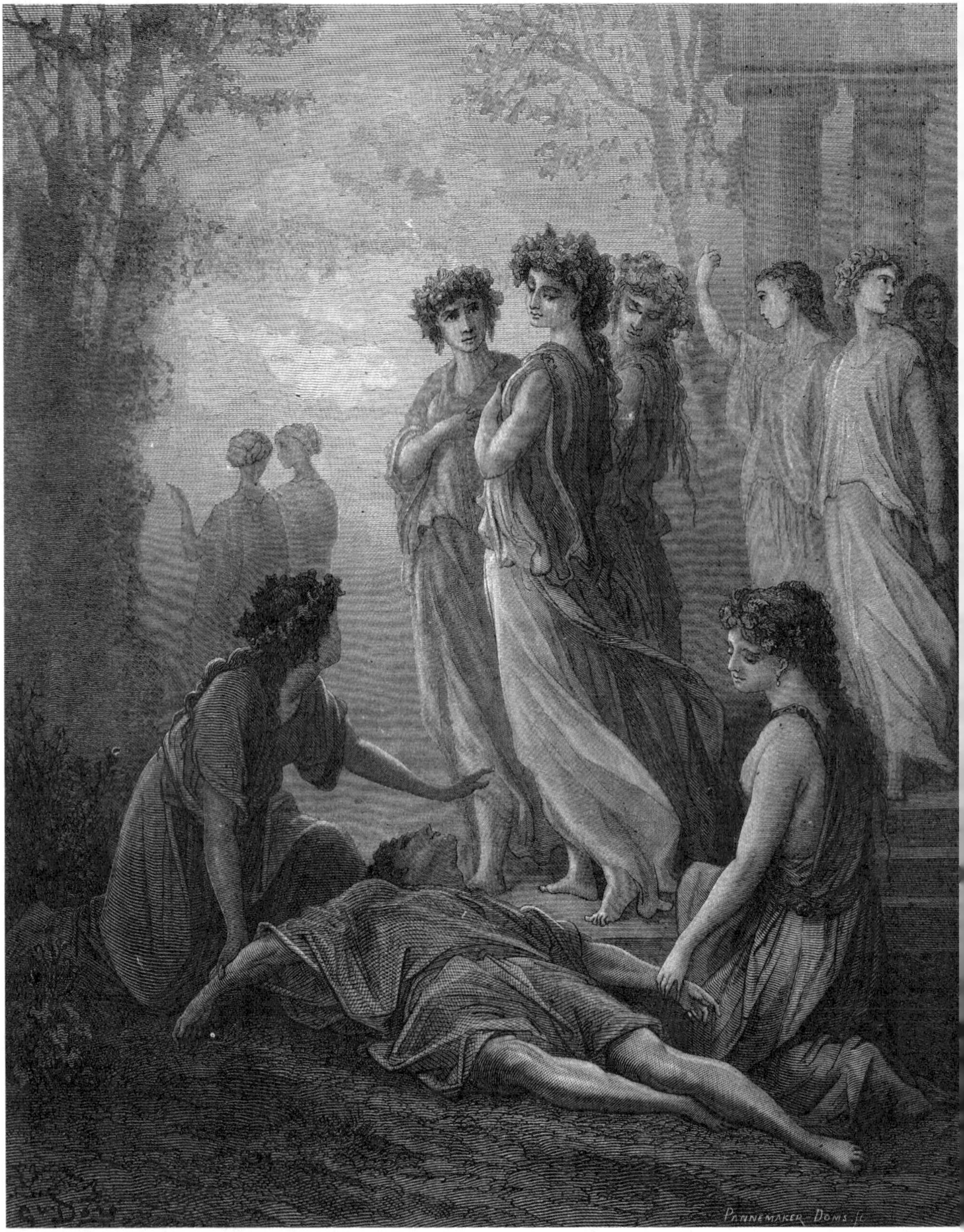
PANNEMAKER-DOMS sc.

26　法官、护理和隐士

有三位圣徒，
同样渴望灵魂救赎，
信念一致，
也趋向同一目的，
但是同道不同路。
条条道路通罗马，
三位同归而途殊。
且说第一位圣徒，
深感打官司有多难，
让人耗费心血，
旷日持久耗时间，
重重阻碍难防范，
于是他主动承担，
完全免费为人断案，
丝毫也不打算，
在这世间聚敛财产。
自从有了法律，
人就用半生时间，
为自己的罪过申辩。
说是半生？

恐怕得大半辈子，
往往一生搭进去。
他要当调解者，
认为能彻底治好
痴迷诉讼的怪癖。
第二位圣徒，
选择医院当看护。
我称赞这种选择，
旨在减轻患者痛苦。
护理是种善举，
也是我首推的善事。
当年的病人，
跟如今相差无几：
忧虑，情绪焦躁，
总是不断发牢骚，
这给可怜的护士，
增添了许多辛劳。
埋怨之声在耳：
"他对某某特殊看护，
显然那是他的朋友，

对我们却不管不顾。"
患者的种种怨言，
比起争讼的调解员
所面对的尴尬，
也就不值一谈。
调解员陷入尴尬，
要付出更大代价。
做出的裁决，
哪一方都不满意，
双方都认为无正义；
法官的天平，
从来就摆不正，
从来就不平衡。
诸如此类的议论，
真让义务法官灰心。
他跑到医院，
去找院长面谈。
两位圣徒交流，
无非是牢骚和怨言，
他们很伤心，
不得不辞职不干，
要将一腔苦闷，
全付予寂静的山林。
他们在绝壁巉岩，
走近一眼清泉，
到了躲风避雨、
照不进阳光的地点，
找见第三位圣徒，
便问他有何高见。
隐士朋友说道：
"应当向自己求教。

谁能比您更了解，
您自己的需要？
首要关注的事，
就是认识自己，
世人皆不例外，
这是天主的旨意。
你们在世间，
是否达到了认知？
若进入这种境界，
唯有到清静之地：
到别处去寻找，
无异于缘木求鱼。
你们将水搅浑，
还能够看清自己？
就搅搅这汪水，
我们如何见真容，
刚才水还至清，
现在云雾重重。"
隐士接着说道：
"弟兄们，让水消停：
水一消停自清，
你们就能看清面容。
你们可留在荒野，
以便更好反观自身。"
隐士这样一席话，
二人诚服同修炼。

不是说一种职守，
就不应该承受：
总有人打官司，
人总会生老病死，

这就需要医生，
同样需要律师。
谢天谢地，我们
缺少不了这些救护；
既有名又有利，
我自然确信无疑。
然而，时世艰难，
人人都难幸免，
也就忘乎所以。
你们哟，法官、
王公大臣，全部精力，
都用于公共事务，
被无数灾难事变，
弄得目眩，天旋地转，
让不幸压垮，

在享乐中腐烂，
你们看不清自身，
也看不见任何人。
即使偶有所悟，
总要来个奉承者，
打断你们这种思路。
正是这一告诫，
将标志拙著的终结。
但愿能有教益，
造福于未来的世纪！
我献给国王们，
推荐给那些聪明人：
何处收手结束，
我才算更好地谢幕？

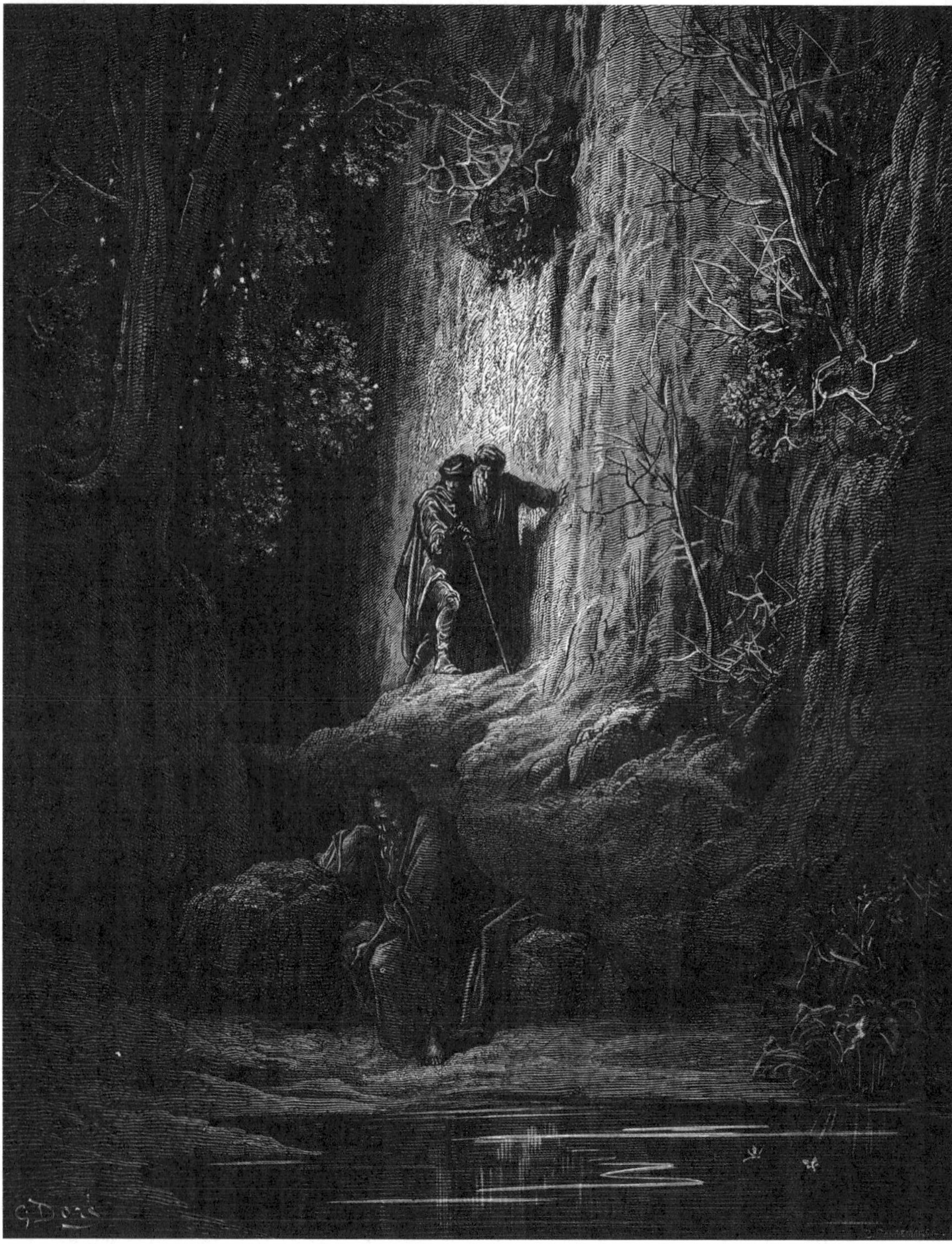

注释：

[1] 勃艮第公爵（1682—1712）：路易十四的孙子。1693年9月1日，年逾古稀之年的拉封丹，将本卷寓言诗题献给年仅十一岁的勃艮第公爵。

[2] 英雄：指王太子，路易·德·法兰西（1661—1711），勃艮第公爵的父亲。

[3] 君主：指路易十四。

[4] 一个月工夫：指1688年10月25日至11月19日，王太子率法国夺取莱茵河流域的要塞。

[5] 神灵：指大主教费纳隆（1651—1715），勃艮第公爵的老师，他专为王孙的教育写了《寓言集》《忒勒马科斯历险记》等。他看重拉封丹的作品，选用拉封丹的寓言诗教育王孙。

[6] 喀耳刻：希腊神话中的女巫，太阳神赫利俄斯的女儿。她精通巫术，住在地中海埃埃厄小岛上。旅人经过该岛，受到她的蛊惑，就变成牲畜或猛兽，收进畜栏。尤利西斯（即奥德修斯）与战友回国路经该岛，她把尤利西斯的伙伴变成猪。后来，尤利西斯答应在该岛留住一年，她才让那些人恢复原形。

[7] 伊萨卡岛：又译伊塔刻，是希腊的一个岛屿。尤利西斯便是伊萨卡国王。

[8] 杜布朗：西班牙钱币，有金银币，一枚大银币当时合八十金法郎。

[9] 雅克布：英国金币，有英王詹姆斯一世头像，当时合二十四金法郎。

[10] 杜卡顿：意大利金币（有威尼斯，佛罗伦萨或热那亚公爵头像），当时合二十五金法郎。

[11] 玫瑰金币：有玫瑰图案的英国金币，当时合二十金法郎。

[12] 指《比利牛斯协议》的历史事件，于1650年在比达索瓦河中费藏岛上，由法国国王路易十四和西班牙国王腓力四世签订。

[13] 独眼巨人：希腊神话中人物，名为波吕斐摩斯，海神波塞冬的儿子。他爱上海中女神该拉忒亚，并献上他在山洞中饲养的母山羊。但是该拉忒亚却爱上一个牧人。一天，波吕斐摩斯发现二人幽会，便用石头砸死牧人。该拉忒亚将牧人变成河流，自己又回到大海。

[14] 阿玛尔忒亚：希腊神话中人物，是只母山羊，曾用奶哺育宙斯。宙斯把她送到天上，把她的一只角给仙女们。该角后来便成为丰饶之角。罗马神话中的朱庇特，即希腊神话中的宙斯，西方文学中往往不分。

[15] 国王至尊：指路易十四。

[16] 车轮：意为命运难卜，但是命运之神却为路易十四确定了轨迹。

[17] 敌对联盟：以普鲁士（德国旧称）为首的反法联盟——奥格斯堡联盟。

[18] 绿帽子：在此并无众所周知的意思，而指欠债不还者投进监狱，出狱的条件是戴绿帽子，向公众明示他是欠债不还的无信誉者。这种习俗从意大利传入法国。

[19] 不和女神：古希腊罗马神话的女神，战神马尔斯的女儿。

[20] 统治寰宇：这是古希腊哲学家赫拉克利特（约前540—约前480至前470之间）的宇宙观，他认为世界平衡的基础是相反事物的斗争。

[21] 王子：指勃艮第公爵。

[22] 帕斯洛克罗斯：特洛伊战争中，希腊阵营的战将。特洛伊战争的第十个年头，希腊英雄阿喀琉斯与主帅阿伽门农发生争执，不再出战。特洛伊人取得很大胜利。帕斯洛克罗斯劝好阿喀琉斯出战遭拒，他就披上阿喀琉斯的铠甲迎战，被特洛伊主帅赫克托耳杀死。阿喀琉斯悲痛之下，出战杀死赫克托耳。

[23] 某位征服者：指路易十四。

[24] 百头联盟：即奥格斯堡联盟，1686年建立起来的反法联盟，成员有德意志各公国、西班牙、瑞典、荷兰。1689年英国加入。

[25] 路易：即路易十四，在同奥格斯堡联盟抗衡时，他善谋略，战前经常严密封锁消息，然后突然袭击，屡屡获奇效。上面数行诗即颂扬他的谋略。

[26] 拉封丹将"鹰"一词用作阴性，以指诸神之王朱庇特之鸟，故称鹰为"空中女王""百鸟公主"等。

[27] 梅纳斯：古罗马诗人贺拉斯（前65—前8）笔下人物，见《书札》第一卷第七封信。这个人物总是信口开河。

[28] 这则寓言诗题献给孔蒂王子，孔代亲王的侄儿。1688年，孔蒂娶了他的表妹，玛丽·特蕾丝·德·波旁公主。这桩王室婚姻，是这则寓言诗创作的契机。

[29] 作者引进转世说，有意混淆各种文明。

[30] 毕达哥拉斯（前580至前570之间—约前500）：古希腊哲学家，认为灵魂不死。参看第九卷第七则寓言《老鼠变为少女》。

[31] 伏尔甘：罗马神话中的火神，火和锻冶之神，即希腊神话中的赫菲斯托斯。主神的儿子，被认为是工匠的始祖。他天生瘸腿，又相貌丑陋，常受诸神嘲笑。

[32] 孔代亲王是路易十四的叔父，曾组织投石党贵族叛乱，与中央政权结怨。他临终时，请求并获得路易十四的宽恕。

[33] 初版和增改版同时译出，可以窥见拉封丹努力的方向：对话更生动，语言更犀利，寓意更丰满。

[34] 爱神：希腊神话中的厄洛斯，即罗马神话中的丘比特。丘庇特是维纳斯的儿子。在艺术品中，爱神的形象是带双翼的裸体男孩，携弓箭在空中飞舞。谁中了他的金箭就会得到爱情，谁中了他的铅箭就会失去爱情。

[35] 涅墨西斯：希腊神话中的惩罚女神。

[36] 伊里斯：希腊神话中的彩虹女神，为诸神报信。拉封丹在诗中，把他的保护人和朋友——德·拉萨布利埃尔夫人称为伊里斯女神。

[37] 朱诺是主神朱庇特的妻子。朱庇特将伊里斯变成彩虹，成为诸神的，尤其朱诺的信使。

[38] 另一位女神：指德·拉萨布利埃尔夫人。

[39] 前来拜见德·拉萨布利埃尔夫人的神（王室成员），其中就有后来当上波兰国王的约翰·索比耶斯基。

[40] 参看第一卷第十九则寓言《孩子和教师》。

[41] 阿勒奇诺：意大利喜剧的传统滑稽角色，16世纪引进法国剧作，到了17世纪，成为家喻户晓的人物。他身穿花花绿绿的戏装，是耍阴谋诡计的典型。

[42] 西徐亚：西徐亚王国，黑海北岸古国。西徐亚人也称斯基泰人，公元前9世纪由东方迁入。

[43] 斯多葛派：古希腊的一个思想派别，于公元前4世纪至前3世纪创立。两位斯多葛哲人，帕奈提奥斯和波塞多尼奥斯（公元前2世纪至前1世纪），将这一学说引进罗马。晚期强调"完美主义"，其中包括迫使自身忍受极大痛苦，甚至结束自己的生命。

[44] 哈维夫人：英国驻君士坦丁堡大使的遗孀，英国驻法国大使的姐姐。她于1683年来到巴黎，结识了拉封丹。

[45] 这一句是说，尽管发生战争，丧失国王的宠信。

[46] 国王陛下：指英国斯图亚特王朝国王查理二世（1630—1685），1660年至1685年在位。

[47] 基西拉岛：属希腊，希腊神话中，爱与美的女神阿芙洛狄忒，即罗马神话中的维纳斯的诞生地。因此，基西拉岛的居民，即是爱和美的女神的子民。

[48] 马萨林夫人：即马萨林公爵夫人，拉封丹的女保护人布依荣公爵夫人的姐姐。拉封丹就是在马萨林公爵夫人府上，结识哈维夫人的。马萨林曾随哈维夫人

去过英国。

[49] 德·拉梅桑热尔夫人：即诗人的女保护人，德·拉萨布利埃尔夫人的女儿。当时她已孀居，母亲希望她再婚。拉封丹基于女保护人的这种意愿，写了这则寓言故事，让"狠心女子"羞愧。

[50] 圣山：指太阳神阿波罗和文艺女神缪斯的灵地，帕尔那索斯山。

[51] 令堂：即德·拉梅桑热尔夫人的母亲，德·拉萨布利埃尔夫人。

[52] 埃阿斯和尤利西斯：都是特洛伊战争中的希腊英雄。阿喀琉斯战死后，埃阿斯绝不饶恕尤利西斯用不正当手段夺取了阿喀琉斯的铠甲。

[53] 狄多：迦太基女王，她接待了失国的特洛伊王埃涅阿斯，并且相爱，二人相处很长时间。当众神命埃涅阿斯返国时，狄多因被埃涅阿斯遗弃而自杀。

补篇两则 [二]

1　太阳与青蛙

泥沼的女儿[2],
深获星辰之王[3]
爱助和保护。
无论贫穷战乱,
或者类似的灾难,
均未靠近这个国度。
管辖权远至千里,
完全纳入它的版图。
泥沼的王后,
青蛙是其实名,
(事物自有名称)
尊称何以失敬?
竟敢恩将仇报[4],
玩弄起了阴谋,
变得令人无法忍受。
失慎而又傲气,
完全忘恩负义,
一群被宠坏的孩子。
整天吵吵闹闹,
从此没了宁日,
让周围不得安睡。
那种唠叨絮语,
稍微有人注意,
马上就鼓噪喧嚷,
大大小小,沸反盈天,
一浪高过一浪,

怒向天上的太阳。
大自然之眼[5],
照起哄者的论断,
要将万物烤成焦炭。
必须马上起事,
大家拿起武器,
组成强大的军队。
随即跨出一步,
派出蛙鸣大使,
前往各国游说。
听使节之言,
仿佛整个世界,
这颗地球的运转
取决于四片洼国
利益能否保全。
抱怨之声震天,
一直持续不断;
不过奉劝一句,
抱怨也是徒然,
还是闭上大嘴:
要知道烈日炎炎,
就是让鸣蛙
能有切身之感。
水国招灾惹祸,
怎么痛悔也不为过。

2　鼠盟

小鼠生来怕老猫[6]，
老猫早就守过道。
这情况可怎么好？
小鼠谨慎而乖觉，
去找邻居求良策。
鼠公原本是贵族，
曾经住过大宅院，
可惜家道已中落；
据说逢鼠便炫耀，
不惧公猫或母猫，
不惧利齿或利爪。
吹牛鼠公对她说：
"老实说，耗子小姐，
我独个儿势单力薄，
怎么也赶不走老猫，
解除对你的威胁。
不过，周围的同胞，
如果能同心同德，
联合一致抗天敌，
我就给他点颜色，
搞他一出恶作剧。"
小耗子屈膝一礼，
鼠公当即张罗去，
匆匆赶到配膳室，
从前称食物储藏室，
主人正大宴宾客，
菜肴丰盛客人多，
席上气氛好乐和。
见鼠公气喘吁吁，
竟显得惊慌失措。
有只老鼠忙问道：
"您怎么啦，快说说。"
鼠公回答："简单讲，
我专跑来这一趟，
救鼠小姐事紧急：
只因拉米纳格罗比斯[7]，
老猫祸害一方鼠地。
那只猫是只猫精，
等把小耗子吃净，
就想要老鼠的命。"

大家都异口同声：
"不错，不错，冲啊！冲啊！
赶紧去操起武器！"
据说，有的不同意，
几只母鼠流下泪。
没关系，绝难阻挡
如此崇高的方案。
个个都准备行囊，
装块奶酪不能忘，
无不誓死上战场。
大家都兴高采烈，
出发时斗志昂扬。
像欢度节日一样。
老猫可狡猾得多，

已叼住小鼠脑壳。
耗子小友正危难，
鼠军大步去救援。
老猫仍然叼猎物，
吼着迎敌走上前。
胆小如鼠谁不知：
听到猫吼鼠胆战，
害怕遭殃止脚步，
闹哄一阵就算完，
保命要紧急逃窜。
抱头鼠窜回鼠洞，
哪个再想往外跑，
还得当心老雄猫。

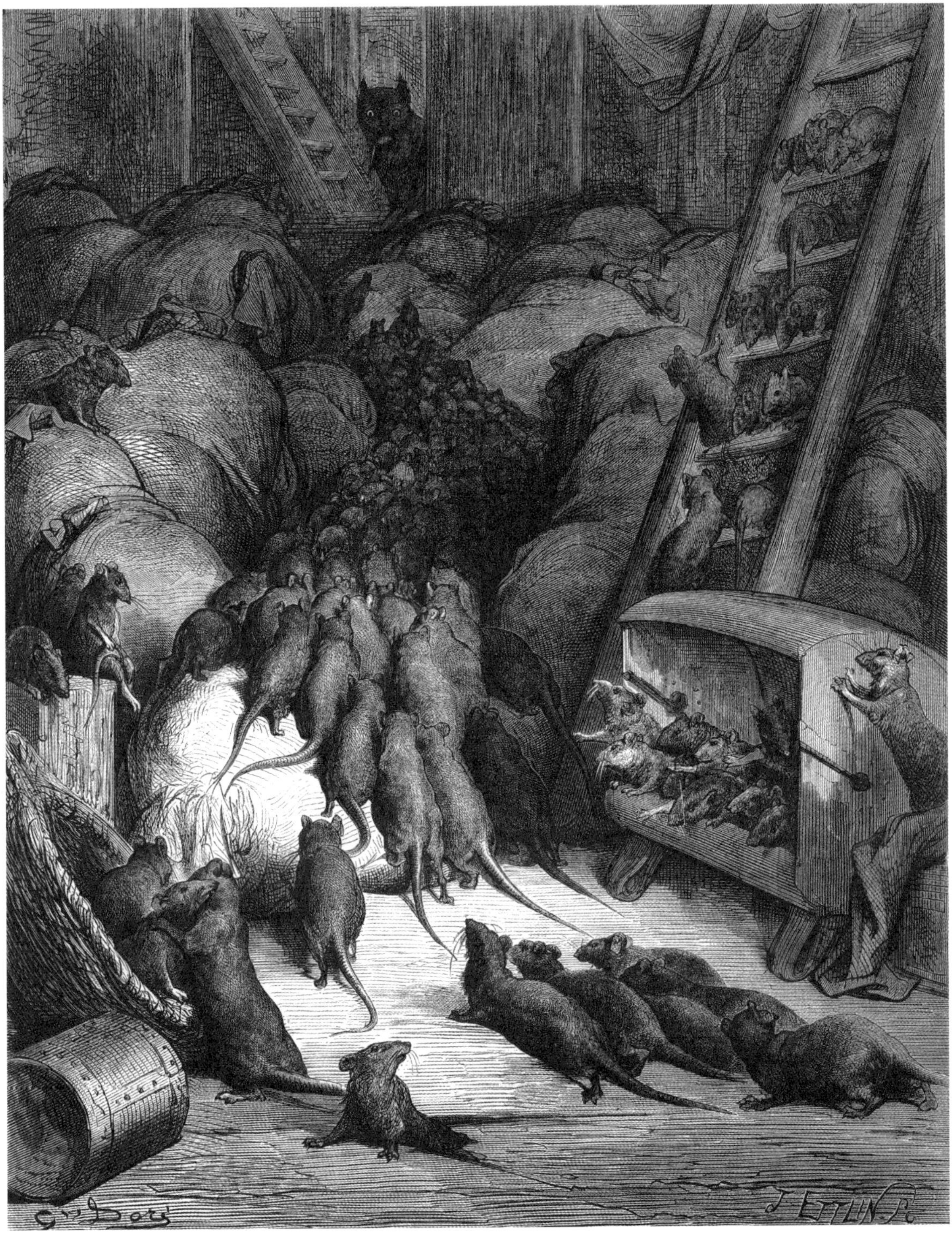

注释：

[1] 下面这两则寓言诗，完全是政治诗，拉封丹从未收入他的寓言集中，因此，我们以补篇附在这里。

[2] 泥沼的女儿：诗的委婉表达法，指青蛙。

[3] 星辰之王：指太阳。

[4] 恩将仇报：1648年，法国强使欧洲列强签署《威斯特法伦协定》，承认荷兰独立，后来荷兰积极组织反法联盟，作者故称"恩将仇报"。威斯特法伦为德国旧地名，今为"北莱茵-威斯特法伦州"。

[5] 大自然之眼：指太阳。

[6] 小鼠生来怕老猫：小鼠指荷兰，老猫指路易十四。鼠盟即1672年建立的反法联盟，包括荷兰、西班牙、德国、丹麦。这则政治寓言发表于1692年。

[7] 拉米纳格罗比斯：拉伯雷《巨人传》中一只猫的名字。

附录

拉封丹生平与创作年表

1621 年

7月8日,让·德·拉封丹生于香槟地区埃纳岗小城蒂耶里堡。父夏尔·德·拉封丹为参议员,任水泽森林总管;母弗朗索瓦丝·皮杜。

1630 年

9岁。1月17日,让·德·拉封丹在家乡圣克雷潘教区洗礼簿上签名。

1635 年

14岁。在蒂耶里堡学校读书,直到读完初中。无疑他是在这所学校结识了弗朗索瓦·德·莫克鲁瓦。莫克鲁瓦成为诗人,他的最忠诚的朋友。

1636 年

15岁。似进入巴黎一所中学继续读书。

1641 年

20岁。4月27日,进入巴黎圣奥诺雷街的奥拉托利会神学院。10月28日,派到巴黎当菲尔街圣马格鲁瓦尔神学院修神学。

1642 年

21岁。离开奥拉托利会,放弃从教志向。

1643 年

22岁。回故园蒂耶里堡居住一段时间。

1645 年

24岁。开始在巴黎修法律。参加文学团体"帕拉坦山民"。交结塔勒芒兄弟、夏普兰等。

1647 年

26 岁。与玛丽·艾里卡尔（1633 年生）订婚。结婚时间地点不详。这个时期，拉封丹的母亲已去世。

1652 年

31 岁。获得水泽森林特殊调查官资格。

1653 年

32 岁。出售一座农场和一块分成制租佃田，得七千图尔币利弗尔。拉封丹的儿子在蒂耶里堡洗礼，教父便是好友诗人弗朗索瓦·德·莫克鲁瓦。

1654 年

33 岁。印出喜剧《太监》，翻译改编自前 2 世纪拉丁喜剧诗人泰伦提乌斯的作品。虽未署名，却是他的处女作。

1657 年

36 岁。夫妇不和。蒂耶里堡本为公爵府，戈德弗鲁瓦·德·布伊雍公爵成为主人，要重新购回府内所有停止的职务。直到 1671 年，拉封丹才得到补偿，卸职离去。

1658 年

37 岁。《致穆宗女修道院的书简》在宫廷大总管富凯府上，受到德·塞维涅夫人的赏识。父夏尔·德·拉封丹去世。作诗《阿多米斯》献给富凯。

1659 年

38 岁。富凯授意拉封丹作一部长诗，歌颂为富凯新建成的"子爵沃堡"。这座城堡是凡尔赛艺术的先声：建筑设计师勒沃、画家勒布伦、花园素描家建筑师勒诺特尔，后来都参加了凡尔赛宫的设计、建筑和装饰。拉封丹对这种颂诗兴趣不大，直到三年后富凯倒台，他仅写出十余节诗。

1660 年

39 岁。在蒂耶里堡演出拉封丹创作的剧本:《英俊理查的笑容》。在沃尔堡，拉封丹重又见到好友莫克鲁瓦、作家佩利松（富凯的辩护者，被关进巴士底狱，后被路易十四任命为史官，写了一部《法兰西学院史》）、童话作家查理·佩罗等。5月1日，收到作家孔拉尔（法兰西学院第一任终身秘书）一封美言褒奖的信，深受鼓舞。

1661年

40岁。拉封丹结识年仅二十二岁的拉辛（已经创作了剧本《塞纳河水仙》）。

1662年

41岁。3月，未署名出版哀歌《沃堡仙女吟》，不忘失势的富凯。

1663年

42岁。1月，向富凯出示《国王颂》。

1664年

43岁。创作并出版的著作《取材于薄伽丘和阿里奥斯托的诗体故事》。接受贵族证书并宣誓。

1665年

44岁。1月10日，《诗体故事和小说》（又译《故事诗》）出版。

1666年

45岁。出版第二部分《诗体故事和小说》，这一集收进十三篇新故事，8月7日，柯尔贝尔写信训诫拉封丹。

1667年

46岁。又发表三篇故事诗，观点比先前更为大胆。

1668年

47岁。3月3日，出版《寓言诗》。这一集共六卷，一百二十四首寓言诗，题献给大储君，获得巨大成功。

1669 年

48 岁。出版韵文体小说《普绪克和丘比特的爱情》，又写了一则寓言诗《牡蛎和争讼者》，这是他创作新寓言诗的开端。

1670 年

49 岁。12 月 20 日，出版三卷本的《基督教诗与杂诗集》，拉封丹一人署名的多人之作。

1671 年

50 岁。失去工作，没有了收入。第三部分《故事诗》出版，共有十四篇新故事。3 月 12 日出版《新寓言诗与其他诗选》，其中有八则新寓言诗。

1672 年

51 岁。单独发表两则寓言诗：《太阳和青蛙》和《本堂神父和死神》。

1673 年

52 岁。住进德·拉萨布利埃尔夫人府上，一住就是二十年，而且德·拉萨布利埃尔夫人管他的全部用度。拉封丹在夫人府上会见许多常客，有文人和科学家。

1674 年

53 岁。应吕里之约，拉封丹着手写一出歌剧本《达佛涅》，出版《新故事诗》，比以前的故事更加淫秽了。

1675 年

54 岁。《新故事诗》禁售。

1676 年

55 岁。出售蒂耶里堡的故居，得以偿还一些债务。

1677 年

56 岁。7 月 29 日，优先赋予拉封丹出一新版《寓言诗》。

1678 年

57 岁。出版第二集《寓言诗》。

1679 年

58 岁。印出第四册《寓言诗》。德·拉萨布利埃尔夫人的丈夫去世。

1680 年

59 岁。德·拉萨布利埃尔夫人给拉封丹另安排一个住处，邻近圣奥诺雷街。

1681 年

60 岁。8 月 1 日,《塞内加书信集》出版,潘特雷尔译自拉丁文,由拉封丹校阅。

1682 年

61 岁。拉封丹想要在法兰西学院谋求一个院士席位。

1683 年

62 岁。5 月 6 日,拉封丹的剧作《约会》在法兰西喜剧院演出,剧本散失。开始创作一出悲剧:《阿喀琉斯》未完成。柯尔贝尔去世,拉封丹谋求取代他的院士席位。11 月 15 日,法兰西学院投票通过,但是国王中止这次遴选结果。

1684 年

63 岁。4 月 24 日,法兰西语文学院走完选举拉封丹为院士的程序。5 月 2 日,法兰西语文学院举行接受新院士仪式。拉封丹在仪式上朗诵了寓言诗:《狐狸、狼和马》。

1685 年

64 岁。莫克鲁瓦和拉封丹合著的《散文和诗歌作品集》出版。

1687 年

66 岁。写信给博须埃,又写信给德·蓬尔坡先生,表示在革新派和保守派的"古今之争"中,站在保守派一边。以童话作家查理·佩罗（1628—1703）为首的革新派,首先向布瓦洛为首的崇古派发难,展开世纪末的一场论战。

1688 年

67 岁。拉封丹给马尔里希夫人当了一年多伴客，成为旺多姆公爵和孔蒂公爵府上的常客。

1690 年。

69 岁。作寓言诗《尤利西斯的战友》，刊载在《风流墨丘利》杂志上，题赠给勃艮第公爵。

1691 年

70 岁。2 月，在《风流墨丘利》杂志上发表两则寓言诗：《两只母山羊》《财迷和猴子》。负责重新校阅《法兰西学院词典》字母 F 的词条。11 月 28 日，拉封丹作的抒情悲剧《阿斯特蕾》，在歌剧院演出。

1692 年

71 岁。10 月 21 日，再版 1668 年和 1678—1679 年出版的《寓言诗集》。在《风流墨丘利》杂志上发表寓言诗《鼠盟》。12 月中旬，拉封丹患病，做了一次全面忏悔。

1693 年

72 岁。1 月，德·拉萨布利埃尔夫人去世。拉封丹此后便住到银行家之子埃尔瓦尔府上。2 月，声明痛悔写过《故事诗》。6 月，本想去英国定居，但是勃艮第公爵的恩惠，使他得以留在法国。

1695 年

74 岁。2 月 9 日，从法兰西学院返回，感到不适。4 月 13 日，在埃尔瓦尔府上去世。4 月 14 日，遗体火化，葬于圣婴墓地。